KB040604

녹두장군

녹두장군 6

지은이 ㅣ 송기숙
펴낸이 ㅣ 김성실
편집주간 ㅣ 김이수
책임편집 ㅣ 손성실
편집기획 ㅣ 박남주 · 천경호
마케팅 ㅣ 이동준 · 이준경 · 강지연 · 이유진
편집디자인 ㅣ 하람 커뮤니케이션(02-322-5405)
인쇄 ㅣ 중앙 P&L(주)
제본 ㅣ 대흥제책
펴낸곳 ㅣ 시대의창
출판등록 ㅣ 제10-1756호(1999. 5. 11)

초판 1쇄 인쇄 ㅣ 2008년 7월 1일
초판 1쇄 발행 ㅣ 2008년 7월 10일

주소 ㅣ 121-816 서울시 마포구 동교동 113-81 (4층)
전화 ㅣ 편집부 (02) 335-6125, 영업부 (02) 335-6121
팩스 ㅣ (02) 325-5607
이메일 ㅣ sungkiller@empal.com(책임편집자)

ISBN 978-89-5940-117-8 (04810)
      978-89-5940-111-6 (전12권)
값 10,800 원

ⓒ 송기숙, 2008, Printed in Korea.

녹두장군

6 우리의 요구를 들어라

송기숙 역사소설

시대의창

| 일러두기

1. 이 책은 1994년 창작과 비평사(현 창비)에서 완간한 《녹두장군》
   을 개정하여 복간한 것이다.
2. 지문은 원문을 최대한 살리되 현행표기법에 따라 표준말을 기
   준으로 바로잡았다. 대화에서는 사투리와 속어를 포함한 입말
   의 느낌을 살리기 위해 한글맞춤법에 맞지 않더라도 그대로 두
   기도 했다.
3. 외국 인명人名은 외래어표기법에 따라 고쳤으나, 옛사람들이 쓰
   던 발음과 크게 달라지는 경우 그대로 두었다.
4. 독자들에게 생소한 어휘와 사투리 및 속담은 어휘풀이를 달았
   다. 동사 및 형용사는 사전에 등재된 기본형을 표제어로 삼았으
   나, 그 밖의 용어나 사투리 및 잘못된 표현은 본문 표기를 그대
   로 표제어로 삼은 것도 있다.

차 례

제6권 우리의 요구를 들어라

이 난세는 아직도 수많은 무고한 목숨을 부르고 있습니다. 어쩌면 이 조선 팔도 전부가 우리 백성 피로 물이 든 연후에야 제대로 의가 설지 모르겠습니다. 그러나 하늘을 이길 자는 없습니다. 우리는 반드시 이기고 말 것입니다.

1. 꽃 한 송이

　김확실은 내장사 아래 털보 주막에서 조병갑이 빠져 나가는가 이틀 동안이나 눈이 빠지게 지키고 있었다. 전부터 아는 주막이어서 봉노를 차지하고 앉아 기얼은복과 다른 젊은이들을 채근하며 눈을 밝히고 있었다. 고부, 정읍 젊은이들이 눈을 번뜩이며 큰길을 왔다 갔다했다. 김확실은 지루해서 미칠 지경이었다.

　주막집 다섯 살배기가 동네 아이들과 마당에서 땅뺏기놀이를 하고 있었다. *외주물집이라 앞뜰은 마당이자 그대로 큰길이었다. 안에서 나오던 김확실이 벙그렇게 웃으며 주막집 아들놈 뒤로 살금살금 다가갔다. 뒤에서 양손으로 눈을 가렸다.

　"내가 누구냐?"

　김확실이 낮은 가성으로 물었다.

　"무섭게 생긴 아저씨! 낄낄."

아이가 웃으며 대답했다.

"임마, 안 무섭게 생긴 아저씨라고 해!"

"무섭게 생겼는디."

"그라먼 손을 안 놀 것이여."

"그람, 안 무섭게 생긴 아저씨! 낄낄."

"또 한 가지 더 대답해사 놔준다. 나보고 이숙이라고 해."

"으째서 이숙이여?"

"내가 느그 시집 안 간 이모한테로 장개갈란게 이숙이제, 으째서 이숙이여?"

"우리 이모는 한나빽이 없는디. 그리고 늙은 할무닌디. 낄낄."

"에이, 못 쓰겠다. 그라먼, 고숙이라고 해."

"으째서 고숙이여?"

"시집 안간 느그 고모한테로 내가 장개갈란게 고숙이제, 으째서 고숙이여?"

"고숙이락 하면 멋 사 줄 것이여? 낄낄."

"어지께매이로 엿 사주께. 마침 저그 또 엿장사가 온다."

"그래, 고숙! 낄낄."

김확실은 눈에서 손을 풀었다.

"인자 나보고 한번 고숙이라고 했은게, 느그 어무니하고 아부지한테 가서 니가 나보고 고숙이라고 해부렀다고, 느그 고모는 다른 데로 시집보내지 말라고 해사 쓴다잉."

"응, 그러께."

놈은 수월하게 대답하며 낄낄거렸다. 그때 엿장수가 왔다. 김확실이 엿을 달라고 했다.

"이것도 하나 줘잉."

옆에 있는 제 친구를 가리켰다.

"그래 한나쓱 묵어."

놈들은 엿을 입에다 물고 *끼들거리며 쪼르르 저쪽으로 달려갔다.

"나는 고모가 한나도 없는디, 낄낄."

놈은 큰소리로 왜장을 쳤다. 좋아 죽겠다는 듯이 낄낄거리며 도망쳤다.

"오냐, 너는 잽히기만 잽혀봐라."

김확실이 주먹을 쥐고 얼렀다. 놈은 용용 죽겠지 하는 꼴로 웃으며 도망쳤다. 그때 둘이 짝이 되어 길을 서성거리고 있던 기얼은복과 고부 젊은이가 엿판으로 달려들었다. 김확실이 엿을 더 끊으라고 했다. 김확실은 주막집 아들놈한테 주먹질을 몇 번 더 해놓고 엿판으로 와서 엿을 한 토막 집었다.

"두령님!"

엿을 우물거리며 돌아서던 기얼은복이 다급하게 김확실을 불렀다. 그들은 김확실을 김처사라고 부르기로 했는데, 기얼은복은 얼결에 두령님이라 부르고 있었다. 그러나 다급한 판이라 둘이 다 그걸 느끼지 못했다.

"저그 가는 저 새끼, 오거무 아니오?"

기얼은복이 저만치 가고 있는 사내를 가리켰다. 오거무가 순창에서 오는지 내장사 쪽에서 읍내로 내닫고 있었다. 그들이 엿판에 엎드려 있는 사이 이 앞을 지나간 것이다.

"맞다, 오거무다. 이놈우 새끼, 자알 걸렸다."

김확실은 왼손 토시 속 표창으로 손이 가며 이를 앙다물었다.

"놔두시오. 내가 작대기로 봐불라요."

기얻은복이 지팡이처럼 짚고 다니던 작대기를 꼬나잡았다. 기얻은복은 봉술이 특기였다. 들고 다니던 작대기는 그런 소용이었다.

"단매에 작살을 내사 쓴다잉. 사정 두지 말고 대갈통이든지 어디든지 갈겨."

김확실은 기얻은복 뒤에다 잔뜩 힘이 꼬인 소리로 속삭이며 그도 지겟작대기를 주워들었다. 기얻은복이 달려가고 있었다. 김확실도 달렸다. 두 사람은 바삐 뛰어갔으나 오거무 걸음걸이가 어찌나 빠르든지 뛰어가도 간격이 얼른 좁혀지지 않았다. 오거무는 지금 화개에서 산길까지 합쳐 이백 리가 넘는 길을 한나절에 오고 있는 참이었다. 오거무는 갑자기 길을 멈췄다. 허리를 굽히고 신들메를 손봤다.

그때 길가에서 놀고 있던 주막집 아이가 작대기를 들고 다가오는 김확실을 봤다. 놈은 눈이 주발만해졌다. 김확실이 제 놈을 붙잡으려고 작대기를 들고 쫓아오는 줄 아는 모양이었다.

"아녀, 아녀. 너 아녀!"

김확실은 아니라고 정신없이 손을 흔들며 험상스런 얼굴에 웃음을 발랐다. 웃음이 얄궂게 일그러졌다. 놈은 잔뜩 겁먹은 눈으로 바로 곁에서 신들메를 손보고 있는 오거무와 김확실, 그리고 가까이 다가오는 기얻은복을 번갈아 봤다. 기얻은복이 여남은 발 거리로 오거무한테 다가서고 있었다. 오거무가 허리를 펴다가 아이들을 힐끔 봤다. 얼핏 뒤를 돌아봤다.

"거그 서!"

기얼은복이 소리를 질렀다. 오거무는 앗 뜨거라, 후닥닥 도망쳤다. 기얼은복이 소리를 지르며 쫓아갔다. 한참 달렸다. 두 사람 사이가 금방 크게 벌어졌다. 저만치 달리던 오거무가 우뚝 멈춰 섰다.

"내 말 들어. 안 내뺄 것인게 내 말 들어. 시방 임두령한테 가는 길이여."

오거무는 두 손을 정신없이 내두르며 소리를 질렀다.

"멋이 으째?"

다가서던 기얼은복이 작대기를 얼러멘 채 다그쳤다.

"그 새끼, 대갈통부텀 까!"

김확실이 소리를 지르며 달려갔다.

"두령님, 잠깐만 참으시오."

"멋이, 참아?"

김확실은 이를 앙다물고 작대기를 얼러멨다.

"시방 임두령님 찾아가요. 참말이오, 참말!"

오거무가 손으로 김확실의 작대기를 막으며 소리를 질렀다.

"시방 지가 고부 소식 듣고 임두령님 찾아오는 길이오."

오거무가 다시 소리를 질렀다.

"이 새끼, 멋이 으짜고 으째?"

김확실은 이를 앙다물며 소리를 질렀으나 차마 작대기를 내려치지는 못했다.

"제 말씀 들어보시오. 시방 고부 소식을 듣고……."

오거무는 정신없이 주워섬겼다.

"이놈우 새꺄, 너 같은 새끼 아가리에서 나오는 것을 말이라고 내가 곧이들을 중 아냐?"

김확실은 이를 앙다물며 다시 작대기를 얼렀다.

"이천석이랑 김만복도 만나고 오는 길이오. 고부서 난리 났다는 소식을 전해 주고 고부서 만나자고 몬자 달려오는 참이오. 장호만은 못 만났소마는 그 소식을 들었은게 금방 올 것이오. 그 사람들이 오면 내 말이 거짓말인가 참말인가 알 것이오."

오거무가 다급하게 주워섬겼다.

"이 개새꺄, 그것들 만난 것이 참말이건 거짓말이건 먼 상관이여, 이 개새끼야."

김확실이 다시 작대기를 얼렀다.

"시방 내 발로 찾아오고 있잖소?"

오거무는 크게 고함을 질렀다. 그제야 김확실은 긴가민가하는 표정이었다.

"두령님 어디 계시오? 가서 뵙고 죽이든지 살리든지 처분에 맽길라요."

오거무의 진지한 태도에 김확실은 잠시 당황하는 것 같았다. 바쁜 일이 있을 때마다 오거무의 날랜 발이 얼마나 아쉬웠는지 모른다.

"그러잖아도 죄를 빌러 올라다가 하도 맨목이 없어서 여태까장 못 오고 있었는디, 고부서 난리가 났다는 소문을 듣고 난게 그냥 있을 수가 있어사제라우? 이럴 때는 지가 이리저리 비호같이 뛰어댕김시로 말을 전하겄다 생각한게 두령님한테 맞아죽더라도 와사 쓰겄습다. 그래서 이라고 오요."

오거무는 다급하게 내뱉었다. 김확실은 뚫어지게 오거무만 건너다보고 있었다. 이럴 때는 제가 소용이 될 것 같아 가만있을 수 없었다는 말에 김확실은 가슴이 찌릿했다. 오거무 이마에는 송글송글 땀방울이 맺히고 있었다.

"개새끼, 두령님한테까장 갈 것도 없다마는……."

김확실이 혼잣소리로 이죽거리며 작대기를 내렸다.

"두령님은 고부서 들어오는 길목 주막에 계신게 그그 가서 죽든지 살든지 알아서 해."

김확실은 아니꼬운 눈초리로 오거무를 몇 번 노려보다가 퉁명스럽게 내뱉었다. 오거무는 살았다는 듯이 고개를 꾸벅하고 돌아섰다.

"그래도 이럴 때 저러고 달려온 것 본게 고맙기는 고맙소."

"두고 봐사제 언제 또 본병이 도질지 누가 알겠냐?"

"계집을 쪼깐만 덜 보채면 나무랄 데 없는 사람인디, 계집을 여남은 년 줄래줄래 채와 줘사 쓸랑가 모르겠소."

두 사람은 맥살없이 웃었다.

"저 새끼, 오늘 영락없이 대갈통이 작살이 나는 것인디, 저놈들이 살렸구만."

김확실은 아이들을 보며 웃었다. 기얼은복도 따라 웃었다. 아이들은 겁먹은 눈으로 두 사람을 보고 있었다.

"잡았다."

김확실이 날쌔게 주막집 아들놈 어깨를 잡았다.

"아야, 아야."

놈은 엄살을 부렸다.

16

"이놈의 자식, 나한테 거짓말 했지? 엿 내놔라."

"묵어부렀는디."

놈은 부르튼 소리로 투그렸다.

"그라면 내가 니 배를 쭈물쭈물해서 개와낼 것이여."

김확실이 어깨를 잡아끌고 오며 얼렀다.

"그라면 느그 사촌 이모나 고모도 없어?"

"사춘 이모가 하나 있기는 있는디, 그 이모는 무지하게 이쁜디."

"임마, 이뻐면 더 좋제."

"피이."

그 이모는 너무 예뻐서 당신한테는 댈 수도 없다는 가락이었다.

"워매, 이놈 자석 봐. 나보고 사촌 이숙이락 할래 안 할래? 안 하면 이 어깨 안 놀 것이다."

"그람, 사촌 이숙이락 하면 또 엿 사줄 것이여?"

이놈은 기름 먹어본 강아지처럼 헤실거리며 김확실을 쳐다봤다.

"아녀. 이참에는 기냥은 안 사줘. 느그 어무니하고 아부지한테 느그 사촌 이모를 나한테 시집보내사 쓴다고 말을 해사, 그 담에 내가 엿을 사줘도 사줄 것이여."

"그래, 그람 내가 그렇게 말할 것이여."

"이참에도 나를 놀래묵으면 그때는 참말로 가만 안 둘 것이다."

"그람 여그 놔."

"지금 가서 말한다잉."

"응."

김확실이 어깨를 놔주자 놈은 낄낄거리며 제 집으로 뽀르르 달려갔다.

"엄니."

놈은 제 엄마를 부르며 연방 낄낄거리고 달려갔다. 김확실과 기얼은복이 웃으며 따라갔다.

장막 근처 논바닥에는 밥을 먹으려는 사람들이 엄청나게 몰려 있었다. 오늘부터는 줄을 서고 있었다. 줄이 석 줄이나 저만치 아득히 서 있었다. 해가 설핏해지고 있었으나 아직도 점심을 못 얻어먹은 사람들이었다. 부엌에서는 아무리 밥을 삶아대도 줄은 줄어들 줄 몰랐다. 줄이 줄어지기는커녕 더 늘어나고 있었다. 점심밥이 따로 없고 저녁밥이 따로 없었다.

숫제 온 식구가 다 나온 집이 반수 이상이었다. 할머니, 할아버지, 어머니, 그리고 올망졸망한 아이들이 저마다 밥그릇과 국그릇을 들고 늘어서서 차례를 기다리고 있었다. 밥을 퍼주다가 밥이 떨어지면 다음 밥이 나올 때까지 한나절이고 반나절이고 그대로 서서 기다리고 있었다. 그들은 밥을 받으면 논바닥 한가운데다 한 가족이 자리를 잡고 빙 둘러앉아 밥을 먹었다. 어떤 집은 깔고 앉을 밀대멍석까지 가지고 와서 한 식구가 차근하게 앉아 오손도손 밥을 먹기도 했다. 밥을 몰래 두 그릇 세 그릇씩 타가지고 자기 집으로 달리는 사람도 한둘이 아니었다.

"허허, 이 한한 사람들한티 저렇게 밥을 삶아주기로 하면 그 쌀이 어디서 다 나오제. 장마에 빗물도 한이 있는 것인디, 저 사람들을 어떻게 당하냐 말이여?"

18

"여그서 묵고만 가면 또 몰라. 여그 나온 여팬네들치고 치매 밑에 한 그릇씩 안 숨겨가는 여팬네들이 없구만."

밥을 먹은 농민군들을 대창을 비껴들고 담배를 빨며 투덜거렸다.

"없는 사람들이 이랄 때나 한본 설을 쇠보제 은제 또 이런 때가 있을 것이오. 아낱말로 낼이라도 감영군이 쳐들어와서 우리가 밀리는 날에는 천장만장 쌓인 저 쌀이 모두 뉘 쌀이 되아불겠소?"

"그라제마는 방불혀사 샌님하고 벗하더라고 사람들이 웬만큼 몰려들어사제라우."

장막 근처에는 여러 개의 술막이 쳐지는가 하면 저쪽 들머리에 있는 술막 근처에는 숫제 잠을 잘 수 있는 움막까지 치기 시작했다. 술을 팔다 잠을 잘 사람들도 움막을 쳤으나 그냥 처음부터 여기서 얻어먹고 잠을 자려고 움막을 치는 사람들도 있었다. 밤에 집에 갔다 오기가 먼 사람들 같았다. 하루 사이에 그런 움막이 벌써 여남은 개나 쳐졌다. 밥을 얻어먹으려고 줄을 서 있는 사람들이나 움막을 치는 사람들이나 몰골들이 거지가 따로 없었다.

벌써 술막도 여남은 개 들어서고 있었다. 누구든지 여기 오는 사람한테는 밥을 주기 때문에 먹을거리 장수들은 줄어들 법했으나 밥 위에 떡이라고 따로 엿이나 떡을 사먹는 사람도 그만큼 있는 모양이었다. 요사이 살림 형편은 너나없이 찢어지는 판이었으나, 술막에 술손 꾀는 것을 보면 술 마실 돈은 살림 형편들하고는 다른 모양이었다.

이렇게 술막이 여럿 들어서면서 화제를 모으는 술막이 하나 생겼다. 거기서 일을 거들고 있는 순심이라는 처녀의 예쁜 얼굴 때문이었다. 쟁우댁 술막이라는 저쪽 반내고개 들머리에 어제 저녁나절 생긴 술막이었다. 이런 막치 술막에 술을 따르는 유녀가 있을 턱이 없으므로 그 처녀도 술을 따르는 유녀가 아니고 허드렛일을 하는 처녀였으나, 그 술막이 쳐지자마자 그 처녀 소문이 대번에 장막 안에 파다하게 나돌았다. 그 처녀 이름까지 좍 퍼지면서 가는 데마다 그 처녀의 미모가 화제가 되었다. 그 처녀 이름이 알려진 것은 주모 쟁우댁이 순심아, 순심아 했기 때문이었다. 쟁우댁은 다른 데서 이런 술장사를 하다가 왔는지, 여간 수다스럽고 *쌉쌉하지가 않았다. 거기다가 그런 예쁜 처녀까지 있어놓으니 대번에 그 술막에는 사람들이 꿀단지에 개미 떼 꼬이듯 꾀어들었다. 유독 젊은 놈들이 눈알을 화등잔같이 밝히고 기웃거렸다. 그 처녀 때문에 그 술막 소문이 나자 처음에는 쟁우댁 술막이던 것이 아예 순심이 술막으로 이름까지 바꾸고 말았다.

오늘은 그 처녀 가정 사정까지 화제가 되었다. 그 집은 칠십객 할아버지와 그 며느리인 쟁우댁, 그리고 순심 세 식구뿐인데, 순심은 쟁우댁 딸이라기도 하고, 가난한 친척집 처녀로 그 집에서 더부살이를 하고 있다기도 했다. 순심의 내력이 이렇게 여러 가닥으로 아리송하자 그것이 더 화제가 되어 가는 데마다 순심 이야기였다. 나중에는 몇 년 전 가뭄 때 어떤 거렁뱅이가 맡겨놓고 간 처녀라는 좀 엉뚱한 소리를 하는 사람도 있었다. 그 할아버지가 오늘 여기다 움막을 쳤다는 소문도 났다.

어제까지는 연엽이 농민군들 사이에서 화제였으나 오늘은 그 소리는 쑥 들어가고 대번에 순심이 자리를 차지했다. 연엽은 하도 유식

20

하다고 소문이 났기 때문에 젊은 놈들은 눈을 밝히면서도 어차피 못 오를 나무로 치부하고 군침만 삼키며 쳐다보는 꼴이었으나, 순심은 출신이 아리송한데다 비록 술은 딸지 않을망정 술막에 있는 처녀라 누구든지 노류장화로 솔깃한 속셈을 품으며 군침을 삼기는 듯했다.

이런 술막은 농민군이 언제 흩어질지 모르기 때문에 금방 버리고 떠나도 뒤돌아보일 것이 없게 얼기설기 얽은 막치였고, 술방구리며 술잔 등도 들병장수들 그것보다 개수가 조금 많을 뿐이었다. 그러나 너와로 이었어도 사당은 사당이더라고 비록 논두렁에 홑이불 지붕의 바람막이 울타리의 막치 술막이었으나, 여기서도 술을 팔고 있으니 술집은 술집이어서 퉁때 묻은 동전 한두 닢을 내놓고 시래기국에 막걸리 한잔을 마실망정 마시고 나면 여기에도 고루거각의 유곽에 진배없는 흥취와 느긋함이 있었고, 술이 조금 거나해지면 옷고름 풀어헤치는 건들거림이 있었다. 더구나 그 무지막지하던 관가 놈들을 닦달하고 난 다음이라 그러지 않아도 가마솥 밑바닥처럼 벌어졌던 어깨판이 한잔씩 걸치고 나면 더욱 벌어져 객담들이 한결 호들갑스러웠다. 더구나 쟁우댁 술막에는 눈요길망정 삼삼한 계집이 눈앞에 얼씬거리고 있으니, 젊은 놈들은 숫기가 부풀대로 부풀어 객담들이 하늘 높은 줄을 몰랐다.

순심의 미모는 과연 소문이 날 만했다. 금방 울음을 그친 어린 아이같이 애처롭고 앳된 순심 얼굴은 보기만 해도 가슴이 쩌르르 가시가 찔러오는 것 같았고, 꽃 이파리처럼 고운 살결이며 저고리 속에 꽉 찬 가슴팍은 눈이 어지러울 지경이었다. 사내들이란 계집 앞에서는 나이를 타지 않는 법이라, 오십이 넘은 중늙은이들도 순심을 보는 눈길이 절간 굴뚝같이 음침했으며, 젊은 놈들은 젊은 놈들대로 순심을 힐끔거리는 눈길에 축축한 물기가 *해토머리 진창길처럼 질 퍽거렸다. 순심이 가슴팍을 본 젊은이들은 목구멍에서 대번에 단내가 지쳐오르고 숨이 차올라 가슴이 답답해서 못 견딜 지경이었다. 기워 입은 저고리며 해진 치맛자락이 괜히 안쓰럽고, 화가 나고, 당장 제 옷이라도 벗어주고 싶은 심정이었다.

순심은 처음에는 그릇을 부시고 물을 길어오는 등 허드렛일만 했으나 술손이 많이 꾀어 여기저기서 술 채근이 한창 종주먹일 때는 노상 모르쇠로 고개만 돌리고 있을 수가 없어 이따금 술방구리를 손님 앞에 날라다 주기도 하고 술국을 떠오기도 했다. 그때마다 젊은 놈들은 그 축축한 눈길로 순심의 얼굴과 젖가슴을 주린 강아지 죽사발 핥듯 정신없이 더듬었다. 그러나 순심은 눈을 내리깔고 그런 눈길쯤 도롱이 입고 가랑비 지나듯 해버렸다. 젊은 놈들은 순심의 이런 태도에 더 건몸이 달아 가슴속에서 생솔가지가 바직바직 타는 것 같았다.

장막에서는 계속 순심이 타령이었으며 그러는 사이 순심의 내력에 대한 소문이 더 보태졌다. 그 집은 옛날에는 부자였는데 관가 놈들한테 뜯겨 하루아침에 알거지가 되어버렸다거니, 그건 새빨간 거짓말이고 처음부터 들고나는 가난뱅이였다거니, 순심한테는 여기저기서 수없이 혼담이 들어오지만 눈이 높아 어지간한 사람은 거들떠보지도 않는다거니, 혼담이 들어오면 자기가 시집 간 다음에 자기 할아버지와 어머니가 살아갈 마련으로 논 30마지기를 요구한다거니, 무슨 속병이 있어서 시집을 못 간다느니, 밑도 끝도 없는 소문들

22

이 하도 여러 갈래여서 도무지 종잡을 수가 없었다.

정익수는 밤늦게 김치삼 집으로 갔다. 호방 집보다 이 집이 골목도 그렇고 드나들기가 더 안전했다.

"어서 오게."

사랑방으로 들어가던 정익수는 깜짝 놀라 무춤 발을 멈추었다. 웬 낯선 사내가 김치삼과 술상을 받고 있었기 때문이다.

"괜찮네. 알고 지내야 할 분일세."

정익수는 경계하는 눈으로 그 사내를 보며 밋밋이 몸을 방 안으로 들여놨다.

"인사하게. 월산 사시는 분이신데 정참봉 나리하고는 숙질간이네. 그 쪽 정참봉 마름 일을 보고 계셔."

"수고하신다는 말 들었네. 나는 정석남이라고 하네."

"정익수올시다."

정익수가 너부죽이 절을 했다. 정참봉 조카에다 마름이라는 소리에 절로 고개가 숙여졌다. 정석남은 허우대가 헌칠하고 목소리도 거쿨진 호걸풍이었다. 그 허우대에 정익수는 우선 기가 꺾였다.

"참봉 나리 소식도 궁금하고 두루 답답하기만 해서 한번 나와 봤더니, 오늘 저녁에 자네가 오신다고 하길래 소식이나 듣고 갈라고 기다렸네."

"여기 술상 다시 보아오너라."

김치삼이 소리를 질렀다. 그들은 벌써 술이 거나하게 취해 있었다.

"자, 출출한디 우선 한잔 들게."

정석남이 정익수에게 잔을 권했다. 정익수가 잔을 받자 김치삼이 주전자를 들어 술을 따랐다.

"실은, 우리 집안하고 자네 집안은 남이 아닐세. 성씨도 본이 같지마는 그것보다 먼데 살아 그렇지 김제로 시집간 자네 당고모가 내 작은어머닐세."

"아, 그러십니까? 전에 할머님 제사에 오셨을 적에 말씀하신 기억이 납니다."

정익수는 감격하는 표정이었다. 평소 같으면 왼눈도 안 떠볼 처지였으나, 형편이 조금 기우니까 그런 소리를 당겨서 하고 있었다.

"정참봉 나리는 지금 어떻게 하고 계시는가? 어제 자네가 만나뵀다는 기별은 들었네."

어제 저녁 정익수가 다녀간 다음 김치삼은 득달같이 이 정석남한테 달려갔던 것이다.

"다른 분네들하고는 달리 동헌 뒷방 따땃하게 불 땐 방에다 모셨습니다. 그런디 거그는 별동대 아이들이 지키고 있는 통에 가서 뵙기가 수월찮습니다. 오늘은 가서 만나뵙지는 못하고 파수 섰던 아이덜만 만나고 왔소. 오늘은 더 끙끙 앓고 누워 기신다고 합디다."

정익수는 그게 자기 잘못이라도 된 것처럼 정석남 눈치를 보며 말했다.

"오늘 배들 쪽 노인들이 다녀가셨제?"

"예, 말목 이진삼 씨도 다녀가시는 것을 봤습니다."

정석남은 그 점은 뭐라 더 묻지 않았다. 어제 저녁 김치삼한테 소식을 듣고 오늘 새벽에 이진삼을 찾아가지 않았는가 싶었다.

"정참봉 나리를 그렇게 무지막지하게 뚜드려 팬 놈들은 도대체

24

어떤 놈이란가?"

"글씨라우. 저도 그것이 궁금해서 그때 거그 있었던 젊은이들한티 물어봤등마는 모도 첨 본 사람들이라고 합디다. 시방 장막에서도 그 사람들이 누구냐고 숙덕이는디 아무도 아는 사람이 없는 것 같소."

"그럼, 고부 사람들이 아니란 소리가 맞는 모냥인가? 목자들이 험하게 생겼더란디."

"글씨라우?"

"하여간에 자네한틴게 말이네마는, 저 사람들이 가면 몇 조금이나 갈라고 그렇게 험하게들 설치는가 모르겄어. 지각 있다는 사람들은 모두가 하느니 그 말인디, 지금까지 조선 팔도 여러 고을에서 이런 민란이 끊일 새가 없이 일어났재마는, 모도가 *버마재비 용쓰기제 멋이었는가? 조선 팔도를 울리던 *홍경래도 일 년을 못 갔고, 그 드세던 *이괄도 꽹매기 소리 하나로 무너지지 않았어? 하늘에 구름이 끼고 천둥번개를 칠적에는 그 기세가 천년만년 갈 것 같제마는 그것이 아녀."

정석남은 여기 농민군들 앞날도 빤하지 않느냐는 가락이었다.

"하여간, 두고 보세마는 자네 같은 신실한 사람들이나 너무 드세게 놀지 말게."

정석남이 의젓하게 한마디 했다. 어제 저녁 김치삼 말하고 같은 가락이었다.

"감사합니다. 말씀 명심하겠습니다."

정익수는 고개를 굽실거렸다.

그때 호방댁이 들어왔다. 호방댁은 정익수를 보자 부처님 만난 듯 반색을 했다. 정익수는 오늘 호방이 문초를 받았다는 것과 동헌 뒷방 따뜻한 방으로 옮겼다는 소식 등을 전해 주었다.

"어쩔 것 같소?"

"염려 마시오. 장막에서 아무리 야단법석을 떨어도 우리 성님이나 접주님은 그분네들한티는 죄를 크게는 안 씌울 것 같은 눈칩디다."

"아이고 그랬으면 얼매나 조깨라우? 전봉준 그 어른이 키는 적어도 마음은 하늘만치나 넓은 분이라는 소리는 들었소마는."

정익수는 이런저런 이야기를 하다가 내일 저녁에 다시 오겠다며 김치삼 집을 나왔다. 그런데 정익수는 정석남과 만난 뒷맛이 여간 개운찮았다. 터놓고 말을 하는 것 같으면서도 자기대로 생각은 따로 두고 이쪽 마음속을 들여다보려고만 하는 것 같은 음침한 인상 이었다.

2. 고부로 가는 사람들

지리산 연곡사에는 아침 일찍 김칠성이 왔다. 그 뒤에는 원행 차림을 한 사람들이 두 사람이나 따르고 있었다. 이세곤도 와서 반갑게 달주를 만났으나 그는 원행 차림이 아니었다.

"모두 고부서 와서 사시는 분들이다. 엊저녁에 내가 찾아갔등마는 같이 가겠다고 나섰다. 인사들 해라."

고향 사람들이라 모두 반갑게 인사를 했다.

"양지 양반은 안 가시기로 했다. 가실라고 하는 것을 산중에서 둘이나 한꺼번에 집을 비우기가 멋해서 남아 기시라고 했다."

"그래서 자네 얼굴이나 보고 갈라고 왔네."

"감사합니다."

이쪽에서도 월공은 오늘 가지 않고 다음에 오기로 했다. 장호만이 일행 3명과 달주만 가기로 한 것이다. 일행이 7명이 될 판이었다.

고부 사람들은 장호만 일행과도 서로 인사를 나누었다. 저쪽 일행 중에는 목발을 짚은 절름발이가 하나 끼여 있었다. 그냥 절름발이가 아니고 발 하나를 전혀 쓰지 못했다. 몸 한쪽은 숫제 쌍지팡이에 의지하고 있었다.

"당신도 가시겠소?"

오늘 일행의 행수 격인 장호만이 물었다.

"갈랑게 이라고 나섰지라. 나는 날 때부터 묘하게 이 세상을 나와서 이름도 묘할 묘 자 정묘득이오. 난 것만 묘하게 난 것이 아니라, 인생살이도 두루 기냥 묘하기만 혀서, *늙마에는 인저 이런 데까장 와서 또 묘하게 살고 있는디, 오늘은 또 묘하게 생전 안 갈라고 혔던 고향에를 다 가게 되었소."

정묘득이 웃으며 말하자 일행도 모두 따라 웃었다. 작별 인사를 하고 출발했다.

"나는 인생살이만 그렇게 묘한 것이 아니라 꼬락서니 생겨묵은 것도 이렇게 묘하게 생겨묵었소마는, 여그 와서는 약초를 캐묵고 사니라고 이발 하나 갖고도 이 험한 살골짜기를 오소리 댕기는 디 멧돼지 댕기는디, 아무리 험하고 묘한 디도 못 댕기는 디가 없소. 댕기는 속으로는 양다리 가진 사람 두 배는 날랜게 혹시 짐이 될까 그런 걱정은 한나도 하지 마시오. 내가 시방 이 꼬라지를 혀갖고 꼴 자랑할라고 가는 것이 아니라 꼭 가서 낯빤대기를 한번 찬찬히 봐줄 놈이 하나 있어서 가요. 이 한 발로 가다가 못 가면 엉뎅이로 비벼서라도 갈 작정이오."

모두 또 웃었다. 익살을 타고난 사람인지 심각한 소리도 반우스

개로 했고, 말솜씨도 여간 구수하지 않았다.

"여기서 고부까지는 아무리 부지런히 걸어도 밤길까지 보태사 넬 초저녁에나 당도할 것인디……."

아무래도 미덥잖은지 김만복이 한마디 했다.

"염려 마시오. 그것은 댕개 봐서 나도 잘 아요."

"짐은 또 먼 짐을 그렇게 많이 지셨소?"

장호만이 웃으며 물었다. 그의 익살주머니를 건드려보고 싶은 모양이었다.

"고슴도치란 놈이 지가 멋을 져봤자 기껏 물외짐이제 멋이겠소. 모도 허털구털한 것이오마는, 그래도 쓸 만한 것이 한 가지 있기는 있소."

"그것이 멋인디라우?"

"천하에 명약이오. 전접주님이 그런 큰일을 하셨단게로 그 양반 기력 돈구라고, 내가 시방 땅속에 짚이 묻어놨던 *섬사주를 한 병 파서 짊어졌소. 작년 가실 해돋이에 잡아서 당근 것이라 지대로 포옥 우러났을 것이오. *능담이 팔뚝만 하고 그놈이 물고 있는 뚜깨비도 솥뚜껑만 하요. 그런 큰일이 아니래도 나는 전봉준이 그 어른한티 은혜를 져도 크게 진 사람이그만이라우. 우리 아부님이 돌아가셨을 적에 묏자리를 봐준 양반이 그 양반이지라. 찢어지는 형편이라 송장 발 뻗을 방오가 동쪽인지 북쪽인지도 모르고 묻을 판인디, 그 양반이 거그를 지나가시다가 일부러 오셔갖고 자리를 봐줬제 으쨌다요. 그때 쓴 막걸리 한 잔도 대접 못한 것이 지금까지 가슴에 맺혀 있는디, 마침 쫌맞게 이것이 있었구만이라우."

정묘득은 전봉준에게 선물을 가지고 가는 것이 기분이 좋아 못 견디는 표정이었다. 전봉준은 침도 잘 놓고 *화제도 잘 냈지만, 유독 묏자리 보는 것은 근방에 이름이 난 사람이었다. 전봉준은 언제든지 아픈 사람을 보면 침을 놔주고 침으로 안 될 경우에는 약방에 가서 이런 약을 지어다 먹으라고 화제를 내주었다. 입이 비틀어진 사람을 침 한 방으로 바로잡아 준 일도 있었으며, 길가다가 *관격이 나서 드러누워 있는 사람을 침 한 방으로 거짓말같이 살려낸 경우도 여러 번이었다. 가난한 사람이 초상이 났다 하면 부르지 않아도 가서 묏자리를 봐주었다. 특히 이 묏자리를 봐준 사람들은 그 은혜를 두고 두고 잊지 못했다. 부모를 묻으면서 방위도 못 보고 묻는다면 이만 저만 가슴 맺힐 일이 아니라 그런 사람들한테 묏자리 봐준 은혜는 죽을 때까지 못 잊었다.

"아무리 큰소리쳐싸도 안 되겠소. 나하고 짐 바꿔 집시다."

김칠성이 정묘득한테로 다가서며 말했다.

"어어, 이 사람이 암만혀도 수상혀. 아까는 내 짐을 보고도 *중놈 어물짐 보대끼 하던 사람이 섬사주 이얘기가 나온게 짐을 바꿔 지 자고?"

"아이고, 연곡사 부처님 전에 *마지를 넘보제 어느 존전에 시주할 것이라고 내가 그 귀한 것을 넘보겠소?"

"자네 말하는 것이 번드르하기는 하네마는, 고부 근가직이 가서는 내가 짊어지고 갈 것인게, 거그 가서 내노라면 그때는 두말없이 짐을 내놔사 써. 성한 다리라고 그걸 갖고 쪼르르 달려가서 이것 내가 갖고 왔소 하고 전봉준 어른 앞에 내놔분 날에는 나는 뺑덕엄씨

만난 심봉사 신세제 멋이겄어. 점잖은 어른 앞에서 자네 먹살을 잡을 수도 없고 말이여."

정묘득 익살에 모두 한참 웃었다. 정묘득은 김칠성과 짐을 바꿔졌다.

"아까 낯빤대기 찬찬히 봐줄 사람이 있다고 하셨는디, 어뜬 놈하고 그렇게 유감이 많으시오?"

장호만은 정묘득 익살에 입맛이 당기는 모양이었다.

"고부서 천석궁 한다는 정참봉이란 놈 이름 들어봤소? 촘촘히 따지면 천 석이 아니라 이천 석이지라. 그놈 노는 꼬라지 한본 들어볼라요. 뒤에 오는 저 조두레라는 사람도 나하고 똑같이 정참봉인가 개참봉인가 그놈한티 험하게 당한 사람인디 저 사람은 나보담 몬자 당한 사람인게 저 사람 이얘기부텀 합시다. 저 사람은 나보담 몬자 당하그 여그 와서 살다가 나까지 이런 알량한 데로 끄집어온 사람이오."

정묘득이 뒤따라오는 조두레를 가리키며 웃었다. 조두레는 키가 껑충하고 몸이 여간 강단져 보이지 않았다. 정묘득 말에 비짓이 웃고 있었으나 말수가 적은 사람인지 아까부터 한마디도 말이 없었다.

"저 조두레는 이름부터가 두렌게 첨부터 농투산이로 패를 박고 시상에 나온 사람이지라우. 자기 선친이 그 동네 두레 영좌를 하실 때, 그해 두레 첫 일로 보맥이하는 날 낳았다고 두레라요. 저 사람하고 나는 이웃 동네 살아서 내가 저 사람 일을 환하게 아는디, 저 사람은 달랑 정참봉 소작 일곱 마지기에다 온 식구가 목줄을 걸고 살았지라. 그 정참봉이란 놈은 도지 매기는 손이 짜기가 소문난 놈인디, 그때 저 집 타작마당에서 도지를 셈할 적에 초가실에 미리 잡아다 묵은 *올벼논 도지 갖고 시비가 붙었그만이라. 서 되지기뱃이 안 되는 올벼논을 정참봉이 닷 되지기라고 우기등마는, 그 서 되지기를 지멋대로 닷 되지기로 쳐서 마당쓰레기 두어 말을 한 섬으로 쳐갖고 저 사람 몫으로 앵겨부렀소그랴. 닷 되지기냐 서 되지가 이것이면, 기껏 두 되지기 상관인게 그것이라면 뒷목으로 접어줄 만도 허잖겠 소? 그런디, 그런 험한 짓거리 해분게 저 사람 눈에 대번에 생목이 올라부렀구만이라. 댓바람에 지겟작대기로 정참봉 대갈통을 갈겨 부렀소그랴. 그래났으니 일판이 어떻게 되았겠소? 정참봉 대갈통도 어긋났제마는, 저 사람은 몸땡이고 소작이고 두루두루 작살이 나부 렀지라. 그래서 이고 지고 업고 걸리고, 맨맛한 이 지리산 골짜기로 들어왔더라요."

정묘득의 말에 모두 힘없이 웃었다.

"정참봉 그 작자는 논이 이천 석이나 되는 작자가 타작마당에서 되지기 셈까지 하고 댕긴단 말이오?"

이천석이 끼어들었다.

"먼 데는 마름한티 맽기는디, 그 근방 도짓논은 일일이 돌아댕김 시로 그 지랄하는 것이 그놈 시상 사는 재미요. 저 젊은이가 하학동 산당게 말이오마는, 그 동네 이감역이란 놈 소작도 우리 동네에 백 여 마지기 있는디, 그 사람도 자기 손수 타작마당에 나와서 도지를 받아가제마는 정참봉이란 놈한티 대면 그 사람은 양반이오. 땅 가졌 다는 지주치고 더럽잖은 놈 있겠소마는 정참봉이란 놈이 하도 더런 게 그 이감역이란 사람은 거그서 인심났지라우?"

"그라면, 인자 정생원 이야기할 차례구만이라우."

장호만이 웃으며 말했다.

"허허, 그라요. 인저 내 이애기를 할 차례구만이라우. 나는 정참
봉이란 놈 소작을 번 것이 아니라 내 자작논 닷 마지기를 벌어묵고
살았소. 식구가 단출혀서 그 닷 마지가 갖고도 끼니 걱정은 없이 살
았지라우. 농투산이는 너나내나 다 마찬가지제마는, 나는 유독 몸도
이런 디다가 재주라고는 땅 뒤지는 재주백이 없는 놈이라 지나새나
그 논 닷 마지기 한 자락만 수쿠랭이 알 들여다보대끼 들여다보고
살았소. 우숫물 지고 나면 그때부텀 토역날 진흙 이기대끼 그 논만
이기고 살았지라우. 한 발로 이겨도 놈 두 발로 이긴 것보담 배나 이
긴게 소출이 더 날백이 없잖겠소?"

모두 웃었다.

"하여간, 저 사람은 논에서 곡식을 저절로 키워서 낸 것이 아니
라, 억지로 맨들어 낸다고들 웃었지라."

오랜만에 조두레가 한마디 끼어들었다.

"논밭에 곡식이란 것이 절로 자란 것이 아니라 주인네 발자국 소
리 듣고 자란다는 말이 있잖소? 그 말이 한나도 틀린 말이 아니오.
하루에 논에 한 번 간 것하고 두 번 간 것하고 다르요. 잘 보면 나락
이 몸살하는 것까지 뵈지라우. 그런디 그렇게 호랭이 어금니 애끼대
끼 애끼던 그 논을 정참봉이란 놈한티 잡히고 놈의 빚보인을 섰소그
랴. 멀라고 놈의 빚보인을 다 섰냐, 그 이애기까장은 여그서 하잘 것
이 없고, 양안(등기) 생긴 것이 그렇게 생겨서 두 마지기 값에 그 닷
마지기를 전부 잽혔는디, 내가 빚보인 서준 사람이 그해 다른 일로
거덜이 나서 알거지가 되아부렀구만이라우. 놈의 빚보인 서는 아들

은 낳지도 말라는 옛말이 그른 데 없습디다. 생논이 두 마지기나 터도 없이 날아가게 생개분게 사람 미치겠습디다. 그 다음해 봄에 본게 정가란 놈이 그 논을 전부를 갈아자치고 있잖겄소? 먼 일이냐고 한게 인저 이 논은 내 논 아니냐고 합디다. 그러면 두 마지기 값인게 두 마지기만 띠어 달라고 해사 쓸 것 아니냐고 혔등마는, 이놈 말하는 것 쪼깨 들어보시오. 여그 문서 있은게 문서나 보고 이얘기를 하락 합디다. 그놈이 과부년 똥녀까래 내밀대끼 나 같이 뜨고 못 본 당달봉사한티 문서 내미는 것을 보면 먼 속인지 알겄지라우? 그 도적놈이 처음부터 그런 도적놈 심보로 닷 마지기 값에 닷 마지기로 보인 선 것으로 문서를 맨들어놨던 모양입디다. 관청 알림이 나고 야단이 났소마는, 관청 놈들이 뉘 편이오? 그래서 이 지팽이가 나섰지라우."

정묘득이 한쪽 지팡이를 훌쩍 들어보였다.

"다른 데도 아니고, 바로 군아 마당에서 이 지팽이를 이렇게 쥐어갖고 그놈 쌍통을 향해서 그대로 쏘았지라우. 그놈 낯빤대기에 여그 흉터가 있소. 이 지팽이를 맞고 그 자리에 고꾸라지글래 죽은 줄 알았등마는 그 흉터 하나만 지고 살아서 지금꺼정 살고 있소."

그는 맥살없이 웃었다.

"시방 이 지팽이가 그 지팽인디, 나는 이 지팽이를 죽을 때까지 짚고 댕길 작정이오. 짚고 댕기다가 언제 봐도 정참봉 그 작자를 기어코 봐불 참이오. 이 지팽이가 박달나무 지팽인디 이래봬도 무선 지팽인게 이 지팽이 젙에 올 적에는 조심하시오잉."

정묘득은 지팡이 끝을 장호만의 코앞으로 훌쩍 들어보였다. 장호만은 실없이 깜짝 놀라 몸을 뒤로 제꼈다. 모두 와크르 웃었다.

"세상에 그런 때려 쥑일 놈이 있단 말이오. 이참에 가면 조병갑보다 그런 놈부터 작살을 내부러사 쓰겠소."

장호만이 눈알을 부라렸다.

"그놈 만나서 다시 한 번 이얘기를 혀갖고 안 들으면 저 죽고 나죽고 할 참이오."

정묘득은 이를 앙다물었다.

"말씀을 잘 하시다가 한 말씀 잘못하신 것 같소. 왜 저 죽고 나 죽고 해라우? 그 자식은 날강도고 당신은 아무 죄도 없는게, 너 죽고 나 살자고 해사제, 왜 당신까지 죽어라우?"

이천석 말에 모두 와 웃었다.

"모두 웃는디라우. 내가 재담으로 하는 소리가 아니오. 가만히 들어보면 모두 아무 생각 없이 너 죽고 나 죽자고 하는디, 찬찬히 한번 생각해 보시오. 너 죽고 나 죽자고 해갖고는 우선 나 죽기부터가 겁이 난게 너도 못 죽이고 나도 못 죽소. 아까 지팽이를 날려도 해필 군아 마당에서 날린 것은 너 죽고 나 죽자고 날린 것인디, 실상은 맘 한쪽에서 내가 죽기부터 겁이 난게 지팽이를 날렸어도 그 놈이 안죽게 날렸을 것이오. 그때 눈에 뵈는 것이 없었는디, 먼 소리냐고 하실 것이오마는 내 말이 틀림없소."

이천석은 내가 당신 속을 다 들여다보고 있다는 듯이 희떱게 웃으며 말했다.

"저 사람이 시방 먼 소리여?"

정묘득은 그게 무슨 당찮은 소리냐는 표정이었다.

"제 말씀 더 들어보시오. 그런 놈을 참말로 죽일 맘이 있었다면이라우. 거그서 지팽이를 안 날려사제라우. 너만 죽이고 나는 살아사쓰겠다, 마음부터 이렇게 묵어사 죽이오. 아까 그렇게 지팽이를 던질 때도, 참말로 그놈을 죽이고 싶었으면 아무리 눈에 뵈는 것이 없어도라우, 그 때는 꼭 참고 집으로 돌아와서 한 달이고 두 달이고 그놈 죽일 궁리를 해사 쓰요. 그놈이 밤에 어디 갔다올 때 동네 뒷산이 있으면 그런 뒷산 어디 으슥한 디 숨었다가 그 지팽이로 감쪽같이 없애불고 시치미를 뚝 따불면 누가 안다요. 그런 놈은 그렇게 감쪽같이 죽여 놓고 나는 에헴하고 그런 놈 없는 세상을 남보란 듯이 살아사제라잉. 그런게 너 죽고 나 죽자는 소리는, 따지고 보면이라우, 실상은 너 죽이면 나도 죽은게 너도 못 죽이겠다는 소리요. 그런게 그런 소리는 겁만 주자는 소리지라우. 진짜로 죽일라면 너는 죽고 나는 살자고, 생각을 고쳐 묵어야 죽이오."

모두 처음에는 헤실헤실 웃었으나 이천석이가 하도 진지하게 말을 한데다, 딴은 그럴 듯한 소리라 모두 고개를 끄덕였다.

"듣고 본게 대차나 그 소리가 옳은 말씀 같소."

여태 말이 없던 김칠성이 감탄을 했다.

"우리같이 심 없는 사람들이 지대로 시상을 살라면 그런 놈은 그렇게 깜쪽같이 한나쓱 죽애부는 방도뱉이는 다른 방도가 없소. 돈 없고 못난 놈들은 항상 그런 놈들한테 눌리고 뜯기고, 아까 그런 무지막지한 날강도질을 당하고 관청에다 알려도 그놈을 죽이기는커녕 되레 그런 놈들 편을 들잖소. 그런게 우리도 지대로 살라면 그런 일이 생길 때마다 그런 놈들을 죽이는 수뱉이 다른 수가 없소. 이참에 전봉준 접주님이 고부에서 일어나신 것도 바로 그것이오. 그런디 꼭 그렇게 크게만 일을 할라고 하지 말고 아까 그런 놈들은 그럴 때 한나쓱 한나쓱 죽애부러사 쓰요."

이야기가 의외로 심각해졌다.

"저 사람 말이 나는 백번 옳은 것 같소."

장호만이 웃으며 정묘득을 돌아봤다.

"그놈의 새끼!"

정묘득이 혼잣소리로 가볍게 뇌며 숨을 씨근거렸다. 그의 눈은 안으로 잦아들고 있었다. 이천석 말을 듣고 무슨 결심을 한 것 같았다.

"하여간, 정참봉인가 개참봉인가 그놈은 꼭 죽여사 쓸 놈이오. 세상에 논을 뺏어도 뺏어묵을 사람이 따로 있제 당신 같은 사람 논을 뺏어묵어라우."

김만복은 이를 앙다물었다. 정묘득이 가쁜 숨을 내쉬고 있었다.

"오늘이 열사흘인게 모레가 정월 보름인디유, 여그서는 보름을 기냥 넘겨도 쓸란지 모르겄네유?"

연엽이 조망태한테 물었다.

"참말로 그라요. 글안해도 모레가 보름이다는 생각은 했소마는, 미처 보름 쇨 생각은 못했소. 어떻게 했으면 쓰겄소?"

조망태가 되레 연엽한테 물었다.

"깊이는 생각을 안 해봤는디유, 우선 찹쌀하고 팥만 있으면 찰밥을 쇨 것 같은디, 반찬은 어떻게 했으면 쓸란지 그것을 잘 모르겄구만유. 이 많은 수에 나물 같은 것은 엄두도 못낼 것 같구유, 국물이

나 한 가지 색다르게 끓이든지 했으면 으짤런지.”

연엽이 자신 없이 말했다.

“국물을 색다르게 끓인다? 미역국을 끓일라면 미역을 사와사 쓰겄고, 가만 있자, 두령님들하고 의논을 해봐사 쓸 것 같소. 내가 갔다 올라요.”

바삐 몇 걸음 가던 조망태가 갑자기 돌아섰다.

“나 혼자 갈 것이 아니라 같이 가서 의논을 합시다.”

“저도유?”

연엽은 자기 매무새부터 훑어봤다. 옥양목 저고리가 깨끗했다. 날마다 갈아입기 때문이었다. 연엽은 걷어 올렸던 소매를 내리고 머리를 쓰다듬으며 조망태를 따라나섰다. 장작불 곁에서 발그랗게 익은 볼이 연지를 바른 것보다 고왔고, 일을 하다가 나서니 한창 물오른 처녀의 싱싱함이 물에서 금방 올려놓은 생선같이 생기가 돌았다. 연엽은 전봉준을 만날 생각을 하자 지레 가슴이 뛰었다. 전봉준을 그제 봤으나 그를 본지가 한 달도 더 된 것같이 아득하게 느껴졌다.

연엽은 정익서가 특별히 마음을 써서 읍내에 방을 하나 얻어주어 거기서 다른 여인들과 함께 기거를 하고 있었다. 송덕보 아내 천원댁도 같이 자면서 들 때나 날 때나 입에 혀같이 잔일을 거들어 주며 빨래도 그가 맡아놓고 해주었다. 연엽은 자기 빨래만은 자기가 하겠다고 아무리 말려도 듣지 않았다. 천원댁은 천성을 그렇게 타고났는지 입도 부지런했지만, 손도 입만큼 부지런해서 낮이고 밤이고 한참도 손을 재워두지 못했다. 오늘부터는 남편 송덕보도 장막에 나오자 천원댁은 한층 신명이 나서 웃음소리가 한결 호들갑스러웠다. 그러니까 그 집도 올망졸망한 아이들 여섯까지 식구들 전부가 나와서 여기다 끼니를 기대고 있었다. 농민군이 해산하면 이런 사람들은 어찌될까 걱정이 될 지경이었다.

연엽이 지나가자 장막 주변에 서성거리고 있던 사람들이 수군거리기 시작했다. 충청도, 유식, 어쩌고 하는 말들이 들려왔다. 연엽은 고향을 들먹이는 것은 아무렇지도 않았으나 자기더러 유식한 처녀라고 하는 데는 부끄러워 견딜 수가 없었다. 그 소리를 들을 때마다 자기가 무슨 거짓말이라도 하고 있는 것 같아 얼굴이 화끈거렸다. 천자문과 동몽선습을 떼었을 뿐이고 오빠한테서 동학 이야기를 들으며 중요한 사실들을 한자로 기억해 둔 것뿐인데, 여자들이 거의가 일자무식이라 그런 정도를 가지고 유식하다고 이렇게들 떠들썩했다.

도소에서는 두령들이 고개를 맞대고 무얼 보고 있다가 고개를 돌렸다. 연엽이 나타나자 모두 깜짝 놀랐다. 마침 정익서도 거기 같이 있었다.

"멋이냐, 모레가 보름 아니오? 이 큰애기가 이얘기를 해서사 나도 개득을 했는디, 기왕 밥을 한 짐에 그날 아침에 찰밥이라도 해서 먹였으면 으짜겄소?"

"그렇구먼요. 그냥 넘겨서는 안 될 것 같습니다."

정익서가 전봉준을 보며 물었다.

"나도 보름이다고만 생각하고 있었지, 거기까지는 생각이 못 미쳤더니 잘 생각했소. 어떻게 했으면 쓰겠소?"

전봉준이 정익서를 봤다.

"둘이 의논을 하다가 온 것 같은데……."

정익서가 조망태와 연엽을 번갈아 봤다.

"말을 해보셔."

조망태가 연엽을 보며 채근했다.

"찹쌀하고 팥만 있으면 찰밥하기는 일이 없는디유, 국이라도 색다르게 끓였으면 어쩔까 싶그만유. 미역국 같은 것은 돈이 너무 많이 들겠지유? 그냥 미역만 끓일 수는 없고……."

연엽이 말꼬리를 흐렸다.

"찹쌀과 팥은 문제가 없습니다."

조망태가 말했다.

"미역은 여기 장에도 웬만큼 나겠지만, 줄포 가면 미역은 얼마든지 살 수는 있을 것이고, 무엇을 넣어서 끓였으면 좋겠소?"

전봉준이 연엽을 보며 물었다. 내일이 여기 고부 장인데 미역을 말하면서 여기 장을 놔두고 굳이 줄포를 들먹인 것은 여기 장에 난 미역을 농민군들이 떨이를 해버리면 값도 오르겠지만, 여기 장만 믿고 있던 여염집에서 낭패를 볼 것 같아 그걸 염려한 것 같았다. 대목장이라 미역이 많이는 나겠지만, 장막에서 사야 할 양은 장에 난 것 전부 떨어도 부족할지 몰랐다.

"해물도 좋겠지만 돈 형편이 어떠신지?"

연엽이 조심스럽게 말했다.

"이것은 우리 농민군만 보름을 쇠는 것이 아니고 여기 나와 밥 먹는 사람들이 전부 쇠는 것이니 기왕 찰밥을 해서 보름을 쇠려면 모두 오랜만에 명절답게 한번 쇠봅시다. 소를 한 마리 잡지요."

"소를 잡어라우?"

전봉준 말에 두령들은 깜짝 놀랐다.

"지금까지는 밥만 삶아댔지, 고생하는 농민군들한테 반찬 한 가지 입에 닿게 먹여보지를 못했는데 마침 잘 됐소. 대명절이니 핑계도 좋고 한번 명절답게 쉽시다."

전봉준이 시원스럽게 결단을 내렸다.

"그러겠습니다. 기왕 대명절을 명절답게 쇠려면 오랜만에 쇠고기도 한 번씩 맛보게 소를 잡는 것이 좋겠소. 기왕 돈 들일 것, 같은 값이면 다홍치마라고 소문도 그렇고 두루 좋겠소. 지난번 삼례 때는 되아지를 잡아논게 못쓰겠습디다."

정익서 말에 모두 웃었다. 그때 배탈이 나서 낭패를 보았던 일이 생각난 모양이었다. 정익서가 소문도 그렇다고 한 것은 그렇게 풍청거리고 있다는 소문이 널리 날 것이라는 소리 같았다. 그는 항상 일을 멀리 보았다.

"소 잡았다는 소문나면 곁꾼들이 더 많이 모여들 것인디 그라면 밥도 많이 해사 쓰겠그만이라."

"많이 하시오. 찰밥은 식어도 상관없으니 밥은 저녁에 해놓고 내일 새벽부터는 국만 끓이지요."

"어허, 깐딱했더라면 농민군들 보름이 개보름이 될 뻔했는디, 충청도 큰애기 덕분에 보름 한번 걸게 쇠보겠네. 나는 시상에 나와갖고 쇠고기 맛을 한번이나 봤는지 어쩼는지 모르겠는디, 뜬금없이 쇠괴기가 들어가면 뱃속에서는 이것이 먼 일인고 하게 생겼소."

조망태 익살에 모두 유쾌하게 웃었다.

"다른 고을 사람들이 우리가 소 잡아서 보름 쇘다는 소식 들으면 우리 고부 사람들을 모두 살찐 부처님으로 우러러볼 것이오."

송대화도 한마디 했다.

"소 사다 잡는 일은 조생원이 최경선 씨하고 의논해서 하시오."

정익서가 조망태한테 지시를 했다. 조만옥과 연엽은 자리를 뜨려 했다.

"잠깐."

전봉준이 그들을 멈춰놓고 조금 옆으로 돌아앉아 옆구리에 찬 주머니를 끌렀다. 은자 여남은 닢을 꺼내더니 곁에서 파지를 하나 주워 그걸 쌌다.

"어디서 돈 한 푼 날 데 없는 처지라, 설빔도 못 해 입었을 것이고, 보름이 설이다 생각하고 이걸로 낼 장에서 옷이나 한감 떠다 해 입으시오. 그 동안 동학 강을 하고 다닌 *강미가 쌀로 여러 섬이 밀린 셈인게, 훈장님 강밋돈이다 생각하시오."

전봉준이 연엽한테 돈을 내밀며 웃었다. 모두 따라 웃었다.

"멀 그런 걸 주서유."

연엽이 뒤로 한발 물러나며 눈을 크게 떴다.

"공짜가 아니고 강밋돈이오. 촘촘히 가림걸이를 하려면 아직도 멀었구려."

전봉준이 손을 내밀고 있었으나 연엽은 선뜻 다가오지 못했다.

"얼른 받제. 접주님 어깨 빠지겠구만."

조만옥이 거들자 연엽은 잔뜩 골을 붉히며 하는 수 없이 두 손을 내밀었다. 돈을 받아 쥐며 눈을 들어 전봉준을 똑바로 봤다. 전봉준이 따뜻하게 웃고 있었다.

장막에서는 저녁밥을 먹은 농민군들이 장막 한쪽에 앉아서 담배를 피우며 무슨 이야기를 하는지 박장대소를 했다. 그리 사람들이 몰려들었다. 또 한바탕 폭소가 터졌다.

"그런 재밌는 이야기를 헐라먼 저 앞으로 나가서 하시오, 여럿이 쪼깨 듣게. 정참봉 이야기라면 들을 사람 많소."

뒤에서 누가 소리를 질렀다. 읍내 쪽 농민군들 가운데는 정참봉 소작인이 많았다. 모두 앞으로 나가서 이야기를 하라고 그 사람을 밀어냈다.

"정참봉이 소작료 받아감시로 작인한티 크게 적선한 이얘긴디라우, 이 이야기는 영판 들을 만한게 내가 다시 해드리지라우."

그는 앞으로 나서며 말했다. 밥 먹던 사람들이 모두 그를 봤다.

"기왕 이얘기를 헐라먼 저 단으로 올라가서 하시오."

"이런 이얘기를 단에까장 올라가서 해라우? 내 이얘기도 아니고 놈의 이얘긴디……."

"그래도 다 듣게 단으로 올라가서 하시오."

그는 마지못해 앞으로 나가 단으로 올라갔다.

"허허, 권에 띄어 방갓 쓴다등마는 시방 내가 꼭 그짝 나부렀소. 잣것, 나도 이랄 때나 한번 이런 디 올라와 보제 언제 올라오겄소. 이 이야기 임자는 내가 아니고 저그 정참봉 동네 진선리 사는 정참복 잭인이오. 나는 누구냐 허먼이라, 정참봉 동네서 한참 저 밑에 있는 양천리라는 동네서 사는 오기창이라는 사람이오. 저는 다른 것은 한나도 지대로 타고난 것이 없소마는, 오기 사발은 몇 사발 지대로 타고 났는디, 이름헐라 오기창이라 논게, 동네 못된 것들이 '오기 창

창 오기창, 오기창고 오기창'이라고 놀래묵소. 내가 이래봬도 나이
가 부러진 환갑인디 그렇게 놀래묵어사 쓰겄소?"

오기창은 익살이 구수했다. 모두 비슬비슬 웃으며 듣고 있었다.
오기창은 어렸을 때부터 그 동네서 오기쟁이로 소문이 난 사람이었
다. 무슨 일에든지 한번 비위가 상해서 어긋하게 고개를 숙이는 날
에는 죽었던 자기 할아버지가 깨나서 말려도 안 들을 거라는 사람이
었다.

"아까 저그서 우리끼리 웃던 정참봉 이얘기가 멋이냐 허먼이라,
여그 시방 정참봉 잭인들이 백 명도 넘을 것인게 모도 잘 알 것이오
마는, 정참봉이란 사람이 도지 받아가는 손길이 오죽이나 맵소? 이
정참봉이 그 동네 장씨란 잭인한티서 *뭇갈림으로 도지를 받아가
는디, 이번에는 먼 생각을 했든가 적선을 해도 사정없이 크게 적선
을 하더라는 이얘기요. 그런게 그 장씨가 정참봉 소작 서 마지기를
벌고 사는디, 한 동네라 정참봉이 해마다 그 논에서 뭇갈림으로 도
지를 받아갔던갑습디다. 지난 가실에 그 장씨가 나락을 비어서 그
런게 *나락뭇을 열 뭇쏙 열 뭇쏙 가리로 쌓고 있는디, 그렇게 가리
를 열 뭇쏙 쌓아가다 본게 마지막 가리는 한 가리고 못 되고 닷 뭇
빽이 안 되더라요. 그래서 그 닷 뭇도 밑에 서 뭇 욱에 두 뭇, 이렇
게 대가리 없는 애기가리로 쌓아놨그만이라. 그때 정참봉 나리께서
도지를 나눠 갈라고 그 논으로 써억 거동을 했소그랴. 열 뭇 온가리
는 일테면 스무 가리쏙 스무 가리쏙 지대로 짝이 맞아서 양쪽으로
똑같이 나눴는디, 그렇게 나누고 본게로 달랑 그 애기가리만 남았
잖겄소?"

모두 헤실헤실 웃으며 듣고 있었다.

"정참봉 나리께서 이 애기가리 절으로 오등마는, 그 애기가리도 헐어자채 갖고 뭇까지 나누는구만이라. 이 한 뭇은 내 꺼, 이 한 뭇은 니 꺼, 또 이 한 뭇은 내 꺼, 이 한 뭇은 니 꺼……."

오기창이는 손으로 일일이 *볏뭇 나누는 시늉을 하며 익살을 부렸다. 모두 배를 쥐고 웃었다.

"이렇게 두 뭇쓱 두 뭇쓱 나누고 난게 인저 달랑 이렇게 한 뭇이 따악 남았잖겠소?"

오기창이는 마지막 남은 한 뭇을 손에 들고 흔드는 시늉을 했다. 모두 웃음을 걷잡지 못했다.

"그런게 이 한 뭇도 그 뭇을 이렇게 풀어갖고 한 주먹쓱 한 주먹쓱, 이 주먹은 내 꺼, 이 주먹은 니 꺼, 나 같으면 이라고 나누겠는디, 워매 이 양반이 얼매나 인심이 후헌 양반이든지 이 뭇은 풀어보지도 않고 기냥, '아나, 이놈은 너 가져라. 한여름 뙤약볕에 농사짓니라고 얼매나 고생이 많았냐? 농사짓는 고생이 얼매나 뼈아픈 고생인지 내가 다 안다. 애러 말고 가져.' 아, 이람시로 기냥 그 한 뭇을 손도 안 대고 거저 줘 불드라요."

오기창은 뭇을 주는 시늉을 하면서 정참봉 말을 익살스럽게 흉내 냈다.

"이 양반이 적선을 혀도 이렇게 크게 적선을 혀부렀는디, 그런 사람이 극락에를 안 가면 누가 극락에를 가겠냐, 아까 내가 이랬등마는 모도 그렇게들 웃었드라요. 그런게 모도 웃기만 할 것이 아니라, 생각이 있으면 생각을 한번 해봅시다. 그런 사람이 극락에를 안 가면 누가 극락에를 가겠소? 조뱅갑이가 가겠소, 전주 감영 감사 나리가 가겠소? 정참봉은 극락에를 가도 기냥 가는 것이 아니라, 사인교에다 떵뚱땡뚱 삼현육각에 깨갱깽깽 풍물까지 잽히고 갈 것이오."

오기창은 떵뚱땡뚱 할 때는 손가락으로 줄 퉁기는 시늉을 하고, 깨갱깽깽 할 때는 꽹과리 치는 시늉까지 했다. 모두 폭소를 터뜨렸다.

"시방 정참봉 나리께서 극락에를 가실라고 동헌 뒷방에 앉아 기두르고 기시는디, 그 양반이 극락에를 가실 채비를 하니라고, 공것 묵어서 벗어진 머리는 거그 없었던 가짜 상투도 띠어 자채붙고, 초상난 집 메누리 머리 풀대끼 상투도 풀고, 얼굴에는 여그저그 혹까지 여러 개 달고, 시방 아전놈들하고 동무해서 갈라고 지다르고 기시오. 그 양반이 극락에 갈 적에는 우리가 꼭 별성마마 배송하대끼 배송굿을 쳐들여사 쓰겠는디, 가만 있으시요잉."

오기창은 가만 있으라 해놓고 밥 먹는 사람들 속으로 성큼성큼 들어갔다. 꽹과리를 곁에 놓고 밥 먹고 있는 사람한테서 꽹과리를 집어왔다.

— 깡.

"정참봉 나리께서 인저 아전 나리들하고 동행을 혀서 극락엔가 지옥엔가, 하여간에 저승에를 이렇게 줄줄이 늘어서서 가시는디, 젤 앞에 여그는 정참봉, 그 뽀짝 뒤에 여그는 호방, 그 뒤에는 이방, 그 뒤에는 수교, 이렇게 인저 고부 물건들이 몽땅 줄줄이 늘어서서 저승에를 가요그랴. 그럴 적에 우리가 인저 그 사람들 앞뒤로 늘어서서, 앞에 가는 사람들은 저승길을 닦아주고 뒤에 가는 사람들은 배송굿을 치고 따라가는디, 내가 한번 치고 가볼 것인게 모두 그때 칠라면 잘들 봐두시요잉. 내가 도상쇠 정만조 씨는 아니제마는 한번 치고 가보는디, 똑 요로크롬 치든 것이렸다!"

　─깨갱깽깽 깨갱깽깽.

　오기창이 꽹과리를 깨져라 두들기며 단을 내려섰다. 아까 왔던 자기 자리를 향해 신나게 두들기며 갔다. 그는 고개를 삐딱하게 재끼고 엉덩이를 좌우로 휘딱휘딱 내두르며 정신없이 꽹과리를 두들기며 가고 있었다. 밥 먹던 사람들은 밥숟가락을 놓고 웃음을 주체하지 못했다. 오기창은 계속 치고 갔다. 자기 자리에 이르렀다.

　"인저 저승에 다 왔소. 밥들 맛있게 잡수시오."

　오기창은 거기 이르러서야 꽹과리를 그치고 이쪽을 향해 크게 소리를 질렀다. 밥 먹던 사람들은 배를 쥐고 웃었다.

　"나도 한 마디 할 말이 있소."

　저 뒤에서 키가 껑충한 사내 하나가 크게 소리를 지르며 엉금엉금 앞으로 나왔다. 얼굴이 몹시 상기되어 있었다.

　"나는이라우, 금방 저 사람 동네 곁에 구룡리 사는 최낙수란 사람이오. 저 사람매이로 입담은 없소마는 하도 억울한게 여러분네들 앞에서 내 사정이나 한번 이애기를 해뿌러사 내가 숨을 쉬고 살 것 같아서 이라고 나왔소. 재미나는 이애기는 아니제마는 몇 년 동안 내 창시가 녹아난 이애긴게 한번 들어주시오."

　최낙수는 지레 입에 거품을 물었다. 모두 뚤럼한 눈으로 최낙수를 보고 있었다.

　"나는이라우, 톡 까놓고 말하면 정참봉한티 속 뵈일 짓거리를 몬자 하기는 한 사람이오. 속뵐 짓거리가 멋이냐 하면, 정참봉이 도지를 하도 짜고 맵고 속창시까지 싹싹 다 긁어가글래 타작하기 전날 밤에 나락가리를 한 가리 아랫사람 논으로 욍개 놨제 으쨌더라요. 많이도 아니고 꼭 열 못 한 가리요. 내가 그 나락 열 못에 죽고 살아서 그런 것이 아니고, 우수물 지고 나서부텀 여름 내내 뼈가 녹아나게 농사짓은 것을 생각하면, 그 작자 손끝 맵게 도지 훑어가는 것이 하도 속이 곯고 씨리고 참말로 환장하겄글래, 그날 저녁에 어디 갔다 오다가 그 논 젙을 지남시로 무망간에 그런 짓을 했제 으쨌더라요. 그해에는 농사헐라 삐득혀서 반타작도 못 되겄는디 새끼들하고 묵고 살 일을 생각한게 잠시 눈에 헛것이 씨었든갑습디다. 그런디, 이 작자는 타작하는 날 아침에 일찍 논에 나와서 나락가리를 돌아보등마는, 냄새 맡은 사냥개매이로 아랫논으로 뽀르르 가잖겄소. 가등마는 영락없이 그 나락가리를 찾아내붑디다. 꼭 어디서 보고 있다가 찾아낸 것매이로 그 나락가리를 찾아내 갖고 거그서 나락못 한나를 들고 나한티로 오등마는 이것이 누 나락못이냐고 묻잖겄소? 모르겄다고 시침을 뚝 띠어부렀지라우. 그랬등마는 두말 않고 아랫논 나락못에서 *매끼를 한나 풀고 그 나락못에서도 매끼를 풉디다. '봐라, 이 매끼는 왼손으로 튼 니 솜씨고, 이 매끼는 다른 사람 솜씨여.' 이러잖겄소. 나는 두말 못했지라우. 그랬등마는, '너는 해마등 이랬을 것이다. 니가 내소작 번 지가 10년인게, 10년치 열 짐에다, 그 이자로 배를 쳐서 스무 짐을 제해사 쓰겄다. 이자를 그것만 쳐준 것도 봐주는 중 알아라' 이람시로 그 스무 짐을 딱 제하고 나머지를 훑어서 도지를 받아가등마는 그 담해부터는 소작도 띠어가 붑디다. 그래서 나는 빈털터리로 지금까지 살고 있소."

48

사내는 기가 막힌다는 듯이 멀겋게 웃었다.

"나도 그렇게 칙칙한 짓거리를 한 놈이 멋이 잘났다고, 이런 이야기를 만중 앞에서 이렇게 하겠소마는, 아까 뭇갈림을 함시로 한 뭇까장 나눠 가드란 소리를 듣고 본게 오장이 활딱 뒤집어져서 이라고 나왔소. 나는 나락 열 뭇 외봉쳤다가 10년치를 배로 물고, 소작까지 떼이고 여태까지 도둑놈으로 살아왔소. 속으로는 미치고 환장하제마는, 내 잘못이 있어놔서 여태까지 어디 가서 입 한번 짝을 못하고 도둑놈으로 죽어 살아왔는디, 여그 나온 사람들이 모도가 나같이 소작을 벌고 있는 사람이 태반인 것 같글래 복장 터진 소리나 한번 혀뿌러사 내가 살 것 같아서 좋잖은 이야기를 했소. 으짜요, 기왕에 이런 자린게 한번 톡 까놓고 말을 조께 혀봅시다. 그 지주 놈들이 아무리 즈그덜 전답이라고 하제마는, 그렇게 무지막지하게 도지 뜯어간 것은 잘한 일이고, 그래 내가 나락 한 짐 외봉친 것은 그렇게 큰 죄란 말이오? 나는 그 나락 한 짐 외봉친 죄로 꼭 그 20배나 생살을 뜯기고, 소작 떨어지고, 도둑질한 도둑놈까지 되아갖고 지금까지 숨도 지대로 못 쉬고 병신이 되어서 살고 있소. 내가 할 말이 아니라, 나는 놈의 것이라고는 쓰다 땡개분 새내끼 한 토막 줏어와 본 적이 없는 사람이오. 으짜요, 말들 쪼께 해보시오. 내가 그런 짓거리 한번 했다고 내가 시방 그렇게 못된 도둑놈이오?"

사내는 미치고 환장하겠다는 표정이었다. 눈에서 불이 나는 것 같았다. 그때 벌떡 일어서는 사람이 있었다.

"당신은 도둑놈이 아녀. 니기미, 우리 가운데서 그런 외봉 안 친 사람 있으면 손 한번 들어보시오. 지주 놈들 그렇게 무지막지하게 도지 뜯어가는 것이나, 우리 하는 것이나 멋이 달라? 그놈들은 낯내 놓고 뜯어가고, 우리는 낯가리고 하는 차이 뿐이여!"

사내는 뚝배기 깨진 소리로 악을 썼다.

"맞어. 개새끼들. 이참에 다 죽여부러."

"관가 놈들보다 그놈들을 몬자 쳐죽여사 써."

여기저기서 악다구니가 쏟아졌다.

"가만있으시오. 요것도 내가 한번 개탕을 쳐볼라요."

오기창이 저쪽에서 바삐 나왔다. 단으로 올라갔다.

"그런게, 이 양반 하는 소리가 멋이냐 하면, 지주 놈이 하도 손끝이 짜고 맵게 도지를 뜯어간게, 미치고 환장하겄어서 나락 한 짐을 외봉쳤다. 그때 한번 외봉을 쳤는디, 아무 죄도 없는 10년치를 이자까지 계산을 혀서 20배를 그해 타작마당에서 가져가 불고, 소작도 떼어가 불고, 그 죄로 도둑놈까지 되아갖고 지금까지 고개를 못 들고 살고 있다. 나락 한 짐이 그렇게 큰 죄냐, 시방 이 말씀이오. 금방 말씀하시는 것을 들어본게 그것은 죄가 아니다, 시방 이것이구만이라우. 그런게, 죄가 아니라는 소리가 먼 소리냐 하면, 그렇게 무지막지하게 도지 뜯어간 것에 대면 나락 한 짐 외봉친 것은 죄가 아니다. 시방 이것이오. 기왕에 이런 말이 나왔은게 날씨도 꾸물꾸물하겄다, 오늘은 이런 것이나 조단조단 한번 따져봅시다."

동네 대표들은 동헌으로 회의하러 모두 거기 가고 농민군들은 할 일이 없던 참이었다.

"내가 한마디 할라요."

저 뒤에서 소리를 질렀다.

"소작 번 사람들은 모도 당해봤은게 알겠제마는, 그놈들 가실에 와서 무지막지하게 도지 뜯어갈 적에 얼매나 가슴이 쓰리고 아픕디여. 그놈들은 도지를 받아가제마는 잭인들 가슴 쓰린 것으로 치면 잭인들 가슴에는 대못을 한나쓱 쿵쿵 치는 것이나 일반이오. 정참봉 그놈은 논이 이천 석인게 소작인들 가슴에다 해마둥 천개 만개 못을 치고 댕기는 놈이오. 그것을 아까 10년치 받아가대끼 조상 대대로 치면 그놈 조상들부터 우리 가슴에다 수천 개 수만 개 대못을 쳐온 놈이지라. 잭인들 가슴에다 못을 치고 댕기는 것은 죄가 아니고, 나락 한 짐이 그렇게 큰 죄라요? 우리는 그놈들 가슴에 대못 박은 일은 없소. 땅은 즈그덜 것인게 즈그 땅에서 도지 받아가는 것이사 누가 멋이락 하겠소마는 해도 방불해사제라우. 우리도 기왕에 이렇게 대창 들고 일어났은게 이참에 그놈들 가슴에도 못을 한나쓱 박아줍시다."

"옳소."

악다구니가 쏟아졌다. 그때였다.

"여보시오, 대못은 옳소마는, 그 말에 어폐가 한나 있소."

젊은이 하나가 벌떡 일어나며 소리를 질렀다.

"즈그덜 땅에서 도지 받아가는 것이사 멋이락 하겠냐고 하셨는디, 즈그들이 그런 땅을 장만할 적에 지대로 장만했다요. 그놈들은 도둑놈들보다 더 무지막지한 짓거리를 해서 땅을 긁어 들인 날강도들이오."

젊은이는 시퍼렇게 악을 썼다.

"옳은 소리요. 그놈들은 날강도도 그런 날강도들이 없소."

곁에서 역성을 들고 나왔다.

"정참봉인가 개참봉인가 그 작자 덕택에 오늘 판은 한번 지대로 벌어지겄소. 더 말씀들 해보시오."

오기창이 웃으며 부추겼다. 아까 어폐 있다고 악을 쓴 젊은이가 말을 이었다.

"정참봉 그 작자가 어떻게 전답을 장만한 중은 시상이 다 아요마는, 우리 동네서는 그놈한티 땅을 강도질당하고 홧병으로 죽은 사람이 있소. 그것이 바로 우리 성님이오. 우리 성님이 그 정참봉한티 논한 마지기 값을 빚을 냄시로 논문서 닷 마지기를 잽혔다가 기한 안에 안 갚았다고 논 닷 마지기를 다 채가부렀소. 관청알림을 했소마는, 그놈이 첨부터 관하고 짜고 농간을 부려놔서 우리 성님은 죄 없이 곤장까지 맞았고 그 홧병으로 죽었소. 아까 나락 한 짐 외봉친 것을 갖고 으쨌다고 했는디, 그 놈은 그 천 배 만 배 날강도요. 그렇게 당한 사람이 고부 천지에 한둘인 중 아시오?"

"나도 그놈한티 꼭 그렇게 논을 뺏긴 사람이오."

저 뒤쪽에서 악을 썼다.

"나, 나도 한, 한 마지기 값에 두, 두, 니미랄 것, 두 마지기를 그, 그놈한티 가, 강도질 당한 놈이오. 그, 그놈을 그냥 찢어쥑입시다."

사내는 말을 더듬으며 소리를 질렀다. 처음 말을 시작할 때와는 달리 거의 발악적인 소리로 악을 썼다. 이런 말을 할 때도 말을 더듬는 자기 자신이 화가 난 듯 얼굴이 벌겋게 달아올랐다. 자기가 말을 더듬어 *어리눅어 보이는 꼴이 그만큼 못나 보이고, 그렇게 못났기 때문에 그런 억울한 일을 당한 것으로 보 일 것 같아 그만큼 더 화가 나는 모양이었다.

여기저기서 나도 그렇게 당했다고 소리를 질렀다.

"가만 계십시오. 어디 정참봉한티 그렇게 당한 사람 손 한번 들어보시오."

여남은 명이나 손을 들었다.

"정참봉한티는 안 당했어도 아전들이랑 다른 지주 놈한티 그렇게 당한 사람들이 수두룩해요."

여기저기서 악다구니가 쏟아졌다.

"가만기십시오. 그라면 여그서 가닥을 한번 추래본 담에 이야기를 합시다. 시방 이야기가 여러 가닥으로 뒤얽혀부렀소. 이야기가 서로 얽히기는 얽혔재마는 이야기를 크게 가닥을 취리면 시 가닥이 구만이라우. 한 가닥은 멋이냐 하면, 정참봉이 도지를 받아가도 너무 짜게 받아간다 이것이고, 또 한 가닥은 정참봉한티 땅을 강도질 당한 사람이 있다 이것이고, 시 번째는 잭인들이 쪼깐 잘못혔다고 소작도 띠어가 부렀다, 이렇게 시 가닥이오."

오기창은 제법 조리 있게 *졸가리를 추려서 *각단을 지었다. 모두 조용히 듣고 있었다.

"그라면 몬자 도지 짜게 받아가는 것부텀 따집시다. 도지를 받아가는 것은 즈그덜 땅에서 도지를 받아가는 것이제마는 반타작을 당하고 나면 우리 가슴에는 해마다 쿵쿵 대못이 박힌다. 그놈은 해마다 이렇게 대못을 박아 우리 가슴이 씨리고 애리고 창시를 젓을 담는디, 이것은 죄가 아니냐, 우리가 기왕에 대창 들고 나섰은게 즈그덜 가슴에도 대못을 박아주자, 이런 소리가 나왔소. 대못을 박아줄라면 어떻게 박아주께라? 누가 말씀을 해보시오."

"그라면, 논을 강도질해 간 것은 기냥 두고 넘어가잔 소리요?"

한쪽에서 장작 빠개는 소리를 했다.

"여보시오. 먼 말을 할라면 지대로 듣고 하시오. 몬자 옹구전부터 보자는 것인게 사그전은 옹구전 본 담에 보면 쓸 것 아니오."

곁에서 내질렀다.

"옹구전이고 사그전이고, 도지 받아가는 것에 대면 놈의 논 강도질해 간 것이 더 무지막지한 짓인게 그것부텀 따져얄 것 아니오."

저쪽 사내도 지지 않고 악을 썼다.

"알겄소, 알겄는디, 기왕에 시방 옹구전으로 왔은게 옹구전부텀 보고나서 그 담에 사그전을 보러 갑시다. 으짜요. 우리는 항상 대못만 박히고 있을 것이오?"

"기왕 대창 들고 일어난 짐에 그놈도 모가지를 달아맵시다."

"옳소."

여러 사람이 동조를 했다.

"도지를 내지 말아봅시다."

그러나 대부분의 군중이 말이 없었다. 모두 저쪽에 서 있는 최낙수를 돌아보았으나 그도 이렇다 할 방도가 없는지 눈만 멀뚱거리고 있었다.

"기왕 이런 말이 나왔은게 객담으로 할 것이 아니라……."

나이 지긋한 사내가 일어서며 침착하게 말을 꺼냈다.

"우리가 일 년 내내 이라고 대창만 들고 산다면 모르제마는, 우리가 농사도 안 짓고 이라고 대창만 들고 살 수도 없는 일이고, 지주들이 즈그 땅에서 도지 받아가는 것은 옛날부터 정해져 내려온 법이오. 정참봉이 반타작을 냉개 받아간다면 모르제만, 아무리 손끝이 매워도 반타작을 냉개 받아간 일은 없는디, 우리 가슴에 못이 백혀도 도지 받아가는 것이사 그것을 어떻게 탓을 하겠소. 그런게 아무리 억울해도 도지 받아가는 것은 하는 수 없는 일이오. 우리가 시방 대창을 들고 나섰제마는 도지 갖고는 멋을 따지고 말고 할 것이 없을 것 같소."

소작제를 인정하고 반타작이라는 관행을 인정한다면, 그 반타작 즉 소출의 5할을, 정참봉처럼 벼 한 뭇까지 철저히 받아간다고 하더라도 나무랄 수는 없다는 소리였다. 한 되를 접어주든 한 섬을 접어주든 그것은 오로지 지주의 재량에 속하는 일이었다.

여기저기서 웅성거렸으나 그 소리를 정면으로 반박을 하고 나오는 사람은 없었다.

"방도라고는이라우, 우리만 이라고 일어날 것이 아니라 조선 팔도 사람들이 다 일어나서, 지주 놈들을 싹 쓸어부는 재주백이 없을 것 같은디 그것이 어디 맘같이 쉬운 일이오."

"맞소. 그렇게 조선 팔도 잭인들 전부 일어나서 그놈들 땅을 전부 뺏어부러도 지주 놈들은 한나도 억울할 것이 없소. 즈그덜이 우리한티서 소작료 받아묵은 것만 촘촘히 따져도 땅값 몇십 배는 받아묵었소."

"그러면 우리가 한양까지 쳐들어가서 이 시상을 우리 시상을 맨드는 재주백이 없겄다 이 말인디, 그것이 말이 쉽제 될 일이오. 올라가지 못할 나무는 쳐다보지도 말랬더라고 그런 소리는 하지도 말고,

인저 사그전으로 갑시다."

한쪽에서 맥빠진 소리를 했다.

"허허, 상놈의 시상, 대창을 들고 나와도 저놈들을 맘대로 못하고 환장하겠그만잉."

여기저기서 미치겠다는 표정들이었다.

"그러면, 인저 사그전으로 가요잉. 아까 정참봉 논 강도질해 간 것, 그 이얘기헙시다. 그것은 어떻게 했으면 쓰겄소?"

오기창이 물었다.

"도지는 할 수 없제마는, 그것은 강도질해 간 것인게 도로 뺏어사 제라잉. 이럴 때 그놈한티서 뺏어내사 쓰요."

"옳은 소리요. 당장 두령들보고 그놈한티서 문서를 받아내락 합시다."

"문서 그런 것 받아봤자 멋하겠소? 우리가 대창 놔불고 새 수령이 오면 그때는 바로 다시 즈그덜 시상이 되아분디, 정참봉 저놈이 어떤 놈이라고 그런 문서가 맥을 출 것 같소?"

"그럼 어떻게 하께라?"

"그 논값을 돈으로 내노락 합시다. 나도 그놈한티 뺏긴 사람인디, 그 방도백이는 없소."

모두 그러겠다고 했다.

"그것은 그렇게 합시다. 그러면 마지막으로 그 소작 띠어간 것은 어쩌께라?"

오기창은 다음 문제로 넘어갔다.

"그 말이 나왔은게 말인디, 그 말을 듣고 본게 더 큰일이 한나 있소."

바로 앞에서 얼굴이 시커먼 사내가 일어섰다.

"아까 그놈이 시방 문서를 써주더라도 우리가 대창 놔불면 즈그 시상이 되아분게 소용이 없다고 했는디, 그렇게 즈그 시상이 되아불면, 시방 여그 이러고 대창 들고 나선 사람들은 그놈이 가만두께라우? 다른 것은 몰라도 소작은 모도 띠어불 것 같아서 나는 시방 그것이 걱정이오. 기왕에 띠어간 소작도 소작이제마는 그것이 더 큰일이오."

좌중이 조용해졌다.

"실은, 나도 시방 그것이 껄쩍지근하등마는 말씀 잘 하셨소. 다른 분들 한번 말씀해 보시오."

오기창이 심각한 표정으로 받았다.

"그런게 그 새끼는 이 차시에 모가지를 달아매는 재주백이 없단 말이오. 내가 시방 오기로 하는 소리가 아니오."

아까 그 젊은이가 또 나섰다.

"아까 나도 정참봉을 천당에 보낸다고 혔제마는 그것이 쉬운 일이 아니잖소?"

오기창이 입술을 빨았다. 모두 조용했다.

"그 작자를 이리 끄집어내다 다짐을 받으면 으짜겄소?"

"다짐을 받아봤자 다시 그놈들 시상이 되면 다짐이 먼 소용이 있겄소. 그러면 그 무지한 놈 독만 더 올래놓제라잉."

이러쿵저러쿵 말이 나왔으나 그 문제에는 뾰족한 수가 나오지 않았다. 여기저기서 죽여야 한다는 소리만 튀어나올 뿐이었다.

"그람 이것은 두령님들보고 한번 의논을 해보라고 합시다. 그람 여태까지 의논한 것 가운데서, 도지 받아가는 손길 매운 것하고 소작 띠어간 것하고는 먼 방도가 안 나왔고, 논을 억지로 강도질해 간 것만 돈으로 받기로 방도가 나왔소. 그것을 이따 동네 우두머리들한 티 말을 해서 두령들한티 전하라고 합시다."

오기창이는 이야기를 끝냈다. 그러나 정참봉이 자기들 세상이 되면 소작을 떼어갈 것이란 소리가 나오면서부터 농민군들은 모두 얼굴이 어두웠다.

3. 탈출

"고부 사또 놈 잡았다요?"

이른 아침 내장사 아래 털보 주막으로 술손 한패가 들어오며 다짜고짜 주모한테 물었다.

"어디서 오시오? 안직 잡았다는 소리가 없습디다."

"순창서 오요. 허허, 고부 사똔가 조뱅갑인가 그 자석을 꼭 잡아서 목을 달아매사, 인저 우리 골 사또 같은 놈도 정을 다실 것인디, 안직도 그놈을 못 잡은 모양이구만잉."

"열하룻날 일어났당게 오늘로 꼭 나흘쩬디 지금까지 못 잡은 것 본게 폴새 전주로 내빼분 것 같구만."

"그 사람들이 일을 잘 하다가 해필 그 대목에서 조뱅갑을 놓치냐 말이여? 도술을 부리고 어짜고 한다등마는 그 소리가 이랄 때 보면 말짱 헛소린 것 같어."

"이 사람이 시방 먼 소리여? 웬만해사 도술을 비래도 비리제, 미리 알고 내빼는 놈한티다 어떻게 도술을 비릴 것이여? 본시 죄가 많은 놈이라, 그런 것만 여수고 있다가 배락같이 내빼부렀는디, 그런 놈한티다 먼 재주로 도술을 비래?"

"들어본게 앞에 나선 전봉준보담 뒤에 있는 손화중이 인물은 지대로 인물이라는 것 같아. 도술이야 머야 찐짜배기는 손화중이라여. 지난 참에 무장 선운사 비결도 그 사람이 도술로 배락살을 꽉 누르고 대번에 끄집어 내번졌다잖아?"

"그런 이얘기는 감시로 하게 싸게싸게 들어. 아짐씨, 우리가 시방 오늘이 고부 장날이글래 귀갱도 할 겸 겸사겸사 고부장에 가는디, 기찰이 어짠가 모르겠소?"

"암시랑토 않은게 염려 턱 놓고 가시오. 고부 가면 오는 사람마다 국에다 밥에다 배가 터지게 주고, 참말로 시방 거그는 사람 사는 시상 같다요."

"싸게 가세."

그들은 서둘러 술값을 계산하고 주막을 나섰다.

"미련한 것들, 도술은 먼 도술이여, 이 자석들아. 도술은 몽댕이가 도술이다. 이 멍청한 자석들아."

김확실이 두런거리며 봉노에서 나왔다.

"제낭, 일어나셨소?"

"아이고, 나는 우리 처형 땀새 세월 간 중 모르겠소."

김확실이 껄껄 웃었다. 이 집 아들놈을 구슬리며 웃다가 이제는 아주 제낭이고 처형이었다. 그때 오거무가 왔다.

"먼 낌새 없소?"

"묻는 말이 대답일세. 씨브랄."

김확실은 지루해서 미치겠는지 툭 내쏘며 밖으로 나갔다.

"이놈의 짓거리가 벌어묵고 사는 짓거리라면 다리 밑에서 되아지 흘레를 붙어묵고 살제 이놈의 짓거리는 못 해묵겠구만. 조뱅갑인가 그 씨브랄 놈, 나한테 걸리기만 걸려봐라. 대갈통부텀 까죽을 기냥 쪽제비 까죽 벳기대끼 활딱 벳개불고 말 것인게."

김확실은 제물에 화가 나서 이를 앙다물고 악담을 퍼부었다. 주모한테 안 들릴 만한 거리였다. 정말 조병갑이 김확실한테 걸리는 날에는 저 험한 서슬에 가죽이라도 벗기고 말 것 같았다.

"나는 가요. 잘 지키시오."

"잘 지키나마나, 좆 빠진 강아지 모래밭 싸대대끼 싸대고 댕기지만 말고, 이담에 올 적에는 그 떡을 칠 놈 모가지를 끗고 오든지 잡았다는 소식을 갖고 오든지 해!"

김확실이 죄 없는 오거무한테 화풀이를 했다. 오거무는 웃으며 왔던 길을 바삐 되짚었다.

"저놈의 성깔하고는. 저 작자 저런 성깔 해갖고 화적질 아니었으면 멋을 해묵고 살았으까? 저 성깔로 되아지 흘레를 붙어묵고 살아? 되아지 웅뎅이에 작대기 휘두르다 생되아지 다 패죽이고 말 것이다."

오거무는 혼자 킬킬거리며 내달았다. 그는 오금에서 비파소리가 나게 매복한 데를 싸대고 다녔지만 가는 데마다 핀잔이었다. 그러나 오거무는 원체 성깔이 좋아 그저 귀먹은 중처럼 혼자 구시렁거리기나 할 뿐 제대로 대거리 한마디 하지 않았다.

오거무는 읍내에 들어서자 걸음을 늦췄다. 오거무 걸음걸이는 들길이나 산길을 걸을 때는 걸음걸이 빠른 것이 별로 눈에 띄지 않았으나, 이런 읍내를 걸을 때는 표가 났으므로 걸음걸이에 마음을 썼다. 오거무는 읍내를 지나 삼거리에 이르러 주막으로 들어섰다. 주막집 안채 골방에서는 임군한과 송희옥이 이야기를 하고 있다가 돌아봤다.

"어제 저녁에도 나간 흔적이 아무 데도 없는 것 같소."

오거무 말에 임군한은 미간을 좁혔다. 오거무는 어젯밤에도 밤늦게 매복하고 있는 데를 한 바퀴 돌았고 오늘 아침에도 날이 새자마자 한 바퀴 돌고 온 것이다. 발이 빠른 그는 전부 합치면 30여 리나 되는 길을 삽시간에 돌아왔다.

"벌써 나흘짼데 그럼 어디에 틀어박혀 있을까요?"

임군한이 송희옥을 보며 물었다.

"그 사이 어디로 새나가 버린 게 아닐까요? 오늘 새벽까지도 현아에는 오지 않았다니, 그럼 어디에 박혀 있겠습니까? 이리 올 때는 여기 현감 도움을 받자고 왔을 것인데, 현감한테 안 갔으면 어디로 갔겠소? 고부서 이리 도망쳐 왔다는 것이 밝혀졌으니 여기는 호랑이굴이나 마찬가진데 그런 호랑이굴에서 꼬박 나흘 밤 사흘 낮을 어디에 박혀 있겠소?"

송희옥 말에 임군한은 눈살을 찌푸릴 뿐이었다. 두 사람은 도무지 알 수가 없다는 표정이었다. 두 사람이 고개만 *지리산가리산 갸웃거리고 있는 사이 오거무가 밥을 먹고 나왔다. 오거무는 발만 빠른 것이 아니라 매사가 다른 사람보다 배나 빨랐다. 말도 빨랐고 눈치도 빨랐고 심지어 뒷간에 다녀오는 것도 빨랐다.

"오늘도 고부로 해서 전주 다녀오게!"

"댕개올라요,"

오거무는 고개를 꾸벅하고 선걸음으로 돌아섰다. 여기서 고부를 거쳐 전주까지는 150여 리였으나, 오거무 걸음으로는 갔다 오는 데 한나절이 조금 더 걸릴 뿐이었다. 오거무는 색탐만 빼고는 나무랄데가 없는 사람이었다. 무슨 일에 분수없이 참견하는 법이 없었고, 입이 무거워서 무슨 말이든지 꼭 할 말이 아니면 지분거리는 법이 없었다. 색탐 하나만 아니면 오거무만큼 기막힌 심부름꾼이 없었다. 그러나 *시시덕이는 재를 넘어도 새침데기는 골로 빠지더라고 예사 때는 이렇게 입안에 혀같이 잘 놀다가도 언제 골로 빠질지 몰라 임군한은 심부름을 보내면서도 항상 마음이 놓이지 않았다. 물론, 두 번 다 돈심부름을 하다가 계집에 빠져 그런 병통을 부렸으므로 돈심부름만 안 시키면 그런 일은 없을 것이라 생각하면서도 그 병이 어떤 모양으로 도져 골탕을 먹일지 몰라 그를 보낼 때마다 저놈이 다시 돌아와 줄 것인가, 길 안든 생매 날리듯 가슴이 조였다. 그래서 임군한은 항상 노자에다 하루저녁 치 해웃값을 덤으로 얹었으나, 해웃값을 얹을 때도 많으면 많은 대로 불안하고 적으면 적은 대로 불안해서 사냥 보낼 *매 먹이에 개암 지르듯 몇 냥을 덜었다 얹었다, 손끝 짠 시어머니 밥쌀 내주듯 했다. 그러나 불안하기는 마찬가지였다.

오거무가 나가고 나서 담배 한 대 참이나 되었을 때였다. 김승종이 숨을 헐떡거리며 뛰어들었다.

"대홍동 쪽에서 가마가 한 채 지나고 있소. 벙거지들이 앞뒤를 싸고 가요. 호위하는 벙거지들이 여남은 명 되요."

"가마가? 거기 탄 사람은?"

임군한 눈에 빛이 번쩍했다.

"가마 문을 내리고 간게 안은 못 들여다보겠는디, 벙거지들 말고도 방갓 쓴 사람들이 두 사람이나 칼을 차고 따르고 있소. 검객 같소."

"가봅시다."

임군한이 벌떡 일어났다. 바삐 내달았다. 가마는 정읍천 천변을 따라 내장사 쪽으로 가고 있었다. 정말 벙거지들이 시퍼런 창을 들고 앞뒤로 가마를 호위하고 가고 있었다. 벙거지들 중에는 장교가 두 사람이나 되었고, 환도를 찬 방갓쟁이가 두 사람 가마 뒤를 바짝 따르고 있었다. 창을 꼬나든 벙거지들은 주변을 두리번거리며 따라가고 있었다. 예사 행차가 아니었다. 유독 방갓쟁이들한테 눈이 갔다. 김승종 말대로 만만찮은 검객들이 아닌가 싶었다.

"현아에서 안 나오고, 분명히 대홍동 쪽에서 왔단 말이냐?"

"현아에서 안 나온 것은 분명요. 대홍동 쪽에서 오는 것을 제가 봤습니다."

별로 춥지도 않은데 가마 문을 닫고 가는 것을 보면 남자가 아니고 여자가 탔다고 보아야 하는데, 여자가 탔다면 웬 여자가 탔길래 벙거지들이 호위를 하고 간단 말인가? 남자가 탔다 해도 벙거지들이 호위를 하고 갈 만한 사람은 이 고을에서는 현감밖에 없었다. 그러나 현감의 행차라 하더라도 벙거지들이 저렇게 눈을 번득이고 갈 까닭이 없었다.

"조가가 분명한 것 같소. 저기 뒤에 가는 키 큰 장교는 칼솜씨가 소문난 사람이오. 저 방갓쟁이들도 틀림없이 만만찮은 검객들 같소."

송희옥이 속삭였다. 큼직한 방갓을 쓴 방갓쟁이들은 갓양이 어깨까지 내려와 얼굴은 보이지 않았다. 일부러 그렇게 얼굴을 숨기고 가는 것 같았다. 차림새부터가 만만찮은 검객이 틀림없었다.

"조병갑이 저렇게 호위를 받고 가려면 어째서 하필 이 길을 택하지요?"

임군한은 고개를 갸웃거렸다. 조병갑 행차라면 전주로 갈 텐데 이 길로 전주를 가려면 너무 멀 뿐만 아니라 더구나 험한 산길이었다.

"또 오요."

김승종이 뒤를 돌아보며 소리를 질렀다. 저쪽에서 벙거지들이 또 한 데가 몰려오고 있었다. 그 수도 여남은 명이었다. 그 벙거지들도 가마 뒤에 붙었다.

"조병갑이 탄 것이 틀림없소."

송희옥이 속삭였다. 비로소 임군한 눈에 빛이 났다. 벙거지들이 더 오는 것을 보자 임군한도 틀림없다는 확신이 선 것 같았다. 이 길을 택한 까닭은 알 수 없으나, 벌써 벙거지들이 20여 명이나 호위를 하는 것으로 보아 조병갑이 틀림없다는 판단이었다.

"저쪽에 매복하고 있는 사람들을 전부 이쪽으로 데리고 오너라. 표 안 나게 와야 한다. 저리 가는 걸 보니 순창을 지나서 갈 모양이다. 그렇다면 저놈들하고 붙을 장소를 우리가 맘대로 택할 수 있고 시간도 충분하다. 서둘지 말고 조심스럽게들 오라고 해라."

임군한이 침착하게 말했다. 김승종보다 송희옥에게 들으라는 소리 같았다. 여기서 순창까지는 깊은 산길만을 4,50여 리는 가야 했다. 맞붙을 장소는 얼마든지 골라서 붙을 수가 있었다. 저 길로만 간다면 저런 벙거지들 따위는 아무리 수가 많아도 자신이 있었다. 여기서 순창 가는 길을 손바닥처럼 알고 있는 임군한 머릿속에는 몇 군데 그럴듯한 장소가 떠오르며 지레 숨이 가빠왔다.

"오거무를 너무 빨리 보냈구나."

임군한은 입맛을 다시며 혼잣소리를 했다. 일행은 가마 행차를 한참 앞에 보내놓고 뒤를 따라가고 있었다. 가마 행차가 털보 주막 앞을 지나자 김확실은 기엄은복과 함께 가마 행차를 보고 있었다. 임군한 일행이 다가서서 천연스럽게 주막으로 들어갔다. 김확실 눈에도 이미 불이 붙어 있었다. 임군한과 송희옥은 말없이 목로에 걸터앉았다.

"김처사는 저것이 무슨 행차 같소?"

임군한이 주모가 저쪽으로 가는 틈을 타서 김확실한테 침착하게 물었다.

"조병갑 아니오?"

김확실이 그것도 모르고 따라왔느냐는 듯이 어리둥절한 표정으로 대답했다.

"아직은 모르겠소. 김처사는 밖에 있는 아이들을 데리고 먼저 가마 뒤를 따라가시오. 매복하고 있는 아이들을 전부 이리 오라 했으니 우리는 그들이 오는 대로 뒤따라가겠소."

"알았소."

김확실은 기엄은복 등 젊은이들을 달고 바삐 내달았다. 좀 만에 김승종이 시또와 정읍 젊은이들을 데리고 왔다. 뒤에도 계속 표 안 나게 몇 사람씩 끼리끼리 오고 있다는 것이다. 오는 족족 그대로 가라고 했다. 그들이 거진 간 다음 임군한은 송희옥과 함께 뒤를 따랐다. 내장사 아랫동네 삼밭실에서 김확실이 기다리고 있었다.

"저그 여각으로 들어갔그만이라우. 쉬어갈 모냥이오. 지금 들이칩시다."

김확실이 눈을 밝히고 서둘렀다. 임군한은 대답하지 않고 김확실과 송희옥을 한쪽으로 데리고 갔다.

"저자들하고 이런 데서 맞붙거나 조병갑을 사로잡으려다가는 우리도 크게 피해를 입소. 기습으로 조병갑 모가지만 자릅시다. 벙거지들이 많아 그놈을 사로잡을 수는 없습니다. 저 산길로 한참 올라가면 길이 잔뜩 휘어지면서 가파른 데가 있소. 거기에 매복을 하고 있다가 가마가 거기 당도하면 들이칩시다. 정읍 젊은이들은 앞에 나서서는 안 됩니다. 고부 젊은이들만 돌멩이를 잔뜩 주워 가지고 가서 우리하고 같이 매복을 하고 있다가 우리가 붙기 전에 위에서 아래를 향해 벙거지들한테 돌멩이만 사정없이 던집니다. 위에서 날아오는 돌멩이에는 당할 수가 없을 것이므로 저놈들은 도망을 칠 것입니다. 그 틈에 우리는 조병갑 모가지를 잘라가지고 튑니다. 벙거지들이 처음에는 도망쳤다가 정신을 차리면 다시 달려들 것입니다. 그 일은 김처사가 맡으시오. 내가 앞에 서서 일일이 지시를 하겠소. 김처사는 고부 젊은이들만 데리고 돌멩이부터 주워가지고 가서 매복을 시키시오. 송접주님은 정읍 젊은이들만 몇 명만 데리고 여기에 있다가 가마가 출발하거든 빨리 우리한테로 알리시오. 김처사는 지금 가시오."

김확실은 알았다며 성큼 자리를 떴다. 임군한은 송희옥한테 말을 계속했다.

"저놈들이 당하고 나면 엉뚱한 데다 보복을 할 것입니다. 정읍 젊은이들은 서너 명만 남기고 미리 읍내로 보내버리시오."

송희옥이 알겠다고 했다. 몇 마디 이야기를 더 하다가 임군한도 김확실이 간 산길로 갔다. 송희옥은 정읍 젊은이들을 미리 보내버리고 몇 사람만 남아 가마가 들어간 여각 문에다 눈을 박고 있었다.

김확실은 고부 젊은이들에게 냇가에서 돌멩이를 주워오라고 한다음, 임군한과 함께 올라가서 그 자리를 둘러봤다. 가마 행렬을 작살내기에는 안성맞춤이었다. 가파른 데서 길이 휘어지고 있었으므로 위에서 돌멩이를 내리쏘면 꼼짝달싹 못할 것 같았다.

"기막힌 자립니다."

김확실은 자리를 둘러보며 지레 숨이 가빠올랐다. 조병갑 목은 이미 자기 손안에 있다고 생각했다. 젊은이들이 돌멩이를 잔득 주워오고 있었다. 두 사람은 돌멩이 놀 자리를 지시했다. 산에서 돌멩이를 더 주워오게 했다. 어떤 젊은이들은 메주덩어리만한 돌멩이도 주워왔다. 그렇게 큰 돌멩이가 위에서 내리꽂히면 대포알처럼 무서울 것 같았다. 30여명의 젊은이들이 크고 작은 돌멩이를 잔뜩 주워다 쌓았다. 돌멩이를 웬만큼 주워오자 두 사람은 젊은이들을 데리고 숲 속으로 들어가 몸을 숨기고 길 아래다 눈을 박고 있었다. 이수가 저 돌멩이를 아래로 내리꽂는 날에는 벙거지들이 눈코를 못뜰 것 같았다.

그런데 이상한 일이었다. 시간이 꽤 지났는데도 가마 행차가 온다는 소식이 오지 않았다. 송희옥이 이따금 젊은이들을 올려 보냈으나 가마가 꼼짝도 않고 있다는 소식뿐이었다. 점심을 먹고 가자는 것이 아닌가 생각했으나, 저녁 새참 때가 되어가는데도 꼼짝도 않고 있었다. 기다리다 못한 임군한이 직접 내려갔다.

"어찌 된 일이오?"

"글쎄올시다. 아이들을 여각으로 들여보내 봤더니, 점심을 먹고 있더라는데 아직도 나오지 않습니다."

송희옥도 도대체 알 수 없다는 표정이었다.

"갈 길이 먼데 저렇게 차분할 수가 있을까요?"

두 사람은 고개만 갸웃거렸다. 여각 안으로 다시 젊은이를 하나 들여보냈다. 좀 만에 젊은이가 나왔다.

"벙거지들이 지금도 날차분하게 술만 마시고 있소. 술이 취해서 와자지껄하요."

두 사람은 서로 눈을 맞댔다.

"여기에는 틀림없이 무슨 술수가 있는 것 같소."

임군한이 잔뜩 눈살을 찌푸리며 말했다. 그때 저쪽에서 여각에다 눈을 박고 있던 젊은이가 달려왔다.

"가매가 나올 모냥이오. 대문이 열리는 새로 본게 벙거지들이 덤벙거리고 있소."

그때 대문이 열렸다. 벙거지들이 나오고 있었다. 임군한은 미처 산으로 갈 틈이 없었다. 그대로 건너다보고 있었다. 가마가 나왔다. 아까와는 달리 가마 문이 열려 있고 그 안에는 사내가 하나 타고 있었다.

"저것이 누구지요?"

송희옥이 물었다. 가마에 탄 사내는 술에 취해 얼굴이 불콰했다. 그러나 여기에는 조병갑 얼굴을 아는 사람이 없었다. 가마 뒤에는 아까처럼 방갓쟁이들이 따르고 있었다. 그들도 방갓을 뒤로 재끼고 불콰한 얼굴을 내놓고 있었다. 가마꾼들도 나졸들도 거나하게 술이 취해 있었다. 이리 놀러라도 왔던 것처럼 모두가 허랑한 자세들이었다.

"어어? 저놈들이 어디로 가는고?"

송희옥이 깜짝 놀랐다. 가마가 읍내 쪽으로 방향을 잡아서고 있었다. 두 사람은 벼락 맞은 꼴로 서로 건너다보았다.

"우리가 속았소."

임군한은 침통한 소리로 무겁게 뇌었다. 송희옥이 어리둥절한 표정으로 임군한 얼굴만 건너다보고 있었다.

"저놈들이 우리를 전부 이리 유인해 놓고 조병갑을 다른 길로 빼버린 것 같소. 저 가마에 탄 것은 조병갑이 아닐 것이오."

임군한이 가마 뒤에다 눈을 박고 이죽거렸다. 닭 쫓던 개꼴이었다.

"그러면 저놈들이 요 며칠 동안 우리 동태를 샅샅이 알고 있었단 말이오?"

"그랬겠지요."

임군한은 처참한 표정으로 대답했다.

"산에 가서 전부 내려오라고 해라."

임군한이 곁에 서 있는 젊은이에게 말했다. 그는 다시 가마 행차를 보며 주먹을 틀어쥐고 잠시 말이 없었다.

"그러면 조병갑은 지금 원평이나 칠보 쪽 길로 도망치고 있지 않겠소? 지금이라도 뒤를 쫓지요."

송희옥이 다급하게 말했다.

"원평 쪽으로 갔을 것 같소. 그런데 우리가 지금 그 길로 뒤를 쫓으려면 당장 읍내를 지나야 하지 않겠소? 현감 놈은 이미 읍내에다 그물을 쳐놓고 우리를 기다리고 있을 것입니다. 우리가 그렇게 휘지르고 다녀도 하나도 기찰에 걸려들지 않기에 이상하다 했더니, 그 사이 우리 동태를 샅샅이 살핀 다음에 이런 계교를 쓴 것 같습니다. 우리는 이제 꼼짝없이 이 골짜기에 갇혀 버렸습니다."

임군한은 어이가 없는지 헛웃음을 쳤다. 사태를 보는 눈이 역시 녹림객 두령다웠다.

"여기서 칠보로 빠지는 길이 있기는 합니다마는……."

송희옥이 말했다.

"여기서 그리 가는 샛길이 있기 때문에 그자들은 칠보로 가는 길을 택했을 리가 없습니다. 원평으로 큰길을 택했을 것입니다. 그러나 우리는 지금 곧바로 칠보로 해서 전주로 달리겠습니다."

임군한 눈에서 비로소 빛이 났다. 그때 김확실이 젊은이들을 거느리고 달려왔다.

"오처사가 오요."

아래쪽에서는 뜻밖에 오거무가 달려오고 있었다. 오거무를 보자 임군한이 벌떡 일어섰다.

"먼 일이오?"

오거무가 놀란 눈으로 물었다. 오거무는 읍내 주막과 매복했던 자리를 돌아다녔으나 아무도 없어, 털보 주막으로 달려왔다가 전부 이리 갔다는 소리를 듣고 허겁지겁 달려오고 있는 길이었다.

"그럴 일이 있네. 전주서 올 때 어디로 왔는가?"

"원평으로 왔소."

"조병갑이란 놈이 그쪽으로 내뺀 것 같은데, 못봤는가?"

"지가 조뱅갑 얼굴을 모른게 봤는지 으쨌는지 모르겄소마는, 별나게 수상한 사람은 못 봤소."

임군한은 오거무를 한쪽으로 데리고 갔다. 지금까지 사정을 간단히 설명했다.

"우리는 바로 여기서 칠보로 해서 전주로 빼겠네. 자네는 여기 읍내를 지나 원평으로 해서 전주로 가되 조병갑이 그 길로 가는가 잘 보면서 가게. 만약, 조병갑으로 보이는 놈을 발견하거든 그대로 전주로 내달아 알리게."

"알겠소. 그람 가요."

오거무는 고개를 꾸벅하고 선 자리에 길을 되짚었다. 그는 한마디도 군소리가 없었다. 금방 왔던 길을 다시 거미가 미끄러지듯 슬멍슬멍 내달았다.

"나는 지금 바로 칠보로 해서 전주로 가겠소. 송접주님은 모두 데리고 눈치껏 돌아가시오."

임군한이 다급하게 말했다.

송희옥은 아쉬워 미치겠다는 표정으로 임군한의 손을 잡았다.

"그 동안 감사했습니다. 읍내 들어가실 때 조심해서 들어가시오."

임군한이 거쿨진 목소리로 작별인사를 하며 송희옥 손을 힘 있게 쥐었다. 임군한은 김승종 등 젊은이들도 등을 두드려 주었다. 모두 간단히 인사를 하고 헤어졌다.

송희옥은 이리 올 때처럼 젊은이들을 서너 사람씩 짝을 지어 가게 했다. 점심도 쫄쫄 굶으며 눈을 밝히고 나댔던 젊은이들은 맥이 쑥 빠져 터덜터덜 걷고 있었다. 송희옥도 맥이 빠졌으나 아까 임군한 말처럼 벙거지들이 읍내다 그물을 쳐놓고 기다리고 있을 것 같아 마음이 놓이지 않았다. 송희옥이 털보 주막을 지나 읍내에 거진 가까워지고 있을 때였다.

"접주님!"

앞서 갔던 김승종이 다급하게 달려왔다.

"멋이냐?"

"쪼깨 수상한 것이 있소."

김승종이 숨을 씨근거리며 말했다.

"수상한 것이라니?"

"우리가 읍내 가까이 가서 가매를 따라잡았는디라우. 그 가매를 호위하던 벙거지들 있잖소? 그 벙거지들이 아까 올 때하고 수가 틀리오."

"수가 틀리다니?"

송희옥은 눈을 씀벅이며 물었다.

"아까 절로 갈 때보다 다섯 놈이나 부족하요."

송희옥이는 멀뚱한 표정이었다.

"첨에 내가 왜 그 수를 시어봤냐 하면 저놈들하고 쌈이 붙으면 저놈들한티 우리가 몇 놈쓱 붙겠는가 볼라고 그 수를 시어봤거든이라우. 그런디 금방 얼핏 본게 그놈들 수가 적어진 것 같아서 시어봤등마는 다섯 놈이나 부족하요. 그라면, 다섯 놈은 시방 그 여각에 남았잖겠소?"

그제야 송희옥이 눈에서 빛이 번쩍했다.

"가만있자. 그라면, 그 없어진 다섯 놈 중에 조병갑이 끼였단 말이냐?"

송희옥은 눈을 둥그렇게 뜨고 물었다.

"그럴 것 같소. 아까 갈 때 그 방갓 썼던 두 놈이 조병갑하고 조성국이었던 것 같고, 지금 읍내로 간 방갓쟁이들은 다른 놈들이 그 방갓을 쓰고 가는 것 같소."

"가만있짜. 그런게, 아까는 조병갑하고 조성국이 방갓을 쓰고 여각까지 갔고, 지금 그 두 놈은 여각에 남고 지금 방갓 쓰고 가는 놈들은 다른 놈들인 것 같다, 이 말이냐?"

송희옥이 사뭇 눈알을 굴리며 물었다.

"맞소. 여각에서 나졸들하고 옷도 바꿔 입었겠지라우. 그라고 나머지 부족한 시 놈은 조병갑하고 조성국의 배행을 하고 따라갈라고 거그 남았을 것 같소."

"니 말이 틀림없다. 아까 내려올 때만 그것을 알았더라도 임처사 패들하고 대번에 그놈을 잡는 것인디……."

송희옥이 주먹을 쥐면서 뇌었다. 아까 그 여각이 있던 삼밭실까지는 여기서 20여 리였다. 임군한 일행은 벌써 3, 40리는 더 갔을 시간이었다.

"다섯 놈인디 우리끼린들 못 잡겄소. 지금 재를 올라채고 있겄소.

어서 뒤쫓읍시다. 잘하면 밤에 따라잡을 텐게 잡기가 더 좋겠소."

김승종이 서둘렀다. 벌써 해가 들어갈 구멍을 찾고 있었다.

"쫓아가자. 즈그들이 아무리 기를 쓰고 내빼도 걸음은 우리 촌놈들보다 못할 것이다. 달이 있어 다행이다. 조병갑 이놈은 기어코 잡아야 한다."

송희옥이 이를 앙다물며 단을 내렸다. 정읍 젊은이들은 모두 보내버리고 김승종 패만 데리고 다시 길을 되짚어 정신없이 내달았다.

김승종의 추측은 그대로 들어맞았다. 바로 그때 조병갑 일행은 삼밭실에서 시오리 쯤 되는 쌍길마재 꼭대기에 올라서고 있었다. 그들은 삼밭실에서 임군한 일행이 떠나는 것을 보고 있다가 한참 뒤에 그들이 간 길을 그대로 뒤따라간 것이다. 쌍길마재에서 전주와 순창으로 길이 갈리므로 지금 임군한 일행은 쌍길마재를 지나 전주 쪽으로 내닫고 있었고 조병갑 일행은 쌍길마재에서 조성국 처가가 있는 순창으로 길을 잡아서고 있었다.

조성국과 김덕삼 등 조병갑 일당이 이 계책을 짤 때 처음에는 아까처럼 내장사 쪽으로는 엉뚱한 가마를 보내 임군한 패거리를 전부 그쪽으로 몰아붙여 놓고 자기들은 원평 쪽 길을 택하려 했다. 그러나 그런 길에는 길목마다 2,30리 밖에까지 고부 사람들이 매복을 하고 있을지도 모르고, 그 중에는 총을 든 사람도 있을지 모르겠다고 조병갑이 반대를 했다. 그래서 머리를 한 바퀴 더 굴린 것이 이 계책이었다. 설마 이렇게 험하고 먼 길을 택할지는 짐작을 못할 것이므로 그런 험한 길에 총을 들고까지 매복을 하고 있을 것 같지 않았고, 더구나 나흘이나 지난 지금까지 매복을 하고 있을 리가 없다는 판단이었다. 원평이나 칠보 등 곧은 길보다 이 길은 험한 산길인데다 백 리는 더 도는 길이었다.

중천에 열나흘 달이 밝았다.

"춥다. 막걸리나 한잔 하자. 묘한 돈이 몇 푼 생겼다."

장진호가 김장식을 끌었다. 장진호는 군아 도소에 갔다 오는 길이었고, 김장식은 읍내 들어오는 길목에 파수 서고 있는 제 패거리를 순찰하고 오는 길이었다.

"먼 돈인디?"

"오늘 우리 동네 부자 영감이 하나 여그 왔다가 나를 보고 이리 오라고 손짓을 하등마는, 막걸리나 한잔 하라고 은자를 두 닢이나 주잖겠냐? 그 영감 앉았던 자리에는 풀도 안 난다는 영감인디, 그 영감 인심 쓰는 것 본게 이런 난리도 한번 일으키고 볼 일이더라."

두 사람은 한참 웃었다.

"저그 막치 술막에 이쁜 처녀가 하나 왔다고 야단들이잖더냐? 얼굴이 이쁘다고 하도 야단들인게 우리도 한번 가보자."

"나도 들었다마는, 작부는 아니지?"

김장식이 웃으며 물었다.

"그런 집에서 작부는 먼 작부? 허드렛일 함시로 바쁘면 술잔이나 날라다 주는 모냥이다."

김장식은 잠깐 망설였으나 따라나섰다. 그는 장막 곁에 저런 술막이나 움막을 못 치게 해야 한다고 목소리를 높였기 때문이다. 그래서 그런 데는 가본 적이 없었다. 밤중이라 쟁우댁 술막에는 술손이 한 패밖에 없었다.

"아이고, 대장님들도 이런 데를 오는가?"

말목 집강이 술을 마시다가 두 사람을 반겼다. 그릇을 부시고 있던 순심이 얼핏 고개를 돌렸다.

"많이들 드십시오."

"별동대 대장님들이 둘이나 저라고 왔는디, 쥔은 인사도 안 하고 멋하고 있어?"

말목 집강이 웃으며 쟁우댁에게 핀잔을 주었다. 그는 평소에도 장진호를 퍽 아끼는 편이었고 이번에 별동대장이 되자 자기 동네서 별동대장이 나온 것을 몹시 자랑스러워했다. 그는 거나하게 취해 있었다.

"오매, 이 젊은이들이 별동대 대장님들이시라요? 귀한 손님이 쌍으로 오셨네. 어서 앉으시오."

쟁우댁이 너스레를 떨었다. 그릇을 훔치고 있던 순심이도 다시 힐끔 돌아봤다. 정말 환한 얼굴이었다. 옷은 허술했으나, 마치 이슬 머금은 모란같이 화사한 얼굴이었다. 장진호는 황홀한 눈으로 순심이 옆얼굴을 한참 보고 있었다.

"대장님들이 저 처자 봐부렀으면 인자 피래미들이 침을 동우로 생캐봤자 말짱 헛것이다."

집강하고 대작하던 사람이 이죽거렸다.

"오매, 아직 장개들 안 갔다우?"

쟁우댁이 호들갑스럽게 물었다. 장진호는 실없이 가슴이 뛰었다.

"저 뚱뚱한 대장은 모르겠는디, 키 큰 대장은 아직 총각이오. 우리 동네 총각인게 잘 봐두시오. 맘에만 있다면 중매는 내가 설 것인게."

"오매 오매, 이렇게 빤듯한 헌헌장부라면 멋을 잘 보고 말 것이 있겠소. 중매할 생각부텀 하시오. 대장님들한티 어서 술국부텀 떠다 디래라, 깔깔."

쟁우댁이 수선을 피웠다. 모두 웃었다. 순심이 골을 붉히며 그쪽으로 술국을 떠갔다.

"말이 떨어지기가 바쁘게 술국 떠오는 것 본게 처자도 마음이 있다는 소리구만."

말목 집강이 익살을 부리자 모두 크게 웃었다. 순심은 벌겋게 골을 붉히며 어쩔 줄을 몰랐다.

"젊은이들이 둘이 다 헌헌장부로 깎아논 밤알 같소마는, 나는 이 총각이 맘에 딱 드요."

쟁우댁이 술방구리를 들고 와서 두 사람 앞에 술을 따르며 너스레가 흐드러졌다.

"진호 니가 여그 가자고 한 속을 내가 인자사 알겠구나. 나는 시방 선보다는 디 인접 섰은게 술 한잔 갖고는 안 된다잉."

모두 와크르 웃었다.

"야, 허튼소리 말아."

장진호는 골을 붉히며 핀잔을 주었으나 싫지 않은 표정이었다. 순심이 꼼짝 못하고 그릇만 부시며 귀밑을 붉히고 있었다.

"기왕에 말 나온 김에 알 것은 알고 봅시다. 저 처자를 두고 여러 말들이 있는디 아주머니 친딸이오?"

말목 집강이 물었다.

"여러 말은 먼 말이 여러 말이 있다요? 내가 난 딸인게 친딸이제 멋이라요? 내가 행팬이 하도 험해서 이런 디까지 데리고 나왔소마는."

쟁우댁 말이 원체 고왔으므로 친딸이라는 게 허튼소리도 같고 그렇지 않은 것도 같고 여전히 아리송했다. 장진호는 아까 순심을 보는 순간부터 가슴이 뛰고 있었다. 금방 울음을 그친 어린애 같은 순심의 표정에 실없이 가슴이 절절 끓고 있었다.

말목 집강이 대작하던 사람과 먼저 나가고 장진호와 김장식만 남았다.

"별동대들이 밤에도 여그저그 길목에 파수를 선다등마는 둘이 다 오늘 저녁이 든번이오?"

"여그는 난번이고 나는 든번인게 나는 술을 먹어서는 안 되는디, 시방 이 작자 선보는 디 인접 설라고 친구 따라 강남 왔소."

김장식이 익살을 부렸다. 쟁우댁은 깔깔거렸다. 장진호는 골을 붉히며 주먹을 얼렀다.

"이렇게 늦게까지 장사를 하시오?"

장진호가 겨우 한마디 했다.

"술손들 발이 안 끊어진게 이라고 있소."

집이 먼 사람들은 일찍 들어가는 모양이었으나 이 집은 여기다 움막까지 쳤기 때문에 늦게까지 장사를 하는 것 같았다.

"아 참 아까, 정참봉을 내보내던디, 소작인들이 가만 있을까?"

김장식이 생각난 듯이 장진호에게 물었다. 아까 순찰을 돌다가 정참봉 가는 것을 봤던 것이다.

"두령님들도 의견이 엇갈렸던 모양이더라마는, 더 가둬놓기도 멋하고 해서 내줘 분 모양이다. 당장 죄라고는 조병갑한테 머슴 옷 준 죄밖에는 없는디, 그걸 가지고 더 족칠 수도 없잖냐?"

"그러기는 그런디, 정참봉 나가는 것을 본게 조병갑이 오늘 내뺐다는 그 술책이 말이여, 암만해도 그 정참봉하고 꼭 먼 상관이 있을 것만 같은 생각이 들더라구. 정참봉이란 놈이 보통 놈이 아니라잖아?"

"설마?"

장진호가 웃었다.

"정참봉을 내줬다요?"

쟁우댁이 끼어들었다.

"예, 아까 내줘서 즈그 집으로 갔소."

"그랬구만잉."

쟁우댁도 예사롭지 않게 관심을 보였다. 두 사람은 한 잔씩 더 마시고 자리를 떴다.

"또 오시오잉."

"늘 올라요. 오늘 선을 봤은게 일이 언제 익을란지는 모르겄소마는 선보는디 인접 선 턱은 두고두고 받아묵을라요."

술이 거나해진 김장식이 호기 있게 이죽거렸다. 쟁우댁은 깔깔거렸다. 술막을 나서려던 장진호가 뒤를 돌아보았다. 순심과 눈이 마주쳤다. 순심은 깜짝 놀라 얼굴을 걷어갔다.

보름날 아침이었다. 예상했던 것과는 달리 오늘 아침에는 밥 먹을 사람들이 별로 모여들지 않았다. 되레 평소보다 훨씬 적었다. 소를 잡는다는 소문이 고부 온 고을에 좍 퍼져 가는 데마다 그 이야기였으나, 정작 쇠고깃국을 먹는 보름날 아침에는 예사 때보다 오히려 사람들이 적었다. 끼니가 간데없는 사람들한테 쇠고깃국이라면 모두가 눈이 뒤집힐 줄 알았으나 그것은 전혀 빗나간 생각이었다. 평소에는 밥을 얻어먹으려고 그렇게 야단들이었지만, 대명절까지 그런 궁상을 떨고 싶지 않은 것 같았다. 여기 나와서 밥을 먹는 사람들은 대창을 든 사람이나 안 든 사람이나 모두가 너나없이 한마음이어서 거개가 여기 나오는 것이 내 집 드나드는 것처럼 이물 없었고, 그래서 밥을 먹어도 남의 밥 얻어먹는다는 생각이 없는 것 같았으나, 대명절만은 없으면 없는 대로 조상 앞에 밥 한 그릇이라도 해놓고 한 가족이 오순도순 모여앉아 사람 사는 것같이 지내고 싶은 모양이었다.

농민군들은 장막 안에 가득히 앉아 걸퍽지게 밥을 먹고 있었다. 치렁치렁한 미역 가닥에 쇠고깃국물을 시원스럽게 훌훌 마셔댔다. 그러나 농민군들도 장막에서 밥 먹는 수가 알아보게 적었다. 집으로 보름을 쇠러 간 사람이 그만큼 많았다. 평생에 한번 맛볼까말까 한 쇠고깃국을 놔두고 여기서 밤을 샜던 사람들도 자기 집을 찾아간 것이다.

"잠깐 나를 쪼깨 보시오. 바쁜 일도 없은게 이애기도 해감시로 쉬엄쉬엄 잡숩시다."

조망태가 웃으며 너스레를 떨었다. 밥을 먹으면서 모두 조망태를 봤다.

"오늘 이렇게 쇠괴깃국에다 보름을 걸게 쇤 것이 뉘 덕이냐 하면 이라우, 반은 여기서 밥수발하는 아짐씨들 덕택인게 그것이나 알고 잡수자고 내가 시방 이런 소리를 하요. 우리 남자들은 모도가 싸울 일에만 정신이 퐁당 잠겨서 보름 쇨 생각을 못했는디, 이 아짐씨들이 저 충청도 큰애기하고 이얘기를 해서사 개득을 했제 어쨌다요."

모두 부엌 쪽을 보며 웃었다. 연엽 등 여인들도 웃고 있었다.

"아따 잘 묵었소. 보름이 꼭 사흘 만에 한 번씩만 돌아왔으면 좋겠소. 밥도 맛있고 쇠괴깃국도 맛있고 조두령님 말도 꼬소하고 참말로 잘 묵었소."

사십대 사내 하나가 배를 쓸고 일어서며 치사가 걸쭉했다.

"잣것, 이 뒤로도 심심하면 일 년에 두서너 번씩 이렇게 대창 들고 일어나붑시다. 그때도 꼭 조두령님이 이런 밥하는 두령 나시오."

"아이고, 그 두령 소리 말도 마시오. 나는 허허해도 빚이 천 냥이라고, 시방 농민군 밥하는 두령 났다가 예팬네 하나 있는 것 다 죽게 생개부렀소."

한쪽에 몰려 앉아 밥을 먹던 하학동 사람들이 폭소를 터뜨렸다. 연엽도 입을 가리고 웃었다. 그때 전봉준 등 두령들이 장막으로 들어왔다. 두령들도 그제부터는 여기 장막에 나와서 농민군들하고 같이 밥을 먹었다. 처음 사흘 동안은 군아로 밥을 날라다 먹었으나 두령들 상을 너무 걸게 차리자 전봉준이 몇 번 그러지 말라고 해도 그게 안 되자 아예 여기 나와서 먹겠다고 그제부터 여기 나와서 먹기 시작한 것이다. 저쪽 칸막이 안에서라도 먹으라 했으나 듣지 않았다.

"먼 이야기가 그렇게 재미가 있소? 마누래가 어쩌다니 그것은 또 무슨 소리요?"

정익서가 웃으며 물었다. 들어오다 들은 모양이었다. 농민군들은 다시 웃었다.

"아니, 지금 달래 웃은 것이 아니라, 이 뒤로도 심심하면 일 년에 두세 차례씩 이렇게 대창 들고 일어나자고 함시로, 그럴 때는 꼭 나보고 이런 밥하는 두령 나라고 하글래, 내가 시방 이 두령 등쌀에 예팬네 하나 있는 것 다 죽게 생개부렸다고 했등마는, 놈 속은 모르고 저렇게들 웃고 계시잖소."

"왜 하나 있는 귀한 마누래가 다 죽게 생겼단 말이오?"

정익서도 짐짓 웃으며 물었다. 두령들 앞에 밥상을 날라왔다. 두령들 밥상이 일반 농민군하고 다른 점이라면 상에다 차려온다는 것과 김치가 한 보시기 더 놓인 것뿐이었다.

"그 빌어묵을 놈의 점쟁인가 묵묵쟁인가 그 못된 놈의 예팬네들 땀새 그라제 어짠다요. 이렇게 멀쩡한 나한티 삼잰가 멋인가 그런 것이 찌었다고 나불거린 통에, 우리 마누래가 시방 없는 돈에 양잿물까지 사다 놓고 내가 집에 안 들어오면 그것 묵고 죽어분다고 한참 숨이 넘어가요, 시방."

조망태는 웃지 않고 짐짓 근심스런 표정으로 너스레를 떨었다. 모두 와 웃었다.

"그러다가 참말로 묵어불면 어쩔라고 그렇게 태평스럽소?"

정익서가 숟가락을 들며 눈을 둥그렇게 떴다.

"그 땀새 내가 이렇게 허허해도 빚이 천 냥이오마는, 그래도 믿는 것이 있은게 웃고 있소. 진짜로 묵을라면 가만히 묵어불제 그렇게 소문내겠소? 자기도 한나백이 없는 목숨인디."

조망태 말에 모두 와 웃었다. 전봉준도 따라 웃었고, 유독 여인들은 웃음을 걷잡지 못했다.

"말을 하다 본게 인자 마누라 우세를 두령님들 앞에서까지 시켜부렀으니, 나는 이래저래 집에 들어가기는 폴새 틀래부렀소. 접주님이 저한티 마누래를 하나 얻어주시든지 어짜든지 해사 쓰겄소."

모두 웃었다.

"아따, 오랜만에 쇠괴깃국을 끓여논게 기냥 웃음판도 걸쩍지고 참말로 좋소."

송덕보 아내 천원댁이 호들갑스럽게 말을 해놓고 깔깔거렸다. 그때 키가 껑충한 사내 하나가 솥에 와서 숭늉을 떠서 식히며 앞으로 나섰다.

"접주님, 진지 잡수심시로 지 말씀도 한 말씀 들어보십시오. 오랜만에 쇠괴깃국에다 찰밥을 한 그릇 탁 때려 자치고 낭게로, 아닌 게아니라 피양 감사 전라 감사가 모두 저 아래 눈 밑으로 꼭 막둥이 조카 놈같이 뵈그만이라우. 아까도 누가 말했소마는, 참말로 이 뒤로도 관가 놈들이 못된 짓거리를 하기만 하면 일 년에 서너 차례쓱 이렇게 일어납시다. 그때도 앞장은 꼭 두령님들이 서시고, 저그 조두령이랑 저 아짐씨들이랑, 또 저 충청도 큰애기도 다 나오락 해서 모도 꼭 오늘같이만 삽시다. 저 조두령님은 마누래가 그래싼단게 마누래를 새로 하나 얻어서 딴살림을 채려주더래도 저 양반은 꼭 나오락해사 쓰요."

사내의 걸쭉한 익살에 모두 웃었다.

"아따, 참말로 가다가 씨언한 소리 한번 들어보겄소. 이렇게 일어나신 바람에 우리는 밤이면 밤대로 이 큰애기가 벌린 잔치판이 또 걸쭉하요."

천원댁이 큰소리로 너스레를 떨어놓고 깔깔거렸다.

"오매, 나는 저 큰애기를 크게 믿었등마는, 그렇게 멋을 외봉쳐다
가 아짐씨들한티만 밤마둥 그렇게 잔치판을 걸쭉하게 벌린다요?"

조망태가 부러 눈을 주발만 하게 뜨고 천원댁을 건너다봤다.

"입으로 묵어사만 그것이 잔치판이다요. 우리는 저녁마둥 이 큰
애기가 강을 해서 잔치판을 벌리는디, 이 큰애기 강을 매칠 저녁 듣
고 난게 깜깜하던 눈이 훤히 띄어부렀소."

여인들은 깔깔 웃었다.

"그라면 우리한티도 그 강을 쪼깨 해주락 허시오."

젊은이들 속에서 누가 장작 패는 소리로 악을 썼다.

"강미를 내놈시로 강을 해주락 해사제 공짜로 해주라고라? 우리
가 시방 얼매나 유식해져 부렀냐 하면이라우, 동학이라면 모르는 것
이 없고라, 아라사가 먼 나란지 불랑국이 먼 나란지 그런 것도 훤히
다 알아부렀소. 그라고 시방 이렇게 대창 들고 나와서 싸우는 이치
도 통 뚫어지게 알아부렀은게 인자부텀 우리보고 예팬네들이라고
우리 앞에서 큰소리칠 생각들은 당최 하지 마시요잉. 그랬따가는 큰
코 다칠 것인게."

천원댁은 두령들 들으라는 듯이 한껏 신명이 나서 큰소리로 떠벌
렸다. 모두 와 웃었다.

"워매, 인저 우리는 으짜사 쓰께라우. 우리가 *무담씨 대창 들고
일어나 갖고 우리 남정네들은 인저 큰일나 부렀소. 저 충청도 큰애
기가 저녁마당 저 아짐씨들한티 강을 해서 시방 동학은 말할 것도

없고, 아사라가 먼 나란지 불랑국이 먼 나란지 그런 것도 대낮같이 훤히 알아불고, 이렇게 대창 들고 나선 이치까지 심봉사 눈뜨대끼 통 뚫어지게 알아부렀다고 저렇게 큰소리 아니오? 매칠만 더 있었다가는 우리 남정네들은 그때부텀 인자 치매나 두르고 정지에 들어가서 물 지르고 밥이나 쏠 성부르요. 이번에 앞에 나선 것은 두령님들인게 두령님들이 우리 신세 물어내시오."

조망태 너스레에 모두 웃었다. 두령들도 따라 웃었다.

"허허, 나도 멋이 쪼깨 껄쩍지근해서 안 나설라고 빼비작빼비작 하다가 두령님들이 나서글래 할 수 없이 따라나섰등마는, 이런 일이 있을라고 그렇게 껄쩍지근했든 모냥이구만. 다 해도 나는 물 질러다 밥은 못하겄은게 다른 것은 몰라도 그 신세는 물어내시오."

송대화가 거쿨진 목소리로 껄쩍하게 익살을 부렸다. 모두 또 웃었다.

"우리도 접주님 따라나섰은게 우리도 모르겄소. 접주님이 혼자 다 물어내시오."

김도삼 말에 폭소가 터졌다. 농담을 잘 안하던 사람이라 더 우스운 모양이었다. 전봉준도 웃음을 걷잡지 못했다.

"그뿐인 중 아시오. 남정네들 대장님은 접주님이 대장이제마는 우리 대장님은 이 큰애기가 대장님인디, 우리도 쌈이 붙었다 하면 대창 들고 이 큰애기 앞세우고 나설 것인게 그때 선찮게 싸울 사람들은 첨부텀 우리 뒤에 따라와사 쓰거이오."

천원댁은 한층 기세가 올랐다.

"아이고, 인자 일은 참말로 큰일이 나부렀네. 쌈을 하다가 우리가

86

쌈을 쪼깨 잘못하는 날에는 우리보고 대창 놔두고 밥이나 해다 바치라고 큰기침을 할 판인디, 이 일을 으쩨사 쓰께라우? 내가 저 큰애기하고 요새 같이 일을 해봤은게 말이제마는, 수제비 잘 하는 솜씨가 국수는 못하겠소? 나는 글안해도 여자라면 그 앞에서 쪽을 못 쓰는디 오나가나 나는 인자 살았달 것이 없소."

조망태였다. 폭소가 터졌다.

"저 큰애기가 앞장을 서갖고 쌈을 잘해 부는 날에는 우리도 큰일이제마는 접주님도 영판 깝깝하게 생겼소."

송대화 말에 또 폭소가 터졌다.

"두 대장님들 앞세우고 누가 잘 헌가 한번 해봅시다."

천원댁 익살에 또 폭소가 터졌다. 연엽을 전봉준과 대비시켜 대장이라 부르는 데서는 묘한 여운이 울렸다. 전봉준도 이 말에는 어느 때 없이 크게 웃었다.

연엽이 여기 나온 뒤로 그는 항상 장막 안에 싱싱한 활기를 불어넣고 있었다. 동학 강을 하고 다니는 사이 널리 소문이 나서 그만큼 친숙해지기도 했지만, 그의 예쁜 얼굴과 무던한 성격이 젊은이들뿐만 아니라 전 농민군 마음을 사로잡았다. 더구나 그는 밥과 국을 시도 때도 없이 삶아대야 하는 복잡한 부엌일을 조금도 위각이 나지 않게 잘 추슬러나가고 있었다. 손이 가야 할 데는 하나도 놓치지 않고 미리 헤아려 제때에 손이 가게 했으며, 땔나무 하나 들여오고 물한 지게 긷게 하는 것까지도 더덜이가 없었다. 그를 거들어 일을 하는 여자들은 그의 원만한 성격에도 감복을 했지만, 자기 아이들한테 누룽지 하나 챙겨주는 것도 섭섭지 않게 마음을 쓰는 등 세심한 두

름성에 입이 벌어졌다. 그래서 그들은 가는 데마다 연엽 칭찬에 침이 밭았다.

두령들은 유쾌하게 밥을 먹고 숭늉을 마셨다. 두령들도 한껏 느긋한 기분이었다. 조망태가 두령들 곁으로 갔다.

"오늘 아침 밥 묵는 수는 생각보담 적게 왔그만이라. 내 집 부뚜막이 남의 집 고루거각보다 낫더라고 명절날이라 이녁집 무싯국이 쇠괴깃국보담 낫은갑소."

"그렇습니다. 너무 가난해서 그렇지 모두들 사람 사는 예모를 얼마나 소중하게 생각하고 체면을 중하게 여기는 사람들인가. 이런 대목에서 보면 알 수가 있지 않소. 비록 여기 나와서 끼니를 기대고 있지만, 모두가 다 그만한 염치나 체면이야 없었겠소? 하도 찢어지는 형편들이라 그런 염치나 체면을 차릴 겨를이 없을 뿐이지요. 이런 일을 깊이 생각해서 밥을 나눠 줄 때는 행여나 체면 건드리는 일이 없도록 각별이 조심들 하시오."

"그 말씀 깊이 새기겠습니다."

전봉준 말에 조망태가 고개를 숙였다. 그때 장막을 들어서는 사람이 있었다. 술주막을 하고 있는 중아비가 하얀 사기병을 하나 들고 들어왔다.

"아이고, 중아비가 아침부터 먼 일이여?"

평소에 친하던 조만옥이 알은체를 했다.

"마침 맑은술이 한잔 있글래 대명절이고 해서 두령님들 반주나 한 잔씩 하시라고 한 뱅 가져와 봤는디, 일찍 온다는 것이 한발 늦었소."

중아비는 한 손에는 사기병을 들고 한 손에는 조그마한 찬합을 들고 사람 좋게 웃으며 다가왔다. 달꼭지라고 놀림을 당하는 염소똥 만한 상투가 한껏 뒤꼭지로 넘어가 있었다.

"두령님들 고상이 많으시지라?"

중아비가 전봉준한테 고개를 꾸벅했다. 사기병을 든 손에는 잔까지 들려 있었다. 전봉준 곁에 술병과 찬합을 내려놨다. 술잔을 들어 전봉준한테 권했다.

"잠깐 기다리시오. 이렇게 맘을 써줘서 고맙기는 합니다마는, 이런 음식에 우리가 엄한 규칙을 정해놨는데 그 소리 못 들으셨소?"

전봉준이 낮은 소리로 물었다. 곁에서 밥을 먹고 있던 농민군들이 모두 이쪽을 보고 있었다.

"지가 왜 못 들었겠습니까요. 다른 때는 한잔쓱 대접하고 싶은 생각이 있어도 그렇게 법도를 딱 정해부렀다고 하시글래 대접을 못 해드리다가, 오늘은 대명절이고 해서 한잔쓱 드시라고 이라고 왔그만 이라우."

중아비는 연방 사람 좋은 웃음을 웃으며 허리를 굽실거렸다.

"오늘은 대명절이라 그렇게 생각할 법도 합니다. 그렇지마는, 사람의 마음이라는 것이 그렇지 않습니다. 대명절이라고 그런 규칙을 어기면, 그 다음에는 작은 명절이라고 어기게 되고, 그 다음에는 그와 비슷한 핑계를 만들게 되는 법이오. 아닌 게 아니라, 방금 재미있는 일로 한참 웃고 난데다가 술을 본게 한잔 하고 싶은 생각이 간절합니다마는 안 되겠소. 그 성의는 백번 고맙소마는, 그 규칙은 군율이나 마찬가지라 깰 수가 없소."

전봉준은 정중하게 거절을 했다. 중아비는 전봉준 말에 허리를 주억거리면서도 얼른 돌아서지 못하고 술잔을 든 채 쥐구멍에 들어온 벌처럼 엉거주춤 무릎을 꿇고 있었다.

"군율이니 야박하다 생각 마십시오."

전봉준이 웃으며 중아비 어깨를 도닥거렸다.

"술을 갖고올라면 우리 군사가 전부 마실 만치 갖고 오든지 해사제. 한잔 술에 눈물 나더라고 우리만 마시면 군사들은 눈물이 얼매나 많이 나겄소? 그런게 우리 접주님보고 야박하다고 원망하지 말고 갖고올라면 여남은 섬을 그냥 여그다 확 풀어. 문전축객당한 것 같아서 글안해도 벗어진 뒤꼭지가 간질간질할 것 같은게 문까지는 내가 바래다 주제."

조만옥이 익살을 부리자 모두 웃었다.

"접주님 지가 기냥 영판 죄송스럽게 되았구만이라우. 그라면 물러갈랍니다요."

중아비가 전봉준한테 허리를 잔뜩 굽히고 돌아섰다. 조만옥이 중아비 등을 도닥거리며 따라나섰다.

"미안합니다. 섭섭하게 생각 마시오."

전봉준 말에 중아비는 다시 두 번 세 번 고개를 꾸벅였다.

전봉준은 장막으로 밥을 먹으러 나오기 시작하면서 두령들과 단단히 다짐한 것이 있었다.

"우리가 장막에 나가서 밥을 먹자는 것은 같이 고생하는 사람들하고 똑같이 음식을 먹자는 것입니다. 우리가 이렇게 일어난 것이 무엇 때문이오? 첫째가 먹는 것 때문입니다. 이 먹는 것에 우리 두령들의 분별이 흐려지면 우리가 내세운 대의를 우리 스스로가 바닥에서부터 뒤집어엎는 꼴이 될 것입니다. 지난번 별산 영감 등 부자들이 가지고 왔던 그런 음식도 이제부터는 모두 거절합시다. 호의를 거절하는 것이 야박한 일이지만, 그렇게 거절한다는 소문이 나면 아예 가져오지 않을 것입니다. 이것은 의논하고 말고 할 일이 아닙니다. 우리 두령들이 지킬 제일 중요한 규칙으로 정합시다."

전봉준은 어느 때 없이 엄격하고 단호하게 선언을 했던 것이다.

4. 지주와 소작인

    피아골서 오던 달주 일행은 아침길을 부지런히 걷고 있었다. 어제 저녁 순창읍을 지나 10리쯤 더 와서 새터란 동네서 자고 새벽같이 일어나 벌써 20여 리를 걸어 오정자란 동네에 가까워지고 있었다. 거기 주막에서 아침밥을 먹을 참이었다. 거기는 오누루재라는 큰 재를 앞두고 있는 동네라 주막이 두 개나 있었다. 아직도 정읍까지는 가파른 오누루재를 넘어 산길로 8,90리가 빠듯했으므로 고부까지는 130~140리 길이 남은 셈이었다.

    임실로 빠지는 삼거리를 막 지났을 때였다. 저쪽에서 여남은 명의 장정들이 바삐 산길을 내려오고 있었다. 손에는 몽둥이를 들고 있었다.

    "저이는 정읍 송접주님 같은데……."

    달주가 앞장서서 오는 사람을 보며 눈을 밝혔다. 가까이 보니 정말 송희옥이었다. 그쪽에서는 김승종과 지해계원들이 달주를 알아보고 소리를 질렀다. 송희옥을 따르고 있는 김승종 패는 20여 명이었다.

"접주님이 웬 일이십니까?"

달주가 송희옥 앞으로 나서며 인사를 했다.

"누구시더라?"

송희옥이 눈을 씀벅이며 물었다.

"김달주라고 저하고 같이 전접주님 제잡니다. 원행 나갔었는디, 고부 소식을 듣고 온 것 같습니다."

김승종이 말했다.

"아, 그러던가? 그러고 본게 얼굴이 익구만. 모두 일행인가?"

송희옥이 반색을 하며 일행을 둘러봤다.

"그렇습니다."

"잘 만났네. 조병갑 뒤를 쫓고 있는 참이네. 지금 어디서 오는가?"

송희옥이 눈을 밝히며 물었다.

"구례서 나서서 어젯밤은 순창읍을 지나 새터란 동네서 자고 오는 길입니다."

"수상한 놈 못 봤는가?"

"못 봤습니다."

"그럼, 이놈이 순창읍으로 안 가고 임실로 빠졌을까?"

송희옥이 젊은이들을 돌아봤다. 젊은이들도 고개를 갸웃거렸다. 송희옥은 간단히 정황을 설명했다. 어제 송희옥은 쌍길마재에서 젊은이 10여 명을 나누어 임군한이 간 칠보 쪽으로 쫓게 하고 자신은

이 길로 밤을 새서 오고 있었다. 칠보 쪽으로 한 패를 보낸 것은 그 자들이 임군한 일행의 뒤를 따라 전주로 갈지 몰랐기 때문이다. 그런데 송희옥 일행은 이리 오다가 밤길이라 길을 잘못 들어 한참 헤매는 바람에 이제야 여기 온 것이다. 이제 바로 몇발 앞이 순창읍과 임실읍으로 길이 갈라지는 곳이므로 여기서도 두 패로 나누어 한 패는 순창읍으로 보내고 자기는 임실로 내달으려는 참이었다.

"우선 인사나 하십시오."

달주가 일행을 소개했다. 간단히 수인사들을 했다.

"여기서 순창읍은 30리가 넘는데, 그리 빠질 수가 있겠습니까?"

장호만이 고개를 갸웃거렸다. 여기서 순창읍은 동남쪽으로 30리나 내려가야 하므로 전주와 그만큼 더 멀어지기 때문이었다. 그러나 송희옥은 거기 현감한테 가서 보호를 받으려고 그리 갈지 모른다는 생각이었다.

그때 달주 일행이 오던 길에서 사내가 하나 바삐 다가오고 있었다. 40대의 사내였다.

"혹시 고부서 오시는 사람들 아니오?"

사내가 눈을 둥그렇게 뜨고 뒤를 한번 돌아보고 나서 낮은 소리로 물었다.

"그렇소. 왜 그러시오?"

송희옥이 되물었다.

"혹시 고부 수령 놈 쫓고 있소?"

"그놈이 도망치는 것을 봤소?"

송희옥이 대번에 눈을 밝히며 물었다.

"내가 시방 그란 것 같아서 물었소."

그는 실없이 또 한 번 뒤를 돌아보고 나서 잔뜩 눈을 밝히며 입을 열었다.

"여그서 임실 쪽으로 한 5리 가면이라우. 꽃바우란 동네가 나오요. 나는 그 동네 사람이 아니고 엊저녁에 먼 일이 있어서 시방 그 동네서 자고 오는디라우, 그 동네 한번 가보시오. 그 동네는 길가 동넨디, 뒤쪽으로 큰 감나무가 하나 서 있는 집이 있소. 그 동네서는 그 감나무가 젤로 큰 감나문게 금방 눈에 띄요. 그 집을 한번 덮쳐보시오."

"그 집에 조병갑이 숨었단 말이오? 몇 놈이던가요?"

송희옥이 다급하게 물었다.

"그런 것은 모르겠소마는 틀림없은게 얼른 가서 사정없이 덮치기만 하시오. 영락없을 것이오."

"고맙소."

"그놈 꼭 잡으시오. 나는 가요."

사내는 누가 뒤쫓기라도 하듯 휑하니 가던 길을 가버렸다.

"마침 잘들 만났소. 같이들 갑시다."

송희옥이 대번에 숨을 씨근거리며 길을 재촉했다. 장호만이 송희옥 뒤로 바짝 붙었다. 이천석과 김만복도 뒤따랐다.

"그놈들 호위하고 가는 놈들은 분명히 칼을 가졌을 것이오. 그놈들은 우리가 잡겠소. 우리 세 사람은 무술이 혼자도 그런 놈들 셋은 당할 수 있소. 가서 모두 집만 둘러싸시오."

장호만은 버선목에서 시퍼런 칼을 쑥 뽑았다. 자기 말을 증명이라도 하듯 칼을 송희옥 앞에 내보이며 눈을 번득였다. 송희옥이 시퍼런 칼날에 실없이 깜짝 놀랐다. 정묘득 등 피아골서 오던 사람들도 눈이 주발만해졌다. 칼을 보자 저 사람들이 어떤 사람들인가 새삼스럽게 놀라는 표정들이었다.

"잘 됐소. 되도록이면 그놈을 사로잡아야 하요."

"알겠습니다. 사로잡아서 고부로 끌고 갑시다."

장호만은 이를 앙다물며 말했다. 송희옥은 동네 가까이 갈 때까지는 두세 사람씩 패를 지어 표 나지 않게 가자고 했다. 달주와 지해 계원들은 오랜만에 만났으나 이야기할 경황이 없었다.

"정처사님은 거기 가서는 길목에서 기다리고 계십시오."

달주가 정묘득한테 말했다.

"사람을 꼴로만 보지 말게. 이 지팽이가 날면 얼마나 무섭게 나는 중 아는가? 그런 일에는 뛰는 사람도 있어사 쓰제마는 기는 사람도 있어사 써."

정묘득이 단호히 내뱉으며 눈알을 부라렸다.

"죄송합니다. 그럼, 그 지팽이 나는 것 한번 구경합시다."

일행은 경황 중에도 웃으며 발걸음을 재촉했다. 정말 큰 감나무가 있는 집이 보였다. 모두 끼리끼리 천연덕스럽게 동네로 다가갔다. 가는 족족 골목으로 들어갔다. 집이 제법 우람했다. 대문이 잠겨 있었다. 송희옥이 일부는 울타리 밖에서 지키라고 했다. 보름날 아침이라 대문 곁에는 *내전밥이 놓여 있었다. 때마침 대문이 열리며 사람이 나왔다. 송희옥이 앞장을 서서 쑥 들어갔다. 개 두 마리가 사납게 짖고 나왔다.

"웬 사람들이오?"

주인이 사랑방에서 나오며 놀라 물었다. 젊은이들은 재빠르게 뒤란으로 돌아갔다.

"조병갑 어디 있소?"

송희옥이 주인에게 내질렀다. 주인은 당황하는 표정이었다. 그때 장호만이 성큼성큼 사랑문 앞으로 갔다. 이천석과 김만복이 따라갔다. 그들은 토시에서 표창을 뽑아 양손에 하나씩 감춰 쥐고 있었다. 달주도 양손에 돌멩이를 하나씩 들고 있었다. 장호만이 사랑방문을 활짝 열어젖혔다. 방안에 40대의 사내가 하나 덩둘하게 앉아 있었다. 얼굴이 백지장이었다. 모두 안을 들여다봤다.

"저것은 조병갑이 아니오. 고부 별감이오."

안을 들여다보던 김승종이 말했다.

"멋이, 조병갑이 아녀?"

송희옥이 소리를 내질렀다. 고부 별감 조우만은 오들오들 떨고 있었다.

"조병갑은 어디 있소?"

송희옥이 조우만에게 거칠게 물었다.

"모르요. 나는 혼자 왔소."

조우만이 떠듬떠듬 대답했다.

"집을 뒤져라!"

모두 우르르 흩어졌다. 안채로 달려가기도 하고 행랑채 헛간으로 쏠려들기도 했다. 한참 집을 뒤졌다. 없었다. 모두 고개를 갸웃거리며 마당으로 나왔다 송희옥이 조우만더러 나오라고 했다. 조우만이 새파랗게 질린 얼굴로 밖으로 나왔다.

"당신, 언제 여기 왔소?"

"볼일이 있어서 고부서 난리가 나기 전에 왔소. 여그가 우리 외가요."

거짓말인 것 같았다.

"조병갑하고 같이 내뺐다던데?"

송희옥은 버럭 악을 썼다.

"처, 천만에요."

조우만이 말을 더듬으며 손사래까지 쳤다. 좌수 김봉현 행방을 물었으나 모른다고 했다. 송희옥은 일행을 모두 한쪽으로 모았다.

"아까 그 사람이 저 사람을 조병갑으로 잘못 알았던 것 같소. 조가는 순창 관아로 가서 그곳 수령 도움을 받아 전주로 가려고 지금 그리 가거나, 임실 관아로 가서 역시 그곳 수령 도움을 받아 전주로 가려고 곧장 이 앞길로 갔는지도 모르겠소. 순창읍으로 한패 보내고 나는 바로 임실 쪽으로 쫓을 참이오. 당신들은 어떻게 하겠소?"

송희옥이 장호만에게 물었다.

"우리 셋은 송접주님하고 같이 쫓겠소."

송희옥은 좋다고 고개를 끄덕여놓고 달주를 향했다.

"자네는 기왕 같이 오던 사람들인게 자네 일행들하고 저 별감 놈을 끗고 고부로 가게. 향청 농간질을 알아내려면 저놈도 문초를 해야 할 것이네. 저놈을 끗고는 정읍 읍내를 지나서 갈 수는 없을 것이네. 길을 좀 돌더라도 백양사 쪽으로 해서 고부로 빠지는 것이 좀 걸세."

"그렇게 하지요. 나도 같이 가고 싶습니다마는, 별감 때문에 할 수 없을 것 같습니다."

"그럼 바로 떠나세."

달주가 저쪽에 있는 별감한테로 갔다.

"갑시다. 앞서시오."

"내가 먼 죄가 있다고 가자고 하요?"

그 사이 정신을 차린 조우만이 갑자기 뻗대고 나왔다.

"어라, 먼 죄가 있냐고?"

달주가 빠듯 말꼬리를 올렸다.

"나는 여그 볼일이 있어서 왔제, 죄가 있어서 내빼온 사람이 아니오."

작자는 고개를 뻣뻣하게 들고 소리를 질렀다.

"허허, 향청 별감이 죄가 없어? 조병갑 애민가 기생년인가 죽었을 때 민부전 걷자고 한 놈은 누구고, 지난번에 조병갑 애비 공적비 세우자고 한 놈은 누구여?"

달주가 이를 앙다물며 얼렀다.

"그것을 내가 했단 말이오?"

조우만이 더 크게 소리를 질렀다. 울타리에 동네 사람들이 잔뜩 붙어 구경하고 있었다.

"이 새끼, 여기서 뒈지고 싶냐?"

장호만이 눈알을 부라리며 곁에 젊은이 손에서 작대기를 빼앗아 들었다. 작자는 무춤 한발 뒤로 물러섰다.

"여그서 죽을래, 따라나설래? 바쁘다, 얼른 말해!"

장호만이 작대기를 어르며 금방 내리칠 듯이 얼렀다. 하도 무섭

게 을러메자 작자는 하는 수 없이 따라나섰다. 동네를 나와 송희옥
이 달주 일행과 갈리려 할 참이었다.

"여보시오, 할 말이 한 가지 있소."

조우만이 은근한 소리로 송희옥을 한쪽으로 따냈다.

"아까 조병갑이 어디로 갔냐고 물으셨지라우?"

갑작스런 소리에 송희옥은 잠시 어리둥절했다. 작자의 표정은 은
근했다.

"지가 조병갑 행방을 가르쳐 주면 저를 놔주시겠소?"

"당신이 조병갑 행방을 안단 말이오?"

송희옥 눈에서 빛이 번쩍했다.

"놔주신다면 가르쳐 드리겠소."

"전주로 내빼고 있는 줄은 우리도 알고 있소."

"내가 더 소상히 아요. 어쩌실라우, 저를 놔주시겠소?"

"지대로만 가르쳐 주면 놔주겠소."

"오늘 아침 동이 막 튼 뒤에 조성국이 여기를 지나갔소. 일행이
다섯인디 두 사람은 앞에 가고 뒤에 셋이 따라가더라요. 우리 처남
이 조성국 얼굴을 아요. 개똥 줏으러 나갔다가 먼발치로 봤는디, 틀
림없이 조성국이더라요. 조성국 처가가 이쪽인디 지금 그 처가로 갔
을 것이오. 먼 길을 안 걸어보던 사람이라 조병갑은 발을 절더라요.
발도 발이제마는 낮에는 행색이 드러날 것인게 밤에 갈라고 지금은
조성국 처가에 틀어박혀 있을 것 같소."

세 사람이 따르고 있다면 틀림없었다.

"조성국 처가가 어디요?"

"그것을 말씀드리기 전에 나를 놔주신다고 대답부텀 확실하게 하시오."

"같이 가서 그놈들을 잡으면 놔 드리겠소."

"그럼 내가 발고한 것이 짜드락나게라우?"

"그런 한가한 소리 하고 있을 때가 아니오."

"그 집은 찾기 쉬운게 당신들만 가시오. 여그서 저쪽으로 오리 못 미처 남정동이란 동네가 있는디, 그 동네 첫 집인게 봉사도 찾소."

조우만이 임실 쪽을 가리켰다.

"그러면 여기 기다리고 있으시오."

송희옥은 피아골서 오던 사람들더러 여기서 조우만을 지키고 있으라 한 다음 달주와 나머지 사람들만 데리고 바삐 내달았다. 장호만 일행이 앞장을 섰다. 일행은 바람같이 달렸다. 무작정 그 집으로 들이닥쳤다. 안으로 들어가 집을 빙 둘러쌌다. 주인은 별로 놀라지도 않고 태연했다.

"그 사람들이 식전에 일찍 오기는 왔소마는 도로 나갔소. 찬밥 한 덩어리쓱만 싸들고 선걸음으로 갑디다. 전주 쪽으로 갔소."

이 집도 발딱 뒤졌으나 허탕이었다. 송희옥은 서둘렀다. 선걸음으로 뒤를 좇았다. 순창으로는 물론 사람을 보내지 않았다.

"이 새끼, 니가 갔으면 몇 발짝이나 갔겠냐? 너는 죽었다."

장호만은 이를 앙다물며 내달았다.

달주는 김승종 패 가운데서 두어 사람을 더 데리고 다시 꽃바우로 돌아와 별감을 끌고 고부로 향했다. 송희옥이 말한 대로 백양사로 해서 천원 쪽으로 빠질 참이었다. 별감은 약속이 틀리지 않으냐

고 앙알거렸으나, 달주는 조병갑을 잡으면 놔준다고 했지 않느냐고
욱대겨 끌고 갔다. 이놈을 잡아가야 향청 내막을 제대로 알 것 같았
다. 달주는 그 내막만 제대로 말하면 다치지 않게 주선해 주겠다고
달래기도 했다.

"이것이 먼 조화가 이런 조화가 있는가 모르겠네."

최낙수가 자기 동네 사람들 앞으로 오며 어이없다는 표정을 지었
다. 찰밥에 쇠고깃국에 아침밥을 딩딩하게 배에 싣고 난 농민군들은
장막 울타리 양지바른 쪽에 앉아 담배를 피우며 햇볕바라기를 하고
있었다.

"정참봉인가 개참봉인가 그 작자를 내줘부렀다고 안 그러요?"

"멋이? 정참봉을 내줘라우?"

거기 있던 오기창이 깜짝 놀라며 소리를 질렀다.

"엊저녁에 내줘서 폴쎄 즈그 집으로 가부렀다요."

최낙수가 코를 씰룩거리며 핀잔조로 튀겼다.

"그것이 시방 먼 소리라요?"

모두 벼락 맞은 표정들이었다. 유독 오기창 눈초리가 잔뜩 추켜
올라갔다.

"음, 마침 저그 신중리 영좌가 오는구만. 저 사람은 그것이 먼 조
환지 알 것이여."

장특실이 웃으며 다가오고 있었다.

"아침들 잘 자셨소? 찰밥도 찰밥이제마는 쇠괴깃국을 끓여논게
오늘 아침에는 우리부터 낯이 서요. *식량 없는 밥은 딸보고 허락 하

고, 반찬 없는 밥은 며누리보고 허란다등마는, 해본게 그 심정 알겠습디다."

장특실이 너스레를 떨며 다가왔다. 그는 일이 바빠 동네 사람들하고 얼리는 일이 별로 없었는데, 오늘 아침에는 조금 한가한 모양이었다.

"찰밥이고 멋이고 정참봉 내줘부렀다는 소리가 참말이라요?"

오기창이 눈에 싸늘한 냉기를 뿜으며 따지고 나왔다.

"그 사람은 조병갑한티 옷 하나 준 죄밖에 없는디, 들어본게 잡혀올 때도 안 죽을 만치 맞은 모냥입디다."

장특실이 수월하게 말했다.

"그 자석이 소작인들한티는 얼매나 험한 놈이고, 또 얼매나 많은 사람들한티서 생땅을 무지막지하게 강도질해 간 놈이오? 송대화 두령한티 말을 했는디, 다른 것은 몰라도 놈의 논 뺏어간 것은 으짜기로 하고 내줬다요?"

오기창이 오금을 꼭꼭 박으며 감때사납게 따지고 나왔다. 그 말에는 서릿발이 치고 있었다.

"오늘 아침에사 송대화 씨가 두령님들한티 말을 한 모냥인디, 그때는 벌써 내준 뒤에더라요, 두령님들도 그 말씀을 듣고는 그런 일을 발라낸 다음에 내줄 것인디, 미처 거그까지는 생각이 못 미쳤다고 깜짝 놀라더락 합디다. 그래도 그런 무지막지한 일은 내준 담에라도 발라내기가 그렇게 어렵잖을 것 같소."

사람들이 몰려들고 있었다. 어디서 나타났는지 정익수도 사람들틈에 끼여 천연스럽게 말을 듣고 있었다.

"그놈을 내놓고 따져라우? 그놈이 시방 즈그 집으로 갔을 성부르요? 나가던 길로 어디로 폴쎄 내빼부렀을 것이오. 코째기 내기를 했으면 해도 내빼불고 즈그 집에 없소. 지금 가보시오. 가보고 와서 내 코를 째시오."

오기창이 자신만만하게 대들었다. 장특실은 아무 말도 못했다.

"일이 시방 그 생논 강도질해 간 것뿐인 중 아시오. 그것보다 열 배 백 배 더 큰일이 있소. 한 가지만 물어보까라우? 물어볼 것이 멋이냐 하먼이라우, 그 정참봉을 잡아서 이리 끗고 온 젊은이들이 있는디, 그중에는 내 동생도 들어 있소. 여그까지만 말해도 내 말이 시방 먼 말인지 짐작하시겄지라우? 그 정참봉을 끗고 온 사람들은이라우, 그 사람들이 정참봉을 즈그 사날로 잡아서 끗고 온 것 아니제마는, 정참봉 그놈 소가지에 끗고 온 사람들도 웬수로 생각하고 시방 이빨을 으득으득 갈고 있을 것이오. 정참봉을 끗고 온 사람들은 아무 죄도 없이 정참봉하고 웬수를 져도 사정없이 웬수가 져부렀는디, 그렇게 웬수진 사람 따로 있고, 내주고 인심 쓰는 사람 따로 있고, 일이 이렇게 되아불면 일판이 쪼깨 요상스럽게 돌아가지 않소? 이런 일에 *수원수구가 이렇게 뒤죽박죽이 되아불면 뒷이 어떻게 되께라우?"

오기창이 눈초리를 치켜세우고 사정없이 몰아붙였다.

"두령님들이 그런 데꺼정은 깊이 생각을 못 하고 일을 한 것 같소. 일을 하다보면 그런 대목도 있는 법인게 양해들을 해주셔사 쓰겄소."

"멋이라우? 양해를 해라우? 말씀을 하셔도 말가닥이 한참 어긋

난 말씀을 하고 기시는 것 같소. 내 말은 멋이냐먼이라우, 정참봉을 내주더래도 정참봉을 잡아오니라고 정참봉한티 웬수진 사람들이 있은게 그런 사람 사정도 생각을 해감시로 내줘사 쓸 것이 아니냐, 시방 이 소리 아니오? 정참봉은 자기를 잡아온 놈들한티 부득부득 이빨을 갈고 있을 것인게 양해를 할라먼 그 정참봉보고 양해를 하라고 허사제, 그걸 따진 사람보고 양해를 하라고 해라우? 우리보고 양해를 하라는 소리는, 느그덜이사 냔중에 정참봉한티 대갈통이 깨지든지 몽댕이에 맞아 죽든지, 그것은 느그들 사정인게 여그서는 시끄럽게 하지 말고 입을 봉해라, 시방 이런 소리가 되아부는디라우, 내가 이것을 그냥 재미로 따지는 것이 아니오. 나는 정참봉 소작인이오. 정참봉을 잡아온 우리 동생은 대갈통만 어긋나고 말겄제마는, 나는 그 동생 땀새 소작이 폴쌔 날라가 분 것 같소."

오기창은 마디마디 꼭꼭 씹어 한마디도 허실이 없이 귀에다 박아 주려는 것 같았다.

"그라고 본게 그런 딱한 대목이 있그만이라."

장특실은 난처한 표정이었다.

"소작도 소작이제마는, 논 뺏긴 사람들은 그놈을 잡아다 놨을 적에 논을 찾아사 쓸 것인디, 두령님들이 일을 하다가도 크게 한번 잘못한 것 같소."

나이 지긋한 사람이 한마디 끼었다.

"하느니 그 말인디라우, 정참봉 그놈이 얼매나 무지막지한 놈인지 그것은 세상이 다 아는 일이오. 소작료 짠 것은 지 논에서 지 소작료 받아간 것인게 말도 안 할라요. 그 정참봉이 어떻게 해서 부자

된 놈이오? 놈의 눈에 그렇게 피눈물 내서 전답 뺏은 것은 작은 죄라
요. 따지고보면이라우, 조병갑보다 더 악독한 놈이 그 정가놈이여라
우. 나는 조병갑보담 그런 자석부터 몬자 목을 매달 중 알았소. 그런
디 그런 자석을 내줘라우?"

최낙수였다. 정익수는 저만치 서서 한마디라도 놓칠세라 눈을 밝
히고 듣고 있었다.

"그놈 악독한 것이야 누가 모르겠소? 기왕지사는 기왕지산게 그
라면 이렇게 합시다. 오늘 저녁에 동네 임직회의를 할 것 같소. 그
자리에 나가서 그런 사정을 말씀드리고 그 자리에서 모두 같이 존
방도를 한번 생각해 봅시다. 이따 나하고 같이 갑시다."

장특실이 오기창한테 달래듯 말했다.

"방도가 먼 방도가 있겠소? 그놈은 시방 폴쎄 속거천리 내빼부렀
을 것인디, 그놈도 없는 디서 방도를 찾아봤자 *거무줄로 방구 동치
기제 멋이겠소?"

오기창이 장특실을 허옇게 건너다보며 핀잔을 주었다.

"그래도 가서 이야기를 한번 해봅시다."

"일은 폴쎄 돼진 놈 인중 틀어지대끼 팩 틀어져부렀는디, 그런 자
리에 가서 잘잘 째는 소리나 듣고 앉았을라고 그런 디를 가라우?"

오기창이 얼굴을 홱 걷어가 버렸다. 장특실은 입맛을 다시며 돌
아섰다.

"나도 그 새끼 내준 것은 당최 비위에 안 맞구만. 두령들이 그런
놈들한티 인심이나 쓸라면 첨부터 멀라고 일어났어?"

"일하는 것 본게 두령들 못 믿겠소. 이렇게 일어났으면 농민들 억

울한 사정부터 각단을 추리는 것이 아니라, 시방 하늘 쳐다봄시로 별이나 딸 생각을 하는 모냥이오. 두령들도 못 믿겄고, 우리 앞은 우리가 *개러사 쓸 것 같소. 정참봉 같은 새끼들도 우리가 잡아다가 작살을 내도 내사 쓸 것이오."

최낙수였다. 그의 눈에는 살기가 이글거렸다. 당장 오늘 저녁에라도 달려가서 대번에 정참봉을 작살낼 것 같았다. 정익수는 눈이 둥그레졌다.

"허허, 참말로 말을 하다 본게 속이 더 뒤집어져 부네. 두령들은 모도 똑똑한 사람들인 중 알았등마는, 일을 하면 어떻게 하간디 그런 새끼를 내주냐 말이여? 아무리 생각을 해도 일들을 개떡같이 하고 있구만잉. 그런 새끼 용서하고 저런 새끼 용서하고 그렇게 군자 날라면 안방에 가만히 앉아서 군자 날 일이제 좆뿐다고 대창은 들고 일어나냐 말이여."

오기창이 이를 앙다물고 들떼놓고 내질렀다.

"여보시오, 말을 해도 말을 가려감시로 하시오. 어디서 말을 그렇게 함부로 하고 있소. 멋을 뽑다니 누구보고 하는 소리여?"

한쪽에서 나이 지긋한 사람이 오기창한테 *머퉁이를 하고 나왔다. 오기창이 힐금 돌아봤다.

"내가 말이 쪼깨 과했는가는 모르겄소마는, 정참봉 같은 놈을 내줘사 쓰겄소?"

오기창이 이마 밑으로 눈을 지릅뜨며 어긋하게 노려봤다.

"아무리 그런다고 두령들한티 그렇게 말을 함부로 해사 쓰냐 말이여?"

사내는 꽥 고함을 질렀다.

"정참봉 그놈의 새끼 두고 보자."

오기창은 눈을 걷어오며 이를 앙다물었다. 가만있지 않겠다는 서슬이었다.

저녁밥을 먹은 다음이었다. 동헌 큰 방에서는 동네 임직들 회의가 열리고 있었다. 이 자리에는 신중리 송두호하고 송주옥도 나왔다. 그들은 첫날 봉기할 때도 나오지 않았고 그 뒤로도 이따금 한 번씩 다녀갔을 뿐 적극적으로 참여는 하지 않고 있었다. 그 집안에서는 송대화가 나와 크게 활약을 하고 있으므로 그들은 뒤에 있는 것 같았다.

몇 가지 자잘한 이야기를 한 다음이었다. 전봉준이 나섰다.

"그 동안 아전들 죄상을 웬만치 문초를 해서 마무리를 지었소. 그 동안 문초한 것을 말씀드리고, 아전들을 어떻게 처리할 것인가 그것에 대한 의견들을 듣겠소. 그것을 이 자리에서 결정을 짓자는 것이 아니고, 오늘은 여러분들 의견만 듣겠습니다. 그럼 먼저 그 동안 문초한 것을 최경선 씨가 말씀드리겠습니다."

조금 어수선하던 자리가 대번에 물을 뿌린 듯 조용해졌다. 최경선이 문서를 들고 입을 열었다. 맨 꽁무니에 앉은 정익수는 숨을 죽이고 있었다. 그는 동네 대표가 아니었으나, 이런 회의 때마다 와서 맨 뒷자리에 끼여 앉았다. 그러나 그가 정익서 친동생이라는 사실을 모두 알고 있었으므로 마치 부조 가는 데 어린애 끼는 꼴로 치부를 하는 것 같았다.

"잠깐, 최경선 씨가 말씀을 드리기 전에 먼저 여기 앉아 계신 정백헌鄭百憲씨를 소개하겠습니다. 금구 분이신데 지난번 원평집회 때도 크게 일을 했던 분입니다. 이번에도 우리하고 뜻을 같이 하기 때문에 우리를 거들어 주시려고 왔습니다. 어제부터 와서 최경선 씨하고 같이 일을 하고 있습니다."

전봉준이 한쪽에 앉아 있는 정백헌을 앞으로 나오게 해서 인사를 시켰다. 정백헌이 정중하게 절을 하자 모두 박수를 쳤다. 정백헌은 한때는 과거 공부도 했던 사람으로 지난번 원평집회 때는 전봉준 곁에서 한시도 떠나지 않고 거들었다. 그는 머리 회전이 빨라 무슨 일이 벌어지면 사태 파악이 정확했고 계수에도 밝았다. 조병갑과 아전들이 늑탈한 내막을 밝히는데 손이 부족해서 쩔쩔매던 판에 마침 어제부터 와서 거들고 있었다.

"아전들은 거개가 수령이 백성을 늑탈하거나 도적질을 할 때 대부분 거기에 곁붙이로 덩달아 놀아났으므로 먼저 조병갑 죄상부터 밝히고 나서 그에 따른 아전들 죄상을 밝히겠습니다. 그런데 미리 말씀드릴 것은 아전들이 전혀 간여를 못한 일도 많고 그들이 간여한 일도 모든 것을 조병갑한테로만 떠넘기는 통에 아전들 죄상은 생각한 것보다 밝혀낸 것이 적다는 점입니다."

최경선이 미리 전제를 한 다음에 조병갑 죄상부터 8가지로 늘어놨다.

1. 일 년 반 동안에 5백 명에 가까운 사람을 불목, 불화, 사통, 상피 등 억지 죄인을 만들어 늑탈한 일.

2. 진황지에 결세 않는다고 하였다가 결세를 하여 인징까지 물려 늑탈한 일.

3. 만석보 수세를 상답은 1두락에 2말, 하답은 1말씩 걷어 7백 석을 늑징한 일.

4. 북쪽 4개면의 재결을 속여 그 4개면에서 대동미, 삼수미, 포량미 등 결세(국세)에다 전운미까지 거두어 결세의 3배에 가까운 세미를 착복하고, 또 그 4개면 결세를 다른 지역에 날파하여 일부를 받아 착복한 일.

5. 대동미 등을 농민들한테 징수할 때는 매 결당 상등미 16말 값을 돈으로 받은 다음 하등미로 사서 12말씩만 상납하고 그 차액을 착복한 일.

6. 각종 전운미를 거둘 때 거기다 일정액을 더 보래서 착복하고, 세미를 한양으로 싣고 가서 되어보니 부족하다고 부족한 양을 채우라고 할 때도 일정액을 더 받아서 착복한 일.

7. 작년 가을에 고부에 방곡령을 발동하여 두 쌀가게는 물론 그의 측근을 데려다 돈을 풀어 쌀을 수천 석 사들인 다음, 그것을 값이 폭등할 때 방매하여 엄청난 이익을 챙긴 일.

8. 향청으로 하여금 제 아비 비각을 세운다고 돈을 걷게 한 일.

"이 8개항은 우리가 거의 알고 있는 것인데, 그 액수가 얼마나 될 것인가 그것을 조목조목 계산을 해보려 했으나, 그것은 계산조차 제대로 할 수가 없습니다. 그리고 조병갑은 돈이 들어올 때마다 그때그때 챙겨서 줄포 일상日商들을 통해 한양으로 보내버리고 지금 남은 것은 쌀가게에 맡겨서 돈놀이하고 있는 쌀 2백 석 값뿐입니다. 창고에 있는 쌀 3백 석은 무슨 명목의 쌀인지 아전들도 모릅니다. 조병갑이 착복한 것을 여기다 쌓아논 것인지, 읍용으로 쓸 것인지, 혹은 다른 공적인 명목인지 알 수가 없습니다. 이 8개 항목 가운데서 아전들이 관련된 것을 밝혀낸 것은 첫째 항목, 즉 억지 죄목을 만들어 백성을 늑탈할 때 *턱찌끼 주워먹은 것 정도입니다. 재결 같은 것은 아전들도 까맣게 모르고 있었고, 나머지 항목도 아전들이 전혀 간여할 여지가 없는 것이 태반이고, 의심이 가는 것도 증거를 잡아낼 수가 없으므로 조병갑한테 떠넘겨버리면 속수무책입니다. 아전들의 농간은 환곡하고 군포에 크게 끼여 있을 것 같은데, 그것은 하도 복잡해서 쉽게 밝혀낼 수가 없습니다."

최경선은 아전들 부정의 개황을 대충 설명했다.

"다시 조목별로 말씀드리면, 두 번째 항목, 진황지 결세 받은 것은 대충 밝혀졌으나, 조병갑이 균전사 김창석하고 얼마씩 나눠 먹었는지는 알 수 없고, 이 일에도 아전들이 어떻게 관련됐는지는 밝혀내지 못했습니다. 그리고 세 번째 항목, 만석보 결세는 다 아는 것이고, 네 번째 항목, 재결 농간은 어제 저녁에 접주님께서 말씀드린 대로입니다. 물론 그 돈은 조병갑이 전부 벌써 챙겨서 한양으로 보내났을 것 같습니다."

좌중은 새삼스럽게 넋 나간 표정으로 웅성거렸다. 이 일은 어제 저녁 전봉준이 그 내막을 소상하게 말했다.

"다섯째 항목 결세 농간이며, 여섯째 항목 전운미 농간은 여러분들이 이미 다 아시는 것인데, 조병갑은 그 돈 역시 한양으로 보내버린 것 같고, 여기에도 아전들의 농간이 끼어들었을 법한데 밝혀낼 길이 없습니다. 일곱째 항목, 방곡령을 내려놓고 피를 뽑은 일에는 아전들도 그 틈에 자기들 돈으로 쌀을 헐값에 사들여 재미를 보았는데, 대충 3,4백 석쯤 사들여 그 차액을 챙겼습니다. 그 돈은 내놓기로 했습니다. 그리고 여덟째 항목, 조병갑 애비 비각 문제는 향청 소관인데, 그놈들 집에서 나온 문서에서 대충 밝혀지기는 했습니다마는, 그 돈의 행방은 아직 모르겠습니다. 이것은 그놈들을 잡아오기 전에는 알 수가 없습니다."

"그 때려죽일 놈들."

좌중은 향청 이야기가 나오자 잠시 술렁거렸다.

"환곡하고 군포는 몇 년 동안 누적된 공간이 하도 여러 겹이라 가닥을 제대로 추릴 수가 없는데, 환곡 가운데서 제일 큰 문제는, 금년 치를 받아가지고 조병갑이 팔아버린 것입니다."

좌중은 깜짝 놀라 웅성거렸다.

"농민들한테서 분명히 환곡을 받았으면서도 문서는 하나도 정리를 해놓지 않고 전부를 팔아버렸습니다. 환곡을 갚은 사람 편에서 보면, 환곡을 이자까지 쳐서 전부 갚았는데, 문서에는 시퍼렇게 살아 명년으로 넘어갈 판입니다. 조병갑은 아직도 다른 데서 울궈낼 것이 많으니까 그런 것을 받아 대봉을 하려고 그랬는지, 아주 먹어치울 배짱으로 그랬는지 그것은 알 수 없으나, 그 쌀을 몽땅 팔아버렸고, 그 돈이 지금 조병갑 손에 있다는 것은 분명합니다. 그러나 설마한들 환곡까지 이렇게 털도 안 뜯고 몽땅 먹어치울 수가 있을까 싶어 앞의 8개 항목 속에는 이것을 넣지 않았습니다. 그리고 군포는, 아시다시피 원체 결호缺戶가 많아 그것을 채우느라고 무리가 생겼는데, 바로 그 결호 치를 채우는 데서 농간이 끼였을 것 같고, 앞에서도 말했지만, 특히 아전들의 농간은 여기에 크게 끼여 있을 것 같은데 밝혀낼 수가 없습니다. 환곡하고 군포는 여러 해의 농간질이 겹친데다가 그것이 금년치하고 여러 겹으로 겹겹이 얽혀놔서 가닥을 추릴 수가 없습니다. 이 환곡하고 군포는 한마디로 말하면, 지난번 무기 창고에서 나온 무기하고 똑같다고 생각하면 틀림이 없겠습니다. 그 무기들이 그렇게 못 쓰게 된 것이 어느 수령 때 얼마나 못 쓰게 되었고, 또 얼마나 없어졌는지 가려낼 수 없는 것하고 같습니다. 그것과 다른 점이라면 금년 치를 군민들한테 받은 것은 분명하므로 그것을 어떻게 처리했는가 밝히는 것인데, 그것을 웬만큼이라도 밝혀내려면 그런 농간질에 귀신이 다 된 사람이 한 사람 우리 편에 서서 그것을 밝혀주는 길 밖에는 길이 없을 것 같습니다. 우리 재주로는 밝혀내기가 어렵습니다."

환곡과 군포는 하도 복잡해서 아전들의 농간이 어떻게 끼어들었는지 알 길이 없었다. 문서가 있기는 했으나, 일테면, 무기 문서에는 환도가 6백 자루가 넘는데 실물은 2백 자루도 못 되는 경우처럼 환곡도 문서 따로 실물 따로였다.

그러니까 아전들 죄상은 방곡령 때 쌀을 사들여 재미 본 것도 죄상으로 친다면 그것하고, 조병갑이 억지 죄인을 만들어서 늑탈할 때 곁에서 뜯어먹은 것밖에 다른 죄상은 드러나지 않았다. 나는 수령 심부름만 했지 깊은 속은 모른다고 뻗대면 그것을 반박할 만한 증거가 없으므로 손을 쓸 수가 없었다.

"그람, 그 진황지 결세 받아논 것은 어떻게 나눠 줄 것이오?"

정삼득이었다.

"그것은 따로 의논을 해봐야 할 것 같소."

"의논을 하나마나 그것은 만석보 수세보담 더 억울하요. 애먼 놈 옆에 있다가 배락 맞는다고 그것 인징을 문 사람들은 터도 없는 생살을 뜯긴 사람들인게, 조병갑이 냉기고 간 것이 있으면 질 몬자 그것부텀 나눠줘사제라잉."

그는 재작년에 진황지 인징을 안 물려고 버티다가 조병갑한테 잡혀와서 하도 험하게 경을 쳤던 사람이라 진황지 이야기밖에는 귀에 안 엉겼던 것이다.

"그것만 억울하간디라우? 당장 환자(환곡) 이얘기도 그렇고 안 억울한 일이 무엇이겠소?"

정삼득 곁에서 뚝배기 깨지는 소리가 터졌다.

"아무런들 진황지 인징 문 것에사 댈 것이오?"

정삼득은 버럭 소리를 질렀다. 여기에는 앞으로 커다란 분란의 소지가 도사리고 있었다.

"알겠습니다. 그것은 앞으로 따로 의논하기로 하고 이 자리에서는 먼저 아전들 죄상만 놓고 이야기를 합시다."

전봉준이 제지했다.

"다른 것은 몰라도 진황지 인징은 의논할 것도 없는게 그리 아시오."

"허 참."

아까 뚝배기 깨지는 소리를 내질렀던 사내가 정삼득을 할기시 노려보며 뭐라 하려다 말고 고개를 돌려갔다.

"나도 한 가지만 물어봅시다. 아까 그 환자는 그것이 보통 일이 아닌디, 그것을 어떻게 해사 쓴다요?"

산매 동임이었다.

"아까도 말했지마는, 이것은 덩치가 너무 큰데다가 아직 팔아먹은 속셈을 모르겠으니 쉽게 뭐라 말씀드릴 수가 없습니다. 조병갑을 잡든지, 못 잡으면 감영으로 쫓아가서 물어내라고 해야 될 것 같소."

"허허, 그 때려쥑일 놈, 몇 벌로 찢어 죽여도 모자라겠구만."

여기저기서 새삼스럽게 장탄식이 터졌다. 이 환곡은 어느 고을에서나 가장 농간이 심한 것이었다. 이 환곡 농간에는 별의별 희한한 방법이 다 동원되는 통에 백성의 원성이 가장 컸다. 30여 년 전 진주 농민봉기도 이 환곡 문제가 직접적인 원인이었다. 이 환곡제도는 원래는 춘궁기나 흉년이 들었을 때 소위 진휼賑恤을 하려고 생긴 제도였으나, 조선왕조 말기에 오면서는 이것이 조세화 되어 각 진영은 숫제 이 환곡의 이자 수입으로 운영되는 형편이었다. 그것을 *기화로 이 환곡을 주고받고 보관하는 데 갖가지 농간이 갯바위에 굴적 붙듯 더뎅이가 져버렸다. 진주 봉기 때도 영장 백낙신의 이 환자 농간은 너무도 험해서 농민들은 봉기하자마자 그자부터 처치하려 했다.

"나도 한 가지만 물어봅시다. 지난번 수세 노적가리 방화사건으로 억지로 잡혀가서 돈으로 빠져나온 사람이랑, 그 5백 명이나 된다는 사람들이 뜯긴 것은 어떻게 할 것이오?"

도매다리 영좌였다.

"그것도 따로 의논합시다. 그렇게 늑탈당한 사람들은 여기 나온 농민군들은 얼마 안 되고 여기 안 나온 사람들이 훨씬 많습니다. 그렇게 뜯어먹을 사람을 잡아들일 때는 발겨낼 살점이라도 몇 점씩 붙은 사람들만 잡아다 조져서 그런 것 같소. 각 동네 동임들한테 그렇게 늑탈당한 사람들은 모두 발고를 받아오라 했더니 발고하는 사람이 의외로 적습니다. 아전들이 실토한 것보다 발고한 수가 되레 적은 편입니다. 하여간 그렇게 뜯긴 분들한테는 아전들이 먹었다가 게워 내논 액수만은 돌려 드릴 수가 있을 것 같소."

최경선이 대답했다.

"제 것을 그렇게 뜯기고도 발고를 않는 사람들은 몸 사리느라고 그런 사람들인게, 그런 사람들 돈까지 찾아줄라고 몸살할 것 없소. 그런 사람들 몫도 아전놈들한티서는 전부 받아내갖고 그것을 돌려줄 때는 지난번 수세매이로 농민군에 나온 사람들한티만 전부 나눠줍시다."

신중리 장특실이었다. 모두 그게 좋겠다고 동조를 했다. 그때였다. 김만수가 들어와 전봉준 귀에다 뭐라 속삭였다.

"어디서?"

전봉준이 깜짝 놀라 물었다. 김만수는 잘 모르겠다고 했다.

"알았다. 창고에다 가둬두고, 먼저 밥들 먹고 이따 오라고 해라."

곁에서 김만수 말을 들은 두령들이 서로를 보며 웃었다. 전봉준이 입을 열었다.

"향청 좌수하고 별감을 놓쳐버려서 향청 일을 알아낼 길이 깜깜하더니 방금 별감 조우만을 잡아온 모양입니다. 천치재 너머 하학동 김달주라는 젊은이하고 여기서 살다가 다른 데로 살러 갔던 사람들이 여기 소식을 듣고 달려오다가 그자를 잡아온 것 같습니다."

좌중이 웅성거렸다. 특히 김이곤이며 하학동 사람들 얼굴이 환해졌다.

"아따, 잘했소. 아전놈들보담 그놈들이 더 험한 놈들인게 닦달을 야물딱지게 해사 쓸 것이오."

"잘 알겠습니다. 사실은 향임들이 모두 도망치고 없어서 난감했는데, 마침 별감이 잡혀왔다니 다행입니다. 그자를 문초하면 아까 말씀드린 조병갑 아비 비 건립한다고 거둔 돈의 행방이랑 향청 일이 밝혀질 것 같습니다."

최경선이 대답했다.

"그 조우만인가 조또만인가 그놈은 좌수보담도 그놈이 향청 농간은 다 부린 놈인게 사정 두지 말고 조자사 쓸 것이오. 그 새끼 미끄럽기가 보통으로 미끄런 새끼가 아니라 웬만하게 닦달을 해갖고는 이미 미끌 저리 미끌 발그물에 뱀장어 빠져나가대끼 빠져나갈 것이오. 첨부텀 되아지 *산멱 지르대끼 기냥 산멱부터 콱 눌러놓고 보시오."

"조또만이가 잽혔으면 조또만이는 진짜로 쫓또만이가 되어부렀구만."

누가 익살을 부리자 모두 키들거렸다. 조우만은 우又 자가 또 우 자여서 다들 평소에도 좆또만 좆또만 했다.

"지금까지 말씀드린 것은 금전하고 관계되는 것이고, 그 다음에는 만석보를 막으라는 것을 조병갑한테 누가 제안했는가, 수세 노적에 불은 누가 질렀는가, 접주님 선고장 사건 등을 따져봤습니다마는, 모두 자기들은 심부름만 했다고 발뺌을 하고 있습니다. 이런 일을 밝혀낸다는 것이 얼마나 어려운 일인가 일을 해보고서야 새삼스럽게 절감을 했습니다. *태산명동에 쥐 한 마리라더니 문초를 하고 보니 그자들 죄를 밝혀낸 것이 아니라, 되레 죄가 없다는 것을 밝혀준 꼴이 되고 말아 나도 어이가 없습니다. 죄송합니다."

최경선이 말을 마쳤다.

"사실, 진짜 죄를 지은 놈을 놓쳐버렸으니 밑엣사람들 죄를 가려내기가 어려울 것입니다. 그러면 이 사람들을 어떻게 했으면 좋겠는가 의견들을 말씀해 보십시오. 먼저 아전들을 처리하는 방도는 두 가지로 생각해 보아야 할 것 같소. 한 가지는 백성한테 뜯어먹은 것을 모두 내놓게 해서 피해 본 사람들한테 돌려주는 것이고, 두 번째는 그들을 어떻게 응징을 할 것이냐 하는 것입니다. 그 사람들은 지금 자기들이 뜯어먹은 돈은 방불하게 내놓겠다고 나옵니다. 자기들 집에서 우리가 가져온 돈문서가 1년 치 돈문서인데, 그 문서를 가지고 밝혀낸 액수의 3배를 내놓겠다고 합니다. 그러니까 자기들이 3년간 울궈먹은 것을 내놓겠다는 소리가 되는 셈입니다. 그것을 액수로 말씀드리면, 이방은 5만 냥쯤 내놓겠다는 것이고, 호방도 이방하고 비슷하고, 수교는 그 반이고, 형방은 이방의 반에반쯤 될 것 같습니다. 어음 등 자기들 집에서 나온 돈에다 두 쌀가게하고 갓바치한테 맡겨 돈놀이하던 돈 전부하고, 부족한 액수는 전답을 처분해서 대봉을 하겠다고 합니다. 이럴 때 전답을 처분하더라도 싸게 처분한다고 소문이 나면 부자들 가운데서 사겠다고 나서는 사람이 있을 것 같습니다. 그러니 그들이 늑탈한 액수를 당장 맞돈으로 돌려받을 수 있을 것입니다. 먼저 여기에 하실 말씀 있으시면 하십시오."

"그놈들이 내논다는 액수만 받을 것이 아니라 그놈들 전 재산을 뺏어부러야 허요. 그놈들 재산은 전답이야, 집이야, 패물이야, 그런 것이 전부가 백성 늑탈해서 모은 것인게 뺏을라면 몽땅 뺏어사제라. 부지땅 한나까지 다 뺏어부러야 하요."

장진호가 장작 빠개는 소리로 내질렀다.

"옳은 소리요. 다 뺏읍시다."

별동대장 김장식 등 젊은이들이 큰소리로 동조를 하고 나왔다.

"제가 한 말씀 드리겠습니다."

말목 집강이었다. 여태 이런 자리에서 한 번도 말을 한 적이 없는 사람이었다. 얼핏 보매도 별로 *냅떠보이지 않는 인상이었다.

"나도 찬성이오. 그놈들의 재산을 전부 뺏어야 하요. 그런디 그놈들 재산을 전부 뺏는다고 그놈들 죄가 없어지는 것은 아니오. 그 재산을 전부 뺏은 담에는 그놈들 목을 매달아사 쓰요. 그놈들이 그런 돈을 늑탈을 할 적에 그냥 늑탈을 했소? 곤장에 살이 묻어나고 주리에 다리뼈가 물러났소. 이번 노적가리 불낸 사건만 하더라도 그 총중에서 한 사람이 당한 곤욕만 갖고도 그놈들 목숨 하나씩은 없애야 벌충이 될 것이오. 다른 놈들은 몰라도 고부 삼적이라고 지목받은 이방 놈, 호방 놈, 수교 놈 이 시 놈은 꼭 목을 매달아야 하요. 우리가 천하에 대의를 세우자는 것이 무엇이오?"

그는 목소리를 조금도 높이지 않고 말을 꼭꼭 씹어가며 차근하게

말했다. 감정대로 *풋장에 *땅가시처럼 거추없이 나대는 젊은이들과
는 달리 말에 그만큼 무게가 실려 있었다.

"옳소. 죽여야 합니다."

거의 동조를 하고 나왔다.

"죽여사 쓰요. 조병갑보다 그놈들은 더 몬자 죽여사 쓸 놈들이오.
지금까지 지은 죄만 갖고도 죽여사 쓰제마는, 재산만 뺏고 안 죽이
면 다시 즈그 시상이 될 때 그놈들이 가만 있었소?"

젊은이 하나가 일어서서 가시 세게 쐐기를 박았다. 지난번 방화
사건으로 잡혀가서 곤욕을 치르고 나온 예동 젊은이였다.

"저는 양천리 동임이오. 이런 일일수록 앞뒤를 잘 가려감시로 이
애기를 해사 쓸 것 같소."

침착한 목소리였다. 나이도 지긋했다.

"나는 시방 젊은 사람들하고는 생각이 달라논게 젊은 사람들한티
존 소리 못들을 중 뻔히 아요마는, 도깨비도 나이 묵은 도깨비가 낫
은 것인게, 내 이애기도 한번 들어보시오. 처음에 조병갑을 놓쳤을
적에는 나도 아닌 게 아니라 그놈들이라도 죽이고 싶은 심정입디다.
그런디 호랭이도 쏘아놓고 보면 불쌍하더라고, 창고에 갇혀서 발발
떨고 있는 것을 본게 불쌍한 생각도 듭디다. 그 작자들이 자기들이
먹은 것을 게워놓겠다고 말하는 것은 그만치 정을 다셨다는 소린게,
재산이나 더 내노락 해서 아까 누가 말씀했대끼 여그 나온 사람들 가
운데서 험하게 당한 사람들한티 웬만치쓱 돌려주고 그냥 풀어주는
것이 줄 것 같소. 그놈들이 권세 밑에서 곤댓짓하던 생각을 하면 다
죽여도 분이 안 풀리겠제마는, 그놈들을 독으로 친다고 독으로 치고

120

떡으로 친다고 떡으로 치면 우리도 그놈들하고 똑같은 사람이 되고
마요. 이럴 땔수록 우리 하는 일에 저자들하고 다른 데가 있어사 세
상 사람들도 그러겄다고 고개를 끄덕일 것이고, 그놈들한테도 큰소
리칠 수가 있을 것 같소. 사람 목숨이 그리 쉬운 것이 아니오."

한껏 의젓한 품이었다.

"저놈들이 며칠 간혔다 나간다고 정을 다서라우? 개꿀랑지 삼 년
물에 당과논다고 황모 될 성부르요? 우리가 뒤꼭지에다 사잣밥 짊
어지고 대창 들고 나설 때는 먼 맘 묵고 나섰소? 칼을 뽑았으면 하다
못해 무시토막이라도 잘라사지라우. 대의가 멋이라요? 문자속으로
는 공자 왈이 대의제마는, 칼속으로는 못된 놈 처치하는 것이 대의
아니오? 책 읽는 사람하고 칼 든 사람하고는 대의 바르는 길속이 첨
부터 이렇게 생판 다른디, 우리가 대창 들고 나설 적에 향교에 가서
공자님 배알할라고 대창 들고 나섰간디라?"

김장식이 안면 몰수하고 정면으로 노려보며 거친 소리로 맞대매
를 했다.

"허허, 내가 시방 그런게 칼 뽑아들고 공자 왈이나 하는 속없는
사람이 되아부렀네마는, 내 말 더 들어보게. 우리가 오늘 살고 낼 죽
을 사람들이라면 모를까 죽으나 사나 이 골 흙 파묵고 살 사람들인
디, 당장 속시원한 것만 생각하고 툭툭 자르고 부지르는 것은 지혜
가 아니라 이 말이네. 우리가 이렇게 팔도가 욱신거리게 큰소리내고
일어나서 기껏 저런 아전 졸따구들 모가지나 자르고 있다면, 그것은
자네가 말했대끼 환대 빼서 무시토막 자르는 꼴밖에 안될 것 같네.
우리가 저런 졸따구 상대할라고 일어섰는가? 일을 멀리 보고 넓게

보자는 소리여. 천하 세상 사람들이 지금 모두 우리를 보고 있네. 대의를 들고 일어나더니 과연 크게 일어난 사람들답구나 하고 세상 사람들이 감동을 해야 한다 이 말이네. 우리는 지금 관을 대적하고 있고 우리 편이 되아 줄 사람은 세상 백성 뿐인디, 이런 것으로 칼에 피를 묻히면 우리 살기만 드러나서 백성이 우리를 멀리할 것이네. *찬바람에 풀 나는 것 보았는가?"

사내는 너울가지 있게 다독이는 소리로 달랬다. 장진호가 나섰다.

"오늘 살고 낼 죽을 사람들이 아닌게 대창을 들고 일어섰으면 이런 놈들은 이렇게 죽인다고 죽일 놈은 죽여사 그것이 대의를 보이는 것이고, 우리 모두가 오래 살아사 쓸 이 골부터 시상이 제대로 발라지지라우. 우리가 첨에 조병갑만 잡아 죽이자고 나섰간디라우? 또 찬바람에는 풀이 안 난다고 하셨는디라우, 우리는 처음부터 찬바람 일으키고 일어났은게 찬바람을 일으킬 때는 지대로 일으켜사 쓸 것 같소. *저실에는 눈도 오고 얼음도 얼고 바람도 불고 겨울답게 찬바람이 일어사 봄에 풀이 나도 지대로 나지라우."

장진호는 그 사람 말을 그대로 받아치고 나왔다. 보통 입심이 아니었다.

"옳은 소리요. 이 시상이 지대로 발라질라면 아전 놈들부텀 처치를 해사 쓰요. 수령 놈들 올 때마둥 새 수령 업고 농간질한 놈이 누구요? 기왕 건들었은게 뿌리를 뽑아부러사제 저렇게 설건드려 노면 저놈들 독만 더 올래노요. 지혜를 말씀하셨는디, 나는 그것이 진짜 지혜 같소."

중년 사내였다.

122

"우리가 목숨 걸고 일어날 적에 저런 놈들한테 선심 쓸라고 일어 났소? 여그서 처치를 안 하면 저 장막에 있는 사람들이 가만있을 성 부르요? 그러잖아요. 지금 정참봉 내준 것만 갖고도 두령님들한티 *웅짜가 서릿발이 치고 있소. 이판에 아전 놈들을 그냥 내주면 장막 에 있는 사람들이 나서서 그놈들을 가만 안 둘 것이오."

전에 별로 말이 없었던 사람들이 더 서슬이 시퍼랬다.

"두령님들 생각은 어떠신가 두령님들께서 한 말씀 하시오."

저 뒤에서 소리를 질렀다. 모두 조용해졌다.

"우리는 여러분 의견을 듣자는 것이오. 더 말씀들 하시오."

전봉준이 말했다.

"더 들으실라면 우리 말씀만 들으실 것이 아니라, 장막에다 내놓 고 누구든지 말을 해보라고 해서 들어봅시다. 정참봉 일만 하더래 도, 그놈 내준 것은 크게 잘못하신 것 같습디다."

동네 양천리 젊은이 오기창이었다.

"그럽시다."

많은 사람들이 동조를 했다. 김도삼이 전봉준을 돌아봤다. 이것 은 더 난감한 일이었다. 거기다 내논다는 것은 결과가 뻔했다. 그것 은 죽이자는 소리를 여러 사람한테서 듣자는 것일 뿐이었다. 그때 전봉준이 비로소 입을 열었다.

"잘 알았소. 모두 의견들을 웬만큼 이야기하신 것 같소. 장막에다 내놓고 전 농민군한테 듣자는 의견도 있습니다마는, 여기서 나온 의 견하고 별 차이가 없을 것이오. 그리고 정참봉 내준 것은 우리 생각 이 조금 짧았습니다. 그러나 방에도 내걸었지마는, 애초에 우리가 일어설 때는 정참봉 같은 지주들을 어쩌자는 것은 이번에 할 일로 정하지 않았소. 그 사람들도 잘못한 일이 한두 가지가 아니지마는, 이 세상일을 한꺼번에 전부 고칠 수는 없기 때문이었소. 그렇게 생각하면, 정참봉은 자기 집으로 뛰어든 조병갑한테 머슴 옷 줘서 내보낸 허물밖에 없는데, 그런 허물이라면 그 사람이 잡혀올 때 당한 것만 가지고도 충분합니다. 다만 기왕 잡아왔으니 무리하게 빼앗은 논은 돌려받은 다음에 내주는 것인데, 미처 거기까지 생각이 못 미쳤습니다. 그 소리를 듣고 바로 사람을 보냈더니 맞은 데 치료를 한다고 의원을 찾아서 집을 떠나고 없소. 그 일은 양해를 해주시오."

전봉준이 조용하게 말했다. 좌중은 더 말이 없었다. 그때 송두호가 나섰다.

"나는 이번 일에는 제대로 나서지 않는 사람이라 이런 자리에서 이러고저러고 말을 할 처지가 아니오마는, 한마디만 해야겠소. 아전들 처리하는 일을 장막에다 내다 놓고 이야기를 듣자는 소리가 나왔는디, 그 소리가 농민군 전부 의견을 들어서 두령들은 그에 따르라는 소리같이 들리길래 한마디 하기로 맘을 묵었소. 이런 일을 결정할 적에는 의견은 널리 들어야 하지마는, 마지막 결정은 두령들이 해야 합니다. 두령들은 이런 일을 할 적에 만중 앞에 터놓고 말을 못할 일도 있소. 일을 멀리 보고 넓게 보아야 하기 때문이오. 그러다 보면 어쩔 때는 농민군 전부가 반대를 해도 그것을 무시하고 밀고나가야 할 때도 있을 것입니다. 지금 말한 아전들 일만 하더라도 그놈들 죄를 생각하면 골백번 죽여도 부족하제마는, 그놈들을 죽였을 때 여러 가지고 뒤따를 일도 생각해야 합니다. 잘못하면 이런 일 한 가지가 대세를 그르칠 수도 있습니다. 두령들이 자기들 사욕을 취할 사람들이라면 모르지만, 그렇지 않다면 이런 일은 그들한테 결정을 맡겨야 합니다. 나는 이 아전들 일을 장막에다 내놓고 의견을 듣는 것은 좋지 않은 일이라 생각합니다. 오늘 나온 이야기만 갖고도 두령들은 충분히 결정할 수 있을 것 같소."

송두호 말에 좌중은 물을 뿌린 듯 조용했다. 나이도 나이지만, 사리도 그럴 법했다. 그는 그 동안 항상 가난한 농민들을 돌봐주었고, 나이가 66살이나 되었지만 지난번에는 사발통문에 서명을 하는 등 무슨 일에나 뒤에 서는 법이 없었으므로 그 근방 사람들한테 그만큼 신망이 높았다. 이번에 앞에 안 나선 것은 오늘 함께 온 송주옥이나 자기가 모두 두령급이라 한 집안에 그렇게 셋이나 나설 수가 없어 가장 나이가 젊은 송대화만 내보낸 것 같았다.

"감사합니다. 그러면 마지막으로 중대한 일을 한 가지 말씀드리겠습니다. 여기서 진을 말목으로 옮기겠습니다. 여기 읍내는 지형이 산으로 빙 둘러싸여 감영군이 쳐들어온다면, 싸우기가 우리한테 여러 가지로 불리합니다. 그래서 말목으로 진을 옮깁니다. 내일부터 진을 옮길 준비를 하겠습니다."

진을 옮긴다는 소리에 사람들은 뜻밖이라는 표정들이었다. 잠시 자리가 술렁거렸다. 전봉준은 회의를 끝냈다. 동네 대표들은 웅성거리며 밖으로 나갔다. 그러나 대표들은 그렇게 밝은 표정들이 아니었다. 진을 옮긴다는 일보다 아전들 처치가 자기들 마음대로 되지 않을 것 같아 그것이 불만인 듯했다. 이야기가 한참 무르익고 있는 판에 이야기를 끝내버리는 것도 그렇고, 송두호도 용서를 하자는 쪽으로 말을 하고 있었기 때문이다.

"별감 잡아온 사람들 이리 오라 해라."

전봉준이 김만수한테 말했다. 달주가 정묘득 등 일행과 함께 들어왔다. 달주는 너부죽이 전봉준 앞에 큰절을 했다. 김도삼 등 두령들한테도 인사를 했다. 일행도 모두 인사를 했다. 전봉준은 김칠성을 알아보고 반색을 했으며 정묘득도 알아보았다. 정묘득은 조두레를 소개했다. 달주는 별감을 잡은 경위를 간단히 말했다.

"그럼, 지금 송접주가 승종이 패를 데리고 임실 쪽으로 조병갑 뒤를 쫓고 있단 말이냐?"

"예, 저하고 같이 오던 일행 가운데 세 사람도 송접주님하고 같이 쫓고 있습니다. 그 세 사람은 전부터 저하고 같이 일하던 젊은이들인데, 조병갑을 보기만 하면 무슨 수를 쓰든지 잡을 사람들입니다."

달주는 자기 일행이던 세 사람이라고만 말했으나 전봉준은 그들이 임군한 졸개들이라는 것을 눈치 챈 것 같았다.

"조병갑이 발을 절더라면 몇 발짝 못 가고 잡혔을 것도 같은디."

송대화가 혼잣소리로 뇌었다.

"그래서 저도 같이 쫓고 싶은 마음이 굴뚝 같았습니다마는, 별감 때문에 그냥 오고 말았습니다."

"그놈이 그렇게까지 멀리 돌아서 갈 생각을 했구만. 거기까지 쫓아간 송접주도 보통 사람이 아니구만."

정익서였다.

"예, 송접주님은 별감 외가 덮칠 때나 조병갑 처가 덮칠 때도 전혀 빈틈이 없었습니다. 틀림없이 잡고 말 것 같습니다."

"조병갑이 지금까지 그대로 안 잡히고 갔더라도 아직은 전주에 당도하지 못했을 것 같지?"

김도삼이 달주한테 물었다. 전주로 곧장 내달은 임군한을 생각하고 묻는 것 같았다.

"거그서 전주가 150리 길이라는 것 같습니다. 조병갑은 발이 부르튼데다가 엊저녁에도 잠을 못 잤은게 중간에 어디 숨었다가 잘해야 내일 저녁에나 전주에 당도하지 않을까 싶습니다."

임군한이 간 길은 그 쌍길마재에서 전주까지 120여 리였다.

그때 정묘득이 전봉준 앞으로 나섰다.

"대장님 고생이 많습니다. 대장님 같은 이는 하늘이 내신 분이십니다. 대장님께서 일어나셨다는 말씀을 듣고 세상이 훤히 열리는 것 같아서 이러고 달려왔습니다."

정묘득이 사뭇 고개를 주억거렸다.

"그 몸으로 그 먼 길을 어떻게 오셨소?"

전봉준은 새삼스럽게 놀란 표정으로 정묘득 다리를 보았다.

"여그서 하도 억울한 꼴을 당하고 고향을 떠났던 사람이라 이 꼴을 하고도 된 줄을 모르고 달려왔그만이라우."

전봉준은 땀에 후줄근한 정묘득이 매무새를 넋 나간 표정으로 한참 동안 건너다보고 있었다.

"고생하셨소. 먼 길에 피로하실 테니 가서 쉬시오."

전봉준은 정길남한테 어디 따뜻한 방이라도 하나 얻어주라고 했다. 그때 정묘득이 한쪽에 벗어놨던 짐을 당겼다. 오지병을 꺼냈다.

"이거 변변치 않습니다마는, 몸에 좋다고 해쌓글래 접주님 드시

라고 가져와 봤그만이라. 섬사준디 우러나기는 웬만큼 우러났을 것
이오."

정묘득이 오지병을 전봉준 앞에 공손하게 내밀었다.

"아니, 그 몸에 이런 것까지 지고 오셨단 말이오?"

전봉준은 다시 놀랐다. 고맙다기보다 한심하다는 표정이었다.

"여기서만 지가 지고 왔고, 실은 저 사람들이 지고 왔그만이라우.
재주는 곰이 넘고 돈은 때국 놈이 묵드라고, 지고 오니라고 고생은
저 사람들이 하고 생색은 지가 내그만이라우."

정묘득은 경황 중에도 익살을 부렸다. 오지병을 받아든 전봉준은
술병을 뜨거운 것 들듯 엉거주춤 받아들고 눈은 정묘득 다리와 목발
에 멈춰 있었다. 전봉준한테 허리를 굽혀 인사를 하고 물러서던 정
묘득이 다시 돌아섰다.

"그런 약은 혼자 잡수셔야 효험이 있다둥만이라우. 술이 아니고
약인게 꼭 혼자 드십시오."

정묘득은 다짐을 두고 돌아섰다. 전봉준은 목발을 짚고 멀어져
가는 정묘득을 멍청하게 건너다보고 있었다. 별로 표정이 없는 전봉
준의 굳은 얼굴이 더욱 굳어지고 있었다.

5. 장막 안의 갈등

"어이 춥다."

장진호가 혼자 쟁우댁 술막으로 들어섰다. 밤이 깊었으나 술막들은 초롱을 밖에다 걸어놓고 술손을 부르고 있었다. 장진호는 오늘은 밤중 번이어서 부하들을 길목마다 매복을 시켜놓고 술막으로 온 것이다. 술막에는 다행히 술손이 하나도 없었다. 쟁우댁과 순심이 화로를 끼고 앉아 있었다.

"아이고 대장님 오시네. 어서 오셔."

쟁우댁이 벌떡 이러나며 반색을 했다. 순심은 장진호와 눈이 부딪치자 대번에 골을 붉히며 개수통 쪽으로 갔다.

"여그 화로에 몸을 녹이시오. 술국은 뜨끈한디 술이 차요. 숨을 쪼깨 죽이께라?"

"그냥 가져오시오."

장진호는 화로 곁으로 갔다. 쟁우댁은 술방구리와 잔을 내오고 순심은 술국을 떠왔다.

"암도 없은게 너도 이리 와서 앉아라."

순심이 못 이긴 듯 이쪽으로 와서 저만치 앉았다. 쟁우댁이 장진호 잔에다 술을 따랐다.

"장사는 잘 돼요?"

"아이고, 자리도 이렇게 외지고 한디, 장사가 되면 얼매나 알량하게 장사가 되겠소."

"이리 가차이 온나, 춥다."

쟁우댁은 멀찍이 앉아 있는 순심에게 한사코 다가오라고 채근했다. 순심은 다가앉는 시늉만 하다 말았다. 다시 채근을 하자 장진호를 힐끔 보고 나서 조금 가까이 다가앉았다. 장진호는 꿀꺽꿀꺽 술을 들이켰다. 쟁우댁이 또 오지병 주둥이를 디밀었다. 장진호는 잔을 내밀었다.

"젊은 년 놔두고 늙다리가 술을 딴게로 사그 밥그릇 놔두고 쪽박에다 밥 묵은 것 같지라우? 우리 순심인 술 딸라고 여그 데꼬 나온 큰애기가 아닌게 섭섭하게 생각할 것 없소잉. 그래도 우리 대장님 총각이 어지께 왔다 감시로 낼 오겠다고 혔던 소리에 우리 순심이 속살로는 많이 지다렸등가, 오늘은 내가 일찍 들어가작 해도 쪼깐 더 있자고 하등마는 우리 대장님 총각이 영락없이 오셨구만이라우. 깔깔."

"아이고."

순심이 잔뜩 골을 붉히며 쟁우댁 옆구리를 쥐알렸다.

"이년아, 내가 거짓말 했냐?"

쟁우댁은 곱게 눈을 흘기며 음충맞게 깔깔거렸다. 장진호도 얼굴을 붉혔다.

"아까 자리가 외지다고 했는디, 이런 디서도 장사가 자리 타든가라우?"

장진호는 어색한 듯 말머리를 돌렸다.

"이런 디라고 자리 안 타겄소."

"그런 성불러서 일러줄 말이 있글래 왔소."

"먼 말인디라우?"

쟁우댁은 눈을 커다랗게 떴다.

"농민군이 여그 읍내서 다른 데로 진을 윙기요."

"우매, 어디로 윙긴다요?"

쟁우댁이 깜짝 놀라 물었다.

"말목으로 옮기요. 예동 앞 들판 있지라우? 내일부터 그쪽으로 가서 장막을 칠 것인게 다른 사람보담 몬자 가서 존 자리를 잡으락 하시오."

"언제 윙긴다요?"

"진을 윙길 준비는 낼부터 하요마는 언제 윙긴지는 아직 아무도 모른게 소문내지 마시요잉."

"나를 어린애기로 아요?"

"모래 윙기요."

"오매 오매, 고마운 거. 그라면 낼 아침에 할아부지보고 일찍 가서 자리를 잡으락 해사 쓰겄소."

쟁우댁은 서둘렀다. 쟁우댁은 거듭 고맙다고 너스레가 흐드러졌다.

"나는 뒷간에 쪼깨 갔다와사 쓰겄다. 술국도 더 떠다 디레라."

쟁우댁은 팔랑팔랑 밖으로 나갔다. 두 사람만 남게 되자 갑자기 자리가 어색해졌다. 쟁우댁은 부러 그렇게 둘이만 있게 자리를 피해 주는 것 같았다.

"쟁우댁은 사람이 쌉쌉합디다."

장진호가 순심을 보고 제법 숫기 좋게 웃으며 말을 건넸다.

"우리 어무니는 사람이 좋아라우."

순심이 가볍게 웃으며 받았다. 목소리가 낭랑하게 구르는 소리였다.

"오늘 같은 날은 날씨가 푸근하기는 한디 그래도 여그는 춥지라우? 우리는 왔다갔다 해싼게 그렇게 춘지 모른디."

장진호는 말을 하다가 아차했다. 순심이 옷이 너무 엷었기 때문이다.

"불 곁에 있은게 괜찮애라우."

잠시 침묵이 흘렀다.

"이 일이 은제까지 가께라우? 쌈이 나면 크게 날 것 아니요잉?"

순심이 장진호를 똑바로 보며 조금 놀란 표정으로 물었다. 유독 까만 눈이었다. 울음을 금방 그친 것같이 애처로운 순심 눈에 놀라움이 실리자 더 까만 것 같았다. 장진호는 그 눈을 보는 순간, 새삼스럽게 가슴이 찌르르했다.

"아직은 모르겠소마는, 기왕 싸울라고 나섰은게 죽든지 살든지 싸워사제라우. 그놈들하고 한판 붙어야 먼 규정이 나도 날 것 같소.

그놈들이 쳐들어오기만 쳐들어오면 대번에 작살을 내불고 말 것인 게 두고 보시오."

장진호는 제가 다 작살을 낼 듯이 큰소리를 쳤다.

"감영군하고 쌈이 붙으면 사람이 많이 다치잖으께라?"

순심은 잔뜩 걱정스런 표정을 지으며 물었다.

"다치겠지라우. 다치제마는 우리만 다치겠소?"

장진호는 여유만만하게 말했다.

"조심허씨오."

걱정스런 표정으로 말끝을 길게 끌었다. 뜨끈한 정감이 질펀하게 묻어 있는 목소리였다. 장진호는 순심 목소리가 귀로 들어온 것이 아니라 바로 자기 가슴으로 들어와 가슴속에서 물결을 치고 있는 것 같았다.

"고맙소."

장진호는 순심의 좀 겁먹은 듯한 눈을 건너다보며 웃어주었다. 가슴속에서는 방망이질 소리가 들려오는 것 같았다.

"아따, 참말로 달도 붉다."

쟁우댁이 저쪽에서 오고 있었다.

"낼 또 오께라."

"알겄그만이라."

순심이 골을 붉히며 기어들어가는 목소리로 대답했다.

"술국 더 떠다 디리란게 멋하고 있었냐?"

"아니라, 그만 마실라우. 그란디 저그 말목으로 가서는 이런 술막을 농민군 장막 가까이는 못 치게 할 것인게 눈치 잘 봐서 자리를 잡으락 하시오."

"알겠소. 참말로 고맙소."

"또 올라요."

장진호는 술값을 계산하고 자리에서 돌아섰다.

보름달이 중천에서 한참 기울어가고 있었다.

"조뱅갑 이 새끼, 인자 너한테 더는 안 속을 것이다."

김확실은 이를 앙다물고 혼잣소리로 이죽거리며 서성거리고 있었다. 전주로 들어가는 전주천 다리에서 들판 쪽으로 조금 나온 길가였다. 졸개들은 짚벼늘 뒤에 몰려 앉아 눈을 밝히고 있었고, 김확실은 논바닥을 실없이 서성거리며 노상 사금파리 씹는 소리를 하고 있었다. 새벽바람이 뼈를 찔렀다. 저 멀리 전주성 풍남문이 우람한 자태를 달빛 아래 덩실하게 드러내고 있었다. 그 가까이는 텁석부리가 매복을 하고 있었다.

조병갑이 내장사에서 자기들을 속이고 순창 쪽에서 이쪽으로 도망쳐 온다는 소식을 장호만한테서 들은 임군한은 졸개들을 벼락같이 풍남문 밖으로 모았다. 세 개의 성문에 매복하고 있던 졸개들이 삽시간에 모여들었다. 임군한은 졸개들을 나누어 세 겹으로 매복을 시켰다. 풍남문에서 조금 떨어진 곳에는 텁석부리한테 졸개 5명을 주어 매복시켰고, 시또한테도 기얻은복 등 5명을 주어 다리 저쪽에 매복을 시켰으며, 김확실한테는 장호만 패 등 나머지 10명 전부를 주어 다리 이쪽에 매복시켰다. 임군한은 시또를 거느리고 세 군데를 왔다갔다하고 있었다.

"조성국 처갓집도 뒤지기는 잘 뒤졌더냐?"

김확실이 장호만한테 물었다.

"이 잡듯이 뒤졌습니다."

"조성국 그놈우 새끼부터 죽여야 한다. 처음에 내사로 쫓아가서 조병갑한테 알린 것부터 지금까지 전부 조성국 그놈 수작이다. 잡기만 잡으면 그 새끼부터 대가리를 홀랑 배께놓고 볼 것이다."

김확실은 여태까지 속아온 것이 생각할수록 화가 난 모양이었다.

조성국 처가를 덮쳤던 송희옥과 장호만은 그대로 전주 쪽으로 내달았다. 덕치 회문리를 지나 전주와 임실로 길이 크게 갈리는 갈담리에 이르렀으나 조병갑 일행은 지나간 흔적이 없었다. 조성국 처가에서 20여 리가 넘는 곳이었다. 조병갑은 일행이 5명이나 되므로 금방 표가 날 것인데, 만나는 사람마다 물어봐도 모두 고개를 저었다.

"이놈들이 대낮에 가면 표가 날 것 같으니까 중간 어디쯤에 숨어서 쉬고 있는 것이 아닐까요?"

갈담리 삼거리에 이른 장호만이 고개를 갸웃거리며 송희옥한테 말했다.

"그럴지도 모르겠네."

"그럼 저는 이대로 전주로 내닫겠습니다. 조병갑이 지금 전주로 가고 있다면 중간에 잡을 수도 있을 것이고, 어디로 샜다면 전주 남문 밖에서 임처사하고 매복을 하고 기다리겠습니다."

장호만은 송희옥과 이야기를 하고 오는 사이 임군한이 나흘 동안이나 정읍에서 송희옥과 함께 일을 했다는 사실을 알았으며, 오거무가 임군한의 용서를 받고 일을 거들고 있다는 것도 알게 되었다.

"그러면 여기서 아침을 먹고 자네는 곧장 전주로 내닫게. 우리는 그놈이 혹시 지금 뒤에 어디 숨었다가 올지도 모르니, 여기서 길목에 매복을 하고 있겠네."

그들은 갈담리 주막에서 아침 겸 점심을 먹은 다음, 장호만 일행은 정신없이 전주로 내달았고, 송희옥은 김승종 패를 데리고 길목에 매복을 하고 있었다.

그때 조병갑은 엉뚱한 곳에 있었다. 조성국 처가에 들렀던 조병갑 일행은 그 주인이 말한 대로 그 집을 나와 거기서 10여 리 되는 그 처가의 친척집으로 갔다. 큰길에서 산골로 두어 마장 들어가는 미륵정이라는 산골 마을이었다. 그 사이 큰길에서 망을 보고 있던 정읍 나졸들은 송희옥과 장호만 일행이 자기들 행방을 물으며 쫓고 있다는 것을 알게 되었다. 그들은 그 사실을 곧바로 조병갑한테 알리는 한편 갈담리까지 송희옥과 장호만 일행 뒤를 따르며 그들의 동정을 살폈던 것이다.

장호만과 작별한 송희옥은 거기가 병모가지 꼴이었으므로 해 질 때까지 지키고 있었다. 그러나 조병갑 일행은 점심때가 조금 넘었을 때 그들을 피해 산길을 타고 임실 쪽으로 빠져버렸다.

벌써 닭이 두 홰째 치고 있었다. 저쪽에서 사람 모습이 나타났다. 김확실이 짚벼늘 뒤로 자세를 낮추었다.

"저것들이 먼 사람 같냐?"

"장꾼이라까우?"

"멋을 진 것이 장꾼들 같다만은 날 새면 열엿새, 전주장이 아닌디."

전주장은 17일이었다. 모두 숨을 죽이고 그쪽을 보고 있었다. 길손들은 소곤소곤 이야기를 하며 오고 있었다.

"느그 둘이 나가 봐라."

길손들이 짚벼늘 짬을 지나자 김확실이 이천석한테 말했다. 이천석이 조병갑 얼굴을 아는 졸개와 함께 길로 올라섰다. 그들 뒤를 따랐다. 그들 뒤에 바짝 붙었다.

"혹시 젓등에서 오시는 분들 아니오?"

이천석이 능청을 떨며 다가섰다.

"젓등?"

그들이 뒤를 돌아봤다. 조병갑이 아니었다.

"사람을 지다리는디, 우리가 너무 빨리 온 것 같소. 몬자 가시오."

길손들은 다시 돌아서서 그대로 갔다.

"저그 또 온다."

이천석은 그들한테도 똑같은 수작을 부리며 얼굴을 봤다. 그러나 그 패에도 조병갑은 끼여 있지 않았다. 그때였다. 남문 다리께서 무슨 소리가 났다. 모두 귀를 기울였다.

"저것이 말발굽 소리 아니오?"

장호만이 낮은 소리로 속삭였다. 말발굽 소리였다. 말발굽 소리는 점점 커졌다. 금방 시커먼 기마행렬이 강둑 위로 모습을 드러냈다. 행렬은 말굽 소리도 요란스럽게 그들 앞을 내닫고 있었다. 말이 18마리나 되었다. 그중 한 마리는 사람이 타지 않은 빈 말이었다. 기마행렬은 기세 좋게 저쪽으로 사라졌다.

"조뱅갑이 어디 온다는 기별을 받고 그놈 댈러가는 것 같지야? 빈 말을 데리고 가는 것이 틀림없다. 빈 말에다 조병갑을 태우고 올 모냥이다."

김확실이 단정을 하며 자리에서 벌떡 일어섰다.

"틀림없소."

장호만도 맞장구를 쳤다. 그때 남문 쪽에서 달려오는 사람들이 있었다. 임군한이 시또를 달고 달려왔다.

"저놈들이 틀림없이 조병갑 마중을 나가는 것 같소. 돌아올 때는 조병갑도 말을 타고 달려올 것 같은데, 어떻게 처치를 했으면 좋겠소?"

임군한이 다급하게 물었다.

"어디서 통나무를 갖다가 길을 막아놓고 지달르다가 작살을 내면 으짜겠소?"

김확실이 성급하게 말했다.

"통나무는 얼른 구할 수도 없지만, 통나무가 보이면 미리 저쪽 논으로 뛰어내려 달아나겠지요."

저쪽 논으로 도망쳐서 강둑으로 붙으면 그대로 쉽게 강을 건널 수가 있었다. 겨울이라 강물이 바짝 줄어 바닥에 붙어 있었다.

"새나꾸를 꽈서 저그 저 나무에다 뭉꺼놓고 있다가 말들이 달려오면 이쪽에서 확 채붑시다. 그러면 말이 그 새나꾸에 발이 걸려 꼬꾸라질 것인게 그 틈에 작살을 냅시다."

이천석이었다. 마침 저쪽에 나무가 한 그루 껑충하게 서 있었다. 그때 텁석부리도 졸개 하나를 달고 달려왔다.

"달려오다 새나꾸가 뵈면 으짜게?"

김확실이었다.

"땅이 녹아서 물렁물렁한게 꼬챙이로 파고 새나꾸를 묻으면 되지라우."

"그렇게 충그리고 있다가 금방 오면 으짜게?"

"그까짓것, 잠깐이면 파지라우."

임군한이 그 계책을 텁석부리한테 설명을 하며 의견을 물었다.

"우리는 아직까지 말 탄 놈들하고는 맞붙어서 쌈을 해본 적이 없는디 말 탄 놈이 열일곱이나 돼요. 잘못하다가는 사람만 상할 것 같소. 말이 사람보다 몇 배 빠른게 내빼지도 못하고 죽으나사나 맞붙어서 싸워사 쓸 것인디, 그놈들이 욱에서 칼로 내리치면 어떻게 당하겠소?"

텁석부리가 침착하게 말했다.

"우리는 단검도 있고 표창도 있잖소? 몇 놈만 거꾸러뜨리면 맥못 출 걸요."

임군한이 말했다.

"옷이 두꺼워서 표창은 위력이 없을 것이고, 단검도 던져야 하는데, 던지고 나면 맨손 아닙니까?"

텁석부리가 고개를 저었다. 그때 장호만이 나섰다.

"그럼 이렇게 하면 어떻겠습니까? 저놈들이 조병갑 마중 간 것이 틀림없다면 조병갑도 말을 타고 행렬 한가운데 끼여 올 것 같습니다. 저쪽 나무에다 줄을 건 다음 이쪽에서 몇 사람이 줄을 잡고 있다가 조병갑이 말이 지나갈 때 줄을 채서 조병갑 말을 쓰러뜨립니다. 조병갑은 군복이 아니고 평복을 입었을 것인게 표가 나잖겠습니까? 그때 표창으로 다른 놈들을 작살내면서 조병갑을 처치합니다. 벙거지들한테 표창을 던질 때는 꼭 얼굴을 향해서 던져야겠지요."

그때 이천석이 나섰다.

"그보다는 조병갑이 탄 말을 걸지 말고 조병갑 다음 말부터 걸면 으짜겠소? 그러면 앞에 가던 벙거지들은 무춤해서 제 패거리를 구할라고 돌아서겠지만, 조병갑은 그대로 내뺄 것 같소. 그때 혼자 내빼는 조병갑을 다리 저쪽에서 처치를 합니다. 여기서는 몇 놈 뜨끔하게 표창 맛을 뵈면 그놈들은 우리하고 싸우는 것이 목적이 아닌게, 그대로 조병갑을 쫓아갈 것 같소. 그러면 사람도 다칠 염려가 없지라우."

"음, 그 계책이 그럴듯하다."

임군한이 텁석부리를 돌아봤다. 그도 반대를 하지 않았다. 그 계책도 탐탁하지 않은 것 같았으나, 조병갑을 잡는 일은 절체절명이었으므로 다른 계책이 없기 때문인 것 같았다. 그들은 여태까지 무슨 일을 하든지 패거리가 다칠 위험이 있는 일은 처음부터 손을 대지 않았다. 그러나 이번은 달랐다.

"그렇게 합시다."

임군한이 결단을 내렸다. 더 의논하고 어쩌고 할 겨를이 없었다. 기마행렬이 금방 달려올지도 몰랐다.

"새끼 잘 꼰 사람 둘이만 나서서 얼른 새끼를 꽈라. 신날보다 조금 굵게 꽈서 겹으로 입힌다."

졸개 둘이 짚더미에서 얼른 짚을 뽑아 그 자리에서 새끼를 꼬기 시작했다.

"호만은 여기 있는 아이들 전부 데리고 가서 꼬챙이로 저기서 이

140

리 길을 파라."

모두 길로 뛰어나갔다. 임군한은 김확실과 텁석부리를 자기 앞으로 죄어 앉혔다.

"김두령은 여기서 실수 없도록 하시오. 나는 다리 건너에 시또하고 같이 있다가 조병갑이 오면 작살을 내겠소. 이두령은 그대로 풍남문 앞으로 가시오."

임군한은 텁석부리와 시또를 거느리고 텁석부리 일행과 함께 바삐 다리를 건너갔다. 그 사이 젊은이들은 길을 다 팠다. 새끼도 준비가 되었다. 건너편 나무 중동에 새끼를 묶고 길에 묻었다. 일은 마치 물팻살 돌아가듯 빠르게 돌아갔다. 줄을 잡아당길 사람이 앉아 있을 자리에는 짚뭇을 날라다 쌓았다. 저쪽에서 올 때 안 보이도록 몸을 가리기 위해서였다.

준비가 끝나자 김확실은 모두 벼늘 뒤로 모이라 했다.

"느그 싯은 나하고 같이 짚더미 뒤에 숨어 있다가 줄을 잡아댕긴다. 내 말 알아묵겄냐?"

"예."

김확실이 나머지 졸개들을 향했다.

"그렇게 줄을 채서 말 다리를 걸면 줄에 걸려서 말이 나자빠지든지 하여간 멈출 것이다. 그때 느그들은 사정없이 벙거지들 쌍판대기에다 표창을 꽂는다. 첫 방을 그놈들 쌍판대기에다 못 꽂으면 말짱 헛것이여. 기냥 헛것이 아니라 그때는 우리가 죽어. 말 욱에서 칼로 내리치면 당할 장사가 있겄냐? 그런게 정신 바짝 채려사 쓴다. 내 말 알아묵겄냐?"

"예."

모두 어린애들처럼 대답했다.

"그놈들이 저 새나꾸에 걸려 자빠지면 새나꾸 잡은 놈들부터 처치할라고 달라들 것이다. 그때 느그들은 칼 받으라고 악을 씀시로 표창을 땡긴다. 그라면 줄에 안 걸리고 앞서서 달리던 놈들도 이리 되돌아오고 조뱅갑만 혼차 다리를 건너서 좇이 빠지게 내뺄 거이다. 다리 건너에는 두령님이 계신다. 두령님이 칼을 날렸다 하면 그놈은 그 자리에 영락없이 고꾸라진다. 그것은 영락없는디, 말에서 떨어진 조병갑 모가지를 칼로 썰어갖고 내뺄라면 그때 시간이 걸린다. 그런게 여그서 우리가 잘 해사 써. 내 말 알아묵겠냐?"

"예."

"그람 느그들은 여그 있고, 느그들 줄 잡아댕길 놈들은 저리 가 있어."

졸개 셋이 그리 달려갔다. 다른 졸개들은 짚벼늘 뒤로 고개를 내밀고 저쪽을 내다보고 있다.

"조뱅갑 너는 참말로 인자 죽었다."

김확실은 주먹을 쥐며 숨을 씨근거렸다.

"오랜만에 두령님 칼솜씨 한번 귀경할 것인디, 존 짬을 놓치는구만. 두령님 칼솜씨면 아까 그 열여덟 놈이 한 꾼에 와도 그중에서 조병갑 작살내는 것은 일도 없다. 그 새끼는 내가 이 표창을 날려서 산멱을 찌를 것인디, 허 참. 임마, 호만이 니가 쓸데없는 소리 해갖고 내가 시방 조병갑 그 새끼를 못 잡게 생개부렀다."

김확실은 자기가 조병갑을 못 잡게 되니 것이 못내 애석한 모양이었다. 달이 한참 기울어지고 있었다. 졸개들은 김확실이 구시렁거리는 소리를 들으며 짚벼늘 뒤에서 숨을 죽이고 저쪽을 보고 있었다. 보름달이 유난히 교교했다. 멀리서 개 짖는 소리가 한가하고 기러기 소리가 하늘에 금을 긋듯 쩌렁쩌렁 울렸다. 멀리서 울려오는 다듬이질 소리도 하늘의 별을 으깨듯 차가웠다.

"때려쥑일 것들이 올라면 얼른 끼대오제 멋하고 자빠졌으까?"

김확실이 이죽거리며 졸개들 앞에 앉았다. 그때 저쪽에서 또 사람들이 오고 있었다. 이번에는 여자들이었다. 머리에 무얼 이고 도란도란 이야기를 하며 다가왔다. 모두 숨을 죽이고 있었다.

"아이고, 오짐 잔 싸고 가세. 짐 내리기 존 디 가서 쌀락 했등마는 거그까장 못 참겄네."

"나도 여태 참고 왔소."

여자들이 머리에 인 것을 길가에 내렸다. 그들은 그냥 길가에서 누는 것이 아니라 이쪽으로오고 있었다. 아무리 밤이라도 뭐가 좀 가려준 데서 누고 싶은 모양이었다.

"워매, 저 잡년들이 해필 이리 와서 오짐을 쌀 모냥이네."

김확실은 한걸음 옆으로 엉덩이걸음을 치며 잔뜩 속힘이 꼬인 소리로 이죽거렸다. 여인들이 이리 오고 있었다.

"더 물러라! 아이고, 저 잡년들!"

김확실은 졸개들한테 옆으로 물러앉으라는 손짓을 하며 엉덩이를 연방 앞으로 뭉그적거렸다. 김확실이 짚뭇이 몇 개 놓인 짚더미 뒤로 몸을 숨겼다. 여인들은 이쪽으로 돌아왔다. 여인들은 달빛을 안고 서서 치마를 홀랑 뒤집었다. 고쟁이를 들춰 김확실 앞에다 허연 엉덩이를 훨렁 까냈다.

—쏴.

오줌발 쏟아지는 소리가 폭포 소리였다. 김확실이 주발만한 눈으로 달덩어리보다 풍성한 여인들의 엉덩이를 무서운 것 보듯 멀거니 건너다보고 있었다. 오줌발이 논흙을 파고들어가는 둔탁한 소리가 한참 나다가 잦아들었다. 이내 한 여인이 먼저 일어섰다.

"아따, 달도 밝다."

여편네는 고쟁이를 추스르며 한가하게 매화타령까지 했다.

"아이고, 씨언한 거. 인자 살겠다.

"여인들은 다시 길로 나가 짐을 이고 갔다. 다행히 새끼줄에는 눈이 가지 않은 것 같았다.

"저 찢어쥑일 년들이 오짐을 깔개도 해필 여그 와서 깔개? 허, 저 잡년들."

김확실은 생각할수록 화가 나는지 앉은걸음으로 다시 제자리로 가며 이죽거렸다. 젊은이들은 웃음을 참느라 입술을 깨물었다. 그때 장호만이 아까 길바닥 팠던 나무꼬챙이를 가지고 나갔다.

"아따, 심이 얼매나 존가 논이 한 질이나 패어부렀네. 이 심이면 바웃 덩어리도 풍 뚫애불겠네."

나무꼬챙이로 오줌 싼 자리를 메우며 킬킬거렸다.

"킬킬."

젊은이들이 끝내 웃음을 터뜨리고 말았다. 다시 고요한 적막 속에 모두 숨소리를 죽였다.

"왜 이 잣것들이 안 온다냐? 이라다가 깐딱하면 날 새불겠네."

김확실이 일어서며 구시렁거렸다. 그때였다.

"저그 온 것 같소."

"어디?"

저 멀리 어둠 속에 뭐가 보이는 것 같았다. 말발굽 소리가 나는 것 같았다. 모두 숨을 죽이고 귀를 모으며 어둠 속을 살폈다.

"온다. 느그덜 정신 똑바로 채리고 아까 시킨 대로 해라잉. 내 말 알아묵겄냐?"

"예."

김확실은 길가 짚더미 뒤로 달려갔다. 말발굽 소리가 가까워지며 기병들 모습이 뚜렷이 드러났다. 줄을 잡아당길 졸개들은 길가에다 발 버틸 자세를 취하며 줄을 잡았다. 기병들은 천천히 달려오고 있었다. 질풍처럼 내달아 올 줄 알았더니 좀 의외였다. 김확실이 고개를 뽑고 그쪽을 보고 있었다. 기병들이 가까이 다가왔다.

"오매!"

김확실이 가볍게 탄성을 질렀다.

"허, 평복 입은 놈이 없네."

모두가 기병들뿐이었다. 길이 조금 휘어져 모두 보였으나 평복을 입은 사람은 보이지 않았다. 눈을 까뒤집고 보아도 평복을 입은 사람은 없었다.

"어뜨코 된 일이라냐?"

김확실이 혼자 거듭 뇌었다.

"빈 말이 없소. 조병갑이 군복으로 갈아입고 탄 것 같소."

줄을 잡고 있던 졸개가 다급하게 속삭였다.

"그라먼 어뜬 놈이까?"

기마행렬이 앞으로 다가오고 있었다. 반쯤 지났을 때였다. 김확실이 줄을 위로 홱 잡아챘다. 이어서 젊은이들이 사정없이 잡아당겼다.

— 히힝!

순간, 세 젊은이들이 앞으로 홱 쏠리며 끌려갔다. 줄이 말 앞다리 오금쟁이에 걸리며 말이 주춤했다. 젊은이들이 앞으로 끌리는 사이 줄이 말 다리 밑으로 벗겨져 나갔다.

"이랴!"

사태를 알아챈 기병이 버럭 고함을 지르며 말 엉덩이를 찼다. 말이 비명을 지르며 정신없이 내달았다. 그 다음 말들은 주춤했다가 저쪽 논으로 뛰어내려 달렸다. 저만치 뒤에 오던 말들도 논으로 달렸다. 앞서 달리던 말들은 뒷말의 비명 소리에 놀라 정신없이 내달았다.

"워매. 허허."

김확실은 달려가는 말을 보며 발을 굴렀다. 졸개들도 짚벼늘 뒤에서 뛰어나와 멍청하게 서 있었다. 전혀 예상 밖의 일이었다. 표창 하나도 던져볼 수가 없었다. 김확실이 강둑으로 달려갔다. 졸개들도 뛰어갔다. 한참 달려 강둑에 섰다. 말들은 다리를 지나 선두는 한참 저만치 달려가고 있었다. 그러나 저쪽에서는 아무도 나타나지 않았다.

"그 속에 조병갑이 끼여 있소."

김확실이 소리를 질렀다. 저쪽에서 벌떡 일어섰다. 그러나 칼을 날리지 않았다. 벌써 기마행렬 꼬리가 그들 앞을 달려가고 있었다.

"워매, 환장하겠네."

김확실은 발을 굴렀다. 임군한은 평복을 입은 사람이 나타나지 않자 김확실이 처치해버린 줄 알고 있었다. 그러다가 김확실이 소리를 지르자 벌떡 일어서기는 했으나, 그때는 벌써 때가 늦었다. 말 탄 자세가 좀 불안하게 보였던 놈은 벌써 지나가버린 다음이었다. 성문 가까이 있는 텁석부리한테 알릴 여유도 없었다. 말 탄 사람들하고 싸워본 적이 없다던 텁석부리 말이 엉뚱한 방식으로 나타났다. 네 발 달린 말을 새끼줄로 넘어뜨리려고 한 것부터 말을 너무 모르고 꾸민 계책이었다.

정묘득과 조두레는 장막에서 한참 떨어진 짚벼늘 뒤로 갔다. 벌써 너덧 명이 둘러앉아 이야기를 하고 있었다. 오기창이 두 사람을 소개했다.

"어떻게 잡든 정참봉 그놈을 잡기만 잡으면 당장 없애부러사 쓰요."

매부리코가 잔뜩 속힘이 꼬인 소리로 없앤다는 말에 힘을 주었다.

"없애불다니, 그것이 먼 소리요? 잡아서 도소로 끗고 와사제 그 자리에서 없애불면 일이 어떻게 되겠소?"

정묘득은 깜짝 놀랐다.

"쥐도 새도 모르게 없애불제 그런 놈을 도소로 끗고 와서 멋하 겠소?"

"그놈을 잡아갖고 와사 우리 같은 사람들이 그놈한티 억지로 뺏긴 논값을 받을 것 아니오?"

"그놈을 곱게 잡아오면 당신들 논값은 받겄제마는, 우리 소작인들은 그람 으짤 것이오?"

"으짜기는 으짠단 말이오?"

정묘득은 그것이 무슨 소리냐는 표정이었다.

"생각을 해보시오. 그놈을 잡아오면 논을 뺏어간 짓거리는 어디다 내놔도 못된 짓거린게 논값을 받아내겄제마는, 논값을 받은 뒤에 그놈을 없애분 것이 아니라 도로 내줘불 것인디, 이 난리가 끝난 뒤에 즈그 시상 되아불면 우리매이로 앞에 나선 놈들을 가만두겄소. 여그 나온 소작인들은 전부 가려내서 두말도 않고 소작부터 띠어불 것이오. 그라면 우리 소작인들은 다 굶어죽소. 그놈이 낸중에 작인들한티 할 짓거리는 이렇게 불을 보대끼 훤한디 그런 놈을 살래둬라우?"

매부리코 말에 정묘득이 멍청하게 오기창을 보고 있었다. 오기창은 난처한 듯 그냥 말이 없었다.

"나는 앞에 나섰다고 관가에 잽혀가는 것보담 소작 뺏기는 것이 더 무섭소. 나는 농사란 것이 달랑 정참봉 소작 일곱 마지기뿐인디, 식구가 여섯이오. 그 소작 뺏개불면 당장 쪽박을 차요, 쪽박. 우리 집만 하더래도 이렇게 여섯 목숨이 왔다갔다 하는디, 여그 나온 사람 가운데 그런 사람이 시방 얼만 줄이나 아시오? 백 명도 넘을 것이오. 그런 놈을 살려뒀다가 그 많은 수가 그냥 앉아서 굶어죽으란 말이오?"

매부리코는 이래도 그놈을 살려두어야겠냐는 서슬이었다.

"그래도 정참봉 그놈도 사람인디, 이런 일을 한번 당하고 나면 정을 다시제 설마 그러기사 헐랍디여?"

조두레가 끼어들었다.

"멋이라우? 정참봉이 정을 다시라우? 시방 정참봉이란 놈을 몰라서 하는 소리요? 그놈은 몸뚱아리가 전부 독사매이로 독뱆이는 없는 놈이오. 갯바닥에 궁글어댕기는 빠졸 있지라우. 개꼴랑지도 아니고 그런 빠졸을 물에 당과났다 끄집어낸다고 물러질 것 같소. 동헌 기둥에서 새싹 나기를 바라시오."

매부리코는 입에 거품을 물었다.

"그런다고 그놈을 없애불면 우리 같은 사람들 논값을 으짜란 소리요?"

정묘득은 다시 오기창을 건너다봤다. 오기창은 눈길을 피해버렸다. 이 자리에는 논을 빼앗긴 사람은 정묘득 뿐이었다. 다른 소작인들도 정묘득 사정이 딱한지 입을 다물고 있었고 매부리코만 독장을 치고 있었다.

"허 참, 따지다 본 게 이것이 일이 난감하게 되았구만잉."

최낙수가 입술을 빨았다. 정묘득의 일이 여간 딱하지 않은 모양이었다. 그는 벼 열 뭇 외봉쳤던 원한이 뼈에 사무쳐 있었으나 그래도 소작인들보다는 조금 여유가 있어 보였다.

"그래도 당신들은 기왕에 당해본 일이제마는 우리는 새로 당할 판이오. 당해도 한두 사람이 아니라 여그 나온 소작인들은 안 당하는 사람이 없이 다 당할 것이오. 더구나 그런 독사 같은 놈이 험하게 당해놨은게 독이 오를 대로 올랐을 것인디, 거그다 또 논값 받는다고 더 독을 올려노면 얼마나 독살스럽겠소."

매부리코가 입침을 튀겼다.

"허, 이거 참."

정묘득은 난감한 표정이었다.

"이렇게 하면 어쩌겄소. 그놈한티 논 뺏긴 사람도 한둘이 아닌게 그놈을 잡아갖고 도소로 끗고 와서 그런 사람들 논값을 받아낸 담에, 그놈을 도소에서 내노면 잭인들은 그때 뒤쫓아가서 작살을 냅시다."

최낙수가 새로운 안을 내놨다.

"그것이 되겄소? 그놈을 내놀 때는 대낮에 내놀 것인디, 그 길로 아주 전주감영으로 가서 관아에 백혀불면 그만이지라우. 더구나 우리는 시방 한시가 급허요. 지금이라도 감영군이 쳐들어와서 아날말로 우리가 감영군한테 깨지는 날에는 우리 신세는 그만이오."

다른 소작인이었다.

"그러면, 우리는 그런 억울한 일을 당하고도 손 개얹고 있으란 말이오?"

"그놈을 없애불면 분풀이만도 그것이 어디요? 그란게 일은 우리가 헐랑게 당신들은 이 일에서 빠지시오."

정묘득 말에 매부리코가 매정스럽게 잘랐다.

"허, 이거 참."

그때 최낙수가 나섰다.

"그러면, 소작인들은 소작인들대로 정참봉을 잡고, 논 뺏긴 사람들은 그 사람들대로 잡는 수백이는 없을 것 같소."

"일이 섭섭하게 되았소마는 할 수 없소."

오기창이었다. 그들은 거기서 헤어졌다. 최낙수가 정묘득 곁으로 왔다.

"그놈을 잡아도 당신은 그놈을 도소까지 끗고 와사 쓸 것인디, 정읍이나 태인서 그놈을 잡았다면 그놈을 끗고 올 방도는 있겄소?"

최낙수가 넌지시 정묘득한테 물었다. 정참봉 있는 데를 알고 있는 것이 아닌가 싶었다.

"우리를 거들어 줄 사람이 있소. 그놈이 있는 데를 아시오?"

정묘득이 걸음을 멈추며 물었다.

"안다기보담도 그 일도 큰 일이겠글래 한번 물어봤소."

최낙수는 꽁무니를 뺐으나 뒤가 있는 표정이었다.

오늘은 달도 밝고 날씨도 유독 푸근했다. 장진호는 오늘은 초저녁 번이라 부하들이 전부 장막으로 들어가서 자리에 드는 것을 보고 슬쩍 밖으로 나왔다. 열엿새 달이 중천에 유난히 휘영청 밝았다. 장진호의 품속에는 예쁜 손거울이 하나 들어 있었다. 장막 곁의 잡화점에서 샀던 것이다. 장막 곁에는 음식 파는 가게뿐만 아니라 잡화상까지 여러 개 서 있었다. 거울은 일본서 건너온 *박래품으로 테두리에는 색색으로 꽃무늬가 요란스러웠다. 장진호가 가슴을 두근거리며 쟁우댁 술막으로 갔다. 안에는 아직도 불이 켜져 있었다. 밖에서 잠시 귀를 기울였다. 술손이 있는 것 같았다. 장진호는 되돌아서서 그 근방을 서성거렸다. 다시 술막 곁으로 가서 귀를 기울였다. 아직도 술손을 그대로 있었다. 말소리가 귀에 익었다. 가만히 안을 들여다봤다. 창동 김달식이었다.

장진호는 다시 뒷걸음질을 쳤다. 다시 근방을 서성거렸다. 김달식은 조만옥 처남으로 재작년 나졸 두 놈이 죽었을 때 달주 어머니와 같은 곳간에 갇혀 있다가 조만옥이 돈을 써서 빼낸 자였다. 좀 어리눅달까 알랑쇠랄까 주견이 없고 제 잇속밖에 몰라, 이번 봉기에도 첫 날은 나오지 않았으며, 지금도 여기 나오기는 하면서도 자기 동네 농민군 속에는 끼지 않고 비슬비슬 배돌면서 밥이나 얻어먹고 있었다. 어째서 저 둘이 얼릴까 장진호는 고개를 갸웃거렸다. 그러다가 김달식이 아직 총각이라는 데 생각이 미치자 실없이 가슴에서 쿵 소리가 났다. 김달식의 사람됨은 형편이 없었으나 허우대는 헌칠한 편이고 얼굴도 제법 반듯했다.

장진호는 김달식 저 작자는 염치가 꽹과리 밑바닥 같은 자라는 데 생각이 미치자 지레 가슴에서 방망이질 소리가 나는 것 같았다. 그러고 보니 어제도 김달식은 대낮부터 얼굴이 불콰해 가지고 이쪽에서 나오는 것 같았는데, 그러니까 이 녀석이 이 집에서 파고 살며 순심한테 찝쩍이고 있는 것이 아닌가 싶었다. 장진호는 저도 모르게 주먹을 불끈 쥐었다. 김달식 저 따위 작자가 순심한테 찝쩍이다니, 장진호는 대번에 숨이 가빠올랐다. 저 작자가 얼마나 지저분한 작자인가? 옛날 나졸 죽은 사건으로 잡혀갔을 때는 문초를 받으면서 쓸데없는 소리를 씨월거려 곁엣 사람들이 경을 친 일도 있었고, 이번 만석보 수세 나눠 줄 때만 하더라도 봉기에는 나오지도 않은 작자가 수세 나눠 준다고 하자 제일 먼저 섬을 지고 달려왔다. 더구나 자기 동네 사람들이 돌려받은 쌀을 얼마쯤 내놓고 가자고 하니 이 작자가 끝내 *코를 숙였다는 소문이 나서 웃음거리가 되기도 했다. 저런 허섭스레기 같은 자가 감히 순심을 넘보다니 순심을 모욕이라도 한 것 같아 장진호는 대번에 결이 올랐다. 순심뿐만 아니라 자기도 모욕을 당한 것 같았다.

장진호는 숨을 씨근거리며 동네 앞 큰길로 올라섰다. 중아비 주막에 불이 켜져 있고 빈지가 열려 있었다. 괜히 속이 타서 거기 가서 먼저 한잔 들고 싶은 생각이었다. 그때 동네 골목으로 들어가며 이쪽을 힐끔 보고 멈칫하는 사람이 있었다. 정익수였다. 그는 김치삼 집 골목으로 들어가려다 느닷없이 장진호가 나타나자 찔끔한 것이다. 그러나 장진호는 그를 알아보지 못하고 지나쳐 버렸다. 정익수는 골목에서 고개를 내밀고 장진호의 거동을 살피고 있었다. 한참 보고 있다가 안심하고 골목으로 들어갔다.

장진호는 중아비 주막으로 들어가려다 말고 다시 돌아섰다. 한참 서성거리다가 다시 쟁우댁 술막 곁으로 갔다. 아직도 둘이 술을 마시고 있었다. 쟁우댁의 깔깔거리는 웃음소리가 밖으로 흘러나왔다.

"저런……."

요란스런 웃음소리에 장진호는 저런 화냥년 하려다 말았다. 속에서 대번에 울화가 지글거렸다. 김달식 같은 얼뜨기 앞에서 저런 웃음을 웃다니 화냥년이 따로 없다 싶었다. 장진호는 장막을 한 바퀴 돌고 나서 다시 쟁우댁 술막으로 걸음을 옮겼다. 술막 안이 조용했다. 들여다보았다. 김달식은 그 사이 가고 없었다.

"아이고, 어서 오셔."

장진호가 들어서자 쟁우댁이 반색을 했다. 순심은 쟁우댁 뒤에서 골을 붉히며 보일락 말락 웃어 주었다. 골을 붉히는 순심의 고운 얼굴이 마치 볼받은 과일처럼 싱싱했다.

"오늘은 날씨가 푸근하요마는 그래도 저실이라 춥소."

쟁우댁은 화로를 장진호 앞으로 갖다 놓으며 불을 뒤집어놨다.

"오늘은 술국이 맛있게 끓었소."

쟁우댁은 오지병과 술잔을 가져와 술을 따랐고, 순심은 술국을 떠왔다. 장진호는 막걸리 잔을 주욱 들이켜고 나서 술국을 홀홀 마셨다.

"어이, 시원하다."

"우리 대장님은 이런 음식 하나 잡수시는 것도 시원시원하고 어디를 봐도 한구석도 빈 데가 없이 기냥 맞춰온 대장님이셔. 이런 장사를 얼마 안 해봤제마는 음식 묵는 것 한 가지만 봐도 사람을 알겠습다."

"입에 붙은 소리 아니오?"

장진호는 툭 튀겼다. 김달식 같은 놈 앞에서 깔깔거리던 것에 새삼스럽게 심술이 난 것이다. 장삿속이니 자기 집에 온 손님한테는 누구한테나 친절하게 대해야 할 것이라 생각하면서도 그 야살스럽게 깔깔거리던 웃음소리의 뒷맛이 쉽게 가시지 않았다.

"오매 오매, 먼 말씀을 그렇게 정 부족한 말씀을 다 하신다요?"

"오늘 말목 가서 자리는 지대로 잡았소?"

장진호는 말머리를 돌렸다.

"글안해도 고맙다는 말씀을 디릴라고 했소. 우리 아버님이 젤로 첨에 가서서 젤로 몬자 자리를 잡았다요."

"너무 장막 가까이 잡았다가 뜯기지나 않을란가 모르겠소."

"아니라우, 김이곤 두령님한테 여그만치 치면 괜찮겠냐고 물어서 자리를 잡았다고 합디다. 그라고 움막 칠 자리도 강둑 밑에다 존 자리를 잡았다요. 이런 일만 하더래도 나는 우리 대장님뺴이는 없는디, 나보고 입에 붙은 치사한다고 한게 시방 무색해서 내가 똑 죽겠소."

"그란께 창동 김달식인가 그런 얼간이 같은 것들 오면 그런 놈한 테는 술이나 풀제 너무 좋아하지 마시오. 아까 여그 들어올라다가 그런 놈하고 깔깔거리는 소리 들어보고 비윗댕이가 팩 상해서 돌아 서 부렀소."

장진호는 내친김에 제 속살을 밤송이 까놓듯 까뒤집어 놨다.

"오매 오매, 그래서 그랬구나."

쟁우댁은 또 한참 깔깔거렸다.

"내가 아까 달래 그렇게 웃은 줄이나 아시오? 그 김달식인가 그 총각이 이 술막에 몇 번 오등마는 오늘은 하는 말이, 내가 자기 맘에 딱 든다고 인자부텀 나를 이모라고 부를란다고 하잖겠소. 그라글래 하도 얼척이 없어서 웃었제 달래 웃었다요."

쟁우댁은 요염하게 눈을 흘기며 또 깔깔거렸다. 그제야 장진호는 멋쩍게 따라 웃었다.

"멋하고 있냐? 술국 더 떠다 디려라."

쟁우댁은 순심을 채근해 놓고 또 뒷간에 간다며 밖으로 나갔다. 어제 저녁처럼 두 사람끼리만 있게 해주려는 속셈이 틀림없었다. 순 심이 술국을 다시 떠왔다.

"이것 말이여, 거울인디, 이뻐글래 내가 샀소. 누구 오기 전에 얼 른 어디다 챙겨 노시오."

장진호가 창호지에 곱게 싼 거울을 내밀며 어서 챙기라고 채근부 터 했다.

"우매, 멋을 그런 것을?"

순심은 눈이 동그래지며 한걸음 물러섰다.

"얼른 챙기시오. 누구 온디."

장진호는 장막 문을 돌아보며 다급하게 채근했다. 그러나 순심은 겁먹은 눈으로 그냥 서 있을 뿐이었다.

"허허, 멋하고 있으까. 누가 오면 으짤라고?"

"지가 그런 것을 받으면 으짜게라우?"

"으짜기는 으째라? 주는 것인게 기냥 받는 것이제."

장진호는 또 뒤를 돌아보며 화난 소리로 다그쳤다.

"지가 이런 것을 받아도 괜찮으께라우?"

순심은 잔뜩 골을 붉히며 어렵사리 손을 내밀었다. 거울을 받아 얼른 자기 품속에 챙겼다.

"멋을 존 것을 쪼깨 더 사고 잡었는디, 나는 누님이나 누이동생이 없어논게 여자들이 좋아하는 것이 멋인지 몰라서 더 못 샀소. 그 속에 은자 몇 닢 들었은게 더 사고 싶은 것이 있으면 사시오."

장진호는 대담하게 말했다.

"우매, 이런 것을 이렇게 받아갖고는 나는 으째사 쓰까?"

순심이 새삼스럽게 울상을 지었다. 그런 표정을 짓자 순심이 얼굴이 더욱 매혹적이었다.

"나한테만 받고 다른 놈한테는 안 받으면 그만이지라."

장진호는 염치 좋게 내질렀다.

"우매, 내가 누구한티서 멋을 또 받을 것 같아서 그런 소리를 다 하시오. 이런 것 받아보기는 생전 첨인디."

순심은 도무지 어떻게 몸을 두어야 할지 제정신이 아니었다.

"나도 누구한테 그런 것 주어보기는 생전 첨이오."

장진호가 투깔스럽게 말했다.

"달도 달도 으짜면 저렇게 붉으까?"

쟁우댁이 어제 저녁처럼 또 달타령을 하며 오고 있었다. 장진호는 앞에 놓인 잔을 벌컥벌컥 들이켰다.

"늦었소. 나는 갈라요."

장진호는 쟁우댁이 들어오자마자 자리에서 일어서서 술값을 계산하고 바삐 돌아섰다. 거울을 받은 순심도 지금 제정신이 아니고 자기도 쟁우댁 앞에서 도무지 태연하게 견뎌낼 수가 없을 것 같아 서둘렀다.

"낼 말목으로 가서는 자리 잡을 귀띔해 준 값으로 내가 한턱 낼란게 낼도 이렇게 느지막이 사람 없을 때 한 번 오시요잉."

"알겠소."

장진호는 총총걸음으로 술막을 나왔다. 그때 저쪽 골목에서 누가 나오려다 얼른 몸을 돌려 길을 되짚었다. 장진호는 걸음을 멈췄다. 그러고 보니 아까 자기가 여기를 서성거릴 때 자기를 보고 찔끔했다가 들어간 사람이 있었던 것 같았다. 모습이 그 사람 같았다. 장진호는 다시 술막 쪽으로 돌아섰다. 길 가까운 술막 뒤에 몸을 숨겼다. 그 술막에는 이미 불이 꺼져 있었다. 한참 동안 기다리고 있었다. 골목으로 들어갔던 사람이 조심스럽게 주변을 살피며 다시 나왔다. 정익수였다.

"저 작자가 멋하러 저 골목에는 들어갔다 나오까?"

장진호는 고개를 갸웃거렸다. 정익수는 오늘 저녁에는 김치삼 집에 들어갈 때나 나올 때나 두 번 다 묘하게 장진호한테 들키고 만 것이다.

6. 그리운 사람들

1월 17일, 봉기한 지 7일째 되는 날 아침이었다. 전봉준은 농민군들을 전부 들판에 모이게 했다. 구경꾼들은 오늘도 구름같이 몰려왔다. 오늘은 아전들 목을 매달지도 모른다는 소문에 아침 일찍부터 엄청나게 몰려들었다.

읍내 쪽 농민군들은 아침밥을 일찍 먹고 말목으로 갈 준비를 끝냈다. 장막을 뜯어 가져다 줄 것은 동네에다 가져다주고 어수선한 일을 모두 잘도 해냈다. 솥이며 물동이 같은 것은 두말할 것도 없고, 장막을 뜯은 울목이며, 차일, 이엉 한 장까지도 모두 다 가져다주었다. 가져다주었다기보다 자기 집에서 가져온 것은 자기 집에 도로 가져다 논 셈이었다. 배들 쪽 사람들은 그쪽 사람들대도 어제 장막을 치고 거의 준비를 해놓은 다음에 여기 와서 자고 장막 뜯는 일 등을 거들었다.

농민군들은 송대화의 거쿨진 외침소리에 따라 삼거리 큰길 밑 논바닥으로 몰려들었다. 이내 전봉준이 나타났다. 뒤에는 김도삼, 정익서, 최경선을 비롯해서 정길남이며 김만수 등이 따르고 있었다. 두령들은 길가 조금 높은 데로 자리를 잡아 섰다. 농민군들은 모두들 숨을 죽이고 두령들의 표정을 보고 있었다. 그들의 표정에서 아전 처리를 어떻게 결정했는가 알아내려는 눈초리들이었다.

"오늘 말목으로 진을 옮깁니다. 진을 옮기기에 앞서 전봉준 접주님께서 여러분께 몇 말씀 드리겠습니다."

전봉준이 나섰다. 군중을 향해 허리를 굽혔다. 군중도 따라 허리를 굽혔다.

"고생들이 많습니다. 우리가 보국안민의 깃발을 앞세우고 일어선지 오늘로 꼭 이레째가 되었습니다. 여러분들은 따뜻한 방을 놔두고 한뎃잠을 자며 고생을 하고 있습니다. 그러나 이 고생은, 그 보람이 되로 하고 말로 날 것입니다. 우리는 그 동안 그 무자비한 만석보 수세를 돌려주었고, 억울하게 갇혀 있던 죄인들을 풀어주었으며, 아전들을 잡아다 문초를 하여 그들의 죄상을 웬만큼 밝혀냈습니다. 향청의 농간도 지금 밝혀내고 있는 중입니다. 그러나 이런 일도 중요한 일입니다마는, 우리가 진짜 할 일은 이런 일이 아닙니다. 봉기 첫날 방문으로 세상에 널리 알린 바와 같이 수령 가운데서 제일 악독한 수령 조병갑을 처단하여 천하에 대의를 떨치자는 것이었습니다. 애석하게도 조병갑은 놓쳤지만, 지금 우리는 수령을 쫓아내고 한 고을 점령하고 있으니, 그것만으로 우리는 대의를 떨치고 있는 셈입니다. 만약 감영군이 출동하면 우리는 당당하게 감영군과 일전을 벌여 조병갑의 죄를 밝혀 목을 자르라고 단호하게 요구를 해야 합니다. 임술년 민란부터 지금까지 팔도에서 수많은 민란이 일어났으나, 그런 민란을 일으킨 사람들은 기껏 그 고을 수령이나 쫓아내고 대부분 헤어져 버렸습니다. 그러나 우리는 결단코 그렇게 호락호락 물러설 수는 없습니다."

전봉준이 주먹을 휘두르며 큰소리로 외쳤다.

"옳소, 싸웁시다."

군중은 함성을 지르며 박수를 쳤다. 그러나 아전들 처리에 대한 의구심 때문인지 함성 소리가 그렇게 열광적이지는 않았다.

"우리는 끝까지 싸워야 합니다. 우리가 왜 일어났습니까? 관가 놈들의 그 무자비한 늑탈과 폭압에 견디다 못해서 일어섰습니다. 그런 늑탈과 폭압을 물리치고 우리도 편히 살고 자식들도 편히 살고, 나라 백성 전체가 편히 살기 위해서 우리는 지금 이렇게 일어났습니다. 봉기 첫날 이 자리에서 말했지만, 우리는 조금도 잘못한 일이 없으므로 문책을 한다고 절대로 받아들일 수 없습니다. 그 문책을 거부하기 위해서는 철통같이 하나로 똘똘 뭉쳐 싸워야 합니다. 우리가 이렇게 일어서기 전에는 우리 한 사람 한 사람은 서로가 몸과 마음이 따로따로였지만, 우리가 일어선 날부터 우리는 지금 몸과 마음이 한 덩어리가 되었습니다. 우리 한 사람 한 사람이 흩어져 있으면 우리 한 사람은 한 알 한 알의 모래알에 불과합니다. 그러나 이렇게 마음을 합쳐 똘똘 뭉쳐 있으면 커다란 바윗돌입니다. 지금 감영 사람들이 꼼짝을 않고 있는 것도 우리가 얼마나 강하게 뭉쳐 있는가 잘 알기 때문입니다. 우리가 이렇게 철통같이 뭉쳐 있는 한 저자들은 우리가 만만하게 보지 못할 것이며, 저자들이 쳐들어오더라도 우리가 이렇게 철통같이 뭉쳐 싸우면 저 썩어빠진 감영군 따위는 천 명이 와도 만 명이와도 거뜬히 물리칠 수 있습니다. 우리는 하나로 뭉쳐 싸워야 합니다. 우리가 뭉치기만 하면 틀림없이 저자들을 이겨낼 수가 있습니다.”

전봉준은 주먹을 휘둘렀다.

“옳소.”

모두 박수를 치며 소리를 질렀다. 아까보다 함성 소리가 커졌다.

“그러면 여기서 여러분들이 궁금하게 생각하고 계시는 아전들 처리 문제와 말목으로 진을 옮기는 문제를 말씀드리겠습니다. 아전들 징치 문제는 동네 임직들 의견도 널리 들어섰고 두령들과도 오랫동안 의논을 했습니다. 많은 사람들이 아전들 목을 매달아 세상에 대의를 세우고 후세에 본을 보여야 한다고 했습니다. 저도 그 점에는 같은 생각입니다. 그러나 세상일은 그렇게 간단하지가 않습니다. 구부러진 쇠뿔을 바로잡으려다 소를 죽이는 경우도 있고, 쥐가 밉다고 조그마한 쥐 한 마리 잡으려다가 큰 장독을 깨버리는 일도 있습니다. 지금 우리는 이것으로 일을 끝내는 것이 아니고 앞으로 감영군을 상대로 진짜로 큰 싸움을 하려하고 있습니다. 우리가 들고 나선 보국안민의 깃발은 엄청나게 큰 깃발입니다. 그런 큰일에 비하면 아전 몇 사람 목매다는 것은 쥐 몇 마리 잡는 일에 불과합니다. 그런 큰일을 앞에 두고 이런 작은 일을 벌인다는 것은 좋은 일이 아닙니다. 이럴 때 두고 쓰는 말로 호랑이 사냥 가는 포수는 토끼 같은 잔 짐승은 잡지 않는 법입니다. 그 동안 아전들 행패를 생각하면 저도

참을 수가 없습니다마는, 우리는 지금 나라를 반석 위에 올려놓자는
더 큰 사냥을 하러 나선 사람들입니다. 일이 이러하니 아전들은 그
자들이 그 동안 늑탈한 것만을 전부 받아내고 풀어주는 것이 좋겠다
는 생각입니다. 분을 참지 못하는 여러분 심정을 잘 알고 있습니다
마는, 큰일을 위해서 마음을 한번 누그려 주십시오.”

　전봉준은 간고하게 호소를 했다. 군중은 잠시 웅성거렸다. 그러
나 큰 소리로 악을 쓰는 사람은 없었다.

　“젠장, 그놈들이 퇴긴가, 늑대제. 벌써 틀렸어. 틀렸당께.”

　한쪽에서 오기창이 혼잣소리로 튀겼다. 전봉준은 말을 계속했다.

　“앞에 나선 우리는 무슨 일이든지 여러분 의사를 하늘처럼 존중
해서 일을 하기로 작정을 했습니다마는, 이 아전들 처리만은 우리가
해야 할 더 큰일을 위해서 우리 두령들이 결정한 대로 마음을 한번
누그려주시기 바랍니다.”

　“그놈들 용서하더래도 곤장이라도 사정없이 쳐서 용서합시다.”

　저 뒤쪽에서 악다구니를 썼다.

　“맞소, 곤장이라도 쳐사 쓰요.”

　“여그 만중 앞에 내다놓고 쳐야 하요.”

　“안 돼요, 쥑애야 하요.”

　“쥑입시다.”

　“시끄러. 접주님 말씀대로 해.”

　여기저기서 악다구니가 쏟아졌다. 전봉준은 잠시 말을 그치고 기
다리고 있었다. 한참 만에 조용해졌다.

　“여러분 심정을 잘 알겠습니다마는 우리 결정대로 마음을 누그려

주시기 바랍니다. 그 사람들이 늑탈한 것은 방불하게 되돌려 받아 늑탈당한 사람들한테 돌려 드리겠습니다."

군중은 와글와글 들끓었다. 여기저기서 끼리끼리 큰소리로 악을 썼다. 그러나 전봉준을 향해서 악다구니를 쓰는 사람은 없었다. 전봉준은 한참 기다리고 있었다. 들끓던 소리가 잦아졌다. 군중은 의외로 쉽게 수그러들었다.

"그러면 말목으로 진을 옮기는 문제를 말씀드리겠습니다. 말목으로 진을 옮기는 데는 몇 가지 까닭이 있습니다. 첫째는 전투가 벌어지면 여기는 지형이 우리한테 불리합니다. 산으로 빙 둘러싸여 있어서 사방에서 쳐들어오면 곤란합니다. 그에 비해서 말목은 산을 등에 지고 들판을 안고 있기 때문에 우리한테 유리합니다. 두 번째는 말목이 여기보다 교통이 좋습니다. 세 번째는 여기서 전투가 벌어지면 모두가 동네여서 마을에 피해가 클 것 같습니다. 말목도 동네가 많지만 거기는 동네를 피해서 전투를 하기가 여기보다 더 낫습니다. 여기 지형이 이렇게 불리한데도 그 동안 여기에 있었던 것은 감영군이 금방 출동할 것 같지도 않았고, 군아에서 처리할 일이 많았기 때문이었습니다. 지금은 이레나 지났고, 그 사이에 여기서 처리할 일도 대충 처리했으니 이제부터 제대로 싸울 준비를 해야겠습니다."

사람들은 모두 고개를 끄덕였다. 아전 처리에 아직도 씩씩 코를 불고 있는 사람이 있었으나, 더 반발은 하지 않았다. 전봉준을 그만큼 신뢰하기 때문인 것 같았다.

"그러면 말목으로 가서 할 일을 몇 가지 말씀드리겠습니다. 말목으로 가서는 여기서 하고 몇 가지 다른 점이 있어야겠습니다. 첫째는 이미 시행을 했습니다마는, 농민군을 젊은 사람들로만 짜겠습니다. 지금까지는 누구든지 여기 나온 사람은 다 농민군에 들어왔는데, 이제부터는 나이든 이들은 집에 계시다가 전투가 벌어지면 나와서 같이 싸워주시기 바랍니다. 지금까지는 조병갑을 놓치는 바람에 정신을 제대로 차리지 못했으나, 말목으로 가서는 군율을 더 엄격히 하고 전투할 훈련을 쌓겠습니다. 둘째는 지금까지는 농민군하고 고을 사람들이 서로 뒤섞였는데, 이제부터는 농민군 장막에는 일반 사람들은 출입을 금하고 장막 근처에도 너무 가까이 오지 못하도록 해야겠습니다. 셋째는 지금까지 반찬을 거진 동네 사람들한테 신세를 졌습니다마는, 이제부터는 장하고 된장 같은 것을 제외하고는 되도록 동네 사람들 폐를 더 끼치지 않도록 하겠습니다. 대충 이 세 가지 점이 달라질 것이니 유념해 주시기 바랍니다."

"거시기 멋이냐, 쩌그 저런 움막 같은 것도 거그 가서는 못 치게 합시다."

저 뒤에서 젊은이 하나가 손을 번쩍 들어 논두렁 밑의 움막을 가리켰다.

"맞소. 저런 것은 통 못 치게 해사 쓰요."

"밥도 너무 많이 주지 맙시다."

많은 사람들이 동조를 하고 나왔다.

"밥 이야기가 많습니다. 그런 말씀을 하시는 분들은 대부분 군량미 걱정을 합니다. 그런데 누가 먹는 것이 군량미입니까? 두말할 것도 없이 농민군이 먹는 것이 군량미입니다. 그런데 여기 나온 사람들은 다 농민군입니다. 대창 들었다고 농민군이고 대창을 들지 않았다고 농민군이 아닙니까? 우리한테는 농민군이 따로 없고 구경꾼이 따로 없습니다. 감영군이 쳐들어오면 대창 안 든 사람들도 거개가 대창을 들고 나설 것이며, 먹다 떨어지면 모두 집에 가서 시레기라도 들고 와서 같이 나누어 먹을 것입니다. 다시 말하거니와 지금 대창을 든 사람들이나 안 든 사람이나 모두가 농민군입니다. 우리가 지금 가지고 있는 식량이 다 떨어질 때까지는 모두가 같이 먹고 같이 싸워야 합니다. 여러분, 그렇지 않습니까?"

전봉준이 소리를 질렀다.

"옳소."

모두 박수를 쳤다.

"그리고 움막을 친 사람들은 먼 데 집이 있는 사람들이 움막이라도 치고 추위를 가리자는 것인데 그것을 말릴 수는 없습니다. 말목 서는 너무 장막에 가까이만 못 치게 했습니다."

"옳소. 그 사람들도 모두 불쌍한 사람들이오."

"그러면 이제부터 말목으로 떠납니다."

전봉준은 말을 끝내고 내려왔다. 김도삼이 올라갔다. 말목으로 행진해 갈 요령을 설명했다.

조병갑은 아침 일찍 감영 내사로 김문현을 찾아갔다. 초췌한 얼굴이었다.

"면목 없습니다."

조병갑이 감사의 눈치를 보며 허리를 굽혔다. 김문현은 얼굴이 잔뜩 굳어 있었다.

"다친 데는 없소?"

김문현은 고개를 돌린 채 담담하게 물었다.

"예, 각하 덕분입니다."

조병갑은 머리를 조아렸다. 김문현은 대꾸하지 않았다. 기왕 이렇게 된 김에 이럴 때 감사의 위세로 조병갑 콧대를 제대로 꺾어놔야겠다는 생각이 아닌가 싶었다.

"조군수가 일판을 이 꼴로 만들 줄은 몰랐소. 일을 잘 하고 있으니 포잉을 해야 한다고 장계를 올려서 잉임이 되었는데, 이런 험한 꼴이 되고 말았으니 도대체 내 꼬락서니는 무엇이 되었소?"

김문현은 눈에 잔뜩 모를 세우며 말꼬리를 치켜올렸다.

"면목이 없습니다. 그놈들이 흉칙한 놈들인 줄은 알았지만, 설마 이렇게까지 나올 줄은 몰랐습니다. 미리 단단히 잡도리를 못한 것이 한이옵니다. 원래 전라도 인심이 패흉하다더니 이제야 그 속을 알겠습니다."

조병갑은 후회막급하다는 표정으로 머리를 조아렸다.

"지금 무엇을 탓하고 있는 게요. 이 십수 년간 다른 도에서는 여러 군데서 민란이 있었지만 전라도에서는 한 고을에서도 민란이 없었소. 얼마 전에 익산서 조그마한 소요가 있었을 뿐 다른 지방에 비해서는 그만큼 온순한 사람들이 전라도 사람들이오."

김문현은 조병갑을 노려보며 또렷또렷하게 말을 했다.

"내 이놈들을 결단코 가만두지 않겠소."

조병갑은 이를 앙다물었다.

"가만두지 않겠다면 무슨 용빼는 재주라도 있단 말이오?"

김문현은 무슨 시답잖은 잠꼬대냐는 투로 조병갑을 쏘아보았다.

"저한테 영병 3백 명만 주십시오. 내 당장 이놈들 목을 잘라다 순상각하 심려를 단번에 씻어 드리겠소이다."

조병갑은 얼굴을 똑바로 쳐들고 이를 앙다물었다.

"뭐요? 지금 무슨 넋두리를 하고 있는 게요? 지금 고부에 몇천 명이 모여 기세를 올리고 있는 줄이나 아시오?"

김문현은 말꼬리를 빠듯 치켜올렸다.

"촌것들, 그것들이 몇천 명이 모인들 오합지졸이지 뭡니까? 쥐새끼가 몇천 마리가 모인들 고양이 앞에서 어떻게 맥을 춥니까?"

조병갑이 입침을 튀겼다.

"꿈꾸는 소리 작작 하시오. 지금 그 근방 동학 접주들이 전부 모여들어 날마다 속닥이고 있고, 더구나 전봉준은 보통내기가 아니오."

김문현은 조병갑을 허옇게 노려봤다. 조병갑은 입을 다물고 방바닥만 내려다봤다.

"그럼 어찌 해야 좋겠습니까?"

조병갑이 풀이 죽어 시르죽은 소리로 물었다.

"내가 물을 말이오."

김문현은 담배를 빨며 살 세게 퉁겼다. 잠시 침묵이 흘렀다. 김문현은 담배만 뻑뻑 빨고 있었다. 이윽고 김문현은 조병갑을 돌아봤다.

"이제 조정에 장계 올릴 일만 남았소. 가서 몸이나 조섭하시오."

김문현이 고압적인 소리로 내뱉었다.

"각하, 그 무슨 말씀입니까? 지금 장계를 올리면 어떻게 됩니까? 저보다도 우선 저 때문에 순상각하께서 문책을 당할까 그것이 두렵습니다."

조병갑은 김문현의 다리라도 끌어안을 듯 다급하게 말했다.

"조군수 걱정이나 하시오. 내 문책은 이미 받아논 밥상이오."

"하오나, 저도 저놈들 내막을 더 알아볼 것이니 조금만 참아 주십시오. 하늘이 무너져도 솟아날 구멍이 있다고 했습니다. 궁리를 해보면 방도가 없지도 않을 것이옵니다."

조병갑이 손을 맞잡으며 애걸을 했다. 죄진 종놈이 상전한테나 하는 꼴이었다.

"물러가시오. 나도 나가봐야겠소."

"잠깐 제 말씀 한마디만 더 들어주십시오. 저놈들이 아무리 기세가 등등하다 해도 오합지졸입니다. 자객을 보내 우두머리만 처치해 버리면 대번에 흩어지고 말 것입니다."

김문현은 가타부타 말도 없이 자리에서 훌쩍 일어섰다.

"그 계책을 한번 써보십시다. 틀림없을 것입니다."

조병갑은 김문현을 따라 일어서며 매달리듯 애원을 했다.

"물러가시오."

김문현은 방문을 나서면서 귀찮다는 듯 내쏘았다. 그러나 그 계책이 귀에 엉기는 듯 김문현의 시선이 안으로 잦아들고 있었다.

농민군들은 별동대를 앞세우고 말목을 향했다. 오늘은 풍물을 한군데 모아서 치고 가는 것이 아니라 동네별로 치고 가기로 했다. 동네 사람들은 풍물을 앞세우고 흥겹게 가고 있었다. 거리거리에 꽂아두었던 수많은 창의기와 동네마다 가지고 나온 농기들이 풍물패 앞을 섰다. 풍물패는 길군악 가락을 한껏 신명나게 두들기며 행렬을 이끌었다. 행군이라기보다 평소 일하러 가는 두레꾼 모습 그대로였다. 농사철에 논으로 일을 하러 갈 때도 저랬다. 아침 일찍 풍물패들이 풍물을 치면 두레꾼들은 풍물 소리에 이끌리듯 집을 나와 정자나무 밑이나 동각에 모이고 두레꾼들이 다 모이면 풍물패들은 농기를 앞세우고 길군악 가락을 치며 논으로 나갔다. 오늘 행군이 두레 일할 때와 다른 점이라면 창의를 외치는 깃발이 휘황찬란하고 풍물을 한껏 더 신명나게 두들겨댄다는 것뿐이었다.

"자네, 나 쪼께 보세."

설만두는 자기 동네 사람들 맨 뒤에 따라가다 깜짝 놀라 뒤를 돌아봤다. 오기창이었다.

"두령들이 아전들한테 무르게 나오는 것 보면 우리도 우리 앞일을 생각해사 쓸 것 같네."

뒷동네 풍물패는 한참 떨어져 오고 있었다.

"이 일이 어떻게 끝이 날는지 모르겄는디, 전에 다른 데서 일어난 것 보면 두령들은 목이 달아나거나 귀양을 가고, 표 나게 앞에 나선 사람들은 곤장이나 맞고 끝이 났네. 그란디 우리는 시방 사정이 다르네."

"어떻게 다르까라우?"

"수령 놈 목을 맨다고 얼러댔던 것도 다르네마는, 그런 것보담도 우리 농투산이들 편에서 보면 정참봉이란 독사 같은 놈을 건드려논 것이 다르네. 자네도 그 정참봉 소작을 벌고 있는게 말이네마는, 이 난리가 잦아지면 정참봉이 어떻게 나오겄는가? 나나 자네같이 표 나게 생긴 사람들은 다른 것은 몰라도 소작이 몽땅 날아가고 말 것 같네. 자네는 어떻게 생각하는가?"

오기창이 설만두 표정을 보며 물었다.

"그 사람이 하도 강퍅스런 사람이라 그럴 것 같소."

"그라면 으쨌으면 쓰겄는가?"

"글씨라우."

설만두는 어정쩡한 표정으로 대답했다.

"정참봉 그놈을 없애불자는 소리가 있네."

"뭣이라우?' 설만두가 깜짝 놀라 오기창을 돌아봤다.

"자네는 으짠가 모르겠네마는, 여그 나온 사람들 가운데는 자기 땅이라고는 벼룩 한 마리 쭈그려 앉을 데가 없고 몽땅 그 집 소작에다 목줄을 대고 있는 사람이 시방 수십 명이네. 그런 사람들이 소작이 떨어지면 그날부터는 그대로 죽는 목숨 아닌가?"

"그라제마는……."

"자네는 배고파 본 적이 없는 성부르네마는, 나는 어렸을 적에 내 바로 손아랫 동생이 배곯아서 내 앞에서 죽은 꼴을 본 사람이네. 이 근자에만 하더라도 이 고을에서 그렇게 배곯아서 죽은 사람이 한두 사람이던가?"

설만두는 잠시 말이 없이 앞만 보고 걸었다.

"자네가 중심이 든든한 사람이라 말인디, 시방 대여섯이 정참봉을 없애자고 귀를 짰네. 그놈을 없앨라면 몬자 그놈이 있는 데를 알아내사 쓰겄는디 그것이 어렵겄구만. 내가 시방 자네보고 이런 말을 하는 것은 자네보고 그놈 없애는디 칼 들고 나서라는 소리가 아니네. 그놈 있는 데를 알아내는 데만 자네도 한몫 거들어주게. 지금 대답하라는 것이 아닌게 언제든지 우리를 거들고 싶거든 나한티 오게.
그럼 담에 보세."

오기창은 자기 할 말을 마치자 잔말을 더 얹지 않고 휑하니 앞으
로 가버렸다. 설만두는 잠시 그의 뒷모습만 보며 멍청하게 길을 걷
고 있었다. 오기창 말이 귀에서 앵앵 울리고 있었다.

"와 농민군 온다."

하학동 조무래기들이 풍물 소리를 듣고 뛰어나갔다. 골목에서 여
자들이 쏟아져 나왔다. 강쇠도 자기 아내와 함께 집에서 나왔다. 강
쇠는 어제 감기가 들어 집에서 잤다. 오늘 아침에 가려 했으나 강쇠
네가 더 누웠다 나가라고 붙잡는 바람에 그냥 충그리고 있던 참이었
다. 농민군들 꽹과리 소리가 땅덩어리를 떠메고 하늘로 올라가는 것
같았다. 선두가 하학동 동구짬에 왔다. 꽹과리는 한층 더 신명이 났
다. 풍물패는 정신없이 두들겨대며 동네 앞을 지나가고 있었다. 그
때 하학동 사람들이 행렬 속에서 나와 동네로 들어서고 있었다.

"강쇠야, 너는 집이서 잤으면 아침 일찍 넘어올 일이제 뭣하고 자
빠졌냐?"

이천석이 장춘동하고 들어오며 소리를 질렀다.

"글안해도 시방 나갈라고 하는 참이오."

강쇠는 멋적게 이죽거렸다.

"채일 가져가사 쓰겄은게 얼른 동각 문 끌러!"

이천석이 소리를 질렀다. 그 뒤에는 김칠성도 웃으며 따라오고
있었다. 강쇠가 뛰어갔다.

"우리 집 양반은이라우, 엊저녁부터 몸이 아파서 꼼짝달싹도 못

하고 있다가 금방 *포로시 일어났소."

강쇠네가 쫑알거렸다.

"꼼짝달싹도 못하던 사람이 저렇게 팔팔 걸어댕기는 것 본께 다 낫어부렀구만."

이천석이 강쇠네 말을 흉내 내어 꼼짝달싹에다 힘을 주었다.

"걸어댕기기는 해도 허깨비요, 허깨비."

"허깨비래도 저렇게 힘지게 걸어댕기는 허깨비면 실한 사람보담 심은 더 쓰겄어."

그때 장춘동이 동네 여자들 앞으로 갔다.

"동네서 또 장무새를 걷어사 쓰겄소. 밥해 묵을 식량은 염려가 없소마는 반찬이 걱정이오. 수가 하도 많아논께 엊저녁에는 맨밥을 기름소금에다 강다짐을 했그만이라. 된장하고 장, 김치, 무시 같은 것을 쪼깨 걷어줘사 쓰겄소. 이런 살림속은 여자들 소관인께 아짐씨들이 고생을 해주씨오."

아까 전봉준은 동네다 폐를 끼치지 않겠다고 했으나 아직은 그런 마련이 되어 있지 않았다.

"걷으면 얼매나 걷어사 쓰께라?"

김이곤 아내 산매댁이었다.

"된장 두어 동우하고 장 두어 동우면 으짜겄소? 다른 것은 행팬대로 걷고."

"그것이면 금방 걷겄소."

여인들은 선선하게 나왔다. 장춘동은 한쪽에 애를 업고 서 있는 자기 아내한테로 눈이 갔다. 예동댁은 골을 붉히며 남편을 보았다.

남편을 보고 웃었으나 웃음이 어쩐지 어색했다.

"잘 있었냐?"

장춘동은 아내 등에 업힌 아들놈 볼을 만졌다. 장춘동이 봉기 첫날 집을 나간 뒤 동네에 온 것은 어제에 이어 이번이 두 번째였다. 그러나 집에 와서 잠을 잔 적은 없었다.

"아부지다. 아부지 그래!"

예동댁이 아이를 돌아보며 웃었다. 강쇠네가 곁으로 지나갔다.

"강쇠네 자네는, 감역 댁에 가서 장무새 걷는다는 애기나 귀띔을 하소. 생각이 있으면 그 집서도 내라고 귀띔을 해."

"그람, 감역 댁에서는 을매나 내사 쓴다고 허께라우?"

"그것은 처분대로 하라고 걷는다는 소리만 귀띔을 해. 내가 귀띔하라고 하더란 소리도 할 것 없고."

"알겠소."

강쇠네는 팽글 돌아서서 엉덩이를 사뭇 내두르며 감역 댁을 향했다.

농민군 행렬은 선두는 벌써 들판 길을 다 지나고 있었으나 꼬리는 아직도 천치재에 걸려 있었다. 조총과 창, 칼로 무장한 젊은이들만 천 명이 넘는 것 같았다. 행렬 사이사이에 풍물패가 끼여 신명나게 두들겨대며 가고 있었다.

"마님!"

강쇠네가 헐레벌떡 뛰어들자 담 너머로 행렬을 구경하고 있던 그 집 식구들이 모두 강쇠네를 봤다. 강쇠네는 이주호 내외가 구경을 하고 있는 데로 달려갔다. 그들은 장작더미 위에서 담 너머로 행렬을 구경하고 있었다. 그 곁에는 경옥과 이상만도 구경을 하고 있었다. 행랑아범 내외와 나머지 사람들은 짚더미 위에서 구경을 하고 있었다.

"시방 동네서는 농민 군대들 묵을 장무새를 걷는다요."

"장무새?"

"예, 예동 양반이 얼릉 가서 나보고 이 댁에 귀띔을 하라고 합디다."

"얼매나 내라던가?"

"그것은 처분대로 하시라고 함시롱 귀띔하라고 하더란 소리도 말라고 허등만이라."

"그럼 동네서는 전부 얼매나 걷는다등가?"

"우선 된장 두어 동우하고 장 두어 동우만 걸으라고 합디다. 김치야 무시야 그런 것도 행팬대로 걸으락 하고."

그때 이주호는 구경을 하다 말고 큰방 쪽으로 가버렸다. 담 너머로 구경하고 있는 자기 꼬락서니가 채신머리없다고 생각한 모양이었다. 이상만도 자기 방 쪽으로 갔다. 감역댁은 저쪽에서 구경하고 있는 며느리를 불렀다.

"행랑어멈하고 강쇠네 데꼬 된장 한 동우하고 장 한 동우 푸게."

감역댁은 의붓어머니인데다 며느리하고 나이 차이가 몇 살 되지 않아 며느리한테 하게를 하고 있었다. 감역댁은 이내 큰방을 향했다. 영감한테 알려야겠다고 생각한 모양이었다. 지난번에도 동네서 그런 것 걸었다는 소리를 나중에야 듣고 마음이 개운찮았다. 장광으로 가던 강쇠네는 감역댁이 방으로 들어가는 것을 보고 다시 돌아와 경옥 곁에 바짝 붙어섰다.

174

"달주 도령님도 지내갈 것 같그만이라."

경옥은 말없이 행렬만 보고 있었다. 달주가 돌아왔다는 말은 강쇠네한테서 들었고, 어제 저녁에는 자기 집에 다녀갔다는 말도 모종 순한테서 듣고 있었다. 경옥의 가슴이 방망이질을 했다. 달주를 마지막 본 것이 달수로는 일 년이 조금 넘었지만, 햇수로는 삼 년이었다. 경옥의 가슴이 뛰고 있었다. 지금도 옛날 자기 집을 나갈 때의 그 차가운 눈으로 자기를 볼 것인가, 경옥은 가슴을 졸이며 길을 건너다보고 있었다.

"우리 집 양반한티 들어본께라우."

강쇠네는 주변을 한번 살피고 나서 말을 이었다.

"달주 도령님은 저 사람들 속에서 무지하게 높은 사람이 될 것이라고 합디다."

"그것이 뭔 소리여? 어디 갔다가 인자사 왔담서?"

경옥이 눈을 크게 뜨며 물었다. 강쇠네는 어제 저녁에도 감역댁 내외한테 읍내 소식을 전하러 왔다가 달주가 왔다는 말을 경옥한테 슬쩍 귀띔을 했던 것이다.

"그것은 전봉준 접주님이 다른 고을 접주님들한티 심부름 보냈던 것이다요."

"심부름?"

"말이 심부름이제 기냥 심부름이 아니고라, 다른 고을 접주들보고도 어서 들고일어나라는 심부름이라요. 그런 심부름이 얼마나 큰 심부름이라고 아무나 보내겠소?"

"그럼, 다른 고을에서도 일어난다는 소린가?"

행렬이 지나가고 있는 큰길까지는 여기서 거리가 멀기는 했으나 얼굴을 알아볼 수는 있는 거리였다. 경옥인 지난번처럼 장작개비를 두어 개 들어다 발밑을 돋우었다. 달주가 저 앞을 지나갈 때는 틀림없이 여기를 한번 보고 갈 것 같은데 목만 내밀고 있으면 누가 누군지 알아볼 수 없을 것 같아서였다. 장작개비를 더 가져다 돋우었다. 몸이 가슴팍까지 담 너머로 드러났다. 더 돋우고 싶었으나 그러면 너무 되바라질 것 같았다.

"다른 골에서도 동학 접주들이 앞장서서 말짱 일어날 것이라고 합디다. 그런께, 달주 도령님 하시고 댕긴 일이 일테면, 언변으로 다른 고을 접주들 마음을 돌려묵게 해서 같이 나서게 하는, 그런 일이락 합디다. 갱상도까장 그리고 댕겼다요."

강쇠네는 자꾸 안채 방문을 돌아보며 주워섬겼다. 달주 소문은 농민군들 사이에서 이렇게 엉뚱하게 나 있었다. 이제 달주는 나이도 20살이었고 허우대도 의젓한데다 이번에 올 때 별감까지 잡아온 것을 보고 옛날 자기 아버지 이야기와 함께 소문이 한참 부풀어서 나고 있었다.

"등잔 밑이 어둡다고 우리가 같은 동네서 산게 몰라서 그라제 보통 인물이 아니라요. 전에 집을 나갔을 때부터 지금까지 속살로는 그런 일을 하러 댕겼답디다. 시방 지산서당 서당꾼 가운데서 대장난 사람이 많은디, 남분이 오라버니는 그런 사람들보담 높아도 한참 높은 사람이라요. 전쟁이 붙는 날에는 남분이 오라버니가 우리 고을 젊은이들은 말할 것도 없고, 다른 고을 젊은이들까지 전부 손안에 넣고 호령을 할 것인께 두고 보라고 합디다."

176

경옥의 눈은 강쇠네와 큰길 사이를 바삐 왔다갔다했고, 강쇠네 눈은 안채 방문과 경옥 얼굴 사이를 왔다갔다했다.

"농민군들 기세가 아무리 드세도 감영군이 갖고 있는 서양 사람들 양총은 못 당할 것이락 하던디?"

경옥이 말에 강쇠네는 눈이 둥그레졌다.

"아무리 양총이 어쩐다고 저 수가 얼만디 쉽게 당하겠소?"

"양총도 양총이제마는 나라에 대적하는 일이라 이만저만 큰일이 아니라고 해싼게 그것도 걱정이고."

"그래라우?"

강쇠네는 눈이 둥그레졌다. 그때 감역댁이 나왔다. 강쇠네는 장광으로 쪼르르 달려갔다.

"다 폈는가? 푼 것은 내가라 하고 김치도 두어 동우 푸게."

이상만 아내는 강쇠네와 행랑어멈더러 된장동이를 내가라고 한 다음 자기는 다시 김치를 푸기 시작했다. 강쇠네는 된장동이를 이고 행랑어멈 뒤를 따라 동각으로 갔다. 댓돌 위에 내려놨다. 동네 여인들은 지금까지 거두고 다니는지 아직 아무도 가져오는 사람이 없었다.

"몬자 가시오. 나는 정지가 어지러졌은게 얼른 치워놓고 갈라요."

강쇠네는 행랑어멈을 먼저 보낸 다음 주변을 살폈다. 자기가 이고 왔던 된장동이를 들고 부엌으로 슬쩍 들어갔다. 국 대접을 된장동이에다 푹 찔러 한 대접을 폈다. 위를 다독거려 엎어놓은 옹배기 밑에 슬쩍 감췄다. 떠낸 자리를 얼른 발랐다. 개수통에다 바삐 손을 씻고 치맛귀에다 물기를 훔쳤다.

"아이고 무겁기도 해라."

강쇠네는 천연덕스럽게 너스레를 떨며 된장동이를 들고 밖으로 나왔다. 동이를 제자리에 놨다. 다시 팔랑팔랑 감역댁을 향해 달려 갔다.

어느새 농민군 행렬의 꼬리가 나타났다. 그러나 달주는 나타나지 않았다. 행렬 꼬리에는 늙은이며 어린애에 여자들까지 따르고 있었 다. 온 가족이 몽땅 나와 농민군 주변에서 먹고 자고 하는 곁꾼들이 었다. 지팡이 짚은 안노인을 앞세우고 이불짐까지 짊어지고 따르는 사람도 있었다. 이불짐에다 요강을 얹어서 짊어진 사람도 있었다. 그렇게 이삿짐을 짊어진 사람들이 2백 명도 넘는 것 같았다.

끝내 달주 모습은 보이지 않았다. 경옥인 그대로 버티고 서서 행 렬을 건너다보고 있었다. 그러나 곁꾼들만 한두 사람씩 띄엄띄엄 나 타났다. 경옥은 더 보고 있기도 민망스러워 돌아설까 하는 참이었 다. 그때 몇 사람이 나타났다. 곁꾼들이 아니었다. 두령들인 듯했다. 경옥이 눈을 밝혔다.

그때였다. 경옥은 자기도 모르게 아 소리를 지를 뻔했다. 달주였 다. 몇 사람의 젊은이들과 함께 달주가 나타난 것이다. 힐끔 이쪽을 봤다. 달주는 얼른 눈을 거둬갔다. 달주도 한눈에 자기를 알아본 것 같았다. 경옥은 가슴을 두근거리며 그대로 윗몸을 내놓고 있었다. 숨이 막힐 것 같았다. 다시 달주가 이쪽을 봤다. 경옥이 꼰지발로 키 를 있는 대로 키워 고개를 내놓고 똑바로 달주를 보고 있었다. 너무 되바라지다고 생각하면서도 그대로 내놓고 있었다.

'정말 이게 얼마만인가?'

달주는 오래 이쪽을 보며 가고 있었다. 경옥은 당돌하게 얼굴을 내놓고 있었다. 마치 알몸이라도 그에게 내맡기고 있는 것같이 얼굴이 화끈거렸으나 그대로 견디고 있었다. 이러고 있는 자기를 누가 보아도 상관없다고 생각했다. 달주는 눈을 거두어 갔다가 다시 이쪽으로 고개를 돌렸다. 틀림없이 네가 경옥이냐고 확인하는 것 같았고, 이쪽의 당돌한 모습에서 이쪽 마음을 알아차린 것 같았다. 경옥은 가까이서 달주 얼굴을 똑똑히 볼 수 없는 것이 안타까웠다.

달주는 멀어지면서도 자꾸 이쪽을 돌아보았다. 경옥도 그대로 꼰지발을 딛고 서서 달주를 보고 있었다. 달주가 저쪽으로 사라지고 말았다. 달주가 눈앞에서 사라지자 경옥은 달주가 또 영영 그렇게 자기 앞에서 사라져버릴 것만 같았다. 느닷없이 떠오른 엉뚱한 생각이었으나 정말 그럴 것만 같았다. 가슴에 구멍이라도 크게 뚫린 것같이 허전했다. 귓속에서 윙 소리가 나고 가슴이 찢어졌다. 아무 근거도 없는 생각이었으나 경옥은 머릿속이 떵하며 옆으로 쓰러질 것 같았다. 몸이 휘청했다. 그때 강쇠네가 다가왔다.

"나 쪼깨 봐."

경옥이 주변을 두리번거리며 낮은 소리로 강쇠네한테 속삭여 놓고 자기 방 쪽으로 갔다. 강쇠네도 주변을 두리번거리며 거기서 잠깐 서성거리고 있다가 이내 쪼르르 경옥을 따라갔다. 경옥은 얼른 자기 방으로 들어갔다. 좀 만에 손에 무얼 들고 나왔다. 아래채 모퉁이로 갔다. 강쇠네도 똥그란 눈으로 연방 주변을 살피며 따라갔다. 경옥은 강쇠네한테 뭐라 속삭이며 무슨 손수건 같은 것을 넘겼다.

"알았소. 지가 잘 전할 것인게 염려 마시오."

강쇠네는 주변을 두리번거리며 그걸 품속에 간직했다.

"이따 오께라우."

강쇠네는 팔랑팔랑 앞마당으로 나갔다.

장춘동이 밤늦게 자기 동네로 가고 있었다. 장막을 치느라 배들 사람들이 고생을 많이 했다고 오늘 저녁에는 집에 가서 자고 오라고 했던 것이다. 장춘동은 동네 우두머리 회의가 있어 늦은데다가 다른 볼일이 있어 더 늦었다. 밤이 이슥해서야 상학동 동임하고 길을 떠났다. 집 나왔던 것을 날짜를 헤아려보니 이레밖에 안 되었는데 일년도 넘은 것 같았다.

납작한 동네 지붕들이 열이레 교교한 달빛 아래 홍건이 젖어 있었다. 동네가 달빛 아래 착 가라앉아 있는 것 같았다. 마치 엄마 젖을 후북하게 먹고 편하게 잠이 들어 있는 어린애처럼 평온하게 느껴졌다. 그렇게 보아 그런지 동네 집들도 모든 시름을 잊고 편하게 잠이 든 것 같았다. 그 무지막지한 놈들이 없어지면 세상이 두루 이렇게 평온할 게 아닌가?

장춘동이 자기 집 골목으로 들어섰다. 열려진 사립문으로 들어서다 멈칫했다. 뭔가 후끈한 훈기 같은 것이 끼쳐온 것 같았다. 잠시 발을 멈추고 숨을 죽였다. 방문을 응시했다. 요사이 예사롭지 않던 아내의 표정이 눈앞을 스치며 달빛이 가득한 마당이 붕 떠올라 눈앞에서 핑글 도는 느낌이었다. 발자국 소리를 죽이며 집안으로 들어섰다. 뒤란으로 돌아갔다. 방에서 말소리가 났다. 사내 소리 같았다. 온몸의 피가 멎는 것 같았다. 뒷문께로 가까이 몸을 옮겼다.

"지발, 인저 오지 마시오."

아내가 애원하듯 말했다. 장춘동은 귀에서 앵 소리가 나고 머릿속이 먹먹했다. 입을 벌리고 입으로 숨을 내쉬었다. 몸뚱이가 공중으로 붕 뜨는 것 같았다.

"지금까지 아무 일 없잖아? 소작 닷 마지기는 틀림없는게 그리 알아."

이상만 목소리였다. 마치 자기 여편네한테 그러듯 반말까지 하고 있었다. 장춘동은 공중으로 자꾸 떠오르려는 몸뚱이를 꾹 누르듯 으드득 이를 앙다물며 틀어쥔 주먹을 부르르 떨고 있었다.

"그것은 고맙소마는, 동네 사람들이 눈치를 챈 것 같단 말이오. 날이면 날마다 사람 같이 붙어져 죽겠소. 참말로 인자 오지 마시오."

장춘동은 헐떡이려는 숨을 연방 입으로 쉬며 주변을 두리번거렸다. 달빛 아래 큼직한 몽둥이가 하나 누워 있었다. 끄트머리에 *옹두리가 뭉툭하게 뒤틀린 몽둥이였다. 불쑥 손이 그리 가려 했다. 장춘동이 당기듯 손을 멈추었다. 이를 더 악물었다. 이가 으깨질 것 같았다.

"얼른 가시오."

안에서 옷 입는 소리가 났다.

"참말로 인저 오지 마시오. 존일 합시다."

아내는 우는 소리로 애원을 했다. 다시 달빛 아래 누워 있는 몽둥이로 눈이 갔다. 땅에 내던져진 몽둥이가 제절로 몸을 뒤틀며 벌떡 일어서는 것 같았다.

"소작 닷 마지기, 오냐 그것이었구나! 너를 그냥 죽여서는 안 된다."

장춘동은 다시 이를 부드득 갈며 몽둥이로 나가려던 손을 멈추었다. 허공에서 멈춘 손을 으스러져라 쥐어틀었다. 손이 허공에서 부르르 떨었다. 주먹을 틀어쥐고 있는 팔은 펄펄 끓는 가마 속에서 오 그라지고 있는 개다리 같았다. 이를 악물며 팔을 굽혀오자 어깨에서 작대기 부러지는 소리가 나는 것 같았다. 다시 이를 악물며 숨을 발 랐다.

"어서 가시란 말이오."

앞문께서 아내가 애원하는 소리가 났다. 거기서 한참 충그리며 또 무슨 수작을 하는 것 같았다. 다시 장춘동은 속에 뭉친 숨을 조용 히 뱉었다. 숨이 아니라 창자가 녹아나서 무슨 독기가 뿜어져 나오 는 것 같았다. 이내 앞문이 조심스럽게 열리는 소리가 났다.

장춘동은 그대로 뒤란 댓돌에 풀썩 주저앉았다. 이 세상이 온통 멈춰버린 것 같고, 자기 몸뚱이는 겻불처럼 이대로 스러져버릴 것 같았다. 방안에서 가벼운 흐느낌 소리가 났다. 그 소리를 듣는 순간 다시 창자가 꼬여왔다. 입에서 제절로 헙헙 소리가 났다. 장춘동이 벌떡 일어섰다. 달빛 아래 뒹굴고 있는 몽둥이를 주워들었다.

"이년을!"

장춘동이 몽둥이를 쥐고 부르르 떨며 방문을 노려봤다. 이년부터 작살을 내버리고 이상만을 죽여버리고 싶었다. 장춘동은 다시 숨이 가빠오르며 몸뚱이가 공중으로 떠오르고 있었다.

"아니여, 그냥 죽여서는 안 돼."

몽둥이를 밑으로 내렸다. 장춘동은 가까스로 숨을 발라 쉬었다. 다시 이를 앙다물었다.

"오냐, 오늘은 참아야 한다."

장춘동이 몽둥이를 소리 나지 않게 제자리에 놨다. 집을 나왔다.

동네를 빠져나왔다. 말목을 향했다. '소작 닷 마지기' '그것은 고맙소마는' 같은 이상만 말소리와 아내의 울먹이는 소리가 귓결에서 앵앵거렸다. 아내의 흐느끼는 소리가 귓가에서 꽹과리 소리처럼 깡깡 울렸다. 귀가 먹먹하고 입안에 침이 바싹 말라 목구멍이 째질 것 같았다.

"죽여버린다. 소작, 소작! 오냐. 입값이 그것이었지. 귀신도 모르게 죽여버려. 너는 끝끝내 소작이었구나."

여태까지 자기 인생살이가 떠오르고 가난에 찌든 아내 모습이 눈앞을 지나갔다. 그러나 아내도 천리만리나 남이 되어버린 것 같았다. 장춘동은 이제 자기 인생은 모두 결딴이 나버렸다고 생각했다. 이제 할 일은 이상만을 죽이는 일 딱 한 가지만 남은 것 같았다.

하늘에는 달빛이 찢어지게 밝았고, 별들이 파들파들 떨고 있었다. 장춘동은 미친놈처럼 발걸음이 빨랐다. 공중에 붕 떠가는 것 같았다. 그의 입에서는 연방 더운 김이 펑펑 뿜어져 나오고 있었다. 대장간의 풀무질 소리가 났다.

"귀신도 모르게 죽여버린다. 마음을 가라앉히고 차근히 궁리를 하자. 몇 날이고 몇 달이고 좋다. 틀림없는 방도를 궁리하자. 나는 쉽게 일을 하지 않는다. 여렸을 때 나더러 애기영감이라고 했다."

장춘동은 스스로에게 다짐이라도 하듯 낮은 소리로 중얼거리며 장막을 향하고 있었다.

1월 18일, 이른 아침이었다. 정읍 읍내 김풍만 집이었다. 다섯 사람이 머리를 맞대고 속닥이고 있었다. 정참봉, 조성국, 김치삼, 정석남, 김덕삼이었다. 조병갑을 전주까지 무사히 탈출시킨 조성국이 전주에서 달려와 이들을 만난 것이다. 조성국이 입침을 튀기고 있었다.

"사또 나리께서는 민란이 잦아지기만 하면 그대로 도임을 하십니다. 사또 나리 뒤가 얼마나 든든한지 그것은 이번 일만 가지고도 알 수 있습니다. 지금 난민들이 저렇게 소동을 부리고 있어도 지금까지 감사 나리가 조정에다 민란이 일어났다는 장계를 못 올리고 있습니다. 이것은 멋을 말하는 것입니까? 사또 나리께서는 지금 저런 곡경에 처해 계시지마는, 감사도 좌지우지하신다는 이야기올시다. 감영군을 몰고 올 수도 있지만, 그것은 모기 보고 칼 빼는 짓이기 때문에 그런 일은 하지 않습니다. 생각해 보십시오. 이 근래만 하더라도 수많은 민란이 일어났습니다마는, 모두가 다 제물에 잦아졌습니다. 전봉준도 얼마 남지 않았습니다. 지금 저렇게 버티고 있는 데는 까닭이 있습니다. 그것이 무엇입니까? 밥입니다. 전봉준은 수세며 군아에 있던 쌀을 있는 대로 삶아서 오는 사람마다 섣달 큰애기 개밥 퍼주듯 밥을 퍼주고 있습니다. 그렇지만 그게 얼마나 가겠습니까? 하루에 만여 명이 먹는다는 소리도 들었습니다. 그렇게 장마에 빗물 쓰듯 하면 그 쌀이 어디서 나옵니까? 간단히 계산해 봅시다. 날마다 먹는 수가 만 명이라면 하루에 한 사람이 반 되를 먹는다 치고 하루에 오천 되, 오천 되는 오백 말, 오백 말은 오십 섬입니다. 하루에 오십 섬씩을 먹어재낍니다. 그러면 열흘이면 오백 섬, 한 달이면 천오백 섬이 들어갑니다. 수세하고 군아에 있던 쌀을 합쳐보아야 잘해야 천 섬, 결국 20일이면 쌀이 동이 난다는 이야깁니다."

조성국은 입침을 튀겼다. 그가 하루 한 사람이 반 되 먹는 것으로

184

친 것은 그때 되는 그만큼 작았기 때문이다.

"저자들은 가만두어도 먹을 것 없고 지치면 제물에 흩어질 것입니다. 설사 한 달을 버티고 두 달을 버틴다 하더라도 제깟 놈들이 저렇게 버티고 앉아서 무얼 하자는 것입니까? 고부 저 좁은 고을에서 아무리 독기를 피우고 악을 써보았자 앉은뱅이 용쓰기고 횃대 밑에서 주먹질입니다. 지금 감영이나 조정에서는 왼눈도 깜짝하지 않고 있습니다. 저놈들이 아무리 욕설을 퍼부어도 감영이나 조정에까지는 들리지 않으니 귀먹은 욕이요, 주먹질을 해도 맞을 놈이 없으니 허공에 주먹질입니다. 때려 부수자도 부술 것이 없고 잡아다 조지자도 조질 사람이 없습니다. 그러니까 지금 감영에서는 성깔 사나운 어린애가 떼쓰는 것을 보고 있듯이 그대로 두고 있는 것입니다. 어린애가 울면 하루를 웁니까, 이틀을 웁니까? 울다 지치면 제물에 그칩니다."

조성국은 계속 거품을 물었다. 작자는 제가 무슨 감사라도 된 듯 진잎죽 먹고 잣죽트림이 요란했다. 모두 듣고만 있었다.

그제 새벽 조병갑이 기병 옷으로 갈아입고 무사히 전주성으로 들어간 다음, 조성국은 날이 샌 뒤에 느긋하게 전주로 들어갔다. 조병갑은 조성국을 얼싸안을 듯 반겼다. 조병갑으로서는 조성국이야말로 생명의 은인이었다. 농민군이 봉기했다는 사실을 알려 한밤중에 간발의 차이로 호랑이굴에서 자기를 건져냈을 뿐만 아니라, 정읍에서 지옥 같은 나날을 나흘이나 보낼 때도 그 지겨운 하루하루를 곁에 앉아 만수받이를 다 해주었고, 산길 들길 2백여 리를 내빼 올 때도 그의 술수로 호랑이굴을 몇 번이나 무사히 탈출했던 것이다. 기병들이 맞으러 올 때 기병 옷을 한 벌 가지고 오라 했던 것도 조성국 머리에서 나온 술수였다.

"조생원 정말 감사합니다. 이 은혜 잊지 않으리다."

"원 별말씀을 다 하십니다. 그보다는 하루 빨리 몸조섭을 하시고, 저 놈들 처치할 계책을 세우셔야지 않겠습니까?"

"계책? 무슨 계책이 있단 말이오."

조병갑은 무슨 벼락칼이라도 바라는 눈으로 조성국을 건너다보았다.

"며칠 전에도 말했듯이 하나는 정수 하나는 암수입니다."

조성국은 제가 무슨 제갈공명이라도 된 듯 의젓하게 말했다. 군사를 몰고 쳐들어가는 것을 정수라 하고 기습을 암수라고 한 것이다.

"그러잖아도 오늘 아침에 감사 나리께 기습을 하면 영락없다고 했습니다. 나는 나대로 여기서 감사하고 여러 가지로 방도를 강구할 것이니 조생원은 곧바로 정읍으로 가서 정참봉하고 의논을 하시오."

"잘 알겠습니다. 전봉준을 감영에서 못 잡으면 저라도 잡겠습니다. 결단코 그놈을 잡아 사또 나리 원수를 갚아 드리고 말겠습니다. 두고 보십시오."

조성국은 조병갑 앞에 무릎을 꿇고 다짐을 했다. 마치 출진하는 장수가 임금 앞에서 군령 다짐하듯 절도 있게 고개를 조아렸다. 조성국 머릿속에서는 기왕 내친김에 이 대목에서 조병갑을 제대로 거들어주면 자기 앞날은 *여름날 징개맹개 들판같이 훤하게 열릴 것이라는 계산이었다. 여태까지 고부 좌수가 그렇게 소원이었지만, 시골 구석 좌수 따위가 문제가 아닐지 모를 일이었다. 큰 나무 덕은 못 보아도 큰사람 덕은 본다고 했다. 전라도 천지를 다 돌아보아야 조정에 조병갑만큼 뒷배가 든든한 사람도 찾기가 드물었다. 이런 사람의 목숨을 살려 이미 그 연줄이 세곡선 닻줄보다 튼튼해졌으니 여기서 한 걸음만 더 내치면 웬만한 고을 수령 자리들 넘보지 말라는 법이 없었다. 이런 운수를 하늘이 내린 운수라 하는가? 바로 엊그제 정초에 보았던 토정비결이 생각나 조성국은 속으로 무릎을 쳤다. "어둠을 등지고 밝음을 향하니, 움직이며 빛이 나겠도다背暗向明 動作有光." 처음에는 이게 무슨 소린가 했더니, 그게 이렇게도 기가 막히게 맞아떨어질 수 있단 말인가? 인생은 알 수 없는 것이라고 스스로 감탄을 했다. 움직이면 빛이 난다니 지금까지 조병갑을 도와 움직인 것도 찬란하게 빛이 났지만, 더 움직여 전봉준만 잡는 날에는 내 앞날은 아침 햇살보다 더 휘황찬란하게 빛이 날 게 아닌가? 전봉준을 잡자, 그러면 그게 어디 조병갑을 살려낸 것에 댈 것인가?

"전봉준 목을 벱시다. 전봉준 목만 베면 그 공은 엄청납니다."

조성국이 좌중을 돌아보며 눈을 번뜩였다.

"어떻게 벤단 말이오?"

정참봉이 눈을 밝히며 물었다.

"방도야 많잖겠습니까? 이만한 공을 세울 기회는 사람이 살다가 일생에 한 번이나 있을까말까 하는 기회입니다."

호랑이한테 총이라도 겨누고 속삭이듯 낮은 소리로 말했다.

"무슨 계책이라도 있소? 나는 공이고 뭣이고 그런 것은 상관없고 그 놈들을 전부 잡아서 갈아 마셔도 분이 안 풀리겠소. 내가 이번에 그놈들한테 당한 수모는 내 가슴에 뗏장이 얹혀도 잊을 수가 없소.

방도만 말을 해보시오."

정참봉은 숨을 씨근거리며 부드득 이를 갈았다. 머리에 새로 얹은 상투 끝이 파르르 떨고 있었다. 그의 눈두덩에는 아직도 상처가 남아 있었다. 그날 김확실한테 당한 분이 새롭게 솟아오르는 듯 정참봉은 칼날 같은 눈으로 조성국을 쏘아보며 물었다.

"농민군 속에다 사람을 집어넣든지 농민군에 나간 사람을 한둘 우리 편을 만드는 것입니다. 기회를 노리다가 전봉준만 처치해 놓고 도망치면 됩니다."

"그것이 쉬울까요?"

"돈이면 안 될 일이 없습니다."

"돈, 얼마면 될 것 같소?"

"논 서 마지기 값만 걸면 나설 놈이 줄을 설 것이오. 농투산이들이란 것들은 모두가 땅에 환장한 것들입니다. 그런 놈들한테 논이 서 마지기면 어디요? 아무리 지금 전봉준 밑에서 큰소리를 치고 있는 놈도 논이 서 마지기면 눈이 안 뒤집힐 놈 없을 것이오."

정참봉은 정석남과 김덕삼을 돌아봤다.

"한번 물색을 해봅시다. 어렵잖을 것도 같습니다. 그렇지만 일을 제대로 하자면 다문 얼마라도 선금을 주어야 할 것입니다. 나머지는 일이 끝난 담에 주기로 하고."

정석남 말했다.

"돈 걱정은 말게. 둘이 책임을 지고 사람만 물색하게. 일이 잘만 되면 자네들한테도 서 마지기씩 주겠네."

정참봉은 숨을 몰아쉬며 말을 꼭꼭 씹어서 뱉었다. 다짐이 아니라 원한을 씹고 있는 것 같았다.

"감사합니다. 있는 힘을 다하겠습니다."

김덕삼이 고개를 숙였다.

"둘이 책임을 지고 해야 하네. 해내겠는가?"

정참봉은 두 사람 가슴을 꾹꾹 찌르듯 손가락질을 하며 숨을 몰아쉬었다.

"염려 마십시오. 무슨 수를 쓰더라도 해내겠습니다."

두 사람은 입을 꾹 다물며 정참봉 앞에 거듭 깊숙이 고개를 숙였다.

"서둘러야 하네."

"염려 노십시오."

김덕삼이 장담을 했다. 김덕삼은 가볍게 이를 앙다물며 지그시 웃었다.

"일이 성사만 되면 사또 나리께서도 가만히 있지 않을 것이오. 논 몇 마지기가 문제가 아닐 것입니다. 이런 기회는 하늘이 내린 기회요."

조성국이 부추겼다.

"감사합니다."

두 사람은 굳은 결의를 보였다.

7. 갑영군의 기습

강쇠네가 여기저기 농민군들을 기웃거리며 오고 있었다. 다급한
표정이었다. 하학동 사람들은 점심을 먹은 다음 장막 한쪽 양지바른
데 모여앉아 담배를 피우며 햇볕바라기를 하고 있었다.

"어야, 강쇠네. 자네 서방 찾으러 댕기는가?"

조망태가 웃으며 물었다. 조망태는 오랜만에 동네 사람들하고 이
야기를 하고 있었다.

"오매, 여그들 기셨구만이라우. 점심들 잡수셨소?"

강쇠네가 반색을 했다.

"어이, 점심 잡수셨네. 자네도 점심 잡수셨는가? 그란디 시방 자
네가 자네 서방 찾으러 댕기느라고 정신이 없는 성부른디, 자네 서
방 찾기는 풀새 틀려부렀네."

"허허, 지가 서방에 환장한 년인 중 아시오? 깔깔."

"서방에 환장을 했건 안 했건, 자네 서방 찾기는 틀려부렀어. 감영군監營軍이 나와서 풀새 잡아가 부렀네."

조망태 익살에 동네 사람들은 비슬비슬 웃고 있었다.

"그런 사람 잡아다 어디다 쓸라고, 잡아갈 사람이 없어서 해필 그런 사람을 잡아가겄소? 깔깔."

"자네가 시방 시상 돌아가는 물정을 몰라도 한참 모르고 있구만. 자네도 돌아댕김시로 봤은게 말이네마는, 시방 고부 천지에서 사내라고 생긴 사내는 한나도 안 나온 사람이 있는가 보소. 모도 이렇게 다 나와서 죽을 동 살 동 모르고 한뎃잠 잠시롱 기를 쓰고 있는디, 이런 판에 지 혼자만 슬쩍 빠져나가서 따땃한 방구석에 여편네 품고 잠잔 놈이 있다면 그런 놈을 가만 뒤사 쓰겄는가? 그래서 그런 못된 놈들은 싹 잡아들이라고 감영에서 불같이 영이 떨어졌네."

조망태 익살에 곁에 앉았던 사람들은 연방 헤실거리고 있었다.

"아이고, 감기가 걸래서 집이서 자라고 지가 억지로 데꼬 갔제, 여그 안 나오고 잡아서 그랬다요?"

강쇠네는 넉살좋게 발명을 했다.

"그런께, 억지로 데꼬 가서 엊저녁에 한방에서 내외간에 같이 자기는 잤어도 아무것도 안 하고 그냥 잠만 쿨쿨 잤다, 이 말이여, 시방?"

조망태가 거듭 능청을 떨었다. 주변 사람들은 웃음을 주체 못했다.

"아이고, 내가 못 살겄네."

강쇠네는 발을 동동 굴렀다.

"내 말을 더 들어보고 방색을 해도 허소. 그런께 장막에꺼정 나와서 남정네를 기어이 끗고 집으로 간 사람이 밤에 잠을 자기는 한방에서 잤는디, 남정네는 아랫목에 한 십 리나 떨어져서 자고, 자네는 또 윗목으로 한 십리나 떨어져서 자고, 이렇게 서로 웬수매이로 뚝 떨어져서 아무것도 안 하고 잠만 쿨쿨 잤다, 시방 이 말이구만."

조망태는 끈질기게 물고 늘어졌다.

"오매 오매, 그이가 감기가 걸래서 몸이 안 좋글래 으짜다가 내가 쪼깨 데려갔등마는 내가 참말로 못 살겄네."

"맞네. 오늘 아침에 본게 몸이 안 좋기는 영 안 존 것 같데."

"그래서 따순 방에서 자고 가라고 지가 그랬지라잉."

강쇠네는 너스레도 너스레였지만 숫기도 이만저만이 아니었다.

"그런디, 몸이 안 좋아도 오늘 아침부터 더 안 존 것 같아. 아픈 사람을 억지로 데꼬 같으면 병구완을 지대로 해사제, 병구완을 당최 잘못한 것 같등만."

"아이고매, 그만 허씨오."

"내 말을 더 들어보게. 병구완을 어떻게 했는지는 모르제마는, 아픈 사람 병구완을 했으면 어떻게 했간디, 어지께까지도 팔팔하던 사람이 하룻밤 새에 눈이 비온 날 진흙 밭에 지팽이 구멍매이로 한 질이나 쑥 들어가 부렸당가? 얼굴은 또 초학 앓고 난 팔십객 할망구매이로 팍 껑더리가 져부렸등만. 병구완한다고 기냥 여그저그 주무를 데나 안 주무를 데나 사정없이 주물어부렀든 모냥이등만."

폭소가 터졌다.

"아이고, 아이고, 나는 못살아. 그런 소리는 그만 하시고 남분이 오라버니 만나러 왔소. 남분이 오라버니가 어디 기신가 그것이나 쪼깨 갤쳐주시오."

강쇠네는 발을 동동 구르고 나서 숫기 좋게 이죽거렸다.

"그 총각은 만나서 또 멋할라고 놈의 총각은 찾는가?"

"아이고, 바쁘요. 남분 어무니 심부름이란 말이오."

강쇠네가 발을 굴렀다.

"바쁘단게로 그것은 갤쳐주겠네마는, 행여나 또 여그 왔다가 자네 서방 데려가지 마소잉. 자네 집에서는 그 사람이 자네 서방이네마는 여그서는 자네 서방이 아니고 농민군이여, 농민군."

"아이고, 놈 걱정 그만 하시고 집이나 한번 가보시오."

강쇠네 말에 동네 사람들이 와 웃었다.

"우리 예팬네 말인가? 허허."

조망태도 한참 웃었다. 조망태 아내 두전댁은 화가 머리끝까지 솟아 있었다. 자기가 양잿물을 사오기는 사왔지마는 그것을 먹지는 못할 것이라고 했다는 소문을 듣고 가슴을 쿵쿵 찍었다. 자기 남편이 그런 소리를 장막에서 두령들한테까지 하면서 웃었다는 소리를 듣고 길길이 날뛰며 이를 악물고 있다는 것이다.

"자네 우리 집에 가거든 우리 예팬네들한테 전해 줄 말이 있네. 나는 전봉준 접주님이 이쁜 각시를 하나 얻어줘서 그 각시하고 풀새 딴살림 채러 부렀은게 인자부텀 나는 잊어불라드라고 하소. 잊어불고 존 데 있으면 한 살이라도 더 묵기 전에 시집가드라고 혀."

모두 폭소를 터뜨렸다.

"내가 꼭 그렇게 말할라요잉. 꼭 그렇게 전할 것인게 그리 아시고 얼릉 남분이 오라버니 있는 디나 갤쳐주시오."

조망태는 웃으며 말목장터 지산서당으로 가보라고 했다. 강쇠네는 팔랑팔랑 말목 쪽으로 내달았다. 강쇠네는 달주한테 볼일이 무슨 일인지 걸음걸이가 바람개비처럼 가벼웠다.

우리 시골 동네에는 동네로서 꼭 갖춰야 할 구색이 몇 가지가 있다. 조망태나 강쇠네도 실은 동네가 갖추어야 할 중요한 구색 중 하나였다. 동네가 외양으로 갖춰야 할 구색은 정자나무와 공동우물이었다. 동네 가운데 풍성하게 가지를 늘어뜨리고 있는 정자나무는 여름이면 동네 사람들의 아득하고 시원한 휴식처이고, 크고 작은 회의를 하는 회의장이었으며, 동네 안팎의 여러 가지 소문들이 전해지고 퍼지는 소문의 교환장이고, 관가를 규탄하고 동네 못된 놈들 꾸짖고 닦달하기도 하는 심판장이었다.

바깥소문을 동네로 물고 들어오는 사람들은 주로 장에 갔다 온 장꾼들이나 원데 나들이 갔다 온 나들이꾼들, 혹은 큰길가 주막에서 술을 마시던 술꾼들이었다. 그런 사람들은 밖에서 들은 소문을 이 정자나무 밑에서 맨 먼저 풀어놨다. 술꾼들의 경우, 동네 앞 큰길가 주막에서 술을 마시고 있노라면 대처에서 오던 길손들과 자리를 같이하게 마련이고, 그런 사람들한테서 소문을 듣고 동네로 들어올 때 맨 먼저 발길이 닿는 곳이 이 정자나무 밑이었다.

동네 여자들한테는 동네 가운데 있는 공동우물이 그런 장소였다. 아침 일찍 물동이를 이고 우물에 나온 동네 여자들은 어제 저녁 베갯머리에서 남편한테서 들은 소문을 우물가에서 퍼뜨렸다. 여자들은 여기서 그런 소문만 퍼뜨리는 것이 아니라 남의 흉을 보기도 하고 품일을 맞추는가 하면, 친한 사람들끼리는 제사떡이나 생일 떡을 치마 밑에서 치마 밑으로 건네기도 했다. 더러 신명나는 소문이 있으면 강쇠네같이 입이 잰 여자들은 물을 장독대 항아리까지 채우며 괜한 우물길을 두 번 세 번 오가면서 오는 사람 가는 사람, 고루고루 소문을 퍼뜨리기에 정신이 없었다.

사람의 구색으로는, 동네마다 동네를 호령하는 좌장 격의 어른이 하나, 조망태같이 우스갯소리 잘하는 사람 하나, 싸가지 없는 후레 자식이 하나, 강쇠네처럼 입이 잰 여자가 하나, 성질 사나운 강아지 처럼 싸움질 잘하는 여자가 하나였다. 그런 사람이 없어지면 금방 대를 서는 사람이 나왔다. 하학동에는 좌장이나 후레자식과 싸움질 잘하는 여자 등 몇 사람 구색이 비어 있었다. 전에는 해봉 영감이 좌 장 격이었으나 나이를 먹으면서부터는 동네일에 별로 간섭을 하지 않았고, 싸가지 없는 후레자식이라면 전에는 이상만이 후레자식이 었으나 그도 나이를 먹으면서부터는 말썽을 부리지 않았다. 성질 사 나운 여자도 전에는 김제댁 성질이 개망나니여서 동네 여자들이 숨 도 제대로 못 쉬었으나 그 역시 늙어가면서는 집안에서만 앙알거릴 뿐이었다. 요새 그런 사람이라면 조망태 아내 두전댁이 성질이 좀 사나웠으나 그렇다고 누구하고 크게 싸우는 일은 없었다.

그런 사람들은 동네 정자나무나 공동우물처럼 동네에 없어서는 안 될 동네 구색이었다. 그들은 저마다 정자나무나 공동우물처럼 그 만큼 중요한 구실이 있기 때문이다. 우스갯소리 잘하는 사람은 두말 할 것도 없지만, 후레자식이나 입 싼 여자도 그만한 구실이 있었다. 후레자식이 싸가지 없는 짓을 하면 동네 사람들이 그 사람 흉을 보 고 입을 비쭉이는 사이 어린 아이들은 싸가지 없는 짓과 싸가지가 있는 짓을 분별하면서 자라게 되고, 나이 먹은 사람들은 평소 자기

행실을 그 싸가지 없는 짓에 비춰 자기는 싸가지가 있다는 것을 확인하며 자기 위안을 하게 되는 것이다.

그리고 입 싼 여자들은 원래 무슨 말이든지 속에 재워두고는 못 배기는 사람들이라, 남자들과는 달리 서로 만날 기회가 적은 여자들 사이를 무슨 핑계를 만들든지 핑계를 만들어 집집마다 부지런히 들락거리며 동네 안팎의 소문을 재잘거리고 다녔다. 뉘 집 아무개한테는 어디 총각한테서 중매가 들어왔다든지, 뉘 집에는 어제 저녁에도 부부싸움을 해서 마누라가 얻어맞아 눈탱이가 퉁퉁 부어서 우물길에도 못 나온다든지, 뉘 집에는 어제 저녁 닭장에 삵괭이가 들어 닭을 두 마리나 물어갔으니 닭장 문단속 잘 하라든지, 오늘 아침에는 뉘 집 제사인데 제사떡을 두서너 집만 돌렸다든지, 그런 소리들을 부지런히 전하고 다녔다. 더러는 아무한테도 말하지 말라고 단단히 단속을 하면서 자기는 아무한테나 남의 흉허물을 속닥이고 다니기도 했다. 그러나 그 때문에 무슨 싸움판이 크게 벌어지는 일은 없었다. 저 여자는 입이 싸다는 것을 모두가 잘 알고 있으므로 싸움이 벌어질 만큼 중요한 일은 아무도 그에게 말해 주는 사람이 없었기 때문이었다. 그러니까 그 자신은 정작 그런 큰 소문은 아무한테서도 들을 수가 없었기 때문에 기껏 구지레한 소문에만 신명이 날 뿐이었다. 그래서 동네 여자들은 그런 여자가 집에 오면, 새 소문을 들을 욕심으로는 반갑기도 했으나, 한편으로는 우리 집에서 물어낼 허물이 없는가 조심스럽기도 했다. 그래서 자기 집에 무슨 꺼림칙한 사단이 있는 사람들은 김치나 된장 한 사발씩을 안기며 은근히 입막음을 하기도 했다.

강쇠네가 간 뒤 웃고 있던 하학동 사람들 눈이 저쪽 강둑으로 쏠렸다.

"저것이 뭣들이여?"

백산 쪽에서 오는 강둑길에 웬 군교 하나가 나졸 5명을 달고 이쪽으로 오고 있었다.

"감영에서 나오는가?"

"그런 것 같구만. 저놈의 새끼들이 시방 조병갑이 무사히 살아간게사 움직이는가? 저놈의 새끼들부터 모가지를 잘라부러사 쓰겠구만."

"인저 감영으로 쳐들어가는 수백이 없어."

군교는 화호나루를 건너 읍내로 가다가 진을 옮겼다는 소리를 듣고 이리 발길을 돌린 것이 아닌가 싶었다. 별동대 30여 명이 벙거지들이 오는 쪽으로 몰려가고 있었다. 별동대는 대창과 쇠창으로 무장을 하고 있었다. 장진호가 거느린 패거리였다.

"웬 사람들이오?"

장진호가 벙거지들을 막아서며 의젓하게 물었다. 뒤에 선 별동대원들은 실없이 창을 새로 꼬나잡았다.

"전주 감영 군교요."

장교는 태도가 당당했다. 그들은 모두 칼을 차고 있었다.

"전주 감영?"

장진호가 뇌며 장교의 위아래를 훑어봤다.

"그렇소. 나는 진영 군위 정석진鄭錫珍이라는 사람이오. 감사 나리 영을 받들고 수창자首唱者를 만나러 오는 길이오. 안내하시오."

"뭣이 수창자?"

장진호는 말꼬리를 치켜올리며 눈알을 부라렸다.

"나는 감사 나리 영을 받들고 온 관속이오. 수창자라 부르는 것이 귀에 거슬린 듯한데, 수창자라는 뜻도 그렇거니와 관속으로서는 대접해서 부른 호칭일지언정 조금도 예모에 어긋나는 호칭이 아니오."

감사의 사자답게 담력이나 구변이 예사롭지 않았다.

"입향순속入鄕循俗이란 말도 모르시오. 여그서 일을 제대로 보고 가고 싶거든 그런 이름부터 우리가 부르는 대로 대장님이라 부르시오."

장진호가 제법 의젓하게 내갈겼다.

"나는 감사의 사자로서 사자가 갖출 바 체통이 있소. 그분들한테 조금도 예의에 어긋나는 일이 없을 것이니 그 점은 안심하시오."

정석진은 달래듯 말했다. 장진호는 모처럼 문자를 한번 써본 것이 빗나가고 말았다.

"그럼 신표는 지녔소?"

"복색이 이렇게 확실하면 그만이지 그 위에 무슨 신표를 바라시오?"

정석진은 역시 의젓하게 말했다. 장진호는 거듭 밀리고 있었다. 그때였다.

"수천 명 군사를 거느리고 있는 대장님한테 기껏 군위 따위를 사자로 보내다니, 이것은 우리 대장님을 그만큼 능멸하는 일이다. 당장 저놈 모가지를 잘라 졸개들한티 들려 감사한테 보내버리자."

뒤에 선 패거리 가운데서 느닷없이 큰소리가 나왔다. 딴은 그럴 법한 소리였다.

"옳은 소리다."

패거리가 큰소리로 맞장구를 쳤다.

"허허."

정석진은 껄껄 웃고 나서 말을 이었다.

"명색이 사자인데, 그런 일을 당신들이 결정할 수는 없는 일이오. 내 목을 베든 자르든 그것은 위에서 정할 일이지요."

정석진은 거듭 껄껄 웃었다. 배짱이 이만저만이 아니었다.

"저 새끼가 여그가 어디라고 함부로 웃어. 쌍통을 칵 뭉개불라. 개새끼."

패거리 중에서 악을 썼다. 전에는 우리가 자기들 앞에 벌벌 기었으니, 우리가 이렇게 기세를 올리고 있으면 이번에는 제놈들이 벌벌 길 차례인데, 뻣뻣하게 나오고 있으니 모욕을 당한 것 같아 화가 난 모양이었다. 이 작자가 함부로 웃는 것이 아직도 백성을 얕보는 행티가 그대로 남아 있는 것 같아 더 화가 난 것 같았다.

"하여간, 감사가 보냈당게 데리고 가자!"

장진호가 자리를 수습했다.

"모두 칼부터 이리 끌러주시오."

"그럴 수는 없소. 윗사람을 만나러 갈 때는 말하지 않아도 끌러놓고 가겠소."

"안 돼. 끌러!"

뒤에서 악을 썼다.

"사자를 이렇게 대하는 법은 없소. 죽자 살자 피를 흘리고 싸우는 전쟁판에서도 사자한테는 예의를 갖추는 것이 전쟁판의 법도입니다."

"법? 그 법은 누가 맨든 법이여?"

뒤에서 뚝배기 깨지는 소리가 나왔다.

"누가 만든 법이 아니고 세상 이치가 그렇소. 바로 그 이치가 법이오."

"법이고 개떡이고 지금까지 느그들은 지대로 법을 지켰어? 법을 지켰으면 시상 꼬라지가 이 꼴이겄냐, 이 씨발놈아!"

패거리 가운데서 악을 썼다.

그때 김도삼과 송대화가 다가왔다.

"무슨 일이냐?"

장진호가 감영의 사자라고 했다. 그때 정석진이 앞으로 나섰다.

"감영에서……."

"알았소."

정석진이 말을 하려는 걸 김도삼이 *중동무이를 해버렸다.

"도소로 안내해라."

"알았습니다."

장진호가 대답하며 패거리를 향해 돌아섰다.

"이쪽 반수는 저 사람들 앞서 가고, 이쪽 반수는 뒤에 서서 따라와! 쪼깐만 수상한 눈치가 보이면 칵 쒸새부러."

장진호가 독기를 피웠다. 별동대원들은 장진호 지시에 따라 15명은 앞장을 서서 가고 나머지 15명은 뒤를 따랐다. 그들은 정석진 일행을 앞뒤로 둘러싸고 의기양양하게 걸어왔다. 마치 포로라도 잡아오는 기세였다. 군중은 모두 이들을 바라보고 있었다.

정석진 일행을 보자 삽시간에 농민군들이 술렁거리기 시작했다. 여태 꼼짝도 않던 감영에서 사자가 오고 있으니 모두 들뜰 수밖에 없었다. 그럴듯한 해결의 실마리가 잡히든지, 싸움의 단서가 되든지 양단간에 무슨 결말이 날 판이었다.

말목장터 안쪽 지산서당에 이르렀다. 장진호는 정석진 부하들을 밖에서 기다리라 하고 정석진만 데리고 안으로 들어갔다. 전봉준을 포함한 두령들은 이들이 온다는 말을 듣고 방에 모여앉아 기다리고 있었다. 항상 전봉준 곁에 있던 최경선 등 두령들 외에 무장 손화중이며 금구 김덕명, 홍덕 고영숙과 손여옥도 와 있었다. 김도삼과 송대화도 들어왔다. 송희옥은 어제 와서 그 사이 조병갑을 쫓았던 경위를 보고하고 간 다음 오늘은 아직 오지 않고 있었다.

"이 사람은 전주 진영 군위 정석진이란 사람이올시다. 전접주님을 뵙고 오라는 순상 각하의 영을 받들고 왔습니다."

정석진은 전봉준 앞에 고개를 숙이며 정중하게 말했다.

"원로에 수고가 많았소."

전봉준이 가라앉은 소리로 말했다. 모두 숨을 죽이고 정석진 얼굴만 건너다보고 있었다.

"순상 각하께서는 여기서 민란이 일어나자 심려가 크십니다. 수령의 잘못은 일일이 사문을 하여 조처를 하시겠다며 즉시 해산을 하시라는 영이십니다. 조정에는 아직 장계를 올리지 않고 있으니 즉시 해산을 하시어 모든 일을 조정의 간섭 없이 순상 각하께서 처리하도록 하시라는 말씀이옵니다. 장계를 올리면 일이 순상 각하 손에서 벗어나게 되므로 그 점 명념하시라는 말씀을 특히 전하라 하셨습니다."

정석진은 말을 마치며 전봉준에게 고개를 주억거렸다.

"그 말씀뿐이었소?"

전봉준이 물었다.

"예, 전하라는 말씀은 그 말씀뿐이었습니다."

정석진은 전봉준의 얼굴을 똑바로 보며 말했다. 전봉준이 입을
열었다.

"우리가 창의 깃발을 들고일어난 것은 조병갑 같은 무도한 탐관
오리의 목을 매달아 천하에 대의를 떨치자는 것이었소. 불행하게도
조병갑은 놓쳤으나 우리 뜻에는 변함이 없소. 가서 이렇게 전하시
오. 첫째, 조병갑은 천하에 무도한 자이니 그 비행을 낱낱이 조정에
고하여 목을 베도록 하라 하시오. 둘째, 균전사 김창석과 전운사 조
필용 등은 상감의 영을 업고 백성을 속여 늑탈을 한 자들이니 그들
의 비행도 낱낱이 조정에 고하여 적절한 조치를 취하도록 하라 하시
오. 이 두 가지 요구를 시행한 연후에 해산은 그대 가서 다시 의논하
자더라고 하시오. 그때까지 우리는 이대로 여기서 기다리겠소. 우리
요구를 성의껏 시행하지 않으면 우리는 결단코 창의 깃발을 내릴 수
가 없소. 조병갑 같은 천하에 무도한 자가 감영에 가면 당장 그자 목
을 베어 백성 앞에 효수를 하여야 옳은 일이거늘, 목을 베기는커녕
되레 감싸고 있다니 크게 유감이오. 감영에서 조병갑을 감싸고 있는
한 우리는 결단코 깃발을 내릴 수가 없소. 이 말을 감사 나리께 똑똑
히 전하시오."

전봉준은 낮으나 힘진 소리로 또박또박 말을 했다. 전봉준 말소리
에는 바윗돌 같은 무게가 실려 있었다. '그자 목을 베어 백성 앞에 효
수를 하여야 옳은 일'이라고 할 때는 그 말이 벽이라도 뚫고 나갈 것
같았다. 이제 감영을 상대해서 싸우겠다는 결의를 전한 셈이었다.

"하오나……"

정석진은 좀 겁먹은 표정으로 허두를 떼며 힐끔 전봉준의 눈치를 살폈다.

"조정에 장계를 올리게 되면 순상 각하께서는 조정의 영에 따르지 않을 수가 없을 것이고 그렇게 되면 여러 사람이 다칠 것 같사옵니다."

정석진은 조심스럽게 말했다.

"감사 나리가 장계를 못 올리는 것은 바로 자기가 다칠까 싶어서 못 올리고 있다는 것도 알고 있소. 이 말도 똑똑히 전하시오. 그리고 이따 가실 때 이쪽 기세를 면밀히 보고 가서 그대로 감사 나리께 전하시오. 장막도 둘러보시고 농민군도 만나고 싶은 대로 만나서 그들의 결의가 어떤가 낱낱이 보고 가시오. 농민군들을 만나보시면 농민군들은 한 사람에서 열 사람까지 이미 죽음을 초탈하고 있다는 것을 알 것이오. 다른 데서 일어난 민란하고 여러 가지로 다른 데가 있을 것이니 그것을 똑똑히 보고 가서서 감사 나리께 소상히 아뢰야 합니다. 농민군들은 조병갑뿐만 아니라 감사한테도 얼마나 이를 갈고 있는가 그것도 똑똑히 보고 가시오."

전봉준의 어조는 여전히 낮고 침착했다. 정석진은 말없이 전봉준만 건너다보고 있었다.

"나도 감사 나리께 한마디 전할 말이 있소."

손화중이었다. 모두 눈이 손화중한테로 쏠렸다.

"나는 무장 동학 접주 손화중이라는 사람이오. 고부 사람들이 수령 조병갑 목을 매달려고 이렇게 일어난 것은 그자가 관의 탈을 쓴 강도였기 때문이오. 그러나 어찌 지금 조병갑 하나만 강도겠소? 팔도 수령들이 모두 조병갑하고 똑같은 강도들이요. 감사는 그 강도의 우두머리요. 지난번 조병갑이 다른 고을로 체개 발령이 났을 때 감사는 조정에 잉임의 장계를 올리면서 그를 전임시킬 것이 아니라, 여기서 선정을 베푼 공로를 치하해서 포잉을 해야 한다고 했다는 말을 듣고 있소. 천하의 날강도 조병갑을 포잉해야 한다고 했다면 그것은 강도의 우두머리가 아니고는 할 수가 없는 일이오. 지금 고부에서 먼저 일어났으나, 이런 일은 고부 한 고을에서만 끝나지 않을 것이오. 무장 동학 접주 손화중이 그러더라고 이 말을 감사에게 똑똑히 전하시오. 나는 동학 교단으로 말하면 대접주요. 여기는 지금 다른 고을 접주들이 날마다 다녀가고 있소. 당장 이 자리에도 보시다시피 여러 사람이 앉아 계시오."

손화중은 의외로 말이 거칠고 목소리가 컸다. 선비풍 귀골인 손화중은 평소에 말을 할 때는 한 마디 한 마디 생각해 보고 말을 하듯 말씨가 조심스럽게 침착했으며 그 목소리도 시냇물이 흐르는 것같이 담담했다. 그런데 오늘은 전혀 딴판이었다. 사실, 그는 지금 무장에서 젊은이들을 규합하고 있는 중이었다.

정석진은 벼락 맞은 사람처럼 손화중을 건너다보고 있었다. 기왕에 일어난 전봉준은 내놓은 역적이라 못할 말이 없겠지만, 곁다리로 앉아 있는 사람이 한술 더 뜨고 나오니 어리둥절한 모양이었다.

강쇠네는 달주를 만나 한쪽 골목으로 데리고 들어갔다. 인적이 뜸한 골목이었다.

"다른 일이 아니고 경옥 아씨 심부름인디라우."

강쇠네는 목소리가 은근했다.

"뭣이 경옥이?"

달주는 대번에 몽둥이 맞은 표정이 되고 말았다.

"예."

강쇠네는 주변을 한 번 두리번거리고 나서 품속으로 손을 넣었다. 무얼 꺼냈다. 예쁜 비단 주머니였다.

"애시오. 경옥 아씨가 이것을 갖다 드리라고 합디다."

"그것이 뭣이여?"

"주머니제 멋이라우. 누가 보겄소 얼른 챙기시오."

빨간 비단 주머니가 햇볕에 눈이 부셨다. 달주는 벼락 맞은 놈처럼 멍청하게 서서 주머니와 강쇠네만 번갈아 보고 있었다.

"얼른 받으란 말이오. 누가 보면 큰일나요."

강쇠네는 달주 손에다 주머니를 쥐어주었다. 달주는 엉겁결에 주머니를 받으며 그도 주변을 한번 두리번거리고 나서 한쪽 소매 속에 집어넣었다.

"경옥 아씨가 그것을 보냄시롱 당부 말씀을 한 가지 전하라 하십디다."

"당부우?"

달주는 완전히 얼빠진 표정으로 강쇠네 말을 되뇌고 있었다.

"예, 몸조심하라고 그럽디다."

강쇠네는 달주의 얼빠진 표정을 보며 음충맞게 헤실거렸다. 달주는 나간 집 대문처럼 입을 벌리고 강쇠네만 건너다보고 있었다. 칼을 겨누고 싸우다가 느닷없이 넋이 나가 상대방의 칼이 들어오는 것을 멍청하게 건너다보고 있는 꼴이었다.

"지금 몸은 괜찮은가?"

달주가 겨우 이렇게 우물거렸다.

"언제는 몸이 안 좋았으면 참말로 몸이 안 좋아서 죽치고 누웠더라요?"

강쇠네는 곱게 눈을 흘겼다. 달주는 여전히 벼락소리에 깨어난 잠충이처럼 그냥 눈만 껌벅거리며 강쇠네를 건너다보고 있었다.

"하여간에라우, 경옥 아씨는 하늘이 두 쪽으로 칵 뽀개져도 다른 데로는 시집을 안 갈 것인게 그리 아시오."

달주는 강쇠네만 건너다보고 있었다.

"금방 주머니를 받고도 내 말이 시방 먼 말인지 모르겠소?"

강쇠네는 당돌하게 말하며 또 음충맞게 헤실거렸다.

"알겠네. 그런디, 경옥이 나한테 이런 것 보냈다는 소문나면 큰일인께 조심해야 하네."

달주는 이제야 정신이 제대로 돌아온 것 같았다.

"아이고, 내가 시 살 묵은 어린 애긴 줄 아시오. 그런 염려는 비끄러매시오. 그런 소문이 나는 날에는 전해 준 나부텀 물고가 날 것인디, 내가 아무리 입이 싸다고 나 죽을 소리까지 내발기고 댕기는 사람인 중 아시오?"

"알았네, 가보게."

"오매애, 맨손으로 가라우?"

강쇠네는 눈을 오끔하고 뜨고 다그쳤다.

"그럼?"

"아이고, 깝깝헌 거. 경옥 아씨는 한 달이고 두 달이고 꾀병을 앓음시로, 어쩔 때는 사흘 나흘 입에 곡기까지 끊고 버티다가, 이참에는 그런 것까지 보냈는디, 이쪽에서는 혀 짧은 소릴망정 그럴듯한 말 한마디가 없단 말이오? 심부름도 신명으로 댕기는 것인디, 오가는 말이 서로 방불해사 중간에서 왔다갔다하는 사람도, 눈치 봄시롱 심부름 댕기는 맛이 있지라잉."

강쇠네는 어느새 너스레 가락에 물이 오르고 있었다.

"그람, 뭣이라고 할 것이여?"

"아이고, 똑똑하다고 소문난 사람이 이런 일에는 으째서 이렇게 쑥맥이까잉. 싱겁기가 해토머리 고드름 맛이요잉. 아무런들 그렇게 죽자살자하는 사람한티 할 말이 그렇게 없드란 말이오? 니 속 내가 알고 내 속 니가 안께 더 할 말이 있었냐마는, 인자 내가 니 깊은 속을 똑땍히 알았다, 사불여의하면 느그 집 담을 넘어가서 너를 업고 지리산으로 도망이라도 칠 것인께 나만 믿어라, 이렇게라도 한마디 화끈한 소리를 못한단 말이오?"

강쇠네는 어디서 주워들었음직한 판소리 사설 같은 소리를 늘어놨다.

"허허."

달주는 소한테 물린 놈처럼 멀쩡게 웃었다.

"하얘간에 저는 기냥 맨손으로는 안 갈 것인게 알아서 하시오. 심부름을 왔으면 가서 멋이라고 할 말이 있어사제라우."

강쇠네는 팔짱을 끼고 고개를 홱 제끼며 달주 입에서 무슨 말이 나올 때까지는 기어코 버티겠다는 가락이었다.

"그런 소리를 꼭 해사 쓰겄으면 아까 그런 소리라도 해줘!"

달주는 어색하게 웃으며 멋없이 이죽거렸다.

"오매 오매, 멋이라고라우. 장돌뱅이 장타령 같은 그런 소리를 그대로 경옥 아씨한티 하라고라우?"

강쇠네는 한껏 놀라는 시늉을 했다. 달주는 골을 붉혔고, 강쇠네는 혼자 또 키들거렸다.

"나는 그런 소리 할지 모르는 사람인게, 아무렇게나 고맙다더라고 그래버려."

달주는 더욱 골을 붉히며 보리풀떼기 끓는 소리로 이죽거렸다.

"아이고, 경옥 아씨도 저런 서방 데꼬 살라먼 얼매나 깝깝허까."

강쇠네는 혼자 킬킬거리고 나서 표정을 가다듬었다.

"그 주머니를 달래 전해 주라고 했는지 아시오? 어제 낮에 천치재를 넘어서 이리 오는 사람들도 저도 그 집 식구들하고 담 너머로 구경을 하고 있었제 으쨌더라요. 경옥 아씨는 지가 먼 말을 해도 귀넝개로 건성건성 들음시로 지나가는 농민군들만 뚫어지게 건네다 보고 있습디다. 누구를 볼라고 그렇게 눈에다 불을 써고 넘어다봤는지 알겄지라우? 그라다가 남분이 오라버님이 뵌게로 오매 허둥마는 내가 슬쩍 본게로 눈에 눈물이 기냥 그렁그렁하잖겄소. 저는 아무 말도 안 하고 있다가 한참 뒤에서 우리 집 양반이 하신 말을 전해 줬제 으쨌다요."

"먼 말인디?"

"들어보시오. 우리 집 양반 말이, 내중에 감영군하고 싸움이 붙을 적에는 남분이 오라버니가 대장이 되아도 한참 높은 대장이 될 것이

208

라고 합디다. 그래서 그 소리를 그대로 해줬지라우. 그런게 다시 눈
물이 그렁그렁해짐시로 남분이 오라버니가 저 멀리 안 뵐 때까지 보
고 있습디다. 그러고 섰다가 식구들 안 보게 옷고름으로 눈물을 닦
고 돌아섬시로 내 옆구리를 찔벅허글래 따라간게 그 주머니를 줌시
로 갖다 주라고 안 하요. 맘 같아서는 그 길로 금방 달려오고 싶습디
다마는, 여그 올 핑계가 쉽게 있어사제라우. 그래서 오늘사 왔소. 그
런 심부름 하고 댕기다가 그런 소문이 감역 댁 내외분 귀에 들어가
는 날에는 내 목숨은 간데없다 싶은게 다리가 발발 떨립디다마는,
경옥 아씨 애타는 마음을 생각하면 그냥 있을 수가 있어사제라우."

강쇠네는 야무진 표정으로 말을 맺었다. 자기도 각오를 단단히
하고 이런 심부름을 한다는 표정이었다.

"고맙네."

달주는 허리에 찬 주머니를 끌러 은자 한 닢을 꺼냈다.

"오늘이 장날인게 이것으로 비린 반찬이라도 한 꼴랑지 사다 끓
여 묵소."

"아이고매, 그것이 멋이오? 내가 그런 것 바라고 이런 심부름 댕
긴 중 아시오?"

강쇠네는 팔짝 뛰었다.

"나도 그런 줄 안게 받아!"

강쇠네는 한참 비쌨으나 달주가 받으라고 거듭 채근하자 못 이긴
듯 손을 내밀었다.

"허허, 멋을 이런 것을 주시까잉. 주신 것인게 받기는 받을라요마
는, 준다고 이렇게 받아도 쓸랑가 모르겠소?"

강쇠네는 너스레가 흐드러졌다. 은자를 받아든 강쇠네는 바쁜 걸음으로 장판을 향해 골목을 나갔다. 강쇠네는 아닌 풋돈냥이 열 냥이니 발걸음이 방울 단 걸음이었다.

달주는 도소로 가며 소매 속에 손을 넣어 주머니를 만져보았다. 주머니의 촉감이 손끝에 부드러웠다. 마치 경옥 살결이라도 만지는 것 같았다. 어제 담 너머로 넘어다보던 경옥 얼굴이 떠올랐다. 그때 눈물을 글썽거리고 있었다는 생각을 하니 새삼스럽게 가슴이 찡했다. 눈물이 볼을 흘러내리는 경옥의 모습이 눈에 잡힐 듯했다. 소매 속의 주머니를 경옥 손목 잡듯 잡아보았다. 아지랑이 낀 봄 하늘에 종달새 같던 경옥은 지금 자기 소매 속에 있었다. 어렸을 때부터 경옥은 저 아득히 높고 먼 하늘을 나는 종달새였다. 바로 곁에 있으면서도 하늘만큼 높고 먼 데 있었고, 같이 웃고 이야기하고 있으면서도 저 하늘 멀리 멀리 보이지 않는 종달새였다. 지지배배 소리는 가까이 있으면서도 아지랑이 속 아득하고 먼 데 잡히지도 보이지도 않는 종달새였다.

"남분이 오라버니!"

경옥 생각에 잠겨 아득한 어린 시절을 헤매며 골목으로 들어서던 달주가 실없이 깜짝 놀라 뒤를 돌아봤다. 강쇠네가 웬 일인지 잔뜩 상기된 표정으로 바삐 다가오고 있었다. 금방 돌아선 사람이 갑자기 무슨 일인지 강쇠네의 표정은 예사롭지가 않았다. 평소 수다스런 사람이었으나, 이건 그런 수다가 아닌 것 같았다. 방금 건네준 주머니하고 관련된 일이 아닌가 싶어 달주는 가슴이 쿵했다.

"이리 쪼깨 오셔 보시오, 예."

강쇠네는 달주를 향해 다급하게 손을 까불며 잔뜩 겁먹은 눈으로 뒤를 돌아보았다.

"먼 일인가?"

달주가 다가갔다. 강쇠네의 심상찮은 표정에 저쪽에 서 있던 김승종도 다가왔다.

"저 사람들이 먼 사람들이께라우?"

강쇠네는 저쪽 장판을 가리켰다.

"저 사람들이 암만혀도 수상하요. 아까 지가 저쪽 들판 장막으로 갈 적에는 저 짐 지고 있는 두 사람이 삼거리에서 얼쩡얼쩡하고 있등마는, 또 아까 이리 옴시로 본게로 시겟전에 앉아 있더란 말이오. 얼핏 보기에 담배장수 같은디라우, 담배장수가 장을 보러 왔으면 담뱃전에 가서 짐을 풀고 장을 볼 일이제, 으째서 짐도 안 풀고 저라고 얼쩡거리고 댕기까라우? 이참에는 저 사람들하고 속닥거리고 있는 것이 예사 사람들이 아닌 것 같소."

거기 몰려 있는 사람들은 10여 명이나 되었다. 그들을 보고 있던 달주와 김승종 눈에 긴장이 피어올랐다.

"고맙네. 자네는 가보게."

달주가 낮은 소리로 말했다.

"그람, 나는 가요잉."

강쇠네는 겁먹은 눈으로 고개를 꾸벅하고 나서 팔랑팔랑 저쪽으로 사라져 버렸다. 강쇠네는 입이 재고 무슨 일에나 오지랖이 넓었지만, 무작정 덤벙거리고만 다니는 *새줄랑이는 아니었다.

"수상하다. 별동대를 데리고 가서 당장 저 짐부터 뒤져보자."

김승종이 숨을 씨근거렸다.

"아녀. 너무 급하게 서둘지 말아. 나는 여기서 저놈들을 보고 있을 텐게 너는 얼른 도소로 가서 김도삼 씨한테 수상한 놈들이 얼쩡거리고 있다고 말하고, 그 감사 사자란 놈하고 그 졸개들을 잘 지키고 있어라."

김승종이 도소 쪽으로 뛰어갔다. 달주는 그들을 지켜보며 길바닥에서 돌멩이를 주워 소매 속에 챙겼다. 그자들은 천연스럽게 앉아 담배를 피우며 이쪽을 힐끔거리고 있었다. 그렇게 보아 그런지 이쪽을 힐끔거리는 눈길이 예사롭지 않았다. 김승종은 김도삼과 김이곤을 앞세우고 바삐 다가왔다. 장진호도 뒤따르고 있었다.

"어디 있냐."

"저기 저놈들입니다."

김도삼과 김이곤은 그들을 한참 노려봤다.

"수상합니다. 지금 감사 사자란 놈이 여그 온 것하고 상관이 있는지도 모릅니다. 그렇다면 수가 저놈들뿐만 아닐 것 같습니다. 저놈들 말고 다른 꼴로 변장을 한 놈들이 어디서 또 얼쩡거리고 있을지 모릅니다. 농민군들로 장판을 전부 둘러싼 다음에 저놈들 짐을 뒤집시다."

달주가 바삐 주워섬겼다. 그때 저쪽 사람들 눈치가 이상했다. 한 놈이 나이 든 사람 귀에다 대고 뭐라 속삭였다. 작자들이 갑자기 긴장하는 표정들이었다.

"장판 쌀 틈이 없다. 장진호가 별동대를 데리고 가서 저놈들을 둘러싸라! 승종이 너는 가서 도소 잘 지키고."

김도삼이 명령을 내렸다. 장진호가 대원 30명을 이끌고 그들 앞으로 갔다. 삽시간에 그들을 둘러쌌다. 그들은 무춤했다.

"먼 사람들이오?"

김도삼이 그들 앞으로 나서며 물었다. 둘러싼 젊은이들은 창을 겨누며 죄어들고 있었다.

"장꾼들이오."

그 중 나이 든 사내가 태연하게 대답했다. 우두머리인 듯했다. 코가 개발처럼 *콧날개가 펑퍼짐하게 퍼져 있었다.

"짊어진 것은 무엇이오?"

"담배요."

"내려서 풀어보시오."

그들은 당황하는 표정이었다.

"내려요!"

김도삼이 소리를 질렀다.

"내려서 풀어 보여라!"

개발코가 대수롭잖게 말했다. 두 사람은 짐을 벗었다.

"우리를 수상하게 보시는 것 같소마는, 우리는 조금도 수상한 사람들이 아니오."

개발코가 태연하게 웃으며 이죽거렸다. 두 사람은 짐을 풀기 시작했다. 양쪽 사람들이 모두 눈을 밝히고 짐 푸는 손을 내려다보고 있었다. 새끼를 다 풀었다. 그때였다. 개발코가 갑자기 짐 속으로 손을 쑥 넣었다. 무얼 쑥 뽑았다. 칼이었다. 시퍼런 칼날이 번뜩였다. 모두 무춤 뒤로 물러섰다.

"목숨이 아깝거든 물러서라!"

개발코는 칼을 겨누며 농민군들을 향해 고함을 질렀다. 10여 명이 모두 칼을 뽑아들었다. 그들끼리 서로 등을 맞대고 크게 원을 그으며 칼을 겨누었다. 너무도 순식간의 일이었다. 칼날이 햇볕을 받아 시퍼렇게 번뜩이고 있었다.

"모가지가 아깝거든 뒤로 물러서라."

개발코가 소리를 질렀다. 여차하면 칼을 휘두르고 나올 자세였다. 이쪽 사람들은 모두 잠시 넋 나간 표정들이었다.

"내 말 똑똑히 들어. 우리는 모두 긴다난다 하는 검객들이다. 느그들은 여태 창 한번 잡아본 적이 없는 뚝머슴들이다. 느그들 수가 아무리 많아도 강아지 떼가 호랑이한테 덤비는 격이다. 우리는 죽어도 한 사람이 스무 명 서른 명은 베고 죽는다. 목숨이 아깝거든 물러서라!"

개발코는 칼을 잔뜩 꼬나쥐고 호령을 하며 한쪽으로 한발 한발씩 움직이기 시작했다. 그쪽을 막아섰던 젊은이들도 그들이 움직이는 대로 한발 한발 물러서고 있었다. 별동대원들은 그들 독기에 대번에 기가 죽었다. 개발코 패거리는 궁지에 몰린 쥐라 그들의 눈은 칼날처럼 살기가 번뜩이고 있었다. 그때 장판 쪽에서 김장식이 자기 대원들을 몰고 오다가 깜짝 놀랐다.

"죽여라!"

김장식이 소리를 지르며 달려왔다. 그 패가 우 몰려왔다. 그 순간이었다.

─쌩.

달주 손에서 돌맹이가 날았다.

"어쿠!"

개발코가 칼을 떨어뜨리며 얼굴을 싸안았다. 달주가 던진 돌맹이가 정통으로 개발코 얼굴에 맞은 것이다. 느닷없는 광경에 창을 든 젊은이들은 무춤했다. 개발코는 얼굴을 싸안은 채 무릎을 꿇었다. 그의 두 손 사이로 피가 배어나왔다.

"찔러라!"

김도삼이 소리를 질렀다. 대원들이 우 몰려들었다.

"아이고!"

"워매!"

되레 별동대원들이 비명을 지르며 쓰러졌다. 작자들의 진용은 흐트러지지 않았다. 이쪽 수가 아무리 많더라도, 아까 개발코 말마따나 이쪽 사람들은 모두 무기를 처음 잡아보는 뚝머슴들이었다. 그때 달주가 소리를 질렀다.

"모두 뒤로 물러서서 창을 던져라!"

달주가 악을 쓰며 또 쌩 돌맹이를 날렸다.

"윽!"

또 한 놈이 칼을 떨어뜨리고 얼굴을 싸안았다. 별동대는 달주 말대로 그들을 향해 창을 던졌다.

"아이고!"

"악!"

나는 창에는 칼이 맥을 추지 못했다. 창이 계속 날고 달주 손에서는 돌맹이가 연달아 날았다. 그들의 진용이 흐트러지며 난장판이 벌어졌다. 놈들은 뿔뿔이 흩어져 도망치기 시작했다.

감영군 한 놈이 칼을 들고 삼거리 쪽으로 뛰어갔다.

"웬 놈이냐?"

그때 거기를 지나던 농민군 대여섯 명이 고함을 지르며 대창을 겨누었다. 그 농민군들은 싸움판이 벌어진 줄도 모르고 거기를 그냥 지나던 참이었다. 그 속에는 피아골 김칠성도 끼여 있었다.

"비키지 못해!"

작자는 칼을 휘두르며 돌진해 왔다.

"아이고매."

농민군 한 사람이 창을 떨어뜨리며 한쪽 어깨로 손이 갔다. 그때였다. 저쪽 주막께서 번개같이 뛰어나오는 사람이 있었다. 이갑출이었다. 감영군이 이번에는 김칠성을 향해 칼을 휘두르려는 순간이었다.

―쉭.

이갑출 손에서 단검이 날았다.

"아이고!"

이갑출의 단검이 감영군 가슴에 꽂혔다. 감영군은 손에서 칼을 떨어뜨리며 가슴에 꽂힌 단검으로 손이 갔다.

"죽여라!"

서당 쪽에서 별동대가 몰려오며 소리를 질렀다. 별동대원들은 칼 맞은 감영군을 지나쳐 삼거리 쪽으로 달려갔다. 뒤따라오던 별동대원들이 칼 맞은 자를 보며 발을 멈췄다.

"이 개새끼!"

별동대원들이 그자 몸뚱이에 창을 찔렀다. 창이 서너 개가 꽂혔다. 작자는 비르적거릴 뿐 비명도 지르지 못했다. 별동대원들은 창을 뽑아들고 삼거리 쪽으로 달려갔다.

그때 이갑출이 버르적거리고 있는 감영군을 내려다보았다. 이갑출은 여유만만한 자세로 감영군 가슴에 꽂힌 칼을 뽑았다. 감영군 옷에다 칼날 양쪽을 쓱쓱 문질러 칼집에 꽂아 품속에 찔렀다.

"어디서 이런 풀강아지들이 굴러왔어?"

이갑출은 피투성이가 되어 숨을 할딱거리고 있는 감영군의 대가리를 발로 슬쩍 건드려봤다. 감영군은 이미 눈을 까뒤집고 있었다.

"아이고, 고맙소. 형장이 아니었더라면 참말로 내가 큰 숭한 일 날 뻔 했소."

김칠성이 이갑출의 손을 잡고 흔들었다.

"멀요."

이갑출은 대수롭지 않다는 듯 껄껄 웃었다. 땅딸막한 이갑출은 여간 여유가 있어 보이지 않았다. 싸움판에서 뼈가 굵은 왈패다웠다.

그때 정석진은 도소 한쪽 방에 갇혀 목침을 들고 혼자 서성거리고 있었다. 아까 김승종 말을 들은 최경선이 정석진을 옆방으로 유도해서 혼자 넣어놓고 밖에서 문을 걸어버렸던 것이다. 정석진을 배행하고 왔던 군졸들은 몸뚱이가 꽁꽁 묶여 마당가에 무릎을 꿇고 있었다. 두령들은 마루에 나와 있었다.

정석진이 갇힌 방 앞에는 별동대원 10여 명이 방문을 앞뒤로 지키고 있었다. 다른 대원들은 도소 안팎을 지키고 있었다. 방에 갇힌 정석진은 문틈으로 밖을 내다보며 기회를 노리고 있었다. 정석진은 다시 창구멍으로 밖을 한번 내다보고 나서 이를 앙다물었다. 손에

든 목침을 다시 고쳐 쥐고 문에서 한발 뒤로 물러섰다. 발로 사정없이 문을 걷어찼다. 문고리가 벗겨지며 문이 벼락쳤다. 창과 칼이 불쑥 정석진의 가슴으로 왔다. 순간, 정석진 손에서 목침이 날았다.

"으악!"

칼을 겨누었던 젊은이가 칼을 떨어뜨리며 얼굴을 싸안고 나둥그라졌다. 뒤에 섰던 별동대원 둘이 정석진을 향해 동시에 창을 푹 찔렀다. 정석진은 날렵하게 몸을 피했다. 창 둘이 동시에 벽을 찔렀다. 정석진은 땅에 떨어져 있는 칼을 주워들었다.

"죽여라!"

별동대원들은 10여 명이 창과 칼을 겨누며 정석진을 향해 육박해 들어갔다. 정석진은 칼을 요리조리 휘둘러 별동대원들의 창과 칼을 걷어 넘기며 대문 쪽으로 밀고나갔다. 정석진의 능란한 칼솜씨에 비하면 별동대원들의 창과 칼은 마치 보릿대춤이었다. 정석진 손에서 칼이 바람개비 돌아가듯 했다. 정석진은 대문까지 육박해 갔다.

"창을 던져라!"

김승종이 소리를 질렀다. 모두 정석진을 향해 창을 던졌다. 대창 하나가 정석진 등에 맞았다. 정석진은 휘청했으나 대창은 몸에 박히지 않고 맥살없이 땅에 떨어졌다. 엉겁결에 던졌던지 대창에 힘이 실리지 않은데다 정석진 옷이 두꺼워 창이 박히지 않은 것이다. 정석진을 향해 계속 창이 날았다. 대창은 모두 빗나갔다. 드디어 창 하나가 정석진 목에 정통으로 꽂혔다.

"윽!"

정석진이 칼을 떨어뜨리며 비틀거렸다. 별동대원들은 악을 쓰며 정석진 몸뚱이에 창과 칼을 수없이 꽂았다. 정석진은 피투성이가 되어 버르적거렸다.

"장터로 나가 싸워라!"

김승종이 소리를 질렀다. 젊은이들이 대문 밖으로 쏟아져나갔다. 그 때 두령들도 마루에서 내려와 밖으로 나갔다. 정석진 몸뚱이에서 흘러나온 피가 마당에 홍건했다. 정석진은 눈을 허옇게 까뒤집고 마지막 숨을 헐떡이고 있었다.

그때 별동대원들이 부상자들을 부축하고 달려왔다. 하나는 어깨에서 피가 흐르고 하나는 옆구리에 피가 벌겋게 내배고 있었다.

"상처 입는 사람들은 서당으로 데려오라 하시오."

두령들은 뒤따라나가던 지산 영감이 되짚어 들어가며 말했다.

"부상자들은 모두 서당 안으로 떠메고 가거라!"

최경선이 소리를 질렀다. 여기저기 사람들이 죽어 넘어져 있었다. 죽은 사람마다 피투성이였다. 대창에 찔려 죽은 모습은 참혹했다. 총을 맞아 죽거나 단칼에 죽은 것과는 전혀 달랐다. 두령들은 싸움판이 벌어졌던 장판 쪽으로 나갔다. 저쪽에 농민군 시체가 보였다.

"우리 쪽 사람들도 죽었느냐?"

저기 서성거리고 있던 별동대원에게 전봉준이 물었다.

"세 사람이 죽었습니다."

"감영군은?"

"니 놈이오."

그럼 정석진까지 감영군은 5명이 죽은 것 같았다.

"감영군 부상자도 모두 안으로 데려가거라!"

"그놈들은 부상자가 없소."

별동대원이 대답했다. 감영군은 부상자가 있을 리 없었다. 부상을 당해서 도망치지 못한 놈은 농민군 창에 모두 작살이 나버렸기 때문이다.

"저기 저 사람은 살았잖은가?"

손화중이 저쪽에 버르적거리고 있는 사람을 가리켰다.

"대창에 수십 군데 찔려놔서 저놈도 금방 죽을 것이오. 창자까지 기어나왔소. 저런 놈들이 한 놈 더 있는디, 금방 죽을 것 같아서 그놈도 죽은 것으로 쳐부렀소."

"그럼 금방 말한 네 명 속에는 저 사람도 들었단 말이냐?"

"그렇지라."

저쪽에서 버르적거리던 사람은 그 사이 맥을 놔버렸다.

"감영군 중에 도망친 자는 몇 명이나 되느냐?"

"여닐곱 명 되는 것 같습니다."

"시체는 모두 한 군데로 모아라."

전봉준 등 거두들은 싸움판이 벌어졌던 데를 한바퀴 돌아보고 서당으로 돌아왔다. 부상자들 치료하는 데로 갔다. 부상자는 모두 9명이었다. 모두 생명에는 관계가 없을 것 같다고 했다. 그러나 정석진한테 목침을 맞아 앞니가 몽땅 나간 사람 등 중상자가 3,4명이었다.

8. 방어 대책

두령들은 모두 도소로 다시 모였다. 송대화 등 감영군을 쫓아갔던 두령들은 부상자들을 돌아보고 새삼스럽게 이를 갈았다. 동네 우두머리들과 두령들이 모두 도소로 모였다. 침통한 표정들이었다.

"저자들 피해도 컸습니다마는, 우리 쪽 피해도 적지 않습니다. 저자들은 5명이 죽었으며 우리는 3명이 죽고, 중상자 3,4명을 포함해서 부상자가 9명이나 됩니다. 우리가 수만 믿고 너무 방심했던 것 같소."

전봉준이 무겁게 입을 열었다.

"그래도 그런 자들과 붙어 우리의 피해가 이 정도밖에 안 됐다는 것은 큰 다행입니다. 저자들은 날마다 칼만 가지고 살던 자들인데, 우리 쪽 사람들은 비록 수는 많다 하더라도 거개가 창칼을 처음 잡아본 사람들입니다. 저자들은 창칼을 *버나잡이 접시 돌리듯 하는 사람들입니다. 대비를 단단히 해야 할 것 같습니다."

최경선이었다. 너무도 빤한 소리였으나, 싸움을 한 번 치르고 나서 들으니 모두 처음 듣는 사실같이 이쪽 약점이 실감나는 것 같았다. 그때 김도삼이 나섰다.

"아까 싸우는 것을 곁에서 보며 느낀 일인데, 칼 쥔 놈한테 칼로 대하고, 창 쥔 놈한테 창으로 대하면 우리는 열 명이 대들어도 저자들 하나를 당할 수 없습니다. 방금 최두령 말씀대로 저자들은 날마다 그런 무기를 가지고 사는 쌈꾼들입니다. 그런 자들하고 싸워 우리 피해가 이렇게 적은 데는 까닭이 있습니다. 오늘 저자들이 가지고 온 무기는 전부 칼이었습니다. 저자들 칼에 우리는 창으로 싸웠습니다. 창으로 맞선 것이 아니라 창을 던졌습니다. 칼솜씨가 대단한 정석진을 처치한 것도 창이었습니다. 여러 사람이 던지는 창에는 칼이 맥을 추지 못했습니다."

두령들은 고개를 끄덕였다.

"그런데 창은 또 총 앞에서는 꼼짝을 못할 것입니다. 두말할 것도 없이 창보다 총알이 더 멀리 나가기 때문입니다. 바로 여기에 우리 약점이 있습니다. 당장 고부 군아 무기창고 무기 물목에서도 봤습니다마는, 거기에도 천보총, 소승자총 같은 것이 있었소. 그러나 지금은 그런 정도가 아닙니다. 양총에다, 눈 깜짝할 사이에 드르륵 수십 발이 나가는 기관포라는 것도 있다고 들었소."

모두 고개를 끄덕였다. 그때 최경선이 나섰다.

"그것은 어찌 할 수 없는 일이고 또 이미 각오를 한 일입니다. 결국 지금 우리가 할 일은 대창을 가지고 저자들과 앞으로 어떻게 싸워야 이기느냐 하는 점입니다. 저는 그런 점에서 저자들하고 우리하고 여러 가지 장단점을 냉정하게 비교를 해보고 그에 대비를 해야 한다고 생각합니다. 지금 우리의 잇점은 첫째는 수가 많다는 것이고, 둘째는 모두가 목숨을 아끼지 않고 싸우겠다는 투지이며, 셋째는 천하의 모든 백성이 거개가 우리 편이라는 점입니다. 그리고 우리 약점은, 첫째로 가장 큰 약점은 무기가 비교가 안 되게 빈약하다는 점이고, 둘째는 우리가 수는 많지만 싸움이라면 창 하나도 제대로 잡아본 사람이 없는 생무지들이라는 것입니다."

최경선이 말을 이어가려 했다. 그때 손화중이 나섰다.

"셋째는 대의명분도 약점이라면 약점입니다."

"대의명분이오?"

정익서가 놀라 물었다. 너무 엉뚱한 소리에 좌중은 어리둥절한 표정들이었다.

"그렇습니다."

"온 천하 백성이 우리 편인데 우리 약점이 대의명분이란 소리는 무슨 소리요?"

"조정에 상감이 엄연하고 나라의 국법 또한 엄연한 바에는 명분이란 결국 조정과 우리 사이에 줄다리기가 되고 맙니다. 우리가 들고 나선 보국안민이란 명분을 놓고 시비를 가리자는 소리가 아닙니다. 이 명분 싸움에서부터 우리가 철저하게 이기고 들어가야 한다는 소리올시다."

좌중은 모두 손화중만 보고 있었다.

"당장 전투를 치르고 난 자리라 조금 한가한 소리로 들릴는지 모르겠습니다마는, 이제 저자들하고 제대로 싸워야 할 마당이니, 먼저

이 점부터 단단히 짚고 넘어가야 할 것 같습니다. 사실은 이것이 총칼 이야기보다 더 중요합니다. 이 점에 대한 제 소견을 먼저 말씀드릴까 합니다."

손화중이 차근하게 말을 했다.

"아까 정석진이라는 자는 감사가 보낸 것이 분명합니다. 그러면 이제부터 이 싸움은 고부 사람들하고 조병갑의 싸움이 아니라, 고부 사람들하고 감영의 싸움이 되어버렸습니다. 이제부터 모두가 새롭게 마음을 가다듬어야 하고 전열을 새로 정비를 해야 할 것 같습니다. 지금 농민군들이 저렇게 기세를 올리고 있으나, 거개가 지금 나라에 대적을 하고 있다는 생각 때문에 마음 한구석이 껄쩍지근합니다. 나라에는 무작정 충성을 해야 한다고 생각하기 때문입니다. 충과 효는 한 쌍으로 붙어서 우리 백성의 골수에 박혀 있습니다. 지금 유생들이 우리를 어떻게 보고 있을 것인지 그것을 한번 생각해 보십시오. 바로 유생들의 그런 생각하고 저 농민군들 생각은 똑같다고 보면 틀림이 없습니다. 유생들은 우리가 이렇게 싸우고 있는 것을 임금에게 대적을 하는 것으로 보고, 그런 점에서 부모들한테 대적을 하는 것하고 똑같이 생각하고 있습니다. 그 유생들이 5백여 년 동안 이 나라를 다스려오는 사이 그런 유생들의 생각이 백성의 골수에도 박혀버렸습니다. 농민들이 농사일을 할 때 부르는 들노래를 들어보면 주자학이라는 것이 얼마나 무지막지한 것인가 나는 마치 바위벽을 대하는 것 같은 절망감을 느낍니다. 그 농사를 아무리 잘 지어도 바로 그 임금의 수족과 관리인 양반, 그리고 지주들한테 무자비하게 뜯길 것은 불을 본 듯 뻔한데 '이 농사를 잘 지어서 태평성대 우리

224

성군' 어쩌고 춤을 추면서 일을 합니다. 바로 여기 나온 농민군들도 마음 밑바닥에는 그런 생각이 돌덩어리처럼 굳어 있습니다. 그래서 지금 자기들이 대창을 들고 저렇게 기세를 올리고 있는 일에 은연중 죄책감을 느끼고 있습니다. 바로 이것이 우리가 무엇보다 두려워해야 할 일입니다. 우리의 적이라면 이것이 가장 큰 적이라고 할 수 있습니다. 명분 싸움이란 바로 이것입니다."

손화중은 말에 힘을 주며 잠시 좌중을 둘러보았다.

"잘 보신 것입니다. 순조 때 강진에서 유배생활을 하던 다산 정약용이란 사람은 그 유배지에서 관의 탐학을 자기 눈으로 보고 백성 편에서 그 참상에 통분을 씹은 사람입니다. 그러나 관북에서 홍경래가 난을 일으키자 조정에 토벌의 격문을 지어 보냈습니다. 바로 이게 유생이고 주자학입니다."

김덕명이 한마디 했다.

"백성의 골수에 박혀 있는 충군사상과 우리가 들고 나온 대의는 한꺼풀만 벗기고 나면 두 가지가 정면으로 충돌을 합니다. 우리는 농민군들이 그 마음속의 싸움에서부터 이겨내도록 해야 합니다. 그러자면 우리가 들고 나온 대의가 너무도 옳다는 것을 귀에 못이 박히도록 말을 해주어야 할 것입니다. 탐관오리를 징치하고 백성을 편히 살게 하는 일이야말로 가장 큰 대의다. 그 백성은 한 사람 한 사람이 하늘이다. 누구도 하늘인 백성을 짓밟고 그 하늘이 먹을 밥을 빼앗아 갈 수는 없다. 양반도 관리도 지주도 그 하늘을 짓밟고 하늘이 먹을 밥을 빼앗아 갈 수 없고, 비록 임금이라 하더라도 그 하늘인 백성을 짓밟고 그 하늘이 먹을 밥을 빼앗아 갈 수는 없다. 이것이 대의다. 바로 이것입니다."

김덕명 등 두령들은 고개를 끄덕였다. 그러나 그것은 당연한 일이 아니냐는 표정으로 덤덤하게 앉아 있는 사람도 있었다.

"관리나 지주나 양반들은 우리 밥을 빼앗아 가는 도적놈들이다. 조병갑 같은 놈들을 모두 쳐 죽이고 우리 것을 찾아 먹자. 이것만 가지고는 부족합니다. 왜 그러냐 하면, 관리나 양반들한테서 눈을 들어 한 단계만 올려다보면 임금이라는 어마어마한 얼굴이 내려다보고 있기 때문입니다. 모두 그 얼굴 앞에서는 고양이 앞에 쥐가 되어버립니다. 고양이가 아니라 호랑이 앞에 쥐가 되어버립니다. 그 호랑이는 이씨 왕조 5백 년, 댓수로 치면 25,6대 조상들부터 골수에 박혀 있는 호랑이입니다. 그것을 부셔야 합니다. 그것은 쉬운 일이 아닙니다. 머릿속의 골수를 들어내고 새로 골수를 집어넣는 것만큼 어려운 일입니다. 그러나 바로 그 어려운 일을 해야 합니다. 그것은 우리 한 사람 한 사람의 백성을 임금 위에다 하늘로 올려놓는 길밖에는 다른 길이 없습니다. 그렇게 해서 마지막에는 임금도 하늘의 밥을 빼앗아 먹는 놈이니 쳐죽여 버려야 한다는 데까지 이르게 해야 합니다. 임금과 하늘의 싸움이 되어야 합니다. 명분 싸움에서 이기는 길은 이 길밖에 없으며 그런 생각이 머리에 박힐 때 거기서 나온 용맹이라야 진짜 용맹일 것입니다."

손화중은 말을 마쳤다.

"결국 우리의 싸움은 임금과 하늘의 싸움이라는 말씀 정말 우리가 깊이 새겨야 할 말씀입니다. 손두령께서는 임금도 하늘의 밥을 빼앗아 먹는 놈이니 쳐 죽여야 한다고 하셨습니다. 그 말씀을 들으셨을 때 모두 섬뜩했을 것입니다. 그 당연한 말씀에 섬뜩할 만큼 우리는 임금에 주눅이 들어 있습니다. 바로 그 점을 바탕으로 새롭게 마음을 가다듬고 전열을 정비해야겠습니다.”

전봉준 말에 두령들은 새삼스럽게 숙연한 표정이었다. 전봉준 말대로 손화중의 그 말을 듣는 순간 모두가 가슴이 서늘했다. 임금을 놈이라고 표현하는 말은 거의가 일생 동안 오늘 손화중 입에서 처음 들었다. 유생들은 말할 것도 없고 일반 백성도 그런 표현은 상상할 수조차 없었기 때문이다. 조정이 잘못하고 있었지만, 기껏 조정 대신들을 원망할 뿐 임금은 원망의 대상에서도 벗어나 있었다. 그런 임금을 놈이라고 한 손화중의 표현은 전봉준도 섬뜩하게 느꼈을 만큼 충격적이었다.

“그럼, 오늘은 손접주님 말씀만 듣는 것으로 감영군에 대할 나머지 대책은 다음으로 미루고 당장 장례 치를 의논이 급하니 그것부터 의논을 해야겠습니다.”

전봉준은 말머리를 돌렸다.

“장례는 5일장으로 치르되 거창하게 치러야겠습니다. 우선 음식부터 충분하게 장만합시다. 돼지를 10마리쯤 잡고, 술도 여러 집에 맡겨 20섬쯤 빚어 넣고 떡도 30섬쯤 합시다.”

전봉준은 누구의 의견을 묻지도 않고 독단적으로 결정을 했다. 전에 없던 일이었다. 두령들은 깜짝 놀랐다.

“너무 경비를 많이 쓰는 것이 아닐까요?”

김도삼이 말했다. 손화중 말에 얼얼했던 두령들은 그제야 제대로 정신이 난 것 같았다.

"그렇지 않소. 대의를 위해서 싸우다 죽은 죽음이 얼마나 귀한 죽음인가, 장례를 거창하게 치러 그것을 천하 사람들에게 보여야 합니다. 이 고부 생긴 이래 제일 성대한 장례를 한번 치러봅시다. 여기에는 쌀이든 돈이든 그런 것은 조금도 아까울 것이 없습니다."

전봉준은 단호했다.

"그러면 장렛날도 그만치 많은 사람이 나오도록 웬만한 사람들한테는 전부 부고를 내는 것이 어쩌겠소?"

송대화였다.

"그럽시다. 특히 부자들한테는 동임들한테 부고를 들려 보냅시다."

조만옥이 맞장구를 쳤다.

"부자들한테는 아직 그럴 필요가 없을 것 같소. 아직 그 사람들한테는 모든 일을 그 사람들 자발적인 뜻에 맡깁시다. 식량이야 돈이야 지금까지는 충분하지 않습니까?"

정익서였다. 부자나 양반들에 대한 정익서의 태도는 한결같았다. 그것은 바로 전봉준의 태도이기도 했다. 그들을 건드리지도 말고, 그들의 힘을 빌리지도 말자는 태도였다. 별산 영감을 비롯한 웬만한 지주들이 적극적으로 나왔으나, 전봉준은 그들과도 일정한 선에서 어느 만큼 거리를 두고 있었다.

"인근 고을 여러 접주들한테는 부고를 보내는 것이 어쩌겠습니까?"

송대화였다. 전봉준이 손화중과 김덕명을 돌아봤다.

"그렇게 합시다. 그 사이 여러 접주들이 다녀가기는 했습니다마는, 다녀가지 않은 분도 있으니 이럴 때 모두 한번 청해 보는 것도 좋을 것 같습니다."

김덕명이 말했다.

"인근 고을뿐만 아니라, 전라도 일대 각 고을 접주들한테는 모두 보내지요."

손여옥이 한발 더 내쳤다. 손화중이나 김덕명도 고개를 끄덕였다.

"그러면 5일장으로는 바쁘잖겠습니까?"

예동 정왈금이었다.

"그렇습니다마는, 장례에만 그렇게 오래 매달려 있을 수가 없습니다."

"장례만 그렇게 치를 것이 아니라 사망자 유족들에게 살아갈 마련도 여기서 생각을 해야 하지 않겠습니까?"

조만옥이었다.

"사망자뿐만 아니라 부상자도 있습니다. 그리고 오늘 일에 제일 큰 공을 세운 사람은 누구보다도 정석진 부하들의 수상한 거동을 알려준 사람입니다. 그 사람한테는 상을 주어도 크게 주어야 할 것 같소."

송대화였다.

"사망자나 부상자 가족들을 어떻게 할 것인가, 그 일은 아주 중요한 일입니다. 그러나 앞으로 진짜 큰 싸움이 기다리고 있는데, 그것이 전례가 되어노면 감당을 못할 것 같습니다. 그리고 그들에게 살아갈 마련을 해주거나 상을 주더라도 공공연히 주는 것은 지혜로운 일이 아닙니다. 우리 두령들하고 그런 사람들하고는 처지가 다릅니다. 상을 주는 경우, 그런 사람들을 만중 앞에 내세워 상을 주어노면, 상을 받아도 다음 일이 걱정되어 마음이 무거울 것입니다. 사망자나 부상자도 마찬가집니다. 이런 점도 있고 하니 그 일은 부조 들어오는 것을 보고 나중에 따로 의논을 하는 것이 좋을 것 같습니다."

정익서였다. 두령들은 모두 고개를 끄덕였다.

"그럼 이 문제는 더 두고 의논을 하도록 하겠소."

전봉준이 결론을 내렸다.

"감영군 시체는 어떻게 할까요?"

"그들도 같이 입관을 해서 가매장을 해둡시다."

"뭐요? 그런 놈들을 입관까지 한단 말이오?"

전봉준의 말에 송대화가 발끈했다. 그게 말이 되느냐는 서슬이었다.

"그렇게 생각해서는 안 됩니다. 그자들은 이미 죽은 자들입니다. 그자들이 살았을 때 행위가 밉다고 죽은 시체까지 홀대하는 것은 도리가 아닙니다. 지금 우리가 이렇게 일어난 것은 하늘같이 귀한 인간을 저자들이 개돼지 취급하듯 천대를 했기 때문입니다. 사람을 사람답게 대접하는 본을 저자들한테 보입시다. 바로 이런 일에서 그런 본을 보여야 우리가 내세우고 있는 대의도 팔팔 살아 온 천하 백성의 마음을 감동시킬 것이며, 저자들 마음까지도 움직일 것이오."

"옳은 말씀입니다."

손화중이 크게 고개를 끄덕였다.

"저는 그렇게 생각하지 않습니다. 저자들은 백성이 차리는 예의는 모두 굴종으로 보는 자들입니다. 우리는 성의를 다 해서 그렇게 예를 차린다 하더라도 저자들은 자기들이 두려워서 그런다고 생각할 것입니다. 지금 저자들은 우리의 일거수일투족을 샅샅이 보고 있을 것인데, 저자들한테 우리의 태도를 오판할 빌미를 주는 것은 득

책이 아닙니다."

송대화는 단호하게 말했다. 그럴듯한 말이었다. 모두 전봉준과 손화중을 건너다봤다.

"일리가 있는 말씀이오. 그러나 이것은 단순한 예의가 아니라 사람으로 행할 바 당연한 도리입니다. 사람을 하늘로 대한다는 것은 우리가 들고 나선 대의의 근본이오. 저들이 오판할까 염려해서 대의의 근본을 우리 스스로가 훼손해서는 안 될 것입니다. 다른 일에서는 저자들에게 오판할 빌미를 주지 않도록 조심을 해야 하지만, 이런 일은 일 그 자체가 너무 중요한 일이기 때문에 그자들의 오판 따위는 장 쑤는 데 구더기입니다."

"옳은 말씀이오."

전봉준 말에 모두 고개를 끄덕였고 손화중은 더 크게 끄덕였다.

"그럼 대충 의논이 된 것 같소. 김도삼 씨는 송대화 씨하고 주변 경계를 더욱 강화하고 내일부터 농민군에게 창던지는 훈련을 비롯해서 다른 훈련도 한층 철저하게 시키시고, 정익서 씨하고 최경선 씨는 부고를 보내는 등 장례일을 책임 맡아 그 준비를 하시오."

전봉준이 회의를 마무리지었다.

손화중 등 다른 데서 온 두령들은 가봐야겠다고 나갔다. 모두 나가서 다른 데서 온 두령들을 배웅했다.

전봉준은 김도삼, 정익서, 최경선 등을 다시 데리고 방으로 들어왔다.

"사실 진직 말씀을 드릴까 했는데 겨를이 없었소. 아까 따로 의논하자고 남겨둔 일인데 실은 그 일이 급합니다. 김두령은 양총 걱정을 하셨고 손화중 접주는 대의명분 이야기를 하셨소. 두 분 다 좋은 말씀을 해주셨습니다. 명분 이야기는 손화중 접주께서 명쾌하게 가닥을 추려 주셨으니, 더 말할 것이 없고 김두령이 말씀하셨던 무기 문제에 대한 제 소견을 말씀드리겠습니다. 아까 김두령이 말씀하셨듯이 칼은 아무리 솜씨가 긴다난다 해도 날아오는 창 앞에서는 맥을 추지 못하고, 똑같은 이치로 창도 총 앞에서는 맥을 추지 못할 것입니다. 양총은 나가는 거리도 수백 보나 되고 발사 속도도 엄청나게 빠르다고 합니다. 이 양총에 어떻게 대처할 것이냐, 이것이 앞으로 감영군과의 싸움을 결판 지을 승패의 열쇠입니다. 그런데 그런 양총에도 약점이 있습니다. 그런 총이 작대기보다 못할 때가 있습니다."

"그 소문난 양총이 작대기보다 못할 때가 있다니요?"

김도삼이 어리둥절한 표정으로 물었다.

"쏘아야 할 표적이 보이지 않을 때는 그렇지 않겠소?"

세 사람 다 눈만 씀벅이고 있었다.

"밤이오. 밤에는 표적이 안 보이니 총을 쏠래야 쏠 수가 없습니다. 바로 이 점을 이용해야 합니다. 야습입니다. 우리는 어떻게 하든지 저자들하고 첫 싸움이 붙을 때 이 야습으로 결판을 내야 합니다. 그러나 싸움을 할 때마다 야습을 할 수는 없을 것입니다. 첫 번 한 번이 가장 효과적일 것입니다. 야습을 한 번 당하고 나면 저자들도 그 다음부터는 단단히 대비를 하지 않겠습니까? 그러니까 우리는 첫 싸움에서 이 야습으로 결정적인 승리를 거두어야 합니다. 저자들이 거의 재기할 수 없도록 완전하게 전멸을 시켜버려야 합니다."

전봉준은 전멸이란 말에 힘을 주어 말했다.

"정말 기막힌 생각이십니다."

김도삼은 얼굴이 아침 햇살처럼 환해지며 감탄을 했다. 정익서와 최경선도 감탄을 하며 고장 난 기계처럼 수없이 고개를 끄덕이고 있었다. 모두가 앞이 훤히 트이는 모양이었다. 듣고 보니 이렇게 간단한 방법이 있었는데, 그들은 그 양총만 생각하면 깜깜하기가 칠흑 같은 밤이었고, 천길만길 아득한 절벽이었다. 전봉준이 여태 그토록 느긋했던 것은 그런 전술을 생각해놓고 있었기 때문인 것 같았다. 두령들은 전봉준 앞에 새삼스럽게 감복하는 표정이었다.

"김두령은 이제부터 그에 대비를 해야겠습니다. 농민군에게 창던지는 연습과 야습 훈련을 시킵니다. 창던지는 연습은 공개적으로 시키되 야습 훈련은 은밀하게 시켜야 합니다. 지금 저자들은 우리 동태를 손바닥 위에 올려놓고 보듯 면밀하게 보고 있습니다. 우리는 그것을 이용합시다. 우리가 창던지는 연습만 열심히 하고 있으면 저자들은 우리가 창으로만 대항을 할 줄 알 것이며, 자기들한테는 양총이 있다고 교만해 질 것입니다. 그러니까 우리가 창던지는 연습을 하는 것은 농민군 스스로 기량을 높이는 일이기도 하지만, 한편으로는 저자들을 방심하게 하고 교만하게 만드는 일이기도 합니다."

모두 고개를 끄덕였다.

"그러면 야습 훈련은 어떻게 시킬까요?"

"사람은 올빼미가 아닙니다. 그러나 늘 밤에만 나대는 도둑놈들은 밤눈도 그만큼 밝아지고 어둠에 그만큼 익숙해집니다. 농민군들에게 그런 단련을 시키되 그렇게 단련시키는 까닭은 농민군들 스스로도 전혀 눈치 채지 못하게 해야 합니다. 일테면, 금구 쪽에 이상한 놈들이 나타났다고 깜깜한 밤에 거기까지 갔다 오게 한다거나, 밤이면 여기저기 매복을 시키는 것이 좋을 것입니다. 일반 농민군들은 밤길에만 웬만큼 익숙하게 단련을 시키고, 특히 별동대는 집중적으로 단련을 시킵시다."

두령들은 고개를 끄덕였다.

"그리고 최두령은 틈이 날 때마다 농민군들을 모아놓고 강을 하는 일을 맡아주시오. 여기 있는 우리 두령들은 거개가 그런 변설에는 말이 짧은 편이니 주로 최두령이 강을 하되 손화중 접주나 김덕명 접주 같은 이를 위주로 강을 잘 하는 두령들을 일부러 초청을 하시오. 저녁밥을 먹은 다음에도 좋고 낮에도 좋고 틈만 있으면 강을 하십시오. 꼭 농민군을 많이 모아놓고 할 생각만 할 것이 아니라, 오붓하게 한 동네 사람들끼리 모아놓고 해주기도 하고, 자기들끼리도 하게 하는 등 방도를 여러 가지로 생각해 보십시오. 바로 이것은 아까 손접주가 말씀하신 명분에서 이기는 명분 전쟁입니다. 그리고 강만 하면 지루할 것이니 삼례에서 했듯이 여러 가지 놀이판도 생각해 보시오."

"알겠습니다. 그런데 그 일을 제대로 하자면 나를 거들어 주는 사람이 있어야겠습니다."

"누가 좋겠소?"

"나는 김승종이 총기도 있고 그런 일에는 아주 좋을 것 같은데 별동대장을 맡고 있어서 빼내오기가 어려울는지 모르겠습니다. 별동대장은 김승종 대신에 그 부대는 김달주한테 맡겼으면 어떨는지요?"

"그야 어렵지 않소."

"감사합니다."

"굳이 다짐할 것도 없는 일입니다마는, 아까 양총에 대비하는 일은 여기 있는 우리 네 사람만 알고 있읍시다."

전봉준은 말을 끝냈다.

정익서는 각 동네마다 내걸 방과 각 고을 접주들에게 보낼 부고를 준비했다. 최경선이 부고 *초를 잡은 다음 글씨 잘 쓰는 사람 10여 명을 뽑아 부고부터 베끼게 했다. 송대화는 먼 고을로 부고 가지고 갈 사람을 뽑아 왔다. 전봉준은 남도 쪽 먼 데는 오거무가 전주에서 오면 그에게 보내자고 했다.

방의 초가 잡혔다.

우리가 보국안민의 대의를 앞세우고 일어난 지 벌써 8일이 지났다. 감사는 흉악무도한 강도 조병갑을 당장 처단하기는커녕 감영에서 비호하고 있을 뿐 아니라, 오늘은 감히 우리를 습격하려는 어리석은 짓을 감행했다. 군위 정석진이란 자를 감사의 사자로 위장, 십여 명의 부하와 함께 우리 도소를 습격하려 했으나 농민군에게 미리 발각되어 정석진 등 5명은 참살당하고 나머지는 도타했다. 그들을 참살하는 사이 애석하게도 농민군 3명이 목숨을 잃고 9명이 부상을 당했다.

우리는 보국안민의 대의 밑에 목숨을 바친 농민군들의 장례를 엄숙하게 치러 이들이 떨친 높은 뜻을 천하에 빛

내고자 한다. 장례는 오는 23일 도소에서 치를 것인즉 우
리와 뜻을 같이 하는 향곡의 의열지사들은 모두 참례하
여 고인들의 고결한 죽음을 함께 슬퍼하고 명복을 빌지
어다.

갑오 정월   일
고부 농민군 창의도소 재 말목

방은 베끼는 족족 먼 동네로 갈 사람부터 들고 나섰다. 기다리고
있던 사람들이 너덧 장씩 방을 나눠 들고 바삐 달렸다.

"나도 주시오."

*곰배팔이 설만두였다.

"너도 갈래?"

"이런 일에야 지가 제격이지라우. 나는 손을 한나뺑이 못쓴게 여
그 손 두 개 있는 사람하고 같이 갈라요. 둘이 보태노면 한 사람 구
실이 너끈하요."

곁에 있는 절름발이 김판돌을 가리켰다.

"한 사람이 아니라 한 사람 반이구만."

곁에서 익살을 부리자 모두 웃었다. 두 사람도 따라 웃었다. 지난
번 동헌에서 풍물판을 벌였을 때 그들이 신나게 한바탕 판을 휩쓴
뒤로는 그들을 모르는 사람이 없었다.

"그럼, 너희들은 읍내로 가거라. 내일이 읍내 장날인게 읍내 쇠전
머리하고 삼거리에 몇 장 붙여놔도 그 근방에는 소문이 좍 퍼질 것
이다."

236

정익서는 설만두에게 방을 서너 장 건네주었다. 두 사람은 천치재를 향해 바삐 내달았다. 길을 바삐 걷자 절름발이인 김판돌은 발이 성한 설만두에 비해 몸놀림이 배나 부산스러웠다. 절름거리는 발만 부산스런 것이 아니고 부산스런 발놀림에 덩달아 몸통도 상하로 올라갔다 내려갔다 요란스러웠다. 두 팔도 부산스럽게 허공을 휘저었다.

그들은 읍내 들어가면서 장판 들머리 주막집 벽에다 방을 붙였다. 주막집 주인이 내다봤다.

"아자씨, 이 방은 농민군 도소에서 붙인 방이오. 혹시 뜯어져서 팔락거리거든 쪼깨 손봐 주시요잉."

"방?"

주막집 주인은 무슨 *짜발량이들이 둘이나 와서 덤벙거리는가, 마뜩찮은 눈으로 두 사람의 주제 꼴을 한번 훑어보고 나서 방을 봤다.

"오늘 세자로 스며들어온 감영 놈들 처쥑앴다는 소리 들었지라우? 그 쌈하다 죽은……."

설만두는 간단히 설명하고 나서 방을 잘 돌봐달라는 부탁을 다시 한 번 하고 돌아섰다. 그들은 삼거리로 나왔다. 읍내 거리는 썰렁했다. 농민군들이 떠난 읍내 거리는 파장처럼 을씨년스러웠다. 먼지바람까지 매서웠다. 두 사람은 삼거리 주막집 벽에도 방을 붙였다.

"어라, 저것이 누구여?"

방을 붙이고 돌아서던 김판돌이 저쪽을 보며 뇌었다. 정익수가 주막에서 나오고 있었다. 중아비 주막이었다. 두 사람은 골목으로 슬쩍 몸을 피했다. 정익수가 바쁜 걸음으로 삼거리를 지나 천치재로 향했다.

"정익수가 멋하러 여그 왔으까?"

김판돌이 물었다.

"금매 말이어?"

두 사람은 고개를 갸웃거리며 정익수가 사라진 쪽을 다시 한 번 보고 나서 거리로 나왔다. 그때 중아비 주막에서 두 사람이 또 나왔다.

"저것은 김치삼이란 놈 아녀?"

김판돌이 이죽거렸다. 형문할 때 표독스럽기로 호가 난 놈이라 모르는 사람이 없었다. 하나는 키가 헌칠한 갓쟁이였다. 그들은 읍내를 빠져나가 정읍 쪽으로 가고 있었다. 설만두는 고개를 갸웃거리며 잔뜩 눈살을 찌푸렸다.

"날 따라와!"

설만두가 중아비 주막 쪽으로 김판돌을 끌었다.

"탁배기 한 잔씩 주시오."

목로에 앉으며 술을 청했다. 중아비가 두 사람 앞에 잔을 놓고 투박한 술방구리를 기울여 막걸리를 한 잔씩 따랐다. 술청에는 술꾼이 한 사람도 없었다. 봉노 댓돌에도 신이 없었다. 정익수가 아까 여기서 만난 것은 그 두 사람이 분명한 것 같았다.

"금방 나간 갓쟁이는 누군가 허위대가 헌칠합디다잉."

설만두가 중아비한테 넌지시 수작을 걸었다.

"허위대고 지랄이고 사람 노릇을 해사 허위대도 허위대제, 허위대만 헌칠하면 장땡인가?"

중아비가 비위 상한다는 소리로 핀잔이었다.

"어디 사는 사람인디, 허위대 값 못하는 놈이 있다요?"

238

설만두가 웃으며 뇌었다.

"월산서 정참봉 마름하는 정석냄인가 정독냄인가 하는 놈 몰라? 정참봉 떠세로 유세깨나 떨듯마는 난리가 난게 저놈도 코가 쭉 빠졌구만."

돌 석 자 석남이라 돌같이 모진 놈이라고 그쪽 사람들은 독냄이 독냄이 했다.

"아까 여그서 몬자 나간 사람도 정간디 둘이 다 정간게 일가 되는가? 그 사람들이 여그서 자주 만납디여?"

"오늘 첨 만난 것 같구만. 김치삼이 그 물건꺼정 시 놈이 만났어."

"아까 몬자 나간 젊은 정가는 농민군에 나온 사람인디, 먼 일로 그런 놈들하고 만나까라우?"

중아비가 정석남을 핀잔하던 끝이라 설만두는 한 발 내쳐 보았다.

"봉노에 틀어박혀서 속닥이다 갔은게로 모르겠네마는, 도적놈들 속닥이는 속은 담 넘자는 소리제 존 소리 오가겄어?"

중아비는 무슨 짐작가는 것이 있는지 아리송한 소리를 했다.

"그러면 그놈들이 시방 먼 모사를 했으까라우?"

"깊은 속이사 알겄는가마는, 속댁이는 가락이 꼭 도적놈들 모사 속 같더만."

설만두는 더 채근하려다 그만두고 술값을 계산했다. 당부를 하지 않더라도 그자들이 여기서 또 만난다면 눈치껏 살필 것 같았다.

"정참봉 마름이 정익수를 만나? 이거 예삿일이 아닌 것 같은디……."

설만두는 고개를 갸웃거리며 술집을 나왔다.

연엽 등 밥하는 여자들 잠자리는 예동서 내주었다. 동임 정활금의 사랑방이었다. 연엽은 저쪽에서 데리고 온 여자들 다섯 사람과 같이 기거를 했다. 이쪽 동네서도 나와서 일을 하겠다는 여자들은 얼마든지 있겠지만, 새로 나온 사람들은 물정을 몰라 손이 떴기 때문에 천원댁 등 일이 손에 익은 사람으로 몇 사람만 데리고 온 것이다.

"여기 오실 때도 말씀을 드렸지만유, 여기 와서는 우리도 전보다 더 잘해사 쓰겄구만유. 여기서는 농민군들도 새로 기강을 세우는 것 같구만유. 우선 젤로 어려운 일이 아이들 단속하는 일이구만유. 아이들은 되도록이면 밥하는 근처에 못 오게 하고 밥은 모두 한꺼번에 아이들하고 같이 먹도록 하겠이유. 그리고 좀 야박한 이얘긴디유 깜밥은 자칫하면 주고도 인심 잃은게 인심을 너무 쓰지 마셔유. 더구나 이쪽 아주머니들은 새로 일을 하러 오신 분들이라 자칫하다가는 그런 하찮은 것 갖고 서로 의를 상할지도 모르잖겠이유."

"깜밥은 우리 큰애기가 딱 *감장을 하고 꼭 줄 데가 있으면 큰애기한티 말을 하고 줬으면 쓰겄어. 아무리 임자 없는 것이라고 나부텀 깜밥 인심을 너무 쓰는 것 같아서 찝찝하기도 하고 그라등만."

천원댁이었다.

"자기 새끼들이라고 두 개 시 개 들린게로 하는 소리제라잉."

"그것이 먼 소리라요. 내중에 올 놈들 몫까지 들려논게 두 개 시 개로 보였제 누가 두 개 시 개 들리기는 들려라우?"

곁의 여자 판잔에 천원댁은 미간에 파르르 성깔이 일었으나 연엽 눈치를 보며 너름새 있게 말을 발랐다.

"그것은 조금씩만 더 맘을 쓰고유, 또 한 가지는 누구든지 여그

오는 사람은 밥을 준게유, 우리가 따로 밥을 주지는 마셔유. 일하는데 와서 밥을 먹는 사람이 있으면 여간 수선스럽지가 않아유. 아무데서나 밥을 먹기가 창피해서 아는 사람 곁에서 먹으려고 하는 심정은 알겠는디유, 지난번에는 밥하는 솥 앞에서 스무남은 명이나 앉아서 밥을 먹은게 이만저만 야단스럽지가 않더만유."

"그래도 명색이 아는 사람이라고 반갑게 찾아오는디 그냥 말 수도 없고 참말로 으짜까?"

"그것은 참말로 딱허드랑게라우."

"그래도 그것은 조심해사 쓰겄어유."

연엽은 말을 마치고 시렁에서 보자기를 내렸다. 보자기를 풀어 누비다 둔 바느질감을 꺼냈다. 소매 없이 덧옷처럼 입는 배자였다.

"아따 볼수록 솜씨도 곱네. 누가 입을 배잔디, 이렇게 정성을 디래서 누비까?"

천원댁이 누빈 자국을 맵쓸러보며 감탄을 했다. 연엽은 그냥 웃기만 하며 배자를 누비기 시작했다. 솜을 두툼하게 넣어 안암팎을 명주로 누비고 있었다. 며칠 전 이 배자를 처음 누비기 시작할 때부터 여인들은 이게 뉘 것이냐는 데로 관심이 쏠렸다. 더구나 그것이 배자라 더 관심이 쏠릴 수밖에 없었다. 그러나 연엽은 웃기만 할 뿐 끝내 대답을 하지 않았다. 연엽은 지난번 전봉준이 옷이나 한 감 해 입으라고 준 돈으로 옷감을 떠다 이 배자를 누비기 시작했던 것이다.

"땀땀이 고르기도 헌 거. 으쩌먼 큰애기가 바느질 솜씨도 이렇게 고우까?"

"이렇게 정성을 들이는 것 본게 혹시 접주님이 입을 배자 아니까?"

천원댁이 음충맞게 웃으며 당돌하게 물었다. 모두 연엽을 보며 까르르 웃었다. 연엽은 그냥 웃기만 했다.

"이렇게 정성들여서 누빈 것 본게로 영락없이 접주님 옷인 성부르그만."

천원댁은 질지이심 연엽을 아래서 올려다보며 다그쳤다.

"아녀유."

연엽이 가볍게 고개를 저었다.

"그라면 이 옷 입을 사람이 누구간디, 시상에 이렇게 곱게 누빈지 모르겠그만잉. 이 옷 입을 사람이 누군지는 모르제마는, 이 옷 입을 사람은 을매나 복이 많은 사람이까? 저 옷 입으면 밥 안 묵어도 배가 지절로 부르겠다."

천원댁의 너스레에 모두 깔깔거렸다.

정석진 사건이 있던 날부터 농민군 분위기가 전혀 달라졌다. 사람이 죽는 것을 모두 직접 보고 나니 이렇게 봉기한 일이 어떤 일인가 실감이 나는 것 같았다. 경계를 서는 사람들 눈에서는 한결 빛이 났고, 길목에서 기찰을 서는 별동대들의 기찰도 한층 엄했다. 그리고 당장 어젯밤부터 여기저기 매복을 했다. 매복은 별동대뿐만 아니라 일반 농민군도 했다. 별동대는 태인과 정읍 근방까지 가서 매복을 하느라 밤잠을 설쳤다.

기습이 있었던 다음날인 1월 19일, 임군한이 졸개 넷을 거느리고 도소에 나타났다. 졸개는 텁석부리와 김확실, 그리고 시또와 기언은복이었다. 전봉준은 한쪽 작은 방에서 임군한 일행을 맞았다.

"면목 없습니다."

임군한이 침통한 표정으로 전봉준 앞에 깊숙이 고개를 숙였다. 마치 수천 명 군사를 거느리고 전쟁판에 나갔다가 참패를 당하고 혼자 돌아온 장수 꼴이었다. 임군한의 표정은 그만큼 비참했고 목소리도 침통했다. 네 졸개들도 무릎을 꿇고 고개를 숙이고 있었다.

"허허, 뭘 그러시는가? 한번 실패는 병가상사라지 않는가? 자, 편히들 앉게 편히들 앉아."

전봉준이 임군한 손을 잡으며 위로를 했다.

"불초 소인이 이 중차대한 일에 *일검지임一劍之任을 자임할 때는 고부 사람들의 포한도 포한이지만, 천하를 도모하시는 접주님의 일에 일조를 해드리고자 했던 것이온데, 너무도 불민하여 얼굴을 두를 곳이 없사옵니다. 용서하십시오. 내 기어코 이 실패를 갚을 날이 있을 것입니다."

임군한은 그대로 무릎을 꿇은 채 마디마디 힘을 주어 말을 하며 다시 깊숙이 허리를 굽혔다. 졸개들 눈에도 불이 이글이글 타고 있었다. 항상 죽음을 뒤꼭지에 붙이고 사는 사람들이라 눈빛이나 표정부터가 농민군들과는 판이했다. 이런 듬직한 졸개들을 거느리고 앉은 임군한의 모습은 몇천 명 군사를 거느린 장수 못지않았다.

"괜찮네. 너무 마음에 끼지 말게. 사람 일이 어디 뜻 같이만 되던가? 그렇게까지 애를 써주신 것만 그저 감사할 뿐이네. 편히 앉게, 편히."

전봉준은 거듭 위로를 하며 다시 편히 앉으라 했다. 임군한은 그제야 자세를 고쳐 앉았다. 졸개들도 고쳐 앉았다. 임군한의 태도에 전봉준은 정말 감복을 하는 표정이었다. 이번 봉기를 하고 나서 상하가 이렇게 격식 차려 이야기를 주고받은 것은 이것이 처음이었다. 전봉준은 비로소 무슨 장수 대접을 받는 것 같았다. 전봉준은 문을 열고 술상을 하나 보아오라고 했다.

조촐한 술상이 들어왔다. 김치 한 보시기에 오지술병 하나였다. 전봉준이 임군한 잔에 술을 따랐다. 전봉준은 졸개들 잔에도 술을 딴 다음 술병을 임군한에게 건넸다. 임군한은 전봉준 잔에다 정중하게 술을 따랐다.

"자 드세."

전봉준이 잔을 올렸다. 모두 조심스럽게 잔을 들었다. 술을 마셨다. 술 넘어가는 소리는 물론 숨소리도 들리지 않았다. 평소에 좀 껄렁한 것 같던 임군한한테 이렇게 엄격한 데가 있었던지 전봉준은 새삼 놀라는 것 같았다. 세상을 휘젓고 다닐 때는 길 안든 생매 같던 졸개들도 이럴 때는 말 잘 듣는 어린애들 같았다.

"감영 소식은 오처사한테서 날마다 듣고 있네마는, 그자들이 언제까지 이러고 있을 것 같은가? 무슨 계략이 있는 것은 아닐까?"

전봉준이 입을 열었다.

"나가 있으시오."

임군한이 텁석부리를 돌아보며 말했다.

"가만, 술이라도 한 잔씩 더 들고 나가게."

전봉준은 졸개들 잔에 술을 따라주었다. 졸개들은 서둘러 잔을 비우고 허리를 굽히며 밖으로 나갔다.

"여기 오려고 어제 저녁 밤늦게까지 김덕호 씨하고 이야기를 했습니다. 그 자리에는 대둔산도 합석을 했습니다."

"대둔산 임문한 두령 말인가?"

"예, 일간 여기 한번 오시겠다고 안부 전하라 하십디다."

"고맙네."

"제 생각이라기보다는 어제 저녁 세 사람이 한 이야기를 대충 전해 올리겠습니다. 감사는 지금 아무 계략이 없는데, 전에 삼례집회 때처럼 바로 그 계략이 없는 것이 결국은 계략이 되고 있다는 말씀이셨습니다."

임군한 말에 전봉준은 가볍게 웃었다.

"김문현은 여기 기세가 여태까지 있었던 어떤 민란하고도 다르다는 것을 너무 잘 알고 있습니다. 그래서 섣불리 손을 쓰지도 못하고, 그런다고 조정에 장계도 올릴 수 없는 처집니다. 조정에 장계를 올리지 못한 것은 제 놈이 조병갑 잉임을 시켜 달라고 한 죄가 있기 때문이지요. 그런데 오늘로 벌써 9일이 지나지 않았습니까? 이번 기습은 조병갑이 제안했던 것 같은데, 그게 실패하자 감사는 노발대발 조병갑한테 악만 쓰고 있다는 것입니다. 앞으로도 뾰족한 대책이 없는 것 같습니다. 그렇지만 날짜는 가만 두어도 제절로 가고 있으므로 바로 이것이 저자들한테는 계략이 되어버리고 있습니다. 삼례집회나 한양 복합상소나 보은집회하고 똑같습니다."

전봉준은 말없이 임군한 말만 듣고 있었다. 감영 내막은 김덕호가 감영 장교 정석희와 김시풍 등을 통해 비교적 소상히 뽑아내고 있었다.

"불행하게도 이런 일을 할 때마다 시간도 언제나 저놈들 편이고,

시기까지 저놈들 편입니다. 농민들은 날씨가 따뜻한 때는 농사를 지어야 하므로 항상 이렇게 추운 겨울에만 일어나야 하니 시기조차 저놈들 편이지요. 앞에 든 큰 집회도 모두가 이렇게 추운 겨울이지 않았습니까? 이번에도 마찬가집니다. 엄동에 하룻밤 한뎃잠이 쉬운 일입니까? 잠도 잠이지만 우선 신을 보십시오. 감발에 짚신으로 진 데를 한 번만 밟아버리면 발은 하루 종일 물에 젖어 있는 셈입니다. 아마 지금 발에 얼음이 박히지 않은 사람은 없을 것입니다. 의기도 몸이 활발해야 의기지 몸이 불편하면 천하를 준대도 싫을 때가 있습니다."

임군한은 말을 마치며 앞에 놓인 잔을 비웠다. 전봉준한테 잔을 건네고 술을 따랐다. 전봉준은 말없이 술을 받아 들이켰다.

"저자들이 언제까지 이렇게 버티고 있을 것 같은가?"

전봉준은 말머리를 돌렸다.

"그 말씀은 감사가 군사를 언제 출동시킬 것이냐 하는 말씀이신데, 그것도 어제저녁 이야기한 대로 말씀드리겠습니다. 감영군 출동은 조정에 장계를 올린 뒤가 될 것 같습니다. 여기 농민군 기세로 보아 감영군을 움직이려면 크게 움직여야 할 것이므로 조정의 영 없이 독단적으로 출동을 했다가 만약 실패를 하면 큰일이기 때문입니다. 그런데 김문현으로서는 장계를 올린다는 것은 스스로 문책을 자초하는 일입니다. 문책을 면하려면 무슨 그럴듯한 해결의 단서가 잡혀야 장계를 올릴 수 있지 않겠습니까? 바로 그것이 이번 기습이었습니다. 기습으로 농민군 두령들을 제거해 버리자는 것이었는데, 그만 실패를 하고 말았습니다. 그러니까 앞으로 저자들이 어떻게 움직일

246

것인가 하는 문제를 예측할 수 있는 실마리는 장계를 언제 올리는가에서 찾을 수밖에 없습니다. 그러나 감사는 당분간은 장계를 못 올릴 것 같습니다. 김덕호 씨는 아마 기습을 다시 한 번 시도해 볼지도 모르겠다고 하셨습니다. 방법을 조금 달리해서 이번에는 농민군 내부에서 호응하는 자를 만들어 좀 더 치밀하게 일을 할지도 모른다는 말씀이었습니다."

전봉준은 비로소 고개를 끄덕였다. 전봉준은 남았던 술을 들고 잔을 임군한한테 넘겼다.

"나도 어렴풋이 그렇게 짐작을 하고 있었네마는, 임두령 말씀을 듣고 보니 가닥이 더 확실하게 잡히네. 임두령 말씀을 깊이 새겨 대비를 하겠네."

"감사합니다."

임군한은 허리를 굽혔다.

"그런데 오면서 얼핏 보았습니다마는, 농민군 군율이 너무 해이한 것 같습니다. 농민군들이 기거하는 장막은 바로 군영인데, 그 근처에는 농민군보다 아이들이야 노인들이야 일 없는 사람들이 더 많고, 또 술막에다 움막이며 잡화상까지 몰려 너무 어수선한 것 같습니다."

임군한의 말에 전봉준은 맥살없이 웃었다. 임군한 눈에는 이게 장판인지 명색 군막인지 어리둥절했던 모양이다.

"장막 근처에서 얼씬거리고 있는 사람들은 여기에 밥이 있기 때문에 그 밥 곁으로 모여든 사람들이고, 장사치들은 원래 사람을 따라다니는 사람들이라 사람이 모이니까 역시 모여든 것이네. 밥 없는 사람들이 밥을 얻어먹은 다음 집에 가보아야 별로 할 일도 없으니 그냥 여기서 다음 끼니를 기다리느라 그렇게 얼씬거리고 있는 걸세. 그러나 밤이 되면 그 때는 잠자리를 찾아서 모두 제절로 돌아가네."

임군한은 전봉준을 빤히 건너다보고 있었다. 무슨 소리를 그렇게 한가하게 하고 있느냐는 표정이었다. 자기 성깔로는 그런 사람들을 당장 두들겨패서 내쫓아도 시원찮겠는데, 그런 한가한 소리를 하고 있으니 이 사람이 정신이 있나 없나 어이가 없는 모양이었다.

"그래가지고 어떻게 군율을 세웁니까?"

"농민군들이 말이 농민군이지 사실은 군인도 아니고, 더구나 여기는 군대 병영도 아니네. 창 들었다고 농민군이고 창 안 들었다고 농민군이 아니고, 그런 것도 아닐세. 그래도 지금까지 아무 탈이 없었고, 감영군이 쳐들어오면 그 사람들도 창 든 사람들처럼 모두 한몫씩 할 사람들일세. 그제 정석진이가 담배장수로 변장을 시켜가지고 데려온 부하들을 수상하다고 우리한테 귀띔을 해준 것도 실은 여염집 여자였네."

전봉준은 가볍게 웃으며 말했다.

"저는 통 모르겠습니다."

임군한은 도무지 이해할 수 없다는 표정으로 고개를 갸웃거렸다. 군인 출신에 화적으로 모든 것을 대쪽 빠개듯 해온 임군한으로서는 당연한 일이었다.

"호랑이 모는 속은 사냥꾼이 잘 알겠지만, 소 모는 속은 농사꾼이 잘 아네. 나는 저 사람들하고 살을 비비고 살아온 사람이네. 걱정 말게. 저 사람들 생긴 대로 일을 해야지 갑자기 무슨 군율을 세워 일없는 사람은 여기 나오지 마라, 이것은 이렇게 하고 저것은 저렇게 해라, 이렇게 너무 뚝뚝 가르고 자르고 하면 되레 부러지든지 퉁기네."

"어련하시겠습니까마는, 그래도 여기가 명색이 군영이라 제가 보기에는 너무 어수선해서 한 소립니다. 그런데 아까 말씀드린 대로 앞으로도 기습이 또 있을 것만 같아 접주님 신변이 안심이 안 됩니다. 그래서 제가 아까 그 졸개들을 데리고 왔습니다. 그이들은 봉술이나 검술, 그리고 표창 던지는 솜씨들이 일당백입니다. 한 사람이 뚝머슴 열 명보다 나을 것입니다. 그이들을 접주님 곁에 두십시오. 그놈들은 평소부터 유독 접주님을 존경하는 놈들이라 신명을 바쳐 접주님을 호위할 것입니다."

"고맙네."

"어제저녁 두 분께서는 제가 직접 접주님 곁에 있는 것이 좋겠다고 합니다마는, 저는 조병갑 그자를 노려야겠습니다. 그자가 언제 성문 밖을 나와도 나올 것이니 그때는 기어코 그자를 처치하고 말겠습니다. 여기는 간혹 들리겠습니다."

"고맙네. 두 분께 안부 전하게."

임군한이 김확실을 불렀다. 김확실은 시또와 기얻은복을 데리고 들어왔다.

"다시 인사드리시오."

임군한은 다시 전봉준한테 인사를 시켰다. 세 사람은 정중하게 절을 했다.

"내가 항상 하는 말이지만, 장부는 자기가 목숨을 바칠 만한 사람을 받드는 것이 가장 보람 있는 일입니다. 접주님 신변에 무슨 일이 생기면 먼저 자기 목숨부터 던져야 합니다. 알겠소?"

"예."

세 사람은 고개를 주억거리며 무겁게 대답을 했다. 꼭 어린애들 같았다. 평소 숨 안 죽은 풋장같이 너저분하던 김확실이 다소곳이 고개를 숙이는 꼴은 웃음이 나올 지경이었다.

"안녕히 계십시오."

임군한은 다시 인사를 하고 일어섰다. 세 사람을 남겨놓고 텁석 부리와 함께 도소를 나갔다. 전봉준은 대문까지 바래다주었다.

임군한이 나간 조금 뒤였다. 아이들 둘이 도소를 기웃거렸다.

"누구냐?"

달주 패가 파수를 서고 있다가 퉁명스럽게 물었다.

"우리 아부지 만나로 왔어."

전봉준의 둘째아들 용현이었다.

"느그 아부지가 누군디?"

"전 자, 봉 자, 준 자여."

"그란게, 전봉준 접주님이 느그 아부지란 말이냐?"

파수 선 젊은이가 깜짝 놀랐다.

"그래, 이것은 우리 성님이여."

용현이는 아까 퉁명스럽게 나왔던 것에 비위가 상했던지 당돌하게 나왔다. 형 용규는 성격이 암뜬 편이어서 제 동생의 당돌한 행동에 그냥 버젓이 웃고 있을 뿐이었다.

"그람, 나 따라와."

파수 선 젊은이가 안으로 들어갔다. 전봉준이 내다봤다.

"아부지."

용현은 큰 소리로 아버지를 부르며 달려갔다.

"왔냐?"

전봉준은 가볍게 웃으며 두 아들을 맞았다. 용규는 선 채로 제법 의젓하게 절을 했다. 그들은 읍내도 여러 번 갔으나 자기 아버지를 찾아가기는 이번이 처음이었다. 용현이 찾아가겠다고 떼를 썼으나 찾아가면 안 된다고 두 누님이 단단히 일렀던 것이다.

"누님들도 잘 있고, 집에 별일 없냐?"

"예, 집에 아무 일 없소. 그란디 성님은 별동대에 들어가고 잡다고 달주 삼춘한테 두 번이나 말했는디, 안 디래 준게 아부지한테 말해서 디래 주락 할라고 왔다요."

"뭣이라고, 별동대에 들어가?"

전봉준이 놀라 물었다.

"예, 들어갈라요."

용규가 얼른 대답했다. 전봉준은 아들을 빤히 보며 좀 어이가 없는 듯 혼자 웃었다.

"느그 누님들한테도 말했냐?"

"예."

"뭣이라고 하더냐?"

"큰누님은 들어가지 말라고 하고 작은누님은 들어가고 잡으면 들어가라고 함시로 들어갈라면 아부지한티 말하고 들어가라고 합디다. 그래서 달주 삼춘보고 아부지한티 말해주라고 했등마는 못 들어오게만 하요."

용규는 볼 부은 소리로 말했다.

"별동대가 아무나 들어가는 데가 아니다. 더구나 너같이 어린 놈들은 못 들어간다."

"나는 동네 들독도 작년에 들어부렀는디라우."

"아부지는 안직도 모르지라우? 성은 작년 동계 때 동네 사람들 앞에서 들독을 대번에 들어부렀어라우."

용현이가 자랑스러운 듯이 말했다.

"허허, 그랬더냐?"

전봉준은 자식이 자라고 있는 것에 실감이 나는 듯 가볍게 웃었다. 그러나 그의 웃음에는 쓸쓸한 그늘이 드리워졌다. 아이들이 동계 때 들돌을 든다는 것은 그 아이로서는 대단한 일이었다. 그것으로 어른이 되었다는 것을 뜻하며 바로 그때부터 동네 두레에 들어가기 때문이다. 말하자면 성년의식이었다. 그것을 자기는 까맣게 모르고 있었다. 아이들한테 이런 일을 자랑할 만한 기회를 주지 못했던 것이다. 어머니도 없이 자라는 아이들에게 그런 따뜻한 자리 한번 가져주지 못했다는 자책이 가시 찔리듯 가슴을 찔러왔다. 딸들만 해도 그랬다. 과년한 딸들이 둘이나 있었으나 큰딸은 겨우 혼처만 정해 놓고 혼사 치를 엄두를 내지 못하고 있었다.

"그란게 아부지가 달주 삼춘한티 말해서 디래 주시오. 달주 삼춘 부대에 들어가고 잡다요."

용현은 떼를 쓰듯 말했다.

"그런 일이 들돌만 들었다고 뚝심으로 하는 일이 아니다."

"나하고 동갑짜리도 한나 들어갔소. 키는 나보담 쪼깨 크제마는."

용규는 볼 부은 소리를 했다.

"별동대에 들어가면 밥도 많이쏙 준다고 합디다. 디래 주씨오."

용현은 당돌하게 거듭 채근을 했다.

"꼭 그렇게 들어가고 싶냐?"

전봉준이 웃으며 큰아들에게 물었다.

"예, 들어가고 잡소."

용규는 얼른 대답했다. 두 아이들은 뚫어질 것 같은 눈으로 아버지를 보고 있었다.

"그러면 달주 삼춘이랑 의논을 해볼란게 기다리고 있어라."

"하, 됐다. 달주 삼춘이 안 된다고 하면 아부지가 야단을 쳐서 디리라고 하씨요 잉."

용현이 소리를 질렀다. 아버지 위세를 단단히 써먹자는 가락이었다.

"이놈아, 농민군이 느그덜 병정놀인 줄 아느냐?"

"누가 그란닥 하요."

용현의 당돌한 대꾸에 전봉준은 다시 웃었다.

"그라고라우. 큰누님이라우, 충청도 큰애기 데꼬 오락 해서 시방 델러 가요. 동학 강하고 댕기는 큰애기라우. 그 큰애기를 우리 집으로 오락해서 오늘 저녁 하루라도 우리 집이서 자고 가라고 데꼬 오락 합디다."

"그래, 잘한다. 그런데 우리 집에 무엇 대접할 것이 있어야지."

"감자(고구마)도 있고 그래라우. 아부지는 은제 집이 오실라우?"

"바뻐서 쉬이 못 가겠다."

"참, 2월 달이 할아부지 소상이라든디 아시오?"

"어허, 이 애비가 너한테 할아버지 소상을 다 채근당하는구나."

전봉준은 먼지 날리는 소리로 웃었다.

"그람 우리는 갈라우. 성님 꼭 별동대에 디래주씨요잉. 안 디래주시면 우리 집 못 들어오요잉."

두 아들은 벌떡 일어섰다.

"허허, 느그 집 들어갈라면 이거 큰일났구나."

두 아들은 뜰로 내려서자 아버지에게 고개를 깊숙이 숙여 인사를 하고 돌아섰다. 전봉준은 아이들을 보내놓고 잠시 혼자 앉아서 담배를 빨아 길게 내뱉고 있었다. 그의 얼굴에는 무거운 그림자가 드리워졌다.

"아부지는 우리가 오랜만에 찾아갔응게 돈 쪼깨 주제, 돈 한나도 안 줘야. 아전들이 돈을 많이 내놨다고 하등마는."

"그것이 아부지 돈이라냐?"

"아부지 돈이 아녀도 농민군 대장인디, 우리한테 돈 몇 냥 주면 못 쓴가? 돈 한나 주라는 소리가 여그까장 나온 것을 포롯이 참았네."

용현이 형을 돌아보며 제 목줄기를 손가락으로 가리켰다.

"그런 소리 했더라면 너는 누님들한테 혼나."

"그런게로 안 했잖아, 씨."

용현 형제가 골목으로 나오자 골목에 용현의 친구 폰개와 또식이 기다리고 있었다.

"아부지가 돈 쪼깨 줬으면 이것들하고 엿 하나 사묵을 것인디,

에이."

용현은 홧김에 길가의 돌멩이를 걷어찼다.

"그 큰애기한테는 너 혼자 가거라."

"성은 어디 갈라고?"

"나는 그런 디는 안가."

"피, 지가 먼 어른인게비네."

용현이 입을 삐쭉 내밀어 핀잔을 주어놓고 친구들을 데리고 장막을 향해 내달았다.

장진호는 느지막이 순심의 술막으로 갔다. 품속에는 당성냥 한 통이 들어 있었다. 어제 저녁에는 금구까지 나가 매복을 서느라고 짬을 내지 못하고 오늘 저녁에야 겨우 짬을 낸 것이다. 순심을 본 지가 한 달도 더 된 것 같았다. 가슴을 두근거리며 술막 안을 들여다보았다. 술손들이 많았다. 한쪽에는 김달식이 혼자 앉아서 술을 홀짝거리고 있었다. 장진호는 그냥 돌아서고 말았다.

"에이, 저 밥맛없는 새끼."

장진호는 김달식을 보자 또 울화가 뒤집혔다. 좀 사람 같은 작자가 그런다면 모르겠는데, 저런 얼뜬 작자가 순심한테 눈이 뒤집히다니 화가 치밀어 견딜 수가 없었다. 작자를 잡다 패버릴 수도 없고 미칠 지경이었다.

여기 와서는 쟁우댁 술막이 맨 앞쪽이라 그 앞에서 서성거리다가는 사람들 눈에 금방 띌 것 같았다. 울화를 씹으며 말목 쪽으로 가려다가 다시 돌아섰다. 장막 쪽에서 설만두가 김판돌하고 나오고 있었다. 장진호는 설만두를 보는 순간 설만두하고 의논할 일이 있을 것 같다는 생각이 선뜻 머리를 스쳤다.

"만두야!"

설만두가 돌아봤다. 장진호는 그와 의논할 일이 무엇인가 긴요한 일 같은데 얼른 생각이 나지 않았다. 설만두는 자기 마을 농민군에 소속되지 않았으므로 매인 데 없이 돌아다니다가 일이 생기면 두루치기로 무슨 일이든지 했다.

"술이나 한잔 하자."

"대장님이 한가하셨네."

설만두가 웃으며 다가왔다. 세 사람은 쟁우댁 술막으로 들어갔다.

"아이고, 대장님 어서 오시오."

쟁우댁이 반겼다. 순심이 얼핏 돌아봤다. 장진호와 눈이 부딪쳤다. 장진호는 가슴속에서 대번에 방망이질 소리가 나는 것 같았다. 김달식 곁에 자리가 한 자리 비어 있었다. 그리 비집고 들어갔다. 김달식이 불콰한 얼굴을 치켜들고 알은체를 했다.

"너는 이 집서 파고 산다고 소문났등마는 헛소문이 아니구나."

설만두가 핀잔을 주며 앉았다. 김달식은 그냥 헤실거리고만 있었다. 쟁우댁이 채반에다 술국과 잔을 얹어 들고 왔다.

"자리 참 잘 잡았소."

설만두가 쟁우댁에게 한마디 했다.

"으짜다가 괜찮은 자리를 잡은 성부르요마는, 이런 하찮은 장사가 자리 타고 멋 타고 할랍디여."

"이런 장살수록 자리가 한몫이지라잉."

"그려. 풍수가 공돈 안 묵는디 이런 자리를 잡아줘도 술 한 잔이 없구만."

김달식이 끼어들었다.

"허허, 술막 자리꺼정 잡아줬냐? 그런게 너는 고추장에 풋고추 백히대끼 이 집에 아조 칵 백혀부렀구나, 이 자석아, 골수박을 파더래도 앞뒤 돌아봄시로 파."

설만두는 들떼놓고 김달식에게 면박을 주었다. 모두 와 웃었다. 설만두는 창동이 고향이라 김달식과는 너나들이를 하는 사이였다. 지금도 거기에 일가가 많아 당장 오늘 저녁만 하더라도 그 동네 이모 집으로 자러 가던 길이었다.

"이 자식이 시방 멋이라고 아가리를 놀려싼다냐?"

김달식이 발끈했다.

"원래 양약은 입에 쓰고 존 말은 귀에 거슬리는 법이다."

설만두가 잔을 들려다 말고 퉁겼다.

"육갑 떠네."

"임마, 말을 할라면 똑똑히 해. 병신 육갑 떤다고 지대로 말을 하제 으쩨서 한 토막은 짤라불고 말을 하냐?"

저쪽에 앉은 술손들까지 와 웃었다.

"허허, 참. 오늘 재수가 없을란게 별놈을 다 만나네."

"재수가 없는 것이 아니라 느그 선산에 똥가마구라도 울었은게 나 같은 사람 만나서 들을 말 들은 중 알아라. 임마, 기왕 이런 데 나올라면 동네 사람들이 다 나왔은게 같이 한물에 얼려사제, 모두 대창 들고 눈에다 불을 써고 나대는디, 너는 한쪽에서 기구먹이나 파고 자빠졌어? 내 말이 틀렸냐, 틀렸으면 틀렸다고 어디 말을 한번 해 봐라."

"허 참, 재수 없는 새끼."

김달식이 이를 앙다물며 자리에서 벌떡 일어났다. 저쪽으로 가서 술값을 계산했다.

"너 이 새끼, 언제 죽어도 내 손에 죽을 중 알어."

김달식은 눈에다 퍼렇게 날을 세우고 설만두를 노려보며 얼러놓고 숨을 씨근거리며 나가버렸다.

"꼴엣것이 그래도 지가 수캐라고."

설만두 핀잔에 모두 웃었다.

"아이고, 자네는 인자 살았달 것이 없네. 시방 이 집에서 이쁘게 보일라고 얼굴에 연지라도 찍고 잡은 사람을 갖다가 그렇게 죽사발을 맨든단 말이여? 애먼 놈 곁에 배락 맞는다고 나까장 다칠 성부른게 인저부터 나는 자네하고 같이 안 댕길라네."

김판돌이 웃으며 익살을 부렸다. 술손들이 모두 따라 웃었다. 쟁우댁도 큰소리로 깔깔거렸다. 순심도 얼굴을 붉히며 웃었다.

"그 병신이 그런 오기사발이라도 한 사발 들었으면 내가 그런 소리를 하겠냐?"

술이 서너 순배 돌았다. 쟁우댁이 뜨근한 술국을 새로 떠왔다.

"아짐찬허요."

"달식이 그 총각한테 그래도 너무 면박을 그렇게 주지 마시오."

쟁우댁이 깔깔거리며 한마디 했다.

"그렇게 면박을 줘도 말을 안 타는 자석이오."

밤이 너무 늦어 술손들이 한 패씩 자리를 떴다. 설만두도 지금 창동으로 자러 가는 길이라며 그만 가자고 했다. 장진호가 술값을 계산했다. 두 사람이 밖으로 나가자 장진호가 품속에서 당성냥을 꺼냈다.

"장사가 불같이 되라고 사왔소."

"우매, 멋을 이런 것을."

장진호는 던지듯 성냥을 건네고 바삐 돌아섰다. 경황 중에도 순심한테로 눈이 갔다. 장진호와 눈이 부딪친 순심은 쟁우댁 눈치를 보며 얼른 눈을 피했다.

장진호가 밖으로 나오자 얼핏 저쪽으로 지나가는 사람이 있었다. 정익수였다. 순간 장진호는 머리에 선뜻 스치는 것이 있었다. 저거였구나. 장진호는 아까 설만두한테 할 말이 있을 것 같았던 게 바로 정익수 이야기라는 생각이 들었다. 지난번 읍에서 정익수가 엉뚱한 골목으로 들어갔다 나오는 것을 보고 먼가 이상하다는 생각을 한 뒤로 그게 지금까지 마음에 걸려 있었던 것이다. 그러나 그가 그런 골목 한 번 드나든 것을 가지고 의심을 한다는 것도 경망스러운 것 같아 그냥 입을 다물기로 했다.

"저 새끼는 늦은 밤에 또 어디를 싸대고 댕기는고?"

김판돌은 혼잣소리로 이죽거렸다. 돌아보니 정익수는 쟁우댁 주막으로 들어가고 있었다.

"저 집에는 물건짝들만 들어댕기네."

"왜 그려?"

장진호가 물었다.

"저것도 나잇살이나 철떡거린 것이 즈그 성님 떠세로 여그저그

분수없이 대퉁거리고 댕긴게 하는 소리여.”

장진호가 얼핏 뒤를 돌아보자 정익수가 다시 나오고 있었다. 혹시 김달식을 만나러 갔던 것이 아닌가 싶었다. 그러고 보니 지난번에도 김달식하고 저 술막에서 나오는 것을 본 것 같았다.

“요새는 김달식하고 배가 맞은 것 같던데.”

장진호가 넌지시 한마디 던져봤다.

“유유상종이라더니 물건짝들이 생긴 대로 얼리구만.”

설만두는 혼잣소리로 이죽거리며 자기들은 창동으로 간다고 말목 쪽으로 갔다. 장진호는 정익수가 김달식과 얼린다는 것이 우선 꺼림칙했다. 순심 일로도 뭔가 마음에 걸렸지만, 그런 일이 아니고도 달리 무슨 병통을 내지 않을까 조바심이 일었다. 장진호는 화호나루 쪽으로 갔다.

“저것 봐라.”

김판돌은 뒤를 돌아보며 걸음을 멈췄다. 설만두도 뒤를 돌아봤다. 정익수와 김달식이었다. 둘이 쟁우댁 술막 쪽으로 가고 있었다. 열아흐레 달이 밝았다. 설만두와 김판돌은 다시 발길을 돌렸다. 변소 쪽으로 갔다. 변소 뒤에 몸을 숨겼다. 정익수만 혼자 쟁우댁 술막으로 들어갔다. 곧바로 쟁우댁을 데리고 나와 세 사람이 술막 뒤로 갔다. 설만두와 김판돌은 변소 뒤에서 그대로 그쪽을 보고 있었다. 한참만에 세 사람이 다시 술막 앞으로 돌아왔다. 술막 앞에서 헤어져 정익수와 김달식은 말목 쪽으로 갔다.

“저것들이 암만해도 수상하다.”

설만두와 김판돌이 그들 뒤를 따라갔다. 정익수와 김달식은 말목에서 창동 쪽으로 길을 잡아섰다.

"달식이 집으로 자러 가는 모양이다."

"언제부터 저것들이 저렇게 가까운 사이가 됐지?"

설만두와 김판돌은 그들과 한참 거리를 두고 뒤를 따랐다.

9. 너 설움을 들어라

장례 기간 동안 농민군들은 모두 무거운 표정이면서도 한편으로는 새로운 긴장과 활기가 감돌았다. 장례 준비에 농민군들이 할 일은 거의 없었다. 떡이나 술 같은 것은 전부 마을에 맡겨버리고 장막에서는 모든 일이 예사 때하고 똑같이 돌아가고 있었다. 별동대는 하루걸러 밤마다 먼 데까지 나가 매복을 했으며, 일반 농민군들은 매일 한 나절씩 창 찌르기와 창던지기 연습을 했다. 찌르는 연습은 섬에다 모래를 넣어 거기다 창을 찔렀다. 평소 연장을 다루던 사람들이라 하루가 다르게 솜씨들이 달라졌다. 찌르는 요령이며 멀리 던지는 요령도 웬만큼 터득을 했다. 차츰 창질이 몸에 익어가기 시작했다.

오늘 저녁에는 손화중이 강을 하기로 되어 있는 날이었다. 장막에서 강을 하기로 방침을 세운 뒤로 그 첫 번째 열리는 강이었다. 손화중은 자기 고을 배의근이라는 명창을 데리고 왔다. 장례 기간인데, 소리판을 벌일 거냐고 눈이 둥그레지는 사람도 있었으나 소리도 소리 나름이 아니냐고 했다.

명창 배의근이 왔다는 소문이 퍼지자 배들 안통이 발칵 뒤집혔다. 동네 노인들까지 몰려들어 장막은 농민군과 인근 주민들로 발 들여놓을 틈이 없었다. 배의근은 그 지방 세습무의 아들로 타고난 소리꾼이었다. 요사이 그 이름은 이 근방을 쩡쩡 울리고 있었다.

최경선이 단으로 올라섰다.

"이 자리에는 농민군들뿐만 아니라 동네 노인장들까지 많이 나오셨습니다. 감사합니다. 앞으로 이 장막에서는 이틀이나 사흘 걸러 강을 하겠습니다. 강은 동학 강뿐만 아니라 나라의 형편이며 서양 여러 나라 이야기도 하겠습니다. 이런 강을 할 때는 강만 하는 것이 아니라 오늘 저녁처럼 소리판을 벌이든지, 재미있는 놀이판을 한 판씩 벌인 다음에 강을 하겠습니다. 우리끼리 할 놀이판은 짚신 장원이나 이야기 장원을 뽑는 놀이판을 벌이겠습니다. 짚신 장원을 뽑는 놀이판은 며칠 뒤에 벌일 작정입니다."

짚신 장원이라는 소리에 모두 어리둥절한 표정들이었다.

"짚신 장원이 뭣이냐 하면 짚신 삼는 솜씨를 겨루어서 두레 호미씻이 때 두레 장원 뽑듯이 장원을 뽑는 놀이입니다."

그제야 윗물이 도는지 모두 웃었다. 짚신에다 장원이라니 *거적문에 은돌쩌귀같이 엉뚱한 소리여서 잠시 어리둥절했다가, 두레 장원에다 빗대니까 그럴 법하다 싶은 모양이었다.

"오늘 저녁에는 손화중 대접주님께서 강을 해주시겠습니다. 해주실 말씀은 '세계 여러 나라와 우리나라 형편'입니다. 우리가 지난번 보은집회나 원평집회에서 '척양척왜'를 내걸었는데, 어째서 그런 소리를 하는가 그것을 말씀드릴 것입니다. 강을 하기 전에 판소리 한 대목을 듣겠습니다. 오늘 소리를 해주실 분은 여러분이 잘 아시는 무장 배의근 명창이올시다. 그러면 박수를 쳐서 먼 길을 마다 않고 오신 배 명창을 맞아주십시오."

박수가 쏟아졌다. 배의근이 부채를 들고 고수와 함께 단으로 올라섰다. 헌칠한 키에 몸매가 다부졌다. 단골(무당) 출신 광대라 처음에는 천대를 받기도 했으나 요사이는 한창 이름을 떨치고 있어 가는 데마다 사람들이 구름같이 몰려들었다.

"이 광대 놈이 여그저그 소리를 많이 허고 댕겼제마는 대창 들고 일어난 의군 총중에서 소리를 해보기는 이것이 생전 처음이겄다."

배의근이 처음부터 아니리 가락으로 나왔다. 배의근 자리 가까이에는 이주호 집 머슴 청룡바우가 박문장과 함께 바짝 붙어 앉아서 배의근의 턱을 쳐다보고 있었다. 이 둘은 소리라면 먹던 밥도 숟가락을 내던지고 쫓아갈 지경이었다. 그들 스스로도 제법 구성지게 한 대목씩 뽑아 동네서 무슨 놀이판이 벌어지면 제법 어깨판을 벌리고 구성지게 한 대목씩 뽑았다. 해봉 영감은 아들이 그런 노래하는 것도 못 봐 어쩌다가 박문장이 소리를 하다가 그 아버지한테 들켜놓으면 학질을 뗐다. 그러나 박문장은 자기 아버지 그늘만 벗어나면 들에서나 산에서나 소리를 뽑아 댔다.

저쪽에는 밥하는 여인네들이 모여앉아서 귀를 쫑그리고 있었다. 연엽도 끼여 있었다. 군중 뒤편에는 이갑출도 제 똘마니들을 거느리고 나와서 군중 속에 끼여 있었으며 정익수도 김달식과 나란히 앉아 있었다.

"마침 우리 소리마당 가운데 전쟁을 허는 〈적벽가〉 소리마당이 한 마당 있는디, 지금은 여그도 전쟁을 한바탕 하고 마침 상중이라니, 그 〈적벽가〉 가운데, 군사들 〈설움타령〉을 불러 돌아가신 의군들의 극락왕생을 한번 빌어보는디……."

배의근의 즉흥적인 아니리 가락은 제법 구성지고 격조가 있었다. 바로 소리로 들어갔다.

> 고당상 학발양친 하직한 지가 몇 해이며, 아부님은 날 나시고 어무님은 날 기르니, 그 은혜 갚을라니 하늘보다 높고 코네. 화목하던 집안 식구, 깊은 안방 젊은 아내 천 리 전장 날 보내고, 오늘내일 소식 올까, 일락서산의 해는 기울어지고 *의려지망이 몇 번이며, 소증랑의 홍안 거래 이 편지를 뉘 전헐거냐. 조총 환도를 들러메고 육전 수전을 섞어 할 적에 생사가 조석이로다. 만일 객사나 볼진대, 그 뉘라 흙을 물어 백골안장을 하여 주며, *골폭사장 하여져서 까마귀밥이 된다 한들 후여쳐 날려줄 이가 뉘가 있드란 말이냐. 날이 날마다 부모 그려 우는구나.

우조의 호방한 수리성이 진양조 가락에 얹혀 장막 안을 비통하고 장중한 분위기로 가득 채워버렸다. 군중은 넋을 잃고 듣고 있었다. 더구나 한자로 어렵게 되어 있는 사설을 여러 대목 대담하게 풀어서 불러버리자 군중은 더 감동을 하는 것 같았다. 일테면, "부혜父兮여 생아生我하고 모혜母兮여 육아育我하니 욕보지기은欲報之其恩인대 호천망극昊天罔極이로구나" 하는 대목을, "아부님은 날 나시고 어무님은 날 기르니 그 은혜 갚을라니 하늘보다 높고 크네"로 부르는 따위였다. 이것은 얼핏 쉬운 일 같지만 소리꾼들로서는 엄청난 파격이었다. 더구나 사설의 음운과 창과의 관계 때문에 그만큼 어려운 일이었다. 맨 끄트머리 "날이 날마다 부모 그려 우는구나"도 원래는 "일일사친一日思親 십이시十二時로 우는구나"였다.

그 대목을 다 부르고 나서 다시 아니리로 돌아왔다.

"울고 나니 한 군사 씩 나서며, '아나 얘, 너는 부모 생각으로 이렇게 우니 부모 생각 효성지심이 지극한 사람이다. 아무리 네가 진중 아니라 별간 데를 가도 부모를 생각해서 그렇게 우는 것을 본게 안 죽고 살아가겠다. 효자다. 그러나 다 울었으니 그만두고 내 설움을 좀 들어봐야 될 것 아니냐' 이놈이 썩 나서더니 저는 무엇 땜시 우는 설움인고 하니 아들 땜시 우는 설움인다……."

배의근은 중중모리 가락으로 소리가 몸뚱이째 튀어나가듯 우렁차게 내질렀다.

여봐라 군사들아, 이내 설움을 들어라. 나는 남의 오대독신으로 열일곱에 장개들어 사십이 가깝도록 슬하에 일점혈육 없어 부부 매일 한탄 후, 명산대찰 영신당과 고묘 총사 석왕사요, 석불보살 미륵님 노구맞이 집짓기, 칠성불공 나한불공 신중맞이 가사시주 다리공덕 길닦기, 집에 들어 있는 날도 성주조왕 당산 천룡 중천구룡 지신제를 지극정성 다 들이니, 공든 탑이 무너지고 심든 남기 꺾어지랴. 하로는 우리 집 마누래가 십삭태기를 벼슬할 제, 기운 자리 아니 앉고 굽은 음식 아니 먹고 음한 소리 아니 듣고 나쁜 색깔 눈 돌리며 고정좌를 하는구나. 하루는 해복기가 있던가 보더라. 아이고 배야 아이고 허리야. 아아. 순산으로 낳아노니 딸이라도 반가울데 아들을 낳았구나. 얼굴은 관옥이요 풍채는 두목지라. 갯묵불알에 고초자지가 대롱대롱 달렸네. 열 손가락 떠받들어 땅에 뉘일 날이 전혀 없고, 오줌똥을 다 가려 삼칠일이 다 지내 오륙삭 넘어가니 터덕터덕 노는 양, 빵긋 웃는 양, 엄마 아빠 도리도리 쥐암쥐암 잘깡잘깡 섬마둥둥 내 아들…….

여기저기서 추임새가 쏟아지며 군중은 배의근의 소리가락에 그대로 흠뻑 취해 망연자실 넋을 놓고 있었다. 배의근은 여기서도 사설을 몇 군데를 쉽게 풀어서 불렀다. "석부정부좌하고 할부정불식하고 이불청음성 목불시악색하야" 같은 대목을 "기운 자리 아니 앉고, 굽은 음식 아니 먹고, 음한 소리 아니 듣고, 나쁜 색깔 눈 돌리며"로 바꿔 부른 따위였다.

이 대목을 흥겹게 부른 다음, 아니리로 또 한참 청승을 떨다가 홀쩍 뛰어넘어, "숨 막히고 기막히고 살도 맞고 창에 찔려……"의 조조 패전 장면으로 들어갔다. 판소리 가락 중에서는 가장 빠른 휘모리 가락으로 정신없이 내달았다.

  '여봐라 정욱아, 위급하다. 날 살려라. 날 살려라. 날 살
  려라.' 조조가 겁집에 말을 꺼꾸로 타고 '여봐라 정욱아,
  어찌 오늘은 이놈의 말이 전같이 안 내빼고 적병강으로
  만 뿌드등뿌드등 돌아가는구나. 주유, 노숙이 축지법을
  못하는 줄 알았더니마는 아까부텀 땅을 찍어 우기던가
  보구나. 여봐라 정욱아, 위급하다. 날 살려라' '승상이 말
  을 꺼꾸로 탔소' '언제 옳게 타겠느냐 말머리만 떼어다가
  똥구녁에다 박아라, 박아라, 박아라, 박아라'

  군중은 박장대소를 했다. 장막이 떠나갈 듯했다. 뻔히 알고 있는
내용이지만, 판을 벌일 때마다 새로운 감흥을 불러일으키는 것이 현
장 예술로서 소리판의 매력이었다. 그는 다시 한참 아니리 가락으로
청승을 떨다가 적벽강에서 죽은 군사들이 원귀가 되어 조조를 보고
원망하는 대목으로 나갔다. "산천은 험준하고 수목은 총중한다"로
시작되는 중모리 가락은 다시 장막 안을 장중한 분위기로 몰아넣었
다. 배의근의 청은 전형적인 *동편제의 우조로 그 우렁찬 음색은 이
런 대목에서 가장 본때 있게 그 청의 특색을 드러냈다.
  이 〈적벽가〉는 물론 소설 《삼국지》 적벽대전을 바탕으로 새로 사
설을 짠 것인데, 소설 《삼국지》가 영웅들을 주체로 전개되는 영웅주
의적 시각인 데 반하여, 이 판소리 〈적벽가〉 사설은 영웅들이 아니
라 그 영웅들의 희생물이 되고 있는 밑바닥 군사들을 주체로 그 시

각을 완전히 뒤집어 전개하고 있다는 점에 엄청난 역사적 의의가 있다. 적벽대전이라는 역사적 사건의 주인공을 영웅이 아니라 밑바닥 민중으로 뒤바꾸어 본 것은 그 자체가 하나의 혁명적인 발상이 아닐 수 없다. 기왕에 영웅을 주체로 보고 있는 것을 뒤바꾸어 민중을 주체로 보았다는 점에서 더욱 그렇다. 그 의미를 좀 과장한다면, 군주사회를 바꾸어 민주사회를 이룬 것만큼이나 혁명적인 사건이라 할 것이다. 그런 점에서 우리 예술사를 통틀어 이만큼 큰 정치적 의의를 지니는 작품도 없을 것이다.

이것은 〈적벽가〉뿐만 아니라 판소리 일반이 지니고 있는 의의 가운데서도 결정적으로 중요한 부분이다. 소설《삼국지》에서는 장수가 군사 몇천 명을 끌고 가서 싸우다가 몇천 명을 죽이고 겨우 몇천 명이 살아왔다는 식으로 밑바닥 군사들은 몇천 명이나 몇백 명 단위의 익명으로 소모품처럼 취급되고 있으나, 판소리 〈적벽가〉에서는 그들 밑바닥 군사들 개개인의 인간적 고뇌와 슬픔을 그대로 드러내어 그 비천한 군사들이 주체가 되어 있고, 조조 같은 영웅은 처음부터 끝까지 희화화되고 있다.

이런 현상은 당시 민중의식의 성장을 그대로 반영하는 것이며, 그것이 예술로 표현되어 새로운 정서적 공감을 얻음으로써 민중의식의 성장에 상승작용을 했던 것이다. 바로 이 점에서 판소리는 예술이 기본적으로 지녀야 할 사회·정치적 기능을 유감없이 발휘했으며 또 바로 거기서 판소리라는 예술 양식이 예술적 성취를 극대화할 수 있는 사회적 기반을 획득했던 것이다. 유감이라면 판소리의 이런 예술적 성취가 고도화되자 지배층인 양반들이 이 판소리의 예술적 매력에 입침을 흘린 나머지 판소리를 제도권 속으로 흡수해 버리자 사설이 유식한 문자로 바뀌는 따위로 민중적 요소가 둔화되어 버린 점이다. 지배자들은 천민인 광대들에게 벼슬을 주어 그들을 양반으로 신분을 상승시키는 등 제도권으로 철저하게 흡수를 했던 것이다. 그렇게 되자 사설이 양반층 구미에 맞게 유식한 문자로 바뀌면서 사설 자체에서도 양반에 대한 풍자 등 민중적 요소가 무디어져 버렸지만, 앞에서 예로 든 부분처럼 사설이 거의 한문투로 바뀌어 일반 민중에게는 그 전달이 거의 불가능하게 되어버렸다. 민중은 기왕에 알고 있는 전체 줄거리를 바탕으로 세세한 부분은 그저 짐작만 하고 넘어갈 뿐이었다. 이것을 민중 편에서 보면, 지배자들이 민중의 문화를 탈취해 간 것이며, 광대들은 민중을 배반한 것이었다.

배의근은 이와 같이 무식한 사람들이 전혀 알아들을 수 없는 부분들을 가능한 대로 거의 풀어서 불렀다. 그때 광대들은 천민 출신일수록 벼슬을 얻어 천민의 신분에서 탈출하려고 더 발버둥을 쳤으나, 배의근은 그런 점에서 다른 광대들하고는 달랐다. 손화중 같은 사람을 따라 이런데 온다는 것부터가 그랬다.

배의근은 조조가 *화용도로 들어가면서 보이는 경박성 등 주로 조조를 희화화시킨 대목을 흥겹게 부르고 그쳤다. 군중은 미친 듯이 박수를 치며 소리가 끝나는 것을 아쉬워했다.

이어서 손화중이 단으로 올라갔다.

"소리판에서 소리가 아니라 말로 이죽거리는 것은 술상 곁에서 이를 잡아 죽이는 것보다 더 구성없는 짓인데, 나는 술상 곁에서 이를 죽이는 것도 아니고, 친구 처갓집 가는 데 곁다리로 우죽우죽 따라온 것도 아니고, 내 꼴이 지금 영판 구성없이 되어버렸소."

손화중의 걸쭉한 익살에 군중은 와 웃으며 소리를 질렀다.

"안 그라요."

"안심하고 말씀하시오."

여기저기서 소리를 질렀다.

"내 체면 봐서 헛추임새를 넣어주는 것 같은데, 그런다고 내가 재간이 있어서 소리를 할 수도 없는 형편이고, 서천으로 경문 가지러 가는 사람은 경문을 가지러 가고 이웃집 처녀한테 장가드는 사람은 장가를 들더라고 나도 그냥 내 볼장 봐사 쓰겠소."

군중이 와 웃었다.

"나보고 이 자리에 나와서 하라는 이애기는 지금 우리나라를 둘러싸고 있는 일본이야 청국이야 미국이야 아라사야 이런 나라들이 어떻게 우리나라를 집어 삼키려고 목젖을 늘리고 있냐, 이런 것을 이애기해 달라는 것입니다. 내가 가보지도 않은 그런 나라 사람들 뱃속을 어떻게 알겠습니까마는, 한나를 보면 열을 알더라고 그 작자들이 지금까지 우리나라에 와서 하는 짓을 보면 대강 짐작을 할 수가 있습니다. 멀잖아 삼월 삼짇날이 되면 강남 갔던 제비가 날아올 것이오. 그때 우리 집 빨랫줄에 와서 앉은 제비 한 마리만 보면 그 한 마리만 보고도 조선 팔도에 전부 제비가 온 줄을 알 수가 있습니다. 다른 데도 제비가 왔는가 안 왔는가 밥 싸짊어지고 조선 팔도를 돌아다녀 보지 않아도 그 한 마리만 보면 알 수가 있습니다. 세상 이치란 것이 다 같습니다. 눈치 빠른 며느리는 아침에 시어머니 하품 소리만 듣고도 그날 하루 일기를 보는 법이 아닙니까?"

손화중은 구수하게 이야기를 풀어나갔다. 청중들은 나간 집 대문 열어놓듯 입을 열어놓고 손화중의 말을 듣고 있었다. 청룡바우나 박 문장도 그 자리에 그대로 앉아서 입을 헤벌리고 듣고 있었다. 이갑 출은 그 똘마니들이 자리를 잡아주었는지 차근하게 앉아서 듣고 있 었다. 정익수와 나란히 앉았던 김달식은 또 순심의 술막에 갔는지 그 자리에 없었다.

"십여 년 전에 있었던 임오군란을 한 번 생각해 봅시다."

손화중은 임오군란과 갑신정변을 예로 들어 외세의 노골적인 침 략 야욕을 설명한 뒤 천진조약으로 넘어갔다.

"이번에는 일본하고 청국이 맺은 천진조약이라고 하는 것을 한번 생각해 봅시다. 천진조약이라고 하는 것은 지금부터 꼭 9년 전 을유 년에 청국 이홍장하고 일본 이등박문이란 자가 천진에서 맺은 조약 이올시다. 아까 말씀드린 갑신정변 뒤에 일본하고 청나라가 자기 나 라 군대를 군함에다 싣고 우리나라에서 서로 물러나면서 맺은 조약 이지요. 우리가 이렇게 군대를 싣고 조선에서 서로 물러나되, 앞으 로 조선에 군대를 파송할 적에는 서로 파송한다고 알린 연후에 군대 를 파송하자, 이것이 천진조약이라는 것입니다. 그러니까, 일본이 조선에다 군대를 파송하려면 우리 일본은 이런 일로 조선에다 군대 를 파송한다, 이러고 청나라에다 알린 연후에 군대를 파송하고, 청 나라가 조선에다 군대를 파송할 때도 그것을 일본에다 알리고 파송 하자 이것입니다. 그러면 그것이 무엇이 어쩐단 것이냐, 모두 이렇 게들 생각하실 것입니다. 그런데 이것이 보통 일이 아닙니다. 천진 조약이라는 것을 간단히 말씀드리면, 일본이라는 늑대하고 청나라라는 늑대가 조선이라는 고깃덩이를 놓고 그것을 서로 혼자 독식을 하려고 덜컥 물었다가 둘이 같이 물어버린 통에 양쪽 다 혼자 독식을 할 수 없게 되자 잠시 그 고깃덩어리를 놓고 서로 물러나면서 한 소립니다. 그러니까 지금 일본이나 청나라 두 나라가 다 우리 조선에서 자기 나라 군대를 군함에다 싣고 잠시 물러나가기는 물러나갔지마는, 두 나라가 똑같이 어떻게 했으면 저 조선이라는 고깃덩어리를 내가 혼자 독식을 할까 그 궁리를 하고 있습니다. 일본이나 청국이나 똑같이 조선에서 싣고 나간 군대를 군함에다 그대로 실어서 자기 나라 문밖에다 세워 두고, 조선을 독식을 하려고 지금 눈에다 불을 켜고 노리고 있는 꼴이올시다. 바로 지금 이 순간에도 눈에다 화등잔 같은 불을 켜고 노리고 있습니다. 늑대 두 마리가 서로 으르릉거리면서 먹이를 노리고 있는 것하고 똑같은 형상이지요.”

손화중이는 한 번 웃고 나서 말을 이었다.

“그러면 왜 이자들이 이렇게 노리고만 있느냐? 그 둘이만 조선을 노리고 있으면 죽으나 사나 한판 붙겠지만 앞에서도 말씀드렸듯이 곁에는 아라사야 미국이야 불랑국이야 영국이야 이런 맹수들이 그 두 나라하고 똑같이 조선을 노리고 있기 때문에 그만한 핑계를 찾느라고 이렇게 노리고만 있습니다. 그러면 바로 그 먹이가 되어 있는 조선은 어째야겠습니까. 위로는 임금으로부터 아래로는 우리 밑바닥 백성까지 똘똘 뭉쳐서 그 작자들을 막아내야 하지 않겠습니까? 그렇게 막아내도 막아낼 동 말 동 하는 판인데, 지금 형편을 보면 위로는 조정의 정승, 판서라는 사람들로부터 아래로는 감사와 고을 수령에 이르기까지 관속이란 자들은 모두가, 바로 엊그제 이 고부에서 여러분이 잡아서 목을 달아매려다가 놓친 조병갑 놈하고 똑같이 백성 뜯어먹을 생각밖에는 다른 생각이 없는 놈들입니다. 제대로 정신 박힌 놈이라고는 눈을 씻고 보아도 한 놈도 없고 한배에 난 강아지들처럼 모두 똑같은 놈들입니다. 앞에서 말씀드린 바와 같이 문밖에는 늑대, 호랑이, 승냥이들이 득실거리고 있는데, 지금 나라꼴은 이 꼴입니다. 여러분 가운데서도 지난번 읍내 동헌 마당에 늘어논 무기를 구경하신 분이 계실 것입니다. 지금 나라꼴은 꼭 그 무기 꼴입니다. 그 무기를 닦고 기름을 칠하고 그 무기를 들려 군사들을 훈련시키고 그렇게 해도 지금 양놈들 신무기 앞에는 맥을 못 출 판인데 기왕에 있는 무기마저 모두 녹이 슬어 있습니다. 총이나 창이나 칼이나 모두가 녹이 슬고 삭아서, 무기가 아니고 그냥 썩은 쇳덩어리입니다. 나라를 맡고 있는 관속이란 놈들이 이 꼴입니다. 백성 뜯어먹기에만 정신이 빠져 지금 나라를 그 무기하고 같은 꼴로 만들어놨습니다. 바로 이때 아까 물러갔던 왜놈들이 임진왜란 때처럼 쳐들어오면 나라꼴은 무슨 꼴이 되겠습니까? 여기서 한번 생각해 봅시다. 왜군들이 쳐들어오면 조병갑이 목숨을 걸고 앞에 나서서 싸우겠습니까? 감영의 감사가 앞에 나서서 싸우겠습니까? 조정의 정승이나 판서, 참판이란 놈들이 앞에 나서서 싸우겠습니까? 이 손가락에다 장을 지지기로 하고 단언을 하거니와 그놈들 모두 보따리 싸 짊어지고 도망치기에 정신이 없을 작자들입니다."

손화중이 손가락을 세우면서 목소리를 높였다.

"그 새끼들 지금 다 쓸어붑시다."

"지금 당장 감영으로 쳐들어갑시다."

여기저기서 악다구니가 쏟아졌다.

"그놈들이 다 도망치고 나면 남아서 왜놈들과 싸울 사람은 누구겠습니까? 그때 남아서 싸울 사람은 임금도 아니고 조정의 정승, 판서도 아닙니다. 감사의 수령도 아니고, 양반이라고 도포에 갓 쓰고 거드럭거리던 작자들은 더구나 아닙니다. 이 땅덩어리 논밭은 전부 제 것인 듯 큰소리 탕탕 치며 도지 받아가던 지주들도 아닙니다. 그러면 이 나라를 지킬 사람은 누구입니까? 오로지 우리 백성뿐입니다. 손발에다 찬물 묻혀 비지땀 쏟으며 이 땅을 주물러서 농사짓던 우리 백성뿐입니다. 여러분, 그렇지 않습니까?"

손화중이 주먹을 휘두르며 큰 소리로 물었다.

"옳소."

군중이 함성을 질렀다.

"그렇습니다. 땀 흘려 농사짓는 백성뿐입니다. 바로 대창을 들고 일어선 여러분뿐입니다. 지금 여러분, 고부 백성이 이렇게 일어난 것은 당장은 수세야 멋이야 우리가 빼앗긴 것을 찾자고 일어났지만, 그보다 크게는 팔도의 백성에게 지금부터 우리 백성이 저 못된 탐관오리들을 쓸어내고 백성을 도탄에서 건지고 나라를 지키자고 일어난 것입니다. 바로 그것이 여러분이 기에 써서 내건 '보국안민'입니다. 조병갑 목을 달아매려고 했던 것은 바로 그 본을 보이기 위해서였습니다. 다시 말하면, 조병갑 목을 달아매려고 했던 것은 그런 탐관오리는 이렇게 징치해야 한다고 본을 보이자는 것이었고, 동시에 그 소리를 조선 팔도에다 그만큼 큰소리로 지르자는 것이었습니다. 여러분이 꼭 조병갑을 잡아서 고부읍내 삼거리에다 목을 매달았어야 하는 것인데, 그 작자 놓쳐버린 것은 나도 애두러워서 다가도 잠이 깰 지경입니다. 그러나 그자 목을 달아매지는 못했지만, 지금 여러분은 그자 목을 달아매려고 했던 기세를 그대로 보이면서 이렇게 버티고 있으니 사실상 목을 달아맨 것하고 똑같습니다. 그래서 지금 조선 팔도 사람들은 고부 사람들이 이렇게 버티고 있는 것이 천만 번 옳은 일이라 생각하고 지금 모두가 여기 고부에다 눈과 귀를 대고 있습니다. 그러니까 여러분은 결단코 외롭지가 않습니다. 지금 여러분이 외치고 있는 소리에 조정이 귀를 기울여 잘못을 고칠 생각을 하면 모르거니와, 그렇지 않고 만약에 군대를 풀어 쳐들어온다면 우리 이웃 고을 사람들부터 결단코 가만히 있지 않을 것입니다. 여러분은 뒤가 든든합니다. 안심하고 앞장을 서서 싸우십시오."

손화중이 주먹을 추켜올리며 소리를 질렀다.

"다 쥑이자."

"곡괭이로 찍어."

군중은 장막이 떠나가라 함성을 질렀다.

"우리 이웃 고을 사람들뿐만 아니라 조선 팔도 사람들이 다 일어날 것입니다. 여러분 끝까지 싸우십시오."

군중은 미친 듯이 함성을 질렀다. 손화중은 함성과 박수 소리 속에서 단을 내려왔다. 박수와 함성 소리가 그치지 않았다.

장롓날이었다. 말목 장날인데다 며칠간 몰아치던 강추위가 걷혔다. 날씨가 근친 온 새댁 얼굴처럼 환하게 웃날이 들자 여기저기서 사람들이 엄청나게 모여들었다. 장꾼인지 조문객인지 분간할 수가 없었다. 여기 소식이 궁금하면서도 그냥은 올 수가 없어 좀이 쑤시던 사람들이 장에 간다는 핑계로 모여들고 있었다. 정읍, 태인, 부안, 홍덕 사람들까지 몰려들고 있었다.

별동대들은 겹겹으로 기찰을 했다. 지난 장날처럼 오늘도 혹시 감영군이 장꾼으로 위장하고 스며들지 모르기 때문이었다. 태인 쪽 기찰이 유독 심했다.

"미안스럽소마는, 어디서 오시오?"

"고생요. 나는 태인 사는디 농민군 귀갱도 할 겸 장보러 오요."

"태인 어디 사시오?"

"여그 가까운 새터 사요."

"새터 동임 이름이 누구요?"

"허허, 기찰이나 허제 멀라고 그런 것을 다 물어보요?"

"미안스럽소마는, 이것도 기찰인게 대답하시오."

"허허, 농민군 기찰은 별쭝맞그만잉. 우리 동네 동임은이라우, 김봉냄인디 김새냄이라고도 하요."

새 봉鳳 자, 봉남인 모양이었다.

"가씨오."

기찰은 길가에서만 하는 것이 아니었다. 달주 패와 장진호 패는 사람들 속을 휘지르고 다니면서 수상한 사람이 없는가 눈을 번뜩였다. 장호만도 이천석과 김만복을 달고 군중 속을 서성거리고 다녔다. 이쪽 형편을 걱정한 임군한이 그들도 어제 보냈던 것이다. 그들이 여기서 서성거리고 다니는 것을 전봉준과 달주 이외에 몇 사람의 두령만 알고 있을 뿐이었다.

저쪽에서는 상여가 꾸며지고 있었고, 두령들은 장막에서 조문객을 접대했다. 평소에는 장막 안에 일반인들은 출입을 막았으나 오늘은 대삿날 안방 열듯 장막을 열었다. 이 근방 웬만큼 사는 사람들은 거진 문상을 왔다.

문상객은 의외로 많이 왔다. 농민군에 나오지 않은 사람들은 부조들이 푼푼했다. 명태나 건어, 초, 창호지 등 가지가지였다. 그 바람에 장에 난 명태나 초는 초장에 동이 나버렸다. 예사로는 돈으로 부조를 하는 법이 없었으므로 거개가 그런 걸 사왔다. 지주들도 여러 사람이 나왔다. 수세를 돌려받지 않겠다고 자진해서 나섰던 지주들뿐만 아니라 마지못해 포기증서를 썼던 사람들도 마찬가지였다. 그 사람들은 돈으로 부조를 했다. 액수가 그만큼 많았다.

인근 고을 대소 접주들도 거의 왔다. 그들은 그 사이 한두 번씩 다녀갔지만, 이번에는 여남은 명씩 자기 접 동학 임직들을 거느리고 온 것이다. 손화중은 3,40명씩이나 거느리고 왔고, 김개남과 김덕명도 20여 명씩 거느리고 왔으며, 홍덕 고영숙, 영광 오하영, 정읍 송희옥 등도 많은 동학도들을 거느리고 왔다. 그러나 부안 김낙철 같은 접주는 오늘도 오지 않았다. 그도 대접주였으나 법소의 거두들처럼 무력봉기를 철저히 반대하는 사람이었다. 그는 천여 석이나 하는 부자였다.

고부 이방, 형방, 수교 등 아전들도 왔다. 그러나 아전들 가운데서 호방은 보이지 않았다. 그는 몸이 안 좋다면서 부조만 보내왔다. 아전들 틈에는 서원들도 몇 끼여 있었고 장교들도 몇 사람 끼여 있었다.

부조상은 안주 가짓수는 조촐했으나 양은 푸짐했다. 돼지고기 서너 점에 저냐 한 접시와 김치 한 보시기, 그리고 팥을 넣어 찐 밥 한 그 릇에 인절미가 두 개씩이었다. 밥하고 떡은 집집마다 맡겨서 해왔다.

아까부터 빈소 주변을 서성거리고 다니던 김판돌은 깜짝 놀랐다. 지난번 중아비 주막에서 정익수와 만났던 정참봉 마름 정석남이 문상을 온 것이다. 그는 웬 낯선 사람을 두 사람이나 달고 왔다. 문상을 하고 나자 문상객들을 안내하는 사람들이 그를 장막으로 안내했다. 정석남은 두 사람을 달고 장막으로 들어갔다. 김판돌이 장막 안을 들여다봤다. 정석남이 태연하게 그 두 사람과 함께 부조상을 받았다. 김판돌은 장막을 나와 여기저기 두리번거렸다. 정익수를 찾고 있었다. 아까부터 정익수 거동을 살피다가 정석남을 본 것이다. 저쪽에서 설만두가 오고 있었다. 김판돌은 설만두를 한쪽으로 데리고 갔다. 정석남이 부조 왔다는 말을 했다.

"그래?"

설만두는 대번에 눈을 밝혔다.

"정익수는 금방 여기 있었는디, 어디로 가부렀다."

"정석남이 나와서 어디로 가는가, 잘 봐라."

설만두와 김판돌은 눈을 밝히고 장막 쪽을 보고 있었다.

그때 달주는 별동대들의 기찰 상태를 둘러보려고 말목 쪽으로 가다가 깜짝 놀랐다.

"아이고, 접주님!"

장흥 접주 이방언이 오고 있었다.

"아이고, 이것이 누군가?"

이방언은 달주를 보자 반색을 했다.

"먼 길에 오시느라고 고생이 많으셨습니다."

달주는 허리를 깊숙이 굽혀 인사를 했다. 이방언은 나귀를 타고 오다 내려서 달주 인사를 받았다. 일행은 대여섯 명이었다. 장흥 북부에서 용반접을 차리고 있는 김사경과 동부 곰재에서 접을 차리고 있는 접주며, 이방언 밑에서 손발처럼 일을 거들고 있는 김학삼, 김인환, 강봉수, 그리고 강진 접주 김병태, 해남 접주 김도일 등이었다. 그들은 부고를 받고 온 것이 아니고 격려차 온 것인데 오는 날이 장날이 됐다고 했다. 여기서 장흥까지는 삼백릿길이므로 사흘 길이 빠듯했다. 오거무가 부고를 가지고 갔으나 그들은 오거무가 당도하기 전에 출발을 했다.

"와서 본게 생각보다 훨씬 기세가 대단허구만."

이방언은 환갑을 삼사 년 앞으로 바라보는 나이였으나, 기력이나 정열이 젊은 사람 뺨칠 지경이었다. 장골풍의 헌칠한 풍신이면서도 인자한 할아버지같이 푸근한 정감을 풍겼다. 이방언은 달주를 일행에게 소개했다.

"여기 소문이 거기까지도 낫겠지요?"

달주는 이방언 곁을 따라 장막으로 가면서 물었다. 이방언은 나귀를 타지 않고 걸어가며 이야기를 했다.

"이 사람아, 소문이 멋인가? 시방 조선 팔도 눈 달리고 귀 달렸다는 사람들은 전부 이 고부로 안 쏠리는 눈이 없고 안 쏠리는 귀가 없는 판이네. 우리 골에서도 날이면 날마다 고부 이야기가 아니면 할 이야기가 없네. 가는 데마다 고부고 전봉준이네. 장흥서 여그까지 오는 사이 어느 주막에든지 들어가서 귀만 열어놓고 앉아 있으면 고부 소식이 제절로 훤하게 들어왔네. 그래서 우리는 고부 소식을 마파람으로 받아 하나하나 소상하게 챙겨 들읍시로 오는 길이라네."

이방언이 걸쭉하게 웃었다. 일행도 따라 웃었다.

"그렇게들 야단이그만요."

"이런 것이 다 자네 같은 건실한 젊은이들이 든든하게 밑을 받쳐 준게 이루어진 일 아니고 무엇이겠는가?"

이방언은 덕담도 여간 선선하지가 않았다.

"감사합니다. 모두가 접주님들 덕분이지요."

"가만있자."

이방언이 갑자기 생각난 것이 있는 듯 강봉수가 짊어진 괴나리봇짐 한쪽을 끌렀다. 명주 수건으로 싼 조그마한 보자기 하나를 꺼냈다. 손바닥만큼 엷은 보자기였다. 이방언은 일행을 앞으로 보냈다.

"만득이 안사람이 보낸 것이네."

"아이고, 참, 그이들도 잘 지내지요?"

달주가 깜짝 놀라며 그들 안부를 물었다.

"잘 지내다마다. 작년에는 농사도 잘 지었네. 자네 자당께도 안부 전하라고 하데."

"감사합니다. 그런데 멀 이런 걸."

달주는 엉거주춤 보자기를 받으며 중얼거렸다.

"그 내외도 고부 소식을 듣고 내가 여그 올 중 짐작하고 있었던가, 그런 것을 마련한 모냥이네. 그 안에 그 부인 편지도 들었을 것이네. 그 부인 대단한 사람이더만. 유식하니까 동학 경전도 줄줄 막힌 데가 없네. 이번에 본게 글씨도 얌전하더만. 참 대단한 여자여."

"아, 예. 그렇게까지 글을 깨쳤습니까?"

달주도 고개를 끄덕이며 눈이 둥그레졌다. 전에 용배를 따라 만득이를 데리고 갈재 산채로 갈 때 유월례가 언문을 깨쳤다는 말을 들은 기억이 떠올랐다. 그러나 그렇게까지 글을 깨친 줄은 몰랐다.

이방언은 영호 있는 쪽으로 가고, 달주는 보자기를 들고 장막 칸막이로 들어갔다. 보자기를 풀었다. 댕기감 두 감과 편지, 그리고 종이에 따로 싼 것이 있었다. 종이에 싼 것은 은자 두 닢이었다. 편지 봉투에는 '달주 도령님전 상서'라 씌어 있었다. 언제 이렇게 글씨를 써보았는지 이방언 말대로 글씨가 여간 얌전하지 않았다. 알맹이를 뽑았다. 촘촘히 박아 쓴 편지에는 한자도 섞여 있었다. 달주는 편지를 보는 순간, 얼핏 다른 사람이 써준 것이 아닌가 싶었다. 그러나 또렷또렷하게 박아 쓴 것으로 보아 남이 써준 것은 아닌 것 같았다. 한자까지 섞인데다 글씨가 상당히 달필이었다. 너무도 뜻밖이었다.

그때 만득이는 자기도 숯으로 판자에다 글씨를 써가며 밤마다 자기 아내한테서 언문을 배운다고 했는데, 유월례는 그 고된 종살이를 하면서 어떻게 이렇게 공부를 했는지 도대체 수수께끼가 아닐 수 없었다.

달주 도령님전 상서.
도령님 그 동안 기체후 만강하시나이까? 자당님께서도 편안하시고 남분도 잘 있습니까? 저희 내외는 도령님 덕택으로 새 세상을 만나서 무사하고 편안하게 살고 있습니다. 금년에는 농사도 잘 지었고 접주님이 돌봐주셔서

세미도 아주 적게 물었습니다. 우리가 이렇게 편안하게 사는 것은 모두가 도령님 덕택입니다. 도령님이 우리를 구해 주신 일을 생각하면 그저 눈물만 날 뿐이옵니다.

저희는 여기 와서 참말로 세상을 새로 태어난 것 같습니다. 저는 전에 어무님한테서 언문을 배웠사온데 여기 와서 그 동안에 더 익혔습니다. 바깥양반이 더 의젓한 사람 행세를 하려면 눈이 뜨여야만 할 것 같아서 우리 내외는 밤마다 늦게까지《동경대전》을 같이 읽으며 공부를 합니다. 글도 익히고 동학도 알게 됩니다. 읽을 책이라고는 이《동경대전》한 권뿐이라 하도 많이 읽은 바람에《동경대전》을 어떤 것은 외어버리기도 했습니다. 우리 동네는 동네 집강 어르신께서 며칠 만에 한 번씩 여자들만 따로 모아놓고 강을 합니다.《동경대전》에 있는 한문은 그분한테서 배웁니다. 이 동네 여자들 가운데 언문이나마 깨친 사람은 접주님 마나님하고 저뿐입니다. 지난번에는 저보고 강을 한번 해보라고 해서 서툴게나마 강을 했습니다. 제가 제일 마음에 드는〈안심가〉이야기를 했습니다. 종살이를 하면서도 저한테 언문을 깨쳐주신 우리 어머님이 참말로 고맙습니다.

너무 적어서 부끄럽습니다마는 돈 몇 푼 보내오니 자당님께 반찬이나 한 끼니 사다 드리십시오. 남분 아씨 댕기 한 감 보냅니다. 한 감은 혹시나 해서 보내오니 경옥 아씨 시집 안 갔으면 전해 달라고 하십시오. 여러 사람한테 안부를 전하지 못해 가슴이 아픕니다.

언제나 또 한 번 뵈올 날이 있을는지 궁금하옵니다. 안녕히 계십시오.

갑오년 정월

김만득 내외 올림

달주는 편지를 읽고 나서도 한참 멍청한 기분이었다. 환골탈태라고 하지만 사람이 달라져도 이렇게 달라질 수 있는 것인지 놀라울 뿐이었다. 1년 사이에 《동경대전》을 외우고, 강까지 하다니 도대체 믿어지지가 않았다. 사람이란 노력하기에 따라서는 이렇게 될 수도 있는가 싶었다.

내외의 고운 심성이 손에 느껴지는 댕기감의 감촉처럼 포근하고 따뜻하게 달주 가슴을 울려왔다. 그들 내외의 순박한 심성에서 느껴지는 뜨끈한 감격이 얼얼하게 가슴을 울려오면서 그런 착한 사람들을 종으로 짓밟고 있었던 이 세상의 법도가 얼마나 잔인했던가, 새삼스런 분노가 가시처럼 아프게 목구멍을 찌르고 올라왔다.

"달주!"

*울가망한 기분으로 장막 쪽으로 가던 달주가 뒤를 돌아봤다.

"아이고, 어서 오시오. 오랜만입니다."

태인 송태섭이었다. 그 곁에는 대여섯 명의 젊은이들이 따르고 있었다.

"아이고, 오랜만입니다."

홍덕 이싯뚜리였다. 그와는 지난번 금구집회 때부터 알고 있었다.

284

"여그는 영광 고달근, 여그도 영광 이만돌, 여그는 순천 강삼주, 여그도 순천 이선근. 이 사람들은 원평집회 때 못 봤을 것이여. 이 사람들은 넷이 다 지난번에 전주민회 때 대표로 한양 올라갔다가 원평집회 때까지 갇혀 있던 사람들이구만."

"아이고, 그때 고생 많았습니다. 그때 한양 가서 고생하신 분들을 한번 뵙고 싶었는데 반갑습니다."

"바쁘면 일 봐. 문상하고 접주님 뵐랑게."

"그럼 이따 뵙시다."

달주는 이따 만나자는 약속을 하고 헤어졌다.

"달주 삼추운!"

조무래기 하나가 달주를 부르며 달려왔다.

"용현이냐?"

전봉준 둘째아들 용현이었다. 그 뒤에는 같은 또래 여남은 명이 코를 훌쩍이고 따르고 있었다. 조소리 아이들이었다. 폰개와 또식이도 끼여 있었다. 장막 근처에는 그들뿐만 아니라 아이들이 수없이 몰려와 서성거리고 있었다.

"우리도 떡 하나씩 줘! 떡을 많이 해갖고 오등만."

용현이 '많이'에다 힘을 주어 투정을 했다. 뒤에 몰려온 아이들은 눈을 밝히고 달주를 건너다보고 있었다. 용현 덕분에 떡을 얻어먹는 것이 아닌가 하는 눈들이었다. 거의 누더기를 걸친 아이들은 코에서 누에만큼씩 한 코가 들락거리고 있었다. 웬만한 놈들은 하학동 장일만 아이들처럼 아랫도리를 벗고 살을 벌겋게 얼리고 있었다.

"여기 있어 봐라."

달주는 장막 안으로 들어갔다. 거기 마침 정익서와 조망태가 있었다.

"아이들이 저렇게 몰려왔는데 떡이 어쩌요? 오늘은 다 손님인디 얘기 손님이 더 어렵다지 않소."

달주가 너름새 있게 말했다.

"아이들도 지금 나눠줍시다."

정익서가 조망태한테 말했다.

"그렇게 합시다."

"그럼, 가서 아이들을 모으게."

달주가 밖으로 나왔다. 아이들은 눈을 밝히고 달주를 기다리고 있었다.

"떡을 한나씩 주게."

"와, 떡 준단다."

용현이 아이들을 향해 소리를 질렀다. 모두 가볍게 탄성을 지르며 입이 벌어졌다.

"한 개쓱만 줄 것이여?"

"한 개씩만 주제, 몇 개씩 주겄냐?"

"그람 크은 놈으로 줘어잉."

"전부 이리 모여라. 떡을 한나쓱 줄 텡께 전부 이리 모여."

달주가 웃으며 소리를 질렀다. 그때 저쪽에서 보고 있던 설만두와 김판돌이 웃으며 다가왔다.

"애기들은 내가 잘 다스리요. 내가 나눠 줄라요."

설만두가 말했다.

"그러시오. 나는 다른 일이 있는디 마침 잘됐소. 장막 안에 조두령한테 말해 놨소."

수백 명의 아이들이 우 모여들었다.

"나는 여그서 아그들한티 떡 나눠 줄 것인게 너는 정가 놈 잘 살펴."

설만두는 김판돌한테 속삭여놓고 아이들 앞으로 갔다.

"느그덜한티 말이다, 떡을 한나씩 나눠주는디⋯⋯."

아이들은 서로 앞으로 서려고 야단들이었다.

"가만있어, 가만! 느그덜한티 떡을 한나쓱 나눠주는디 내 말을 잘 들어사 떡을 나눠준다. 느그덜이 떡을 묵더래도 이것이 먼 떡인지 알고 묵어사 쓴다. 그래서 내가 몇 가지 물어볼란게 내가 묻는 말에 아는 사람은 손을 들어갖고 대답을 한다잉. 이번에 우리 배들 사람들이랑 읍내 사람들이랑 고부 고을 사람들 전부가 이라고 대창을 들고 일어났는디, 누구를 잡으라고 일어났는지 아는 사람 손들어 봐라."

"아요."

모두 손을 번쩍 들었다.

"너."

"조뱅갑이 잡으라고 일어났소."

맨 앞에 선 키가 제일 작은 조무래기가 소매로 코를 쓱 문지르며 야무지게 대답했다.

"맞다. 조뱅갑이를 잡으라고 일어났다. 그람, 왜 조뱅갑이를 잡으라고 일어났는지 아는 사람?"

"아요."

거진 손을 들었다. 그러나 손을 못 드는 놈들도 있었다. 뒤쪽에 있는 아이를 가리켰다.

"조뱅갑이가 징헌 놈인게 잡을라고 일어났소."

놈은 자신 있게 대답했다.

"맞다. 조뱅갑 그놈이 징헌 놈인게 잡을라고 일어났다. 그런디 어떻게 징헌 놈인지 아는 사람?"

또 많은 손들이 올라갔다. 하나를 가리켰다.

"수세를 많이 받어묵은께 징헌 놈이지라우."

"맞다. 그란디 더 있다. 더 아는 사람?"

반수 정도가 손을 들었다. 이번에는 키 큰 놈을 하나 가리켰다.

"죄 없는 사람을 잡아다가 막 곤장을 치고, 작년에는 우리 동네 용현이 할아부지도 잡아다 곤장을 쳐서 쥑애부렀소."

"용현이 할아부지가 누군디?"

"이것이 용현인디 전봉준 대장님 아들이오."

그 동네 폰개가 용현을 가리켰다. 모두 용현을 봤다. 용현은 자랑스러운 듯 웃고 있었다.

"맞다. 요새 고을 수령 놈들은 어느 놈이나 전부 도둑놈들인디 조뱅갑이란 놈은 더 징헌 도둑놈이다. 우리 백성덜이 묵고 살 곡식을 하나도 안 냉개놓고 전부 세미로 뺏어가고, 죄 없는 사람들 잡아다 곤장을 치고, 옥에 가두고 쥑이기까장 한 놈이다. 그래서 조뱅갑을 잡아갖고 홀롱개로 모가지를 개 모가지 홀기대끼 홀개서, 읍내 시거리에다 말뚝을 큰놈을 박아놓고 거그다 모가지를 대롱대롱 달아매서 쥑일라고 혔다. 그런디 어뜬 백여시 같은 놈이 미리 그것을 조뱅갑헌티 일러부러서 조뱅갑이가 내빼부렀다. 시방 조뱅갑이는 전주 감영으로 내뺐는디, 우리 농민군들은 기어코 조뱅갑이를 잡아 쥑일라고 시방 이라고 버티고 있다. 그란디 전주 감영 감사 놈이 간세꾼들을 여러 놈 보내갖고 두령님들을 해칠라고 했다. 그놈들을 우리 농민군들이 대창으로 찔러서 쥑애부렀다. 몇 놈 죽였는지 아냐?"

"다섯 놈이오."

그때 정익서와 조망태가 장막에서 나오다가 설만두가 말하는 것을 보고 빙긋이 웃고 있었다.

"맞다. 그라먼 우리 농민군은 몇 사람 죽었냐?"

"시 사람 죽었소."

"그 나쁜 놈들하고 싸우다가 죽은 우리 농민군들은 존 사람이냐, 나쁜 사람이냐?"

"존 사람이요오."

"맞다. 용맹스럽고 의로운 사람들이다. 그래서 시방 그 치상을 걸게 치를라고 음식을 많이 장만했다. 쪼깨 있다가 느그덜한티 떡을 나눠 주겄다. 그 떡을 묵고 느그덜도 얼릉 커서 낸중에 조뱅갑 같은 놈을 잡아 죽애사 쓴다. 낸중에 커서 조뱅갑 같은 놈이 있으면 농민군에 나와갖고 조뱅갑 같은 놈 죽일 사람 손 들어봐라."

모두 손을 번쩍 들었다.

"느그덜은 모두 용맹스런 아그덜이다. 느그덜도 커서 조뱅갑 같은 놈이 수령으로 와서 나쁜 짓거리를 할 적에는 시방 여그 나온 느그 아부지나 성님들매이로 이렇게 농민군에 나와서 조뱅갑이 같은 놈들을 다 쥑애부러사 쓴다."

정익서와 조망태는 웃으며 듣고 있다가 저쪽으로 갔다.

"소작료를 손끝 맵게 뜯어가는 지주 놈들을 으째사 쓰겄냐?"

"그놈들도 쥐애부러사 쓰요."

모두 소리를 질렀다.

"또 한 가지 내 말을 들을 말이 있다. 이것은 전봉준 대장님이 하신 말씀인게 잘 들어라."

조무래기들의 눈이 튀어나올 것 같았다.

"전봉준 대장님께서 하신 말씀이 멋이냐 하면, 떡을 묵을 때는 말이다, 너무 싸게 묵지 말고 꼭꼭 씹어 묵으라고 하셨다. 느그덜 보나마나 이따 떡을 나눠주면 볼태기가 미어지게 비어서 두어 번 씹다가 꿀떡꿀떡 생캐불 것인디, 그라면 깐딱하다 칵 엉쳐분다. 안 엉칠라면 싸목싸목 씹어서 묵어사 쓴다. 음석은 말이여, 오래 씹을수록 살로 간다. 떡은 오래 씹을수록 더 살로 간다. 몇 번이나 씹냐 허면 스무 번을 씹어서 떡이 입 안에서 거진 죽이 될 때꺼정 씹어갖고 그때 꿀딱 생킨다. 두어 번 씹고 생키다가 엉쳐불면 떡에 엉친 디는 약도 없다. 존 음석을 묵다가 죽으면 쓰겄냐. 그란께 스무 번을 씹어서 생킨다 알겄냐?"

"예."

조무래기들은 떡 삼킨다는 소리에 지레 침을 삼켰다.

"스무 번 씹고 생킬 사람 손 들어봐라."

설만두가 자기 성한 손을 치켜들며 소리를 질렀다. 대번에 손이 모두 하늘로 올라갔다. 제 손이 혹시 설만두한테 안 보일세라 꼰지발을 서서 손을 치켜드는 놈도 있었다.

"그라면 스무 번 안 씹고 서너 번만 씹고 꿀떡꿀떡 생캐불 사람

손 들어봐라."

아무도 드는 사람이 없었다.

"옳제. 다 스무 번쓱 씹어서 묵겠구나. 그 담에 또 한 가지 할 말이 있다. 며칠 전에 말이여, 나하고 저그 아까 여그 왔던 발 저는 사람하고 읍내를 가는디, 우리를 빙신이라고 놀려묵은 놈들이 있었다. 나보고는 곰배팔이라고 놀리고 아까 그 사람보고는 절뚝발이라고 놀려묵었다. 우리같이 성찮은 사람을 놀려묵은 것이 잘한 일이냐, 잘못한 일이냐?"

조무래기들은 느닷없는 소리에 눈만 굴리고 있었다. 그 때문에 떡을 안 주는 것이 아닌가 겁이 나는 모양이었다.

"우리같이 몸이 성찮은 사람을 놀려묵는 것이 잘한 일이라고 생각하는 사람 손 들어봐라."

모두 눈만 멀뚱거리고 있었다.

"그람 그것이 잘못한 일이라고 생각하는 사람 손 들어봐라."

손들이 한꺼번에 올라갔다.

"그라면 이 뒤로도 우리 같은 사람을 놀래묵을 사람 손 들어봐라."

여남은 놈이 손을 번쩍 들었다. 아무도 들지 않는 것을 보고 깜짝 놀라 앗 뜨거라 손을 내렸다. 응당 우리를 안 놀려먹을 사람 손들라고 할 줄 알았던 모양이다. 모두 킬킬 웃었다.

"그람 안 놀래묵을 사람 손 들어봐라."

말이 떨어지기가 바쁘게 모두 손을 들었다. 아이들은 떡이 먹고 싶어서 목젖이 넘어갈 지경인데 설만두는 제 것이라도 주는 듯 제 볼장까지 차근히 보고 있었다.

"느그덜은 다 똑똑한 아그들이다. 어른이 되면 야물딱지게 먼 일을 하겄다. 어른이 되면 더 야물딱지고 존 사람이 되라고 지금부터 떡을 한나썩 나눠주겄다. 그란디 떡을 받기 전에 할 일이 또 한나 있다. 떡을 묵을라면 말이여, 느그덜 코를 깨끗하게 닦아사 쓰겄다."

조무래기들은 코를 닦기에 정신이 없었다. 손등으로 쓱 문지르는 놈, 소매로 문지르는 놈, 행여나 떡을 못 얻어먹을세라 코 닦기에 정신이 없었다. 어떤 놈은 양소매로 두 번 세 번 문지르는 놈도 있었다.

"소매로만 닦으면 으쨀 것이어. 몬자 코를 탱 풀고 나서 소매로 닦더라도 질 난중에 소매로 닦아사제."

모두 새삼스럽게 코를 탱탱 푸느라고 생코 푸는 소리가 망아지 투레질 소리였다.

"다 닦았냐?"

"예, 닦았소."

"옳제, 느그덜은 전부 존 아그덜이다. 존 아그덜인게 인자 떡을 주겄다. 떡을 주는디, 모도 한 꾼에 우하니 달라들면 정신이 사나워서 못 나눠준다. 그래서 줄로 선다. 내가 서란 대로 석 줄로 서는디 말이어, 앞에 선다고 큰 놈 주고 뒤에 선다고 작은 놈 주는 것이 아닌게 싸우지 말고 서. 자, 이리 한 줄, 또 이리 한 줄, 또 이리 한 줄."

조무래기들은 서로 앞에 서려고 정신이 없었다.

"쌈하지 말고 의논 좋게 서."

그때 여인네 세 사람이 인절미가 가득한 함지박을 들고 나왔다. 줄 앞에다 함지박을 놨다.

"떡을 나눠주다가 떡이 떨어지면 또 갖고 와서 줄 것인게 꼴랑지에 서 있는 사람도 걱정 말고 그대로 서 있어."

여인들이 떡을 하나씩 나눠주기 시작했다. 아이들은 탐스런 인절미를 하나씩 받아들자 마자 뚝뚝 베어 먹으며 돌아섰다. 스무 번 씹는다는 소리는 언제 들었느냐는 듯이 아귀아귀 베어서 몇 번씩 씹다가 꿀걱꿀걱 삼켰다.

"싸목싸목 묵으란게 왜 그렇게 싸게싸게 묵어부냐?"

설만두가 소리를 질렀다.

"떡 받은 놈들 전부 이리 서."

설만두가 다시 조무래기들을 모았다.

"떡을 요만치쓱만 비어묵는다잉."

설만두가 손가락 두 개를 모아 한 마디를 가리켰다.

"어디 비어묵어봐."

조금씩 베었다.

"수무 번을 심시로 씹어봐."

모두 세면서 씹는 것 같았다. 그러나 스무 번은커녕 열 번 씹는 놈도 없었다. 조무래기들은 깡총깡총 뛰면서 떡을 먹었다.

"맛있다. 너 이런 떡 몇 개 묵겄냐?"

"나는 열 개도 묵겄다."

"나는 스무 개도 묵겄다."

"스무 개 묵으면 배 터져 죽은디, 스무 개를 묵어?"

"갖고 오기만 해봐. 나는 서른 개도 묵겄다."

"우리 아부지가 그란디잉, 조뱅갑이 같은 놈 다 없애불고 존 시상 오먼잉, 세미도 안 물고 밥도 배가 터지게 묵은다드라. 군포 같은 것도 안 물고."

"군포도 안 물어?"

"그람 안 물제, 세미도 안 문디 군포를 물어?"

"와, 그람 얼매나 조까? 옷도 해 입고 이불도 해서 덮고."

가난한 집은 이불이 없는 집이 많았다. 그들은 짚을 볏섬처럼 엮어 그걸 덮고 잤다. 더구나 이런 들녘 마을은 땔감이 없어 방은 항상 차디찬 냉돌이었다. 그런 냉돌에서 주린 창자를 끌어안고 기나긴 겨울밤을 찰원수처럼 지샜다. 그래서 들녘 사람들이 산중에 가면 제일 부러운 것이 땔나무였다. 부잣집에 들어가도 부러운 것이 한두 가지가 아니었지만, 그들 곳간에 가득가득 쌓인 곡식 다음으로 부러운 것은 폭삭한 이불이었다. 이불 다음으로 또 부러운 것은 담 너머로 덩실한 섶나무 벼늘과 장작 벼늘이었다.

10. 백산으로 가자

　점심참이 되자 두령들이 빈소 앞으로 전부 모였다. 발인을 하려는 것이다. 송대화가 모두 이리 모여 달라고 소리를 질렀다.

　차일 밑에 관 세 개가 나란히 놓여 있었다. 그 곁으로 가족들과 접주급 두령들이 늘어섰다. 외지에서 온 접주들만도 20여 명이 넘는 것 같았다. 손화중, 김덕명, 김개남, 이방언, 손여옥, 송희옥을 비롯하여 무장 강경중, 송문수, 영광 오하영, 오시영, 금구 조원집, 강경 진우범, 부안 신명언, 임실 최승우, 남원 김원기, 진안 이사명, 광주 강대열, 강진 김병태, 해남 김도일 등이었다. 송태섭과 이싯뚜리 등 민회 패들은 앞으로 나서지 않고 군중 속에 서 있었다.

　송대화가 앞에 나서서 식을 이끌었다. 전봉준이 앞으로 나섰다. 오늘 장례를 크게 치르게 된 까닭과 고인들의 정신에 대해서 몇 마디 한 다음, 각 고을 두령들을 소개했다.

"그러면 김덕명 대접주께서 추도사를 해주시겠습니다."

송대화의 말에 김덕명 접주가 앞으로 나섰다. 여기 나온 대접주는 김덕명, 김개남, 손화중 세 사람이었으며 그중 김덕명이 가장 나이가 많았다. 전라도에는 이외에도 전주 남계천, 부안 김낙철, 고산 박치경 등 대접주가 있었으나 그들은 이번 봉기가 일어난 뒤 한 번도 오지 않았다. 그들은 원평집회 뒤로는 손화중 등과 거리를 두고 요새는 별로 내왕이 없었다.

김덕명이 앞으로 나섰다.

"관가 사람들의 잔졸한 짓에 아까운 목숨이 여덟이나 세상을 뜨게 되었습니다. 그 가운데서 우리 농민군이 셋이나 희생되었습니다. 고인의 명복을 빌고 가족들의 슬픔에 위로의 말씀을 드리는 바입니다. 고부의 의혈지사들이 지금 이렇게 봉기한 것은 오로지 의를 위해서입니다. 이 세 분도 의를 위해서 일어났고 의를 위해서 귀한 목숨을 바쳤습니다. 지금 이 세상은 어지러운 난세입니다. 백성이 난리를 일으킨 것이 아니라 위로는 공격 대신과 아래로는 수령 방백들이 난리를 일으키고 있는 셈입니다. 총칼을 휘둘러 난리를 일으킨 것이 아니고 그들이 지니고 있는 권세의 칼을 휘둘러 난리를 일으키고 있습니다. 하늘처럼 섬겨야 할 백성을 그 권세의 칼을 휘둘러 개돼지처럼 천대하고, 나라의 근본이요 하늘인 백성이 먹을 것을 다 빼앗아가고 있으며, 죄 없는 사람들을 잡아다가 강도질을 일삼으니 난리치고는 이보다 더 큰 난리가 어디 있겠습니까? 이 난세를 바로잡는 길은 오로지 한 가지뿐입니다. 하늘인 백성이 일어나서 이자들을 징치하여 이 나라에 새로 의를 세우는 길입니다. 고부 사람들은 지금 바로 그 하늘로 일어나서 관속들을 징치하고 의를 세우려고 목숨을 걸고 앞장을 섰습니다. 이 싸움은 하늘과 관속의 싸움입니다. 누가 이길 것인가는 너무도 뻔한 일입니다. 여기 세 분은 이 의롭고 성스러운 싸움에 맨 앞을 서서 싸우다가 먼저 세상을 떠났습니다. 이 난세는 아직도 수많은 무고한 목숨을 부르고 있습니다. 어쩌면 이 조선 팔도 전부가 우리 백성 피로 물이 든 연후에야 제대로 의가 설지 모르겠습니다. 그러나 하늘을 이길 자는 없습니다. 우리는 반드시 이기고 말 것입니다."

김덕명의 목소리는 우렁차게 울려 퍼지고 있었다. 김덕명은 이 싸움을 하늘과 관속의 싸움이라고 했다. 얼마 전 손화중 말대로라면 하늘과 임금의 싸움이라고 하고 싶었겠지만, 임금 대신에 관속으로 바꾼 것 같았다. 군중은 숨을 죽이고 김덕명의 말을 듣고 있었다. 그는 고부 사람들의 의기를 찬양하고 전봉준을 비롯한 두령들의 용단을 찬양했다.

"세 사람의 의로운 영령 앞에 옷깃을 여미어 명복을 비는 바입니다. 부디 명목하소서."

김덕명의 추도사를 듣고 있던 장진호는 슬쩍 군중 속을 빠져나왔다. 쟁우댁 술막 쪽으로 갔다.

"나 좀 봅시다."

장진호가 군중 사이에 서 있는 쟁우댁 옆구리를 꾹 찌르며 술막 안으로 들어갔다. 김덕명 말소리에만 귀를 기울이고 있던 쟁우댁이 깜짝 놀라며 장진호를 뒤따라 술막으로 들어왔다.

"이랄 때라사 한가할 것 같아서 왔소. 모래 말이요, 모래 다시 백산

白山으로 진을 옮기요. 이번에는 웬만한 두령들한테도 진 옮긴다는 소리를 안 하고 그날 아침에사 배락같이 옮길 것인게 그리 아시오."

장진호는 잔뜩 낮은 소리로 속삭였다.

"오매, 고마운 거. 참말로 고맙소."

"이 소리는 소문나면 참말로 큰일나요잉."

"그런 것은 염려 딱 노시오."

장진호는 얼른 술막을 나왔다

장지는 천태산 자락 도리깨고개 근방이었다. 지주 한 사람이 묏자리를 회사한 것이다. 상여가 출발했다. 꽃상여 세 틀이 한꺼번에 떴다. 사람들은 상여 구경을 많이 했지만 상여가 한꺼번에 이렇게 세 틀이나 뜨는 것은 처음 보는 구경거리였다.

상여 뒤는 초라했다. 두 사람은 장가를 가고 한 사람은 장가를 가지 않은 총각이었다. 장가 간 사람들도 아이들이 어려 뒤따르는 상주가 없었다. 총각 시체를 상여로 내가는 것에 고개를 갸웃거리는 사람들이 있었으나, 의롭게 죽었으니 미장 전에 죽었어도 악상이 아니라 영상이므로 상여로 내가는 것은 당연한 일이었다.

상여소리는 정만조가 먹였다. 정만조는 풍물만 잘 치는 것이 아니라 상여소리도 청이나 사설이 구성졌다.

"간다 간다 나는 간다. 북망산천 나는 간다."

"가아나암 보오사알."

요령 소리를 배음으로 정만조의 청청한 가락이 한껏 처량했다. 상여 소리를 듣자 가족들은 새삼스럽게 울음을 터뜨렸다. 화려하게 꾸민 꽃상여는 겨울바람에 하얀 금건 앙장을 하늘 높이 부풀리며 공중으로 둥둥 떠가는 것 같았다.

뒤에는 수많은 사람들이 따르고 있었다. 농민군도 여기 장막을 지키는 사람들만 놔두고 전부 장지를 향했다.

그때 김판돌이 설만두 곁으로 왔다.

"조금 아까 말이여, 정석냄이가 어떤 사람하고 둘이 쟁우댁 술막으로 들어갔구만."

김판돌이 설만두 귀에다 속삭였다.

"누군디?"

"몰라. 못 보던 사람이여."

"첨에 같이 왔던 두 놈은 어디 가고?"

"그놈들은 말목 쪽으로 가불고 다른 놈하고 만나서 술막으로 들어갔어."

"가만있자. 그러면, 우리도 술막으로 들어가 보자."

"괜찮으까?"

"상관없어."

설만두가 대담하게 앞장을 섰다. 두 사람은 술막으로 들어갔다. 정석남하고 두 사람이 술상을 받고 있었다. 대작하고 있는 사내는 주걱턱이 진 사내였다. 그들 곁에는 쟁우댁이 끼여 앉아 뭘 심각하게 이야기하고 있었다. 순심이 채반에다 술국과 잔을 얹어 들고 이쪽으로 왔다. 채반을 놓으려고 순심이 허리를 굽히자 곱게 빗은 머리가 두 사람 눈앞에 왔다. 유독 까만 머리 사이를 타고 내린 가리마가 달빛에 흐르듯 시원했다. 순심은 금방 울음을 그친 것 같은 앳된 얼굴에 갸름한 눈을 아래로 떨어뜨린 채 채반과 술병을 놓고 얌전하게 돌아섰다. 두 젊은이는 잠시 넋을 놓고 순심을 바라보고 있었다. 둘이 다 순심을 이렇게 가까이 보기는 처음이었다. 순심이 저만치 가고 나자 두 젊은이는 잠에 깨어나듯 실없이 쟁우댁을 돌아봤다.

"참말로 그 집에서 그런 소리를 허요?"

"때국 놈하고 겸상을 했소, 으쨌소? 심 드래서 말을 허면 으째서 자꼬 참말만 찾고 있소? 여그 이렇게 사람이 오잖았소?"

정석남은 무슨 일인지 쟁우댁한테 핀잔을 주며 곁에 앉은 사내를 가리켰다.

"하도 뜬금없는 소리라 그라요."

"연분이란 것이 그래서 연분이지라. 다시 사람을 보낸다고 한게 그리 아시오. 나는 바쁜게 오늘은 이만 가사 쓰겠소."

정석남이 술값을 계산했다.

"놔두시오. 먼 술값을 다 주실라고 그라시오."

쟁우댁은 손사래를 활활 치며 일어섰다.

"어려운 살림에 한 푼이 어디요?"

정석남이 일어서며 쟁우댁 앞에 돈을 내밀었다.

"한잔쓱뱅이 안 마셨는디, 먼 돈을 또 이렇게 많이 주신다요?"

"기냥 받아두시오."

정석남이 거의 위압적으로 다그치자 쟁우댁은 호들갑스럽게 비쌔는 소리를 하면서도 손이 나가고 있었다. 쟁우댁은 돈을 챙기며 설만두 쪽을 한번 힐끔거렸다. 두 사람은 술막을 나갔다. 쟁우댁도 따라나갔다. 설만두와 김판돌도 서둘러 잔을 비웠다. 자리에서 일어섰다. 설만두는 술값을 들고 서성거렸다. 쟁우댁이 들어오지 않았다. 술막 뒤에서 정석남과 뭐라 한참 속닥이는 것 같았다. 한참만에 들어왔다.

"바쁜디 뭣하고 있소?"

설만두가 술값을 내밀며 핀잔을 주었다.

"뭣이 그렇게 바쁘요?"

"놈들은 대사 때라고 노는디, 우리는 심부름 댕길란게 바쁘요. 멀리 갔다 올 데가 있어서 복장부터 단속을 했소."

설만두가 능청을 떨었다.

"대낮부터 술을 찾글래 나는 먼 속상한 일이래도 있어서 그런 줄 알았소."

쟁우댁은 깔깔거렸다. 두 사람은 밖으로 나왔다. 정석남과 주걱턱은 술막 앞에서 작별을 했다. 주걱턱은 만석보 쪽으로 가고 정석남은 말목 쪽으로 갔다.

"연분 어쩌고 하는 것이 순심이 혼사 이얘긴 것 같은디, 멋이 쪼깨 요상스런 것 같잖냐?"

설만두가 고개를 갸웃거리며 속삭였다.

"정석냄이는 쟁우댁하고 진작부터 가까이 아는 사이 같구만."

"멋이 시방 여러 가지로 요상스럽다. 우선 말이다. 니가 저 주걱턱을 따라가서 가는 데까지 동행을 함시로 눈치껏 수작을 한번 걸어보면 으짜겄냐? 그라면 여기서 한 소리가 먼 소린지 속을 뽑아볼 수 있을 것 같다."

설만두는 한껏 낮은 소리로 김판돌에게 속삭였다.

"그려."

김판돌은 설만두 말에 눈을 밝혔다.

"눈치껏 말을 해야 한다. 너무 깊이 물었따가는 눈치를 챌지도 모른게 조심해야 혀!"

"염려 놔."

"어디 사는 누구라는 것만 알아도 존께 너무 서두르지 말아."

"알았당게."

김판돌은 다리를 절뚝거리며 주걱턱을 따라갔다. 그는 만석보에서 강둑을 타고 백산 쪽으로 갔다. 김판돌도 강둑을 타고 바삐 갔다. 이내 주걱턱을 따라잡았다.

"아저씨 어디까지 가시오? 동행합시다."

김판돌은 혼연스럽게 수작을 걸며 따라붙었다.

"자네는 어디까지 가는가?"

"나는 화호까지 가요. 아저씨는 어디 사시오?"

"백산 옆에 용계동 사네."

"그럼 아저씨도 농민군 나오셨다가 집에 댕기러 가시오?"

"아녀, 여그 잠깐 볼일이 있어서 볼일 보고 가네. 나도 전에는 저 건너 창동서 살았네. 자네는 집이 어딘가?"

"읍내 살그만이라. 나는 창동 사람이라면 김달식을 아요."

"그래, 김달식을 어떻게 아는가, 김달식이 바로 내 조카네."

김판돌은 순간 눈에서 빛이 번쩍했다. 아까 정석남이 연분 어쩌고 한 소리는 김달식 혼담이 아닌가 싶었다.

"아, 그러시구만이라우. 김달식은 어디 가든지 지 묵을 소금은 챙기겠습디다. 아까 나도 그 술막에서 술을 한잔 했소마는, 그 술집서

허드렛일하는 큰애기가 인물 아닙디여? 김달식이 그새 그 큰애기한
티 단단히 눈독을 들인 것 같습디다."

김판돌은 시치미를 뚝 따고 크게 한발 내쳐 버렸다.

"어떻게 그렇게 달식일 잘 아는가?"

"여그 나와서 오래 지낸게 그럭저럭 알게 되았지라우."

"그런디 아까 그 큰애기는 인물은 방불하데마는, 잠깐 들어본게
로 근본이 어디 막대기 한나도 의지가 없다는 것 같그만."

"그란가 어쩐가는 모르겄소마는, 인물이나 행실 한나는 양가집
규수 뺨치겄습디다. 시방 농민군 나온 젊은 놈들은 입침 안 흘리는
놈이 없그만이라."

"인물 한나는 모도 욕심낼 만하게 생겼데."

"시방 욕심이 아니라 젊은 놈들치고 그 처자를 한번 봤다 하면 오
줌을 질질 안 재리는 놈이 없소. 김달식이 조카 되신다면 죽은 사람
원도 풀어주는 것인데 곁에서 쪼깨 심을 써주시오. 허기사, 이런 디
나와서 술이나 폴고 있는 계집인게로 맘만 묵으면 수양딸로 며느리
삼기겄지라우."

"허허, 자네 말솜씨가 제법일세그려. 그래도 근본이 방불해사 쓸
것인디, 그것이 너무 걸리는구만."

"요새 시방에 근본이 밥 맥애 준다요."

"허허, 그런디, 자네는 거그 멋하러 왔던가?"

"나도 농민군 나왔지라우."

"그 몸으로?"

"창 들고 싸우는 것만 싸우는 것이라요. 구멍 한나 뚫는 데도 끌

소용 따로 송곳 소용 따로지라우?"

"허허, 그러겠네."

주걱턱은 한참 웃었다.

"그럼 화호는 뭣하러 가는가?"

"도소 심부름 가요."

사내는 크게 고개를 끄덕였다. 꼴로 볼 게 아니라는 표정이었다. 김판돌이 몇 가지를 더 구슬려 봤으나 사내는 더 입을 열지 않았다.

"아이고매, 내 정신 보소. 깜박 잊어부렀네."

김판돌은 깜짝 놀라는 시늉을 하며 발을 멈췄다. 볼장 다 보았으니 돌아설 구실을 만들어야 했다. 놔두고 온 것이 있다며 먼저 가시라고 인사를 한 다음 서둘러 장막 쪽으로 걸음을 재촉했다.

상여가 말목 앞을 돌아가고 있을 때였다.

"저 작자가?"

김판돌을 기다리느라 그 자리에 서성거리고 있던 설만두는 자기도 모르게 혼잣소리를 하며 눈을 밝혔다. 말목 쪽으로 갔던 정석남이 다시 만석보 쪽으로 가고 있었다. 아까 그 두 사람을 달고 갔다. 아까와는 달리 좀 상기된 표정들이었다. 설만두는 그들의 거동을 유심히 보고 있었다. 정석남을 따라가는 사람들은 두 사람 다 40여 세쯤으로 보였다. 농사꾼은 아닌 것 같았으나, 손에서 막일을 논 사람같지도 않았다. 그들은 천연스럽게 이야기를 하며 만석보 쪽으로 가고 있었다. 정석남은 이따금 뒤를 돌아봤다.

장날이라 장꾼도 많은데다 장례에 온 사람도 많아 유독 그쪽 길목이 북적거리고 있었으므로 정석남이 그리고 다녀도 별로 눈에 띄지 않았다. 더구나 정석남을 눈여겨볼 만한 사람들은 모두 상여를 따라 장지로 가고 없었다. 그들은 만석보 자리 강둑에서 저 아래 백산 쪽을 내려다봤다. 뭐라고 한참 이야기를 했다. 그들은 다시 이쪽을 돌아봤다. 이내 그들은 거기서 작별을 했다. 두 사람은 둑을 타고 백산 쪽으로 가고 정석남은 태인 쪽으로 갔다.

설만두는 고개를 갸웃거리다가 장막으로 달려갔다. 아까 오기창이 그리 가는 것 같았기 때문이다. 장막에는 늦참한 조문객들이 몇 사람 상을 받고 있었으나 오기창은 없었다. 설만두는 바삐 돌아섰다. 다시 걸음을 멈췄다. 저쪽 강둑에 김판돌이 오고 있었다. 설만두는 만석보 쪽으로 내달았다. 김판돌과 함께 정석남 뒤를 따라갈 참이었다.

"어디를 그렇게 바삐 가는가?"

"아이고."

설만두는 깜짝 놀라 걸음을 멈췄다. 오기창이었다. 설만두는 오기창을 한쪽으로 데리고 갔다.

"그러잖아도 찾고 있었소. 정석남이라고 정참봉 마름 알지라우?"

"아네."

설만두는 정석남의 수상한 거동을 바삐 늘어놨다. 그는 여태 아무한테도 정석남이나 정익수 이야기를 한 적이 없었다. 오기창한테도 마찬가지였다.

"그 작자가 여그 온 것을 자네도 그렇게 수상하게 봤던가?"

오기창이 웃으며 물었다.

"예, 그래서 지금 뒷을 재볼 참입니다."

"놔두게. 벌써 뒤따라간 사람이 있네."

오기창이 말했다.

"담에 만나세."

오기창은 설만두 등을 두드려 주고 지나갔다. 설만두는 오기창 뒷모습을 한참 동안 보고 있었다. 오기창은 여간 여유가 있어 보이지 않았다. 이미 정참봉 있는 데를 알고 있는 것이 아닌가 싶었다.

"만두야?"

잠시 어리둥절하고 있던 설만두가 뒤를 돌아봤다. 정묘득이었다. 설만두가 그쪽으로 갔다.

"오늘 사람 온 것 본게 대사치고는 큰 대사다. 오늘 우리 동네 사람들도 여럿 만났다. 지난번에 동네 갔을 적에는 못 만나고 왔더마는, 오늘은 여그서 느그 할아부지도 만났다. 아직도 정정하시드라."

"그 연세에도 산 타는 것 보면 젊은 사람 뺨치요. 요참에는 어디서 쓸만한 산자리 하나 잡으셨는가 으쨌는가 기분이 좋으십디다."

"글안해도 시방 내가 너를 만나려던 참인디, 마침 잘 만났다."

"먼 일인디라우?"

설만두는 금방 경계의 빛을 띠었다.

"잠깐만 저리 쪼깨 가자."

정묘득은 설만두를 데리고 장막 뒤로 갔다.

"그 정참봉 이얘기다. 니가 오기창하고 만나글래 너헌티 한번 털어놓고 잡아서 너를 불렀다. 너도 내 형편 잘 알고 있지 않냐?"

정묘득은 길게 뜸을 들이지 않고 버선목 뒤집듯이 말을 까놓았다. 설만두는 무춤하며 정묘득을 힐끔 건너다보았다. 설만두는 전에 한동네서 같이 살 때는 동병상련으로 정묘득을 몹시 따랐다. 정묘득은 그를 조카처럼 안쓰러 했고 설만두는 정묘득을 친아저씨처럼 공대를 했다. 설만두가 남 앞에 기죽지 않은 것도 반은 정묘득 때문이었다. 사람이 병신이라고 그것이 무슨 죄가 아니다. 내가 팔이 하나 이렇게 생겼다고 느그들하고 다를 것이 뭣이냐, 이렇게 생각하고 떳떳하게 고개를 들고 다녀야 한다. 이런 식으로 늘 일렀던 것이다.

"너도 짐작을 하고 있는가 모르겠다마는, 작인들은 시방 정참봉을 잡아서 작살을 내불라고만 하는디, 기왕 작살을 낼라면 작살을 내기 전에 나 같은 사람들 논값부텀 받아내고 작살을 내도 내면 좋잖겠냐? 그렇게 하면 나같이 억울한 사람들 논값은 논값대로 받고 소작인들은 소작인들대로 일을 볼 것인디, 그 사람들이 말을 안 듣는다."

"글씨 말이요잉. 나는 짚은 속은 몰라는게."

설만두는 어정쩡하게 말하며 꽁무니를 빼려고 했다.

"그란게 너보고 으짜란 것이 아니고 그 정참봉 있는 데가 짐작이 가면 그것이나 가르쳐 주라는 소리다. 나도 내 욕심만 챙길라고 하는 사람이 아닌게, 일을 해도 조심해서 할 것이다. 일테면, 정참봉 있는 데를 알면 그럴 만한 사람들을 데리고 가서 내가 몬자 가서 논값 내노라고 욱대겨서 돈을 받아내고, 소작인들은 그 담에 일을 해도 얼마든지 할 수 있잖겠냐? 그런디 소작인들이 몬자 그 사람을 처치해불면 나는 꿩 떨어진 매다. 논 두 마지기 값 보인에 닷 마지기를 뺏겼은게 서 마지기를 공짜로 날린 심인디, 우리 같은 형편에 논이 서 마지기면 얼매냐, 하늘이 알 만한 재산이다."

정묘득이 터놓고 호소를 했다.

"그라먼, 그 소작인들하고 더 의논을 해보시제 그라요."

"우리가 일을 잘못하면 정참봉이 어디로 아조 멀리 도망쳐 불 것 아니냐고, 소작인들은 시방 우리는 곁에도 못 오게 한다. 그런디 사실은 말이다, 그 정가 있는 데만 알면 감쪽같이 돈을 받아낼 방도가 한 가지 있다. 그런 일을 귀신도 모르게 해낼 만한 사람들이 있어."

"먼 사람들인디라우."

"우리하고 피아골서 같이 오던 사람들인디 심도 장사들이고 무술도 긴다난다 하는 사람들이다. 그 사람들이 나서주기로 약조가 되어 있다."

"그래라우. 그럼 나도 알아볼란게 기다려 보시오."

설만두는 이내 마음이 돌아선 것 같았다.

"고맙다. 실수는 없을 것인게 그것은 안심해라."

"알겠소."

설만두는 고개를 꾸벅하고 돌아섰다.

1월 24일 저녁이었다. 전봉준이 두령들을 모았다.

"진을 백산으로 옮기자는 의견이 있습니다. 그러지 않아도 그리 옮기는 것이 좋을 것 같아서 생각중인데, 사람 생각은 비슷비슷한 것 같소. 조만옥 씨가 말씀을 해보시오."

조만옥이 제안을 했던 것이다. 전봉준은 이미 백산으로 진을 옮기려고 김도삼, 정익서, 최경선 등과는 의논을 끝낸 다음인데 조만옥이 제의를 했다.

308

"누구하고 의논을 해보지는 못했습니다마는, 저는 백산으로 진을 옮기는 것이 좋을 것 같습니다. 여기는 유독 동네가 밀집해 있어는게 만약 여기서 싸움이 붙는다면 바로 이 말목을 중심으로 이 안통 동네가 모두 전쟁판이 될 것 같습니다. 그러면 이 동네들이 뭣이 되겠소? 놈들은 백성을 개돼지만치도 안 보는 놈들이라 근처 동네를 모두 쑥대밭을 맨들고 말 것 같소. 화풀이로 집집마다 불을 처지를지도 모릅니다. 더구나 정읍을 거쳐 읍내로 돌아 천치재 쪽에서 이리 들이닥치면 우리는 배수진이 된데가 그렇게 화공까지 쓰고 나온다면 여러 가지로 난감할 것 같습니다. 우리 농민군들은 이쪽 사람들이 주축이라 보복을 겸해서 그렇게 불을 지르고 나오는 날에는 큰일입니다."

조만옥은 며칠 전에 이 근방 동네가 전부 불에 타고 있는 꿈을 꾼 적이 있었다. 그 꿈을 꾸고 나자 그 뒤로는 날마다 그 생각뿐이었다. 감영군이 그렇게 불을 지르고 나오면 속수무책일 것 같았다. 자기 동네가 불타면 농민군들은 싸움을 제쳐두고 모두 자기 집 불을 끄러 달려갈 것 같았고, 그렇게 되면 판이 죽도 밥도 아닐 것 같았다.

"하지만, 그런 점만 가지고 생각한다면 백산 근처도 동네가 몰려 있는디, 그리 진을 옮긴다면 우리 동네로 오는 호랭이를 남의 동네로 쫓는 꼴이 되잖겠소?"

김이곤이었다.

"그쪽은 여기하고는 사정이 다르요. 그 근처에 마을이 있기는 하나 거기는 감영군이 어느 쪽에서 오든지 우리가 움직이기에 따라서 얼마든지 전쟁판을 들판으로 잡을 수가 있을 것입니다. 그들이 전주

쪽에서 정면으로 온다면 거기는 강 수심도 여기보다 훨씬 깊으니 그 점도 여기보다 낫고, 또 거기는 거리로 보더라도 읍내로 돌아서 뒤에서 쳐들어올 수도 없을 것입니다. 혹시 그렇게 뒤에서 쳐들어온다 하더라도 우리가 재빨리 들판으로 움직이면 배수진을 면하게 될 것입니다. 그리고 백산은 다른 잇점도 많습니다. 거기서는 사방이 들판이라 백산 꼭대기에서 보면 감영군이 오는 것을 먼 데서 빤히 볼 수가 있고, 더구나 거기는 교통도 여기보다 좋습니다. 그리고 무엇보다 중요한 점은 백산 꼭대기는 도소가 앉을 자리로는 그만한 자리가 달리 없을 것 같습니다. 저자들이 이번에 도소를 기습하려 했는데, 거기 백산 꼭대기에 도소가 올라 앉아노면 그놈들이 무슨 재주로 기습을 하겠소? 도소가 공중에 떠 있는 꼴이라 경계만 웬만치 하면 즈그들이 새라서 날아오기 전에는 기습은 어림도 없을 것입니다."

고개를 끄덕이는 두령들이 많았다. 전봉준은 듣고만 있었다.

"백산으로 옮기는 것이 좋을 것 같소. 거기는 강도 수심이 깊으니 그 점을 잘만 이용하면 여러 가지로 용병의 묘도 부릴 수가 있을 것 같습니다."

송대화가 동조하고 나왔다.

"저도 동감입니다. 진을 좀 자주 옮기는 것 같습니다마는, 그런 것은 개의할 것이 없습니다."

김이곤이었다.

"그러면 백산으로 진을 옮깁시다. 이 일은 발설을 하지 말고 있다가 바로 내일 아침에 발표를 하고 내일 당장 그리 옮깁시다. 일을 조금 급하게 서두는 것 같습니다마는, 이런 일이 미리 알려지는 것은 좋지 않습니다. 지난번에 정석진인가 그자도 우리가 진을 옮긴다는 것을 알고 장날에 맞춰서 계책을 세웠던 것 같습니다. 당일치기로 옮기자면 일이 수선스럽겠지만, 전쟁이 났다 생각하고 벼락치게 한 번 해봅시다."

전봉준은 진 옮기는 일을 단순히 진 옮기는 일로 생각하지 않고, 농민군들을 훈련시키고 긴장시키는 계기로 삼으려 하는 것 같았다.

"내일이 거기 장날인데 그런 것은 상관없겠소?"

김이곤이 물었다.

"별 상관있겠소?"

김도삼이었다. 거기 백산 밑의 용계리에 장이 섰다. 그 장은 용계장, 백산장, 군계장 등 이름이 여럿이었다. 군계장이란 거기가 고부하고 태인, 그리고 부안의 군계인데다 화호나루가 있어 고을의 경계로 특색이 두드러진 곳이라 그런 이름이 붙은 것이다.

"그렇게 진을 옮기는 계제에 거기 가서는 장막 곁에다 움막 같은 것은 못 치게 합시다. 장막 곁에 동네가 하나 생겨노니 보기도 안 좋고 또 그 움막에 드나드는 사람들이 많아서 장막에 오는 사람이 누가 누군지 알 수가 없습니다. 우선 기찰을 하기도 이만저만 난감하지 않습니다. 명색 군영인데 그놈의 움막에다 술막에다 잡화전까지 벌려논게 난장판도 이런 난장판이 없습니다. 더구나 그런 난장판 속에서 전쟁이 붙어노면 그 사람들이 상하는 것도 상하는 것이지만, 그 사람들이 우왕좌왕하면 선차에 우리가 정신을 못 차릴 것 같습니다."

송대화였다. 그는 읍내서부터 술막과 움막에는 질색이었다.

"아주 못 치게 할 수는 없고, 거기서는 술막이나 움막을 치더라도 멀리 떨어져서 치게 하시오. 미리서 이 밖으로 치라고 말뚝을 박아서 알리지요."

전봉준이 웃으며 말했다. 송대화가 너무 우거지상을 하고 있었기 때문이다. 백산으로 진을 옮기는 까닭은 조만옥이 말한 것 말고 중요한 이유가 있었다. 가장 중요한 이유는 관군이 가지고 있는 신식 양총에 대한 대비였다. 백산에 진을 친다면 농민군과 감영군은 동진강을 사이에 두고 대치할 수밖에 없을 것 같았다. 그렇다면 양총이 아무리 멀리 나간다 하더라도 강을 건너 백산까지는 미칠 수가 없을 것 같았다. 그리고 감영군이 강을 건너온다면 강을 건너오는 동안 그만큼 허점이 생기고 또 시간이 걸릴 것이므로, 농민군이 공수에 그만큼 유리할 것 같았다.

여기서 백산까지는 동진강 둑을 타고 아래쪽으로 시오리 거리였다. 배들 들판 저 아래로 빤히 건너다보였다. 거기는 동진강 하구라 바닷물이 거기까지 들어오기 때문에 수심이 그만큼 깊었고 거기를 건너는 화호나루는 이 근방의 가장 중요한 길목이었다. 그 나루는 흥덕, 고창, 무장, 영광 등 전라우도의 여러 고을이 전주와 한양으로 가는 길을 이어주는 나루였다.

백산은 허허벌판 넓은 징게맹게 들판 한가운데 어쩌다가 하나 솟은 조그마한 회오리봉으로 높이 2백 자(57미터)가 못 되는 낮은 산이었다. 그 북쪽으로 동진강이 흐르고 불과 2,3마장 거리에 화호나루가 있었다. 흥덕 쪽에서 올라오는 대도는 바로 이 백산 아래를 지나 화호나루로 이어졌다. 산간지대면 산이랄 수도 없었으나, 허허벌판에 이 산 하나가 묘하게 우뚝 솟아있으니 꼭 마당에다 바가지 엎어놓은 꼴로 우뚝해서 이 근방 사람들은 모두가 백산, 백산, 산 대접이 융숭했다. 북쪽에는 백룡사라는 조그마한 절까지 하나 있어 두루 산 구색을 갖추고 있었다. 사실, 이 산 꼭대기에 올라서면 사방으로 무려 열 개에 가까운 고을이 보이니 백산, 백산 할 만도 했다. 정읍, 금구, 김제, 만경, 함열, 임피, 부안, 흥덕, 고부 등이었다. 전후좌우로 빙 둘러서 이렇게 여러 고을이 손에 잡힐 듯이 가깝게 보였다. 이런 산은 우리나라에서는 이 백산밖에 없을 거라고 이 근방 사람들은 이 백산 자랑이 시퍼랬다.

다음날 아침, 백산으로 이진한다는 영이 떨어졌다. 너무 갑작스런 소리에 농민군들은 잠시 어리둥절했다. 예사 때처럼 좀 허랑해 있다가 잠에서 깨난 사람들처럼 우왕좌왕했다. 집에서 자고 오는 사람들도 밥은 여기 와서 먹기 때문에 그들도 눈이 뜨이자마자 장막으로 나왔으므로 이진 준비는 금방 손발이 맞아 바쁘게 돌아갔다. 진을 옮긴다는 소문을 듣고 농민군들보다 더 부산을 떠는 사람들은, 이번에도 술막과 움막을 치고 있는 곁다리들이었다. 저쪽에 달려가 자리를 잡는다, 막을 뜯는다, 정신없이 움직였다. 농민군들보다 이 사람들이 더 부산하게 싸댔다.

이엉이나 말목은 여기서 그대로 옮겨가기로 했다. 농민군들은 식전에 장막 울타리의 이엉을 걷어내고 울목을 뽑았다. 아침을 먹고 나자 동진강 둑에는 이삿짐을 진 농민군들이 개미 떼처럼 늘어섰다. 모두가 손에 익은 일인데다 몸을 사리지 않고 일을 하니 *어이며느리 쌍절구질하듯 손발들이 맞았다.

백산 꼭대기에는 도소만 앉히고 장막은 백산 아래 들판에다 치기

로 했다. 도소가 앉을 자리는 조만옥 말마따나 백산 꼭대기만한 데
가 없을 것 같았다. 일반 농민군들이 기거할 장막은 백산을 북쪽으
로 등지고 앉게 되니 여기보다 한결 아늑할 것 같았다. 여러 가지로
말목보다 나았다.

"자네 칠성이 아닌가?"

태인 쪽에서 오던 사내 하나가 김칠성을 보고 반색을 했다.

"오매, 자네 이금만이 아녀, 자네 지금 어디서 산가?"

두 사람은 손을 잡고 반겼다.

"나는 지금도 그 팔자로 태인서 놈의 집 살고 있네. 그런디 자네
는 어디 먼디로 갔다는 소문이든디 은제 왔는가?"

"맞네. 먼디서 살다가 여그 소문 듣고 달려왔네."

"그란게 지리산인가 어디로 갔다는 소문이든디, 그런게 거그서
살다가 여그 소문 듣고 달려와서 시방 농민군 났구만?"

"그렇게 되았네."

"자네 성질에 그라거이시."

두 사람은 허허 웃었다. 이금만은 천치재 너머 읍내 가는 길목 양
지뜸 사람으로 김칠성하고는 몇 년 전 정읍서 같이 머슴살이를 산
적이 있었다.

"마침 잘 만났네. 이리 쪼깨 따라오게."

이금만은 좀 상기된 표정으로 주변을 두리번거리며 김칠성을 데
리고 한쪽 짚벼늘 뒤로 갔다.

"여그서 금구 가자면 20리 어름에 진농 안 있는가? 거그서 왼쪽
으로 서너 마장 들어가면 장촌이란 동네가 있네."

"장촌?"

"내가 시방 그 동네서 살고 있는디, 그 조뱅갑이란 놈 숨개줬던 정참봉이란 놈 있잖은가?"

"응, 그래 그 정참봉."

김칠성이 대번에 눈을 밝혔다.

"그놈이 시방 그 동네 와 있네."

"멋이, 정참봉이 자네 동네 와 있어?"

김칠성이 깜짝 놀라 물었다.

"들어봐. 우리 동네에 그놈 매제가 살거덩. 그 매제 집도 부잔디, 내가 시방 오늘 저녁이 우리 아부님 지사라 집에 갈라고 나온게 그 집 머슴이 나하고 친한디, 나보고 이리 오라고 하등마는 그놈이 그 집에 왔다고 슬쩍 귀뜸을 해주데. 정참봉이란 놈이 오늘 새복에 그 집에 왔다는디, 내가 오늘 우리 집에 가는 중을 알고 귀뜸을 한 것이여. 내 말이 시방 먼 말인지 알겄제?"

"알겄네."

"그 정가란 놈이 그렇게 새복바람을 쐬고 댕기는 것이 암만해도 먼 일을 꾸미고 댕긴 성부르다고 하데. 그래서 시방 누구든지 아는 사람을 만나면 귀뜸을 할라고 기웃거리고 있는 참인디, 마침 자네를 만났네."

"고맙네. 그란디, 정참봉 혼자 왔다등가?"

"그런 소리는 안 하데. 하여간에 그 악독한 놈의 새끼는 태인까지도 호가 났네. 그 동네도 그놈 논이 있어."

"그 동네가 진농서 왼쪽으로 서너 마장 들어간 장촌이란 동네라고 했제? 그라면 그놈 매제 이름은 뭣이고 집은 그 동네 어디만치 있는가?"

"그 매제란 놈 이름은 유배걸이고, 그 집은 동네 첫들머리에 젤로 큰 기와집인게 누구한티 묻잘 것도 없네. 그 동네서는 질로 큰 기와집이어. 큰길 갓으로 대문이 덩실하네."

"잘 알았네. 유배걸이락 했제? 내가 그 소리를 젤 몬자 전해 줄 사람이 한나 있네." ·

"그람, 나는 가네."

이금만은 누가 쫓아오기라도 하는 듯 횅하니 돌아서서 바쁜 걸음을 쳤다. 김칠성이 장막 쪽으로 갔다. 이리저리 한참 두리번거리고 다녔다. 저쪽에 정묘득이 있었다.

"이리 오시오."

김칠성은 정묘득을 한쪽으로 끌었다.

"내가 정참봉 있는 데를 알아냈소."

"멋이? 정참봉 있는 데?"

정묘득은 대번에 눈이 튀어나올 것 같았다.

"여그서 금구 쪽으로 한 20리 가면 진농 알지라우?"

"알제."

김칠성은 이금만한테서 들은 대로 주욱 늘어놨다.

"음, 장촌 유배걸이 집이라고 했제?"

"예, 집은 동네 첫들머리 젤로 큰 기와집인게 물을 것도 없답디다."

"알았네. 고맙네."

정묘득이 바삐 말목 쪽을 향했다. 정묘득의 걸음걸이는 목발에다 몸뚱이를 얹어 흥청흥청 내던지는 것 같았다. 말목장터에서 장호만이 이천석과 김만복을 달고 서성거리고 있었다.

"저리 쪼깨 가세. 정참봉 이얘기네."

"그놈 있는 데라도 알아냈소?"

"귀뜸해 준 사람이 있네."

정묘득이 장호만을 데리고 으슥한 데로 갔다. 이천석과 김만복도 따라왔다.

"어디요?"

장호만이 눈을 밝히며 다가섰다.

"그놈이 여기서 한 20리 되는 데 와 있네."

정묘득은 김칠성한테서 들은 대로 주워섬겼다.

"오늘 저녁에 당장 갑시다. 그 놈한테서 논값을 받아내든지 배때기에서 창시를 끄집어내든지 양단간에 한 가지는 끄집어냅시다."

장호만이 새삼스럽게 이를 앙다물었다. 피아골에서 같이 올 때 허우적거리며 따라오던 정묘득의 처참한 꼴이 새삼스럽게 눈앞에 아른거리는 모양이었다. 병신 몸뚱이를 지팡이에 얹고 일행을 따라오느라 기를 쓰던 정묘득 꼴은 정말 안쓰럽고 처참했다. 일행은 정묘득의 걸음걸이에 맞추려고 늘상 걸음걸이를 늦춘다고 늦췄지만, 원체 마음이 바빠 한참 걷다 보면 걸음걸이들이 빨라지고 있었다. 정묘득은 일행이 자기한테 미안해할까 봐 그때마다 쉬어 앉으면 익살을 부려 일행을 웃겼다. 정묘득의 이런 마음씨에 장호만은 유독 감동을 했다.

"그런디 그런 개인 일이나 사원을 사사로이 처리하지 말라는 도소의 영이 있었다고 한게 그것이 마음에 걸리는구만."

정묘득이 말꼬리를 흐렸다.

"당신은 경우가 다르요. 도소에서 그런 영을 내린 것은 지금 농민
군이 싸워야 할 것은 감영군인디, 그런 일로 전력이 흩어지면 안 된
게 첫 번째는 그것을 염려한 것이고, 두 번째는 감영군하고 싸워야
할 마당에 지주들이나 양반 놈들을 건드리면 그 사람들이 농민군들
한테 등을 돌릴까 싶어 그것을 걱정한 것이오. 그런디 정참봉은 우리
보담 먼저 소작인들이 노리고 있은게 소작인들이 알기만 하면 당장
죽여버리잖겠소. 우리는 기왕에 뒈질 놈한테서 당신 논값 챙기는 것
뿐인게 도소 영을 걱정할라면 소작인들이 걱정을 해사제라우."

장호만이 명쾌하게 말했다.

"그렇기는 하네마는, 또 한 가지 걱정이 있네. 그놈을 도소로 끗
고 오잖으면 그렇게 숨어 댕기는 놈한테서 어떻게 돈을 받을까 그것
이 걱정이구만. 그 많은 돈을 지니고 댕길 리도 없고, 그 누이동생
집도 부자라고는 하네마는, 아무리 부자래도 그 집에서도 논 서 마
지기 값을 맞돈으로 싸놓고 있을 턱이 없잖은가?"

"그것은 조금도 염려 마시오. 나는 그놈을 잡으면, 즈그 집까지
끗고 갈라고 했는디, 즈그 매제 집이 부자란게 잘 되았소. 그 집이
부자라면 은자야 패물이야 논 열 마지기 값은 있을 것이오. 요새는
돈값이 하루가 다르게 똥값이 되고 있은게 부자 놈들은 패물을 사들
이기에 정신이 없소. 일본 은자하고 서양 은자 같은 것도 손에 들어
왔다 하면 그대로 천 냥이고 만 냥이고 쌓아놓소. 그 속은 내가 잘
아요."

장호만의 말에 정묘득은 고개를 끄덕였으나 긴가민가하는 표정이었다. 요사이는 하도 물가가 천정부지로 뛰는 통에 돈 있는 사람들은 은자를 재어놓거나 패물을 사 모으느라 정신이 없었다. 읍내 아전들 집에서 패물이 그렇게 많이 나왔던 것도 그 때문이었다.

"그렇다면 나도 맘이 놓이네. 여그 시 사람만 가도 되겠는가?"

"그런 쥐새끼 한 마리 닦달하는디 포도군사를 풀겠소? 우리 싯이면 호랭이도 잡소. 일은 밤중에 해사 쓸 것인게 여기서 기다렸다가 밤중에 가서 덮칩시다."

"그것이 좋겠네. 그럼 나는 오기창하고 단단히 귀를 짜겄네."

정묘득은 다시 부산하게 발걸음을 옮겼다. 오기창은 장롓날 패거리를 시켜 정석남의 뒤를 쟀으나 금구에서 그를 놓치고 말았다. 지금 그 패거리 몇 사람은 금구에서 서성거리고 있는 중이었다.

11. 보복

해거름에 두령들이 백산으로 가고 있었다. 두령들은 전봉준을 비롯해서 김도삼, 최경선, 손여옥, 조만옥, 그리고 조망태 등이었다. 정익서와 송대화 등은 미리 백산으로 가서 그쪽 일을 지휘하고 있었다. 일행은 호위병을 합쳐 50여 명이었다. 호위병은 김만수와 정길남이 항상 거느린 패와 김확실 패, 그리고 달주가 거느린 별동대 30명이었다.

달주가 거느린 별동대는 다른 부대에 비해 기율이 아주 엄했다. 이런 행군을 할 때도 화승대(화승총)와 대창을 어깨에 메고 반듯하게 열을 지어 갔다. 달주 부대가 다른 부대와 또 한 가지 다른 것은 화승대를 멘 사람이 10명이나 된다는 점이었다. 김승종이 거느릴 때도 이 부대에 화승대가 제일 많았는데 달주가 거느리기 시작하면서 다시 무기고에 들어가 쓸 만한 것을 더 찾다 손을 본 것이다. 화승대를 메야 군대 같았기 때문이다. 화승대는 총열이 삭아 총 구실을 못하는 것도 있었다. 그런 시늉뿐인 화승대를 메고 다니라고 한 데는 까닭이 있었다. 어차피 이런 전쟁은 허설수니 화승대를 메고 다니면 창을 멘 것보다 훨씬 위세 있게 보였고, 실속으로 쳐도 육박전이 벌어져 후려치고 받기로 하면 총대가 창만 못할 리도 없었다. 또 만약 전쟁이 붙으면 감영군들한테서 총을 빼앗을 수도 있으므로 손에 총이 익은 사람이 그만큼 많아야 할 것 같았다. 활은 별로 쓸모가 없어 별동대는 물론 다른 농민군도 활을 멘 사람은 없었다. 활대도 시원찮았고 화살도 부실했지만 활은 그걸 쏘려면 상당히 연습을 해야 제대로 화살을 날릴 수 있었기 때문이었다.

저 멀리 아스라하게 백산 꼭대기에 장막이 모습을 드러내고 있었다. 벌써 도소 장막을 친 것이다. 그 아래 논바닥에도 장막이 들어서 있었다.

강둑에 올라서자 강바닥을 핥고 온 강바람이 매섭게 볼을 때렸다. 금년은 절기가 일러 4일 뒤가 경칩이었으나 강둑에 올라서니 바람 끝이 칼끝같이 매웠다. 일행은 한참 말없이 걷고 있었다. 강둑에서 백산을 아득히 바라보며 사방으로 들판이 펼쳐지자 이런 데서 전쟁이 붙으면 어떻게 될까, 저마다 감영군과 한판 붙을 전쟁판을 상상하는 것 같았다.

저쪽에서 이쪽으로 오는 사람들이 있었다. 여자 두 사람과 사내 하나였다. 추위에 잔뜩 몸을 옹송그리며 오고 있었다. 여자들은 쟁우댁과 순심이었고 사내는 창동 김달식이었다. 짐을 가지러 오는 모양이었다.

"아이고, 춘디 고상들 하시오."

쟁우댁은 두령들에게 길을 내주며 숫기 좋게 너스레를 떨었다. 두령들은 쟁우댁 곁에 옹송그리고 가는 순심한테로 눈이 쏠렸다. 두령들도 순심의 소문을 듣고 있었다. 김달식은 자기 매형 조만옥을 한 번 힐끔 보고 나서 어색한 듯 헤실거리며 지나갔다.

"짐이 더 남았소?"

"한 번만 갔다 오면 다 가져오겠소. 아따 참말로 춥소."

조망태가 묻자 쟁우댁은 턱을 떨며 대답했다.

"쟁우댁은 머슴 한나는 실팍한 놈을 디렸소."

별동대 가운데서 김달식 동네 젊은이가 핀잔을 주었다. 모두 킬킬거렸다.

"아따 먼 소리를 그런 소리를 하시오? 우리가 하도 고상을 한게 쪼깨 거들어 준다요."

쟁우댁은 깔깔거리며 김달식의 발명을 했다. 고개를 잔뜩 움츠린 순심은 눈을 아래로 깐 채 조그맣게 옹송그리고 걸었다. 순심의 몽당치마 밑으로 나온 다리통이 벌겋게 익어 있었다.

"달식아, 이삿짐 뒤에 강아지 따라댕기대끼 한다등마는 니가 꼭 그짝 났구나. 어디 부지런히 한번 따라댕개 봐라. 강아지도 부지런히 싸대사 더운 똥을 묵드라고 혹시 알겄냐?"

아까 그 젊은이가 핀잔을 주자 모두 와 웃었다. 김달식은 픽 웃고 지나갔다.

"저 자석은 어디 *메기 잔등에다 묏등을 썼으까 으쨌으까? 비우 한나는 타고났어."

젊은이들은 앞에 가는 조만옥이 안 들릴 만하게 말소리를 낮춰 히히덕거렸다.

"조상치레 못하면 비우치레 하랬더라고, 그래도 저만한 비우라도 타고났은게 소문난 가시내 뒤꽁무니래도 따라댕개 보제잉."

"어지게는 어디서 술이 담뿍 취해갖고 설만두 때려죽인다고 몽뎅이를 들고 설치고 댕기더란디, 설만두 안 맞아죽었는가 몰라?"

젊은이들이 킬킬거렸다.

"저 자식이 저라고 가는 것 봤으면 속에서 불이 나는 놈 한나 있겄다."

또 킬킬거렸다. 이미 장진호 소문도 난 것이다.

일행이 백산과 예동의 중간 어름인 월평을 막 지나려 할 때였다.

—탕.

—탕.

강 쪽에서 느닷없는 총소리가 났다.

"아이고!"

전봉준 뒤를 따르고 있던 조망태가 어깨를 싸쥐며 비명을 질렀다.

"엎져!"

김확실이 전봉준을 사정없이 밀어뜨리며 소리를 질렀다. 잠시 김확실이 거듭 소리를 지르자 멍청하게 서 있던 사람들이 모두 엎드렸다.

—탕.

—탕.

"어!"

김만수 패 하나가 비명을 지르며 주저앉았다. 엎드렸던 김확실이 고개를 들어 강가를 바라봤다. 달주도 고개를 들었다. 강가의 갈대밭이 한군데 거칠게 움직였다. 갈대밭에서 거룻배 한 척이 나타나 강을 건너고 있었다. 두 놈이 타고 있었다. 두 놈 다 복면을 하고 있었다. 한 놈은 바삐 삿대질을 하고, 한 놈은 이쪽으로 총을 겨누고 있었다.

"쫓아라!"

김확실이 소리를 지르며 퉁기듯 일어나 강가로 내달았다. 달주도 벌떡 일어섰다.

"별동대만 쫓는다. 날 따라라!"

달주는 악을 써놓고 쏜살같이 강가로 내달았다. 별동대들이 벌떡벌떡 일어나 달주를 따라 달렸다.

—탕.

달려가던 젊은이들이 무춤했다.

"옆으로 뛰어라! 옆으로 뛰면 안 맞는다."

달주는 총 쏘는 방향에서 사선으로 뛰어가면서 뒤에다 악을 썼다. 돌팔매 명수인 달주는 옆으로 움직이는 목표는 맞추기가 어렵다는 것을 잘 알고 있었다. 배는 건너편 강가에 가까워지고 있었다. 달주는 갈대 속으로 쏠려 들어갔다. 김확실과 시또, 기얻은복도 갈대 속으로 몸을 숨겼다. 달주는 갈대 속에서 뒤를 돌아봤다. 별동대가 정신없이 달려왔다. 다행히 총에 맞은 사람은 없었다.

"여기 있어라. 배 갖고 오겠다."

달주는 소리를 지르며 갈대 속에서 옷을 활활 벗었다. 배가 저쪽 강가에 닿았다. 삿대질하던 놈이 뱃바닥에서 두 손으로 무얼 머리 위로 잔뜩 올렸다. 큼직한 돌덩어리였다. 돌덩어리로 배 밑창을 사정없이 내리쳤다. 배 밑창이 풍 뚫어져 버렸다. 놈들은 배에서 뛰어내려 저쪽으로 도망쳤다. 저격수들은 그래도 안심이 안 되었던지 삿대도 가지고 도망치고 있었다. 배를 이용 못하게 하자는 속셈이었다.

"전부 옷을 벗어라. 전부 벗어!"

달주는 부하들에게 소리를 질렀다.

"화승대는 불 붙이고 나머지는 모두 옷 벗고 강을 건넌다."

달주는 빨가벗고 소리를 지르며 강물로 뛰어들었다. 옷을 뭉뚱그려 한 손으로 잔뜩 치켜들고 강 속으로 들어갔다. 저쪽에서는 김확실이 시또, 기얼은복과 함께 달주와 거의 동시에 강으로 들어섰다. 저격수들은 도망치면서 계속 뒤를 향해 총을 쏘았다. 이쪽 화승대에서는 이제야 지름승 타들어가는 소리가 빠지직거리고 있었다. 별동대원들은 계속 물로 뛰어들었다.

— 뺑.

— 뺑.

화승대가 비로소 불을 뿜기 시작했다. 거리가 저격수들한테까지는 어림도 없었다. 그러나 총소리는 양총보다 훨씬 컸다. 대포 소리였다.

"화승대도 모두 벗고 따라와."

달주는 강 속으로 들어가며 소리를 질렀다. 강물이 달주 가슴까지 차올랐다. 물살은 없었다. 물이 거의 목까지 차올랐다. 저쪽 김확실이나 그 졸개들도 마찬가지였다. 강심으로 들어갔으나 다행히 물이 목을 넘지는 않았다. 화승대 든 대원들도 총과 옷을 머리 위로 쳐들고 강물로 뛰어들었다. 달주와 김확실 패가 거의 동시에 저쪽 강변 뻘밭으로 기어올랐다.

"화승대는 계속 쏨시로 온다."

달주는 부리나케 옷을 주워 입었다.

"워매, 큰일났네."

강을 건너오던 대원 하나가 소리를 질렀다.

"아이고!"

옷을 입던 달주가 그쪽을 보며 깜짝 놀라 허리끈 매던 손을 멈췄다. 대원 하나가 강물 위에 엎어져서 둥둥 떠 있었다. 옷도 곁에 떠 있었다.

"그 옆에 둘이는 얼른 저쪽으로 끌고 가!"

달주가 소리를 질렀다. 갑자기 찬물에 뛰어들자 심장이 멎은 것 같았다.

"빨리 좀 오시오."

달주는 강둑에서 이쪽을 보고 있는 두령들을 향해 소리를 질렀다. 달주는 손을 까불며 계속 소리를 질렀다. 두령들이 뛰어오기 시작했다.

"걔는 뒤에 오는 분들한테 맡기고, 느그들은 빨리 건너와!"

달주는 자리에 앉아서 버선으로 발의 뻘을 쓱쓱 훔쳐냈다. 짚신을 꿰고 신들메를 묶었다. 버선을 내던져버렸다. 발이 물에 젖어 신을 수가 없었다. 대원들이 반나마 강가로 올라오고 있었다. 물에 뜬 대원을 끌고 가던 대원들도 저쪽 강변으로 끌어올리고 있었다. 그는 완전히 죽었는지 사지가 축 늘어져 버렸다.

"날 따라라. 화승대는 계속 쏘며 따라와!"

달주는 소리를 지르며 쫓아갔다. 김확실 패가 벌써 저만치 달려가고 있었다. 달주 뒤에는 10여 명이 따르고 있었다.

―탕.

―탕.

저격수들은 벌써 저쪽 강둑에 올라서서 이쪽으로 총을 쏘고 있었다.

"옆으로 도망치면 안 맞는다."

달주는 아까처럼 옆으로 사선을 질러 달리며 소리를 질렀다. 쉿, 쉿, 총알 지나가는 소리가 날카로웠다. 그러나 아무도 맞지 않았다. 김확실 패도 역시 사선을 질러 저쪽으로 달렸다. 달주 패는 벌써 20여 명이 뒤를 따르고 있었다. 화승대도 댓 명이나 따르고 있었다.

―뻥.

―뻥.

이쪽 화승대가 불을 뿜었다.

"뛰어라."

달주가 악을 쓰며 여전히 사선으로 달렸다. 저격수들은 이쪽 총소리에 놀라 더 총을 쏘지 못하고 둑을 넘어 사라져 버렸다.

"너희들은 그대로 달려!"

달주는 그 자리에 멈춰 서서 자기 뒤를 따라 달려오는 대원들을 달리던 방향 그대로 달리라 했다. 달주는 10여 명을 그 방향으로 달리게 했다.

그때 강가로 올라온 두령들은 물에 빠져 맥을 논 별동대원을 보고 깜짝 놀랐다.

"모두 배자를 벗어 싸시오."

전봉준이 소리를 지르며 옆구리에 찬 침통에서 침을 뽑았다. 그는 눈부터 까보았다. 여기저기 다급하게 침을 찌르기 시작했다. 곁에 둘러싼 사람들은 모두 배자를 벗어던졌다. 두껍게 몸뚱이를 쌌다. 그 사이 전봉준은 침을 여남은 방 찔렀다. 능란한 솜씨였다. 양쪽 새끼손가락 끝에는 더 정성스레 꽂았다. 전봉준은 누운 자 얼굴을 보며 새끼손가락에 찌른 침을 조금씩 퉁겼다. 모두 숨을 죽이고 그의 얼굴을 내려다보고 있었다.

"살아난다."

옆에서 소리를 질렀다. 그는 이내 숨을 타는 것 같았다.

"살았다."

젊은이들이 환성을 질렀다.

달주는 10여 명을 저쪽으로 그대로 달리게 한 다음 줄을 끊었다.

"여그서부터는 날 따라와. 화승대는 전부 날 따라와!"

달주는 바로 저격수들이 사라진 데를 향해 달렸다. 강둑으로 올라섰다. 저격수들은 들판으로 도망치고 있었다. 저격수들이 죽을 동살 동 모르고 논둑길로 내빼고 있었다.

"나는 이리 쫓아간다. 느그들은 바로 그 뒤를 쫓아라!"

저쪽에서 김확실이 소리를 질렀다. 김확실 패는 이미 저쪽 논둑을 달리고 있었다. 달주는 강둑에서 잠깐 멈춰 대원들이 다 오기를 기다렸다. 저쪽으로 달려간 10여 명도 강둑으로 올라섰다.

"쫓아!"

달주는 그쪽을 향해 악을 쓰며 들판으로 쫓으라는 손짓을 했다. 그들은 그대로 들판으로 쫓았다. 달주 뒤를 따르던 패가 모두 강둑으로 올라섰다.

"우리는 옆으로 쫙 퍼져서 쫓는다. 화승대는 쫓아감시로 무작정 쏜다. 조준할 것도 없이 무작정!"

대원들은 들판으로 내닫기 시작했다. 저격수들은 힐끔힐끔 뒤를 돌아보며 정신없이 내빼고 있었다. 달주가 거느린 패는 옆으로 퍼져서 쫓고 나머지 두 패는 양쪽으로 날개를 벌리듯 쫓았다.

— 뻥.

— 뻥.

화승대가 계속 불을 뿜어댔다. 화승대는 지름승에다 불을 당겨놓으면 화약까지 타들어가는 데 꽤나 시간이 걸렸다. 마지막 발포되는 순간이 언제일지 정확히 가늠할 수 없었기 때문에 조준을 하기가 어려웠으며 움직이는 목표물을 맞춘다는 것은 거의 불가능했다. 더구나 사거리가 5,60보이거나 잘해야 7,80보였다. 그러나 소리는 엄청나게 컸으므로 겁주는 데는 양총에 비할 바가 아니었다.

도망치던 놈들이 돌아서서 총을 겨누었다.

"옆으로 엇질러 내빼라!"

그때 이쪽 화승총에서 또 뻥 소리가 났다. 저쪽에서도 연거푸 두 발을 쏘았다. 아무도 맞지 않았다. 저격수들은 엉겁결이라 겨냥을 제대로 못한 것 같았다. 화승대는 계속 뻥뻥 대포 소리를 냈다. 놈들은 총으로 더 위협할 엄두를 내지 못하고 무작정 내닫기만 했다. 힐끔힐끔 돌아보며 내빼고 있었다. 저격수들은 무논 사이 논둑으로 내뺐다. 그때였다. 뒤따르던 놈이 뒤를 돌아보다가 갑자기 몸뚱이 중심이 옆으로 쏠렸다. 무논 쪽으로 한참 쏠리며 내달았다. 그만 무논으로 철부덩 나동그라지고 말았다. 총을 논바닥에다 박으며 허우적거렸다. 앞에 달리던 놈이 이쪽으로 총을 겨누었다.

"옆으로!"

달주가 또 악을 쓰며 옆으로 내달았다.

—탕.

아무도 맞지 않았다. 논바닥에 나동그라졌던 저격수가 총을 들고 일어섰다. 논둑으로 나왔다. 다시 달렸다. 논바닥에 나동그라졌던 저격수는 한쪽 다리를 저는 것 같았다. 미끄러지면서 발을 삔 모양이었다. 그놈은 절뚝거리며 달리다가 돌아섰다. 이쪽으로 총을 겨누었다.

—퍽.

총소리가 이상했다. 놈은 총을 내던져 버리고 내달았다. 총열이 파열되어 버린 것이다. 아까 무논으로 나동그라지면서 논바닥에다 총구를 박아 총구 속에 흙이 박혔던 모양이다. 그 속에서 화약이 폭발하자 총열이 파열되어 버린 것이다. 들판 건너편 양괴동 사람들이 몰려나와 내다보고 있었다.

"그놈들 잡으시오."

양쪽으로 달리던 패가 동네 사람들을 향해 악을 쓰며 내달았다. 벌써 김확실은 동네로 들어가는 큰길로 올라서고 있었다. 앞에 도망치던 저격수도 동네 앞길로 올라섰다. 그때 동네 골목에서 몽둥이를 울러메고 나오는 사람이 있었다. 길로 올라선 저격수는 양쪽을 휘번득이다가 김확실을 향해 총을 겨누었다. 김확실이 담 뒤로 몸을 숨겼다. 그때 몽둥이를 들고 나오던 동네 사람이 총을 겨누고 있던 저격수 뒤로 살금살금 다가갔다.

"뒤에!"

뒤따라 달려가던 발 뺀 저격수가 소리를 질렀다. 그 순간이었다. 잔뜩 치켜 올라간 몽둥이가 저격수 대가리를 정통으로 내리쳤다.

―퍽.

―탕.

저격수는 앞으로 픽 고꾸라졌고, 총이 땅에 떨어지며 제물에 불을 뿜었다. 발 뺀 저격수는 제 놈도 그 몽둥이에 맞은 것처럼 그 자리에 풀썩 주저앉았다. 농민군들은 모두 숨을 헐떡거리며 달려갔다. 몽둥이를 휘둘렀던 사내는 손에 몽둥이를 든 채 쓰러져 있는 놈을 멀거니 내려다보고 있었다. 마치 제가 몽둥이라도 맞은 것 같은 표정이었다. 동네 사람들이 놀란 표정으로 곁으로 갔다. 저격수는 뒤로 발딱 나자빠져 있었다. 몽둥이를 얼마나 세게 내리쳤던지 저격수는 눈을 멀겋게 뜨고 숨이 멎어 있었다. 머리에서는 피가 흘러내리고 있었다.

"이 새끼가 참말로 죽어부네."

몽둥이를 내둘렀던 사내는 무슨 억울한 일이라도 당한 것처럼 겁먹은 눈을 뒤룩거리며 멍청하게 이죽거렸다.

"허, 참말로 허망하네잉."

작자는 아무리 생각해도 어이가 없는지 동네 사람들을 돌아보며 변명하듯 거듭 혼잣소리로 구시렁거렸다. 무시무시한 총을 든 놈이라 그렇게 내리쳐도 쉽게 안 죽을 줄 알았던 모양이다. 우악스럽게 생긴 사내였다. 가슴팍이 쇠가마 밑바닥같이 툭 튀어나왔고 몽둥이 든 손도 솥뚜껑 같았다. 이런 사람이 힘을 다해서 갈겨놨으니 대갈통이 온전할 까닭이 없었다. 저쪽으로 달려왔던 별동대원들도 겁먹은 눈으로 사내와 시체를 번갈아 보고 있었다.

발 삔 저격수를 끌고 왔다. 물에 빠진 생쥐 꼴이었다. 달주는 죽은 저격수 곁에 뒹굴고 있는 총부터 챙겨 옆에 있는 대원에게 건넸다.

"너희 두 사람은 빨리 두령님들한테로 달려가거라. 하나는 죽이고 하나는 사로잡았다고 말씀드려. 빨리 달려!"

달주는 대원 두 사람을 급히 쫓았다.

"그 몽댕이 좀 빌립시다."

김확실이 저격수를 내리친 몽둥이를 받아들었다.

"너 이리 와!"

김확실이 몽둥이를 꼬나들고 발 삔 저격수 소매를 끌었다. 한참 저쪽으로 끌고 갔다. 시또와 기엄은복이 뒤따랐다. 달주도 따라갔다. 섶나무 벼늘 뒤 으슥한 *푸서리로 끌고 갔다.

"여기 꿇어!"

저격수는 달달 떨며 무릎을 꿇었다.

"저그 뒈진 놈 봤지? 묻는 말에 바른대로 대답해. 한마디만 빗나가면 니놈 대갈통도 저 꼴이 된다. 이 일을 시킨 놈이 누구냐?"

김확실은 착 가라앉은 소리로 몽둥이를 어르며 물었다. 몽둥이는 옹이가 다듬어지지 않은 소나무 몽둥이였다. 장정 발목만큼 굵었다.

"죽을죄를 졌습니다."

작자는 턱을 달달 떨며 이죽거렸다. 추위보다 공포에 떠는 것 같았다.

"바쁘다, 누가 시킨 짓이냐?"

김확실이 몽둥이를 꼬나들며 조금 큰소리로 내질렀다.

"아까 죽은 사람이 알제 나는 모르요."

작자는 일그러진 상판으로 우물거렸다.

"한 번만 더 묻는다. 누가 시킨 짓이냐?"

김확실은 이를 악물며 낮은 소리로 다그쳤다.

"모르요."

"이 새끼!"

김확실 상판이 대번에 으등그러졌다. 몽둥이로 작자 등짝을 후려 갈겼다. 등짝에서 떵 소리가 났다.

"아이고."

작자는 비명을 지르며 몸을 뒤챘다. 김확실은 조금도 사정을 두지 않고 거듭 후려갈겼다. 작자는 찢어지는 비명을 지르며 땅바닥에 뒹굴었다. 몸뚱이가 움푹한 구덩이로 굴러들어갔다. 김확실은 매를 멈추지 않고 따라가며 더욱 거세게 후려갈겼다. 예닐곱 대를 갈겼다. 저격수는 제대로 비명도 못 지르고 구덩이 속에 걸레처럼 늘어져 숨을 할딱거리고 있었다. 그렇게 맞았는데도 숨이 붙어 있다는 게 이상할 지경이었다. 김확실이 작자를 내려다보며 숨을 씨근거리고 있었다. 달주가 작자 상투를 잡아 얼굴을 돌렸다.

"누가 시킨 짓이냐?"

달주가 낮은 소리로 물었다. 작자는 숨만 할딱거리고 있었다.

"임마, 여기서 죽여주기를 바라는 모양인디 안 죽인다. 어서 말해. 병신 되는 것만 공것이다. 바른 대로 불면 목숨은 살려준다."

작자는 숨만 씨근거리고 있었다.

"이 새끼가 보통 놈이 아니구만. 그 새끼 이리 끄집어내!"

시또와 기얻은복이 작자를 구덩이에서 끌어냈다. 늘어진 몸뚱이가 빨래 뭉텅이처럼 들려나왔다.

"몸뚱이를 뒤집어!"

김확실은 손에 들고 있던 몽둥이를 작자의 두 정강이 위에 걸쳤다.

"양쪽에서 밟아!"

시또와 기얻은복이가 몽둥이 양쪽에다 발을 하나씩 올려놨다.

"굴러!"

두 사람이 몽둥이 양쪽에 흥청 몸무게를 실었다.

"아!"

작자가 비명을 질렀다.

"더 세게 굴러!"

"아!"

작자는 숨넘어가는 소리를 질렀다. 그러나 불지 않았다.

"허, 이 독살스런 새끼 봐라, 더!"

김확실이 악을 썼다.

"아이구, 마 말하리다."

작자는 드디어 항복을 했다.

"누구냐?"

"정, 정……."

작자는 오만상을 찌푸리며 우는 소리로 이죽거렸다.

"정참봉이오."

"정참봉? 정참봉은 지금 어디 있냐?"

김확실이 다급하게 물었다.

"저, 정읍으로 간 것 같습디다."

"정읍 어디?"

"그것은 모르겄소."

"그럼 그놈이 느그들을 어디서 이리 보냈냐?"

"원평 삼거리 감나무집 주막이오."

"너는 어디 사는 놈이냐?"

"금구 사요."

"뭣하는 놈인디 총을 다룰 줄 아냐?"

"금구서 나졸 살았소."

"이 일이 성사되면 얼마 받기로 했냐?"

"논 서 마지기 값이오."

"죽은 놈도?"

"예."

"정참봉이 정읍 읍내로 가는 줄은 어드코 알았냐? 헛소리하면 골통이 깨진다."

"어제 저녁 밤중에 그 집서 우리를 이리 보내고 그쪽으로 가는 것 같습디다."

"혼자?"

"그 집에서 나온게 두 사람이 다른 방에 있다가 따라나온 것 같습디다."

"가만있으시오."

달주가 끼어들었다.

"정참봉이 너희들을 이리 보낸 것이 어제저녁이었단 말이냐?"

"예."

"그럼 아까 총을 쏘던 갈대밭에는 언제부터 매복을 하고 있었냐?"

"오늘 새벽이오."

"정참봉이 너희들한테 무엇이라고 하면서 보냈냐?"

"오늘 진을 백산으로 욍긴다고 그때 전봉준이 강둑을 지나가거든 쏘라고 합디다."

달주가 놀란 눈으로 김확실을 건너다봤다. 도소에서 두령들하고 이진한다는 사실을 논의한 것은 어제저녁이고 농민군들한테 영을 내린 것은 오늘 아침이었기 때문이다. 백산으로 진을 옮긴다는 사실은 오늘 아침 영이 떨어질 때까지 달주 자신도 모르고 있었다.

"저격이 성사되면 정참봉하고는 어디서 만나기로 했냐?"

김확실이 물었다.

"성패 간에 서로 만나지 말고 잠시 피해 있기로 했소."

김확실이 달주를 향했다.

"정참봉 그놈은 지난 참에 조병갑도 숨겼다가 빼돌린 놈이다. 여럿이 갈 것 없다. 우리 싯이 간다. 너는 이놈 끗고 어서 도소로 가서 오늘 이진한다는 말이 어떻게 새나갔는가 조사를 해라. 그것은 전접주님한테만 알리고 은밀하게 조사를 해야겠다. 틀림없이 그놈들하고 내통한 놈이 두령들 가까이 있다. 그 뿌리를 뽑아야 한다."

336

달주가 고개를 끄덕였다.

"정읍 그놈 마름 집부터 덮쳐야겠다. 내가 정읍 갔다는 말도 접주
님한테만 해라."

김확실이 서둘렀다. 시또와 기엄은복을 달고 바삐 정읍 쪽으로
내달았다. 그의 눈에는 불이 번쩍이는 것 같았다.

달주는 동임을 찾았다.

"이 동네도 염습 잘하는 분 계시겠지요? 이 시체를 좀 수습해 주
시라 하고, 백산까지 져다 주실 분도 한 분 내주십시오. 염습한 사례
야 뱃가는 톡톡히 드리겠습니다."

동임은 선선하게 고개를 끄덕였다. 달주는 저격수한테 몽둥이질
한 사내 앞으로 갔다.

"고맙습니다. 우리하고 같이 도소로 가십시다. 두령님들이 반가
워하실 것입니다."

달주가 은근하게 말했다.

"안 갈라우. 나는 저렇게 죽어불 중은 몰랐등마는 허망없이 죽어
분게로 속이 영판 지랄 같소."

사내는 입맛이 씁쓸한지 혀를 차며 고개를 저었다. 저격수가 단
매에 죽어버린 것이 지금도 실감이 안 가는 모양이었다. 달주는 다
시 한 번 권했으나 사내는 거세게 고개를 저었다. 하는 수 없었다.
달주는 시체를 수습해 가지고 올 대원 10여 명을 남긴 다음, 나머지
대원들을 거느리고 강둑을 향해 내달았다. 저격수는 힘 존 대원이
업고 달렸다.

강둑에 올라서자 저쪽 강둑에 두령들이 줄줄이 늘어서서 이쪽을

건너다보고 있었다. 우리는 이쪽 강둑을 타고 화호나루로 가겠다는 손짓을 했다. 화호나루 도선목으로 가서 나루를 건너 백산으로 갈 수밖에 없었다. 그제야 저쪽 두령들도 발길을 옮겼다.

조망태는 팔에 총을 맞았으나 다행히 뼈는 다치지 않았고, 김만수 부하는 넓적다리를 맞아 중상이었다. 그들은 금방 지산서당으로 보냈다. 강을 건너오다 심장이 멎었던 대원도 살아나기는 했으나 제대로 맥을 추지 못해 같이 지산서당으로 보냈다.

달주는 걸음을 재촉했다 화호나루를 건너 장막 가까이 가자 농민군들이 몰려 이쪽을 보고 있었다. 달주는 갑자기 개선장군이 되어버린 꼴이었다. 가까이 가자 농민군들이 환성을 질렀다. 서로 붙잡힌 저격수를 보려고 야단들이었다.

"고생들 했다."

전봉준이 달주한테 가볍게 칭찬을 했다. 다른 두령들도 달주를 칭찬하며 등을 두드렸다. 저격수를 그대로 업고 백산으로 올라갔다.

"오매 오매!"

업혀오는 저격수를 본 김판돌이 잔뜩 겁먹은 표정으로 설만두 옆구리를 꾹 찔렀다. 설만두가 깜짝 놀라 김판돌을 봤다.

"그놈이여, 그놈. 그저께 정석냄이가 문상 올 때 데꼬 왔던 놈."

김판돌의 눈이 튀어나올 것 같았다.

"틀림없냐?"

설만두가 깜짝 놀라 물었다.

"트, 틀림없어."

설만두와 김판돌이 한쪽으로 갔다.

"오매, 그란게, 정석냄이 그놈이 시킨 것이구만잉. 얼른 말을 해사 쓰잖겄어?"

김판돌은 제정신이 아니었다.

"가만있어봐. 그런게 정석남이 그저께 그놈들을 데꼬 와서 전봉준 접주님이 지나가실 적에 총 쏠 자리를 미리 봐노라고 저 강둑으로 보냈고, 지는 태인으로 갔단 말이냐?"

설만두가 잔뜩 눈을 밝히며 물었다.

"맞아. 그랬구만. 그때 그 두 놈이 저 강둑을 타고 이리 왔거든."

"그라면 정익수야 김달식이야 쟁우댁이야 그 주걱턱이야 이런 놈들이 지금 말짱 한 패거리란 말이냐?"

설만두는 침착하게 말했다.

"맞아. 전부 한통속인 것 같아. 지금 얼른 가서 말해사 쓰잖겄어?"

김판돌은 더욱 겁이 나는지 숨을 헐떡거리며 다그쳤다.

"가만있어. 시방 그렇게 서둘 일이 아니다. 그러고 본게로 정석냄이하고 정익수하고 이것들이 지난번 정석진 사건하고도 상관이 있을 것 같다."

설만두가 차근하게 말했다.

"오매, 그런 것 같네."

김판돌은 눈이 튀어나올 것 같았다.

"가자."

두 사람은 별동대 뒤를 따라 백산 꼭대기로 바삐 올라갔다. 저격수는 도소 안으로 업고 들어갔다. 숨을 헐떡거리고 올라간 설만두와 김판돌이 걸음을 멈췄다. 달주가 저만치 한쪽에 따로 서서 전봉준에게 심각하게 무얼 설명하고 있었기 때문이다. 이내 전봉준이 고개를 끄덕이며 장막 쪽으로 갔다.

"접주님!"

설만두가 전봉준을 불렀다. 전봉준이 돌아봤다.

"지금 드릴 말씀이 있소."

"뭔가?"

전봉준은 두 사람의 심상찮은 표정을 빤히 건너다봤다. 설만두가 주변을 한 번 두리번거렸다.

"이리 따라오게."

전봉준이 장막 안으로 두 사람을 데리고 들어갔다. 장막은 겉에서 보기와는 달리 조그마한 칸이 여러 개였다.

"그런게로 그저께 그 치상친 날인디라우……."

설만두는 정석남이 그날 저 저격수를 데리고 조문 왔다는 이야기부터 죽죽 늘어놨다. 그리고 정익수가 읍내서 정석남을 만난 일이며, 김달식하고 얼린 일 등 수상한 일들을 모두 말했다. 전봉준은 별로 놀라는 표정은 아니었으나, 이야기를 듣다가 미심쩍은 대목은 다시 물었다.

"고맙네. 잠깐 기다리게."

전봉준은 김만수를 불러 최경선을 데리고 오라 했다. 좀 만에 최경선이 왔다.

"달주하고 이 젊은이들 이야기를 잘 들어보시오. 나는 저 아래 장막부터 돌아보고 와야겠소. 너무 동요하는 것 같소."

전봉준은 최경선한테 말한 다음 두 젊은이를 돌아봤다.

"아까 나한테 했던 말을 최두령님께 다시 자세하게 말씀드리게."

전봉준은 두 사람에게 일러놓고 장막을 나갔다.

"별일 아니오. 모두 하던 일을 합시다."

전봉준은 도소 일을 하다가 겁먹은 얼굴로 수군거리고 있는 사람들에게 대수롭지 않은 표정으로 일렀다.

"저 아래 장막부터 돌아보고 옵시다."

전봉준이 김도삼과 정익서 등 두령들과 함께 다시 산을 내려갔다. 장진호 부대가 두령들을 호위하고 따라갔다. 저격사건이 있던 다음이라 별동대원들 눈은 사뭇 날카롭게 번뜩였다. 장날까지 겹쳐 놓으니 장막 근처에는 구경꾼들이 엄청나게 많았고 장사치들도 말목보다 더 붐볐다. 엿장수, 들병장수 들은 말할 것도 없고 성냥이며 가위, 바늘 따위 잡화를 파는 잡화상들도 수십 명이 좌판을 벌이고 있었다.

전봉준은 언제 그런 일이 있었느냐는 표정으로 장막 쪽으로 갔다. 농민군들이 일손을 놓고 끼리끼리 모여 숙덕이고 있었다.

"일들 합시다. 별일 아니오."

농민군들은 다시 일손을 잡기 시작했다. 장작을 패고 물을 긷는 등 부산하게 움직이기 시작했다.

"잽혀온 놈의 새끼는 모가지부터 자릅시다."

농민군들은 두령들을 향해 소리를 질렀다. 지금 당장 감영으로 쳐들어가야 한다느니, 우리도 감영으로 스며들어가서 조병갑하고 감사 놈을 그렇게 쏘아죽여야 한다느니 저마다 한마디씩 소리를 질렀다. 전봉준은 못 들은 척 장막을 그냥 지나쳤다. 일은 거진 끝나가고 있었다.

논둑 밑에서는 말목에서처럼 움막과 술막을 치고 있었다. 미리 단속을 했던지 장막에서 한참 떨어져서 자리를 잡았다.

"여기서는 변소 자리를 제대로 잡은 것 같소."

전봉준은 먼저 변소 쪽으로 갔다. 변소 자리는 장막과 움막 어간 이었다. 칸수도 저쪽에서보다 더 많았다.

"변소 길하고 사돈네 집은 멀어야 한다지만 예동서는 너무 멀어 논게 못 쓰겠습디다. 인자 아무데나 안 갈길 것이오."

정익서가 웃으며 말했다. 저쪽에서는 변소가 너무 멀었으므로 오 줌을 아무데나 갈겨대는 바람에 볼썽도 사나웠고, 장막 울에다 갈겨 버리는 통에 지린내가 나서 견딜 수가 없었다.

장막 구조는 지난번 것들과 별반 다르지 않았다. 전보다 울을 더 두껍고 단단하게 쳤을 뿐이다. 벌써 장막을 세 번이나 쳤으므로 장 막은 흠잡을 데가 없었다. 부엌에서는 연엽이 20여 명의 여인들을 데리고 한쪽에서는 밥을 하고 한쪽에서는 살림살이를 제자리에 놓 는 등 부지런히 움직이고 있었다. 부엌은 전보다 더 넓었다.

"여기서는 창고를 여러 개 만들었습니다. 쌀이나 찬거리 들여놀 데도 그렇지만, 풍물도 잘 간수를 해야겠어서 풍물 칸도 큼직하게 하나 만들었습니다."

정익서가 웃으며 설명했다.

"아이고, 접주님 오신게라우?"

여인들이 일을 하다 말고 머리에서 수건을 벗으며 인사를 했다. 연엽도 같이 인사를 했다.

"고생들 하시오."

전봉준이 친절하게 인사를 받았다.

"어려운 일은 없소?"

"어렴이사 먼 어렴이 있겠소? 어렴은 없소마는, 도소에서는 대장님이 대장님이제마는 여그서는 충청도 큰애기가 대장님인디, 일일마당 하도 맵고 짜고 두름성이 바늘 끝 하나 들어갈 디가 없소. 시엄씨도 큰 시엄씨요. 우리는 시방 큰애기 시엄씨 밑에서 한참을 못 놀고 이렇게 뼛골이 빠지그만이라우."

천원댁이 또 너스레를 떨었다. 큰애기 시엄씨라는 말에 모두 웃었다.

"늙마에 시엄씨를 만나도 된 시엄씨를 하나 만나부렀그만이라우. 저런 큰애기는 시집을 가면 어떤 집으로 시집을 갈란고, 일 가닥 추려나가는 것 본게 한 집안이 아니라 웬만한 고을이래도 하나 다스리겄습디다."

천원댁 익살에는 대번에 기름이 오르고 있었다.

"그라먼 마침 조병갑을 쫓아내불고 우리 골에 사또 자리도 비었겄다, 저 큰애기를 새 사또 나리로 한번 내세와 보께라?"

조만옥이 대거리를 했다. 금방 엄청난 일을 치르고 난 다음이었으나, 천원댁 익살이 하도 흐드러져 금방 웃음판이 벌어지고 말았다.

"그래봅시다. 팔자를 여자 팔자로 타고난 것이 한이제, 사또라고 별것일랍디여? 유식하겄다, 사람 잘 부리겄다, 그만하면 되았제 원님이 따로 있겄소? 시상이 우리 시상만 참말로 온다면, 내 생각에는 전봉준 대장님은 남자 수령님 나시고 이 큰애기는 여자 수령님 났으면 궁합이 딱 맞겠습니다."

모두 와 웃었다.

"그라면 접주님하고 저 큰애기하고는 궁합 잘 맞는 내외 사또 나리가 따악 되어불겄소잉."

조만옥 익살에 폭소가 터졌다. 전봉준도 웃었고 연엽도 잔뜩 골을 붉히며 웃었다.

"집안에도 남자 여자 내외가 있어사 구색이 맞대끼 고을 수령도 내외가 있으면 올매나 구색이 잘 맞겄소. 더구나 저런 양반들이 둘이 수령이 나갖고 수령 내외가 궁합이 잘 맞으면 잘 되는 집안 매이로 그 밑에서 사는 백성은 을매나 팬허겄소?"

모두 웃었다.

"갑시다. 이라다가는 한이 없겄소."

전봉준이 웃으며 돌아섰다. 모두 웃으며 장막을 나와 백산으로 올라갔다. 백산은 장막을 치기에는 안성맞춤이었다. 꼭대기가 3,4백 평 넓이로 평평했다.

"마침 산꼭대기가 판판해서 일하기가 아주 쉬었소. 바닥은 저쪽만 조금 골랐습니다. 저 흙으로는 흙벽을 쌀 참입니다. 그러면 단단한 성곽이 되어버릴 것 같습니다."

송대화가 웃으며 말했다. 전봉준은 고개를 끄덕이며 조금 쌓다 만 흙벽 쪽으로 갔다. 허리 높이만 쌓아놔도 산이 가팔라 밑에서 보면 성곽의 꼭대기처럼 보일 것 같았다.

"도소 자리로는 두루 안성맞춤이오."

전봉준은 만족스런 표정이었다. 아까는 경황 중에 제대로 보지

344

못했다가 하나씩 뜯어보니 도소 자리로는 정말 이만한 데가 없을 것 같았다. 전봉준은 장막 안으로 들어갔다. 방이 큰 것 하나 자잘한 것이 세 개였다.

"여기는 동네 임직들까지 전부 모여 회의를 할 때 쓸 방이고 나머지는 접주님 방을 하나 따로 마련했고, 두령님들 잠자리는 구들을 놓고 있습니다."

송대화가 말했다.

"구들?"

전봉준이 송대화를 봤다.

"두령님들이 좀 따뜻하게 주무셔야겠글래 마침 *방뼈도 있고 해서 구들을 놓고 있습니다."

"아니, 춥기는 모두 마찬가진데 우리만 구들을 놓고 잔단 말이오?"

전봉준은 그 칸으로 갔다. 구들을 놓느라 바닥을 뒤집어놓고 있었다. 한쪽에서는 어디서 구해 왔는지 방뼈가 쌓여 있었다.

"안 됩니다."

전봉준이 절레절레 고개를 저었다.

"두령님들은 밤을 새워 의논을 하실 때도 계시고, 댁에 들어가서 주무시는 일도 별로 없잖습니까? 그러자면 이렇게 따뜻한 방이 하나는 있어야 할 것 같습니다."

"모두 내 말 잘 들으시오."

전봉준은 두령들을 돌아보며 무겁게 허두를 뗐다.

"웬만하면 이런 일에 잔소리를 하고 싶지 않습니다마는, 이 일에는 한 말씀 드려야겠소. 내가 너무 칼날같이 따진다고 생각 마시고 서로 깊이 한번 생각을 해봅시다. 우리 두령들은 밤새워 의논을 하는 경우도 있고 집에 가서 자는 일도 별 로 없으니, 이런 데서 따뜻하게 자야 할 것이라는 소리는 일리가 없잖습니다. 그렇지만 그런 식으로 생각하면, 반찬도 더 낫게 먹고 옷도 더 따뜻하게 입고, 모든 것을 더 편하게 해야 된다는 소리가 됩니다. 지금 우리가 살고 있는 이 못된 세상이 처음에는 그런 작은 데서 그렇게 나가다 보니까, 결국에는 관리들, 부호들, 양반들은 한없이 편하게 되고, 그 밑에서는 수많은 백성이 배를 곯고 추위에 떨고 뼈가 으스러지고 있소. 몇 사람이 편한 만큼 백성은 수십 배로 고생을 하게 되고 결국에는 세상 꼴이 이 지경까지 온 것이오. 우리가 잠을 못 잘 때가 있지마는 낮에 몸뚱이 끙끙 부려 일하는 사람들이나 한데서 파수를 서고 매복을 하는 사람들에 대면 아무것도 아니오. 우리는 지금 이 못된 세상을 뜯어고치자고 대창을 들고 일어났는데, 바로 그 대창을 들고 있는 우리가 저자들 하는 대로 해가지고서야 무슨 낯으로 그자들한테 큰소리를 친단 말이오. 읍내서나 말목서는 도소가 기왕 구들 놔진 방이었으니 그렇게 지냈지마는, 여기서는 사정이 다릅니다. 메우시오."

전봉준은 단호하게 말을 마치고 돌아서 버렸다.

김확실은 시또와 기얼은복을 데리고 정읍 읍내를 향해 바람같이 내달았다. 태인 팔왕보를 건너 샛간번지를 지나자 해가 넘어갔다. 팔왕보는 만석보에서 5리쯤 올라간 곳에 태인천을 막은 보였다. 조금 가다 살막 주막에 들러 선자리에서 막걸리를 두어 사발씩 거푸 들이켰다. 술국에다 밥을 한 덩어리씩 말아 훌훌 우겨넣었다.

"개 먹일 것!"

김확실은 주모 눈치를 살피며 시또한테 속삭였다.

"벌써 챙겼소."

일행은 값을 계산하고 주막을 나와 길을 재촉했다. 여기서 정읍 읍내까지는 30리 길이었다. 밤길에는 발이 익은 사람들이었다. 초저녁에 정읍 읍내에 당도했다. 대흥동 김덕삼 집 골목으로 들어섰다. 시또는 지난번에 임군한과 그 집을 뒤졌으므로 그 골목을 잘 알고 있었다. 김덕삼 집 앞에 이르자 김확실이 대문 주변을 살폈다. 안방에서는 다듬이질 소리가 요란스러웠다. 안에서 개가 컹컹 짖었다. 그러나 지나가는 사람인 줄 알고 허투루 짖는 소리였다. 김확실이 집 안의 동정을 살폈다. 큰방과 안채 갓방에 불이 켜져 있었다. 다듬이질 소리만 날 뿐 집안은 고즈넉했다.

"들어가자."

김확실의 말이 떨어지자 시또가 잽싸게 허리에 찬 수건을 끌렀다. 주막에서 밥덩어리를 싸온 수건이었다. 수건을 길바닥에 벌려놓고 주머니에서 조그마한 종이 첩을 꺼냈다. 종이 첩을 풀어 밥덩어리에다 가루를 뿌렸다. 비상이었다. 밥덩어리를 집 안으로 슬쩍 던졌다. 개가 밥덩어리를 먹는지 짖지 않았다. 이 비상은 쓰임새가 많았다. 이들이 항상 지니고 다니는 상비품은 부고장이나 결혼 청첩장과 함께 이 비상이었다.

"넘어가서 대문을 끌러!"

시또한테 속삭이며 김확실이 땅바닥에 몸뚱이를 쭈그렸다. 시또는 담에다 손을 짚고 김확실의 양쪽 어깨에다 발을 디뎠다. 김확실이 일어섰다. 시또는 날렵하게 담 위로 몸을 올렸다. 사뿐 담을 넘어 갔다. 이런 일에는 이골이 난 사람들이었다. 담을 넘어간 시또는 대 문께로 갔다. 대문 돌쩌귀로 수건을 가져갔다. 수건을 비틀어 물을 짰다. 이것도 오다가 개울가에서 준비해 온 것이었다. 대문 빗장을 끄르고 조심스럽게 대문을 밀었다. 돌쩌귀 소리가 둔탁하게 나며 대 문이 열렸다. 두 사람이 스며들듯 대문 안으로 사뿐 몸을 들여놨다. 대문을 조용히 닫았다.

안채 갓방에는 그대로 불이 켜져 있었다. 행랑채 맨 가에 변소가 붙어 있었다. 시또가 변소로 들어갔다. 인기척이 없었다. 이런 꼴로 남의 집에 들어갈 때 제일 조심해야 할 것이 변소였다. 세 사람은 안 채 불 켜진 방 뒷문 쪽으로 갔다. 방안에서 도란도란 이야기 소리가 났다. 시또와 기얼은복은 주변을 살피고 김확실만 뒷문 가까이 갔 다. 문에다 바짝 귀를 댔다.

"그 잣것들이 이렇게 쉽게 잽혀불 중은 누가 알았을 것이여? 뻐 럭뻐럭 장담해쌌글래 영락없을 줄 알았등마는 사람 상하겠구만."

"총을 열 방도 더 쐈다는디, 그래 한 놈도 지대로 못 맞춘단 마 리여?"

"그놈이 다 불어부렀으면 우리 집도 무사하들 못할 것 같은 디……"

"이 집이사 그것들이 어떻게 알간디?"

방 안에는 두 사람 밖에 없는 것 같았다.

"그놈들이 참봉 나리 기신 데는 모르겠제?"

"모를 것이여."

김확실은 한참 더 듣고 있다가 뒷걸음질을 쳤다. 시또와 기얻은 복이 곁으로 왔다.

"정참봉은 여그 없는 것 같다. 내가 들어가서 족칠 것인게 느그들은 여기서 잘 지켜!"

김확실은 수건으로 복면을 하고 앞문 쪽으로 갔다. 마루로 성큼 올라섰다. 문고리를 슬그머니 잡아당겼다. 문이 열렸다. 태연하게 안으로 들어섰다. 김확실을 본 두 사람은 그 자리에 딱 굳어버렸다.

"끽소리 말고 그대로 앉아 있어!"

김확실이 시퍼런 단검을 겨누며 낮은 소리로 얼렀다.

"누, 누······."

작자들은 뒤로 엉덩이걸음을 치며 누, 누 소리만 했다.

"끽소리 말란 말이다."

김확실이 가까이 가며 놈들 코앞에다 바짝 칼을 들이댔다.

"섣부른 짓 말아라잉. 그 뒤에도 사람이 있다."

김확실은 턱으로 뒷문을 가리켰다. 작자들은 깜짝 놀라 얼핏 뒷문을 돌아보았다. 그때 뒷문을 딱딱 두드리는 소리가 났다.

"저승길이 급한 놈은 이 문 열고 내빼라."

문 뒤에서 시또가 낮은 소리로 속삭였다. 작자들은 다시 기겁을 하며 훌쩍 옆으로 비켜 앉았다.

"지금 바깥에서 개가 안 짖지야? 왜 안 짖는 중 아냐? 귀신도 모르게 저승에 보내부렀다."

김확실이 가볍게 소리 내어 웃었다. 복면 속에서 나는 웃음소리는 음침했다.

"내 말에 대답을 지대로 해라. 나는 두 번 안 묻는 성질이다잉. 두 번 안 묻고 그 대신에 이 칼이 느그 배때기로 들어간다. 이 집 쥔이 누구냐?"

"나요."

김덕삼이 지레 한걸음 뒤로 물러앉으며 대답했다.

"니가 정참봉 마름 김덕삼이란 놈이구나. 너는 누구냐?"

"이삼곤이란 사람이오."

"너도 정참봉 마름이냐?"

"예, 금구 마름이오."

"마름 놈들찌리 잘 모았구나. 오늘 총잽이 보낸 것이 누구냐?"

"정참봉이오."

"그 총잽이는 니가 골랐지야?"

이삼곤한테 물었다.

"죽을죄를 졌소."

이삼곤은 얼굴이 새파래지며 떨리는 소리로 말했다.

"아니다. 그까짓 것은 죽을죄가 못 된게 안심해라. 정참봉 어디 있냐?"

"잘 모르겠소."

"너도 몰라?"

"나도 모르요."

"아까 죽을죄를 졌다고 했는디, 죽을죄는 바로 이것이다. 그런 것도 모르는 것이 죽을죄여. 느그덜은 개 같은 새끼들인게 금방 마당에서 저승에 간 개를 따라서 저승에나 가거라."

김확실이 다시 칼자루를 꼬나쥐고 일어섰다.

"아이고 나리."

김덕삼이 와락 달려들었다.

"멋이냐, 저승길을 얼른 보내달라는 소리냐?"

"짐작 가는 디가 있소. 금구요."

김덕삼은 턱을 달달 떨며 다급하게 내뱉었다.

"금구 어디냐?"

"으, 읍내요."

"너는 짐작 가는 디가 없냐?"

"저도 거그 같소."

이삼곤 얼굴은 그대로 백지장이었다.

"이 새끼야, 거그 말고……."

"그, 그라고는 모르겠소."

"만약, 거그 갔다가 허발을 치는 날에는 그 자리에서 느그덜은 그
대로 간다. 알겄냐?"

"예."

김덕삼은 달달 떨며 대답했다.

"또 만약 거그 가서 섣부른 짓을 해도 마찬가지다. 나가자. 쥐 소
리도 내지 말고 앞에 서서 대문을 나간다. 가다가 누구를 만나거덩
아는 사람하고 어디 가는 것매이로 혼연스럽게 가사 쓴다. 여차직하
는 날에는 느그들 목숨은 파리 목숨보담 더 속절없다. 알겄냐?"

"예."

김확실이 두 사람을 앞세우고 방을 나왔다. 시또와 기얻은복도 방

안의 소리를 다 듣고 있었으므로 이쪽으로 돌아왔다. 모두 조용히 마당을 가로질러 대문을 나왔다. 어디 마을 가는 사람들처럼 천연덕스럽게 골목길을 걸었다. 이내 읍내를 빠져나와 들길로 들어섰다.

화적들은 그들이 두고 쓰는 말마따나 작두바탕에다 모가지를 눕혀놓고 살지마는, 세상에서 떵떵거리던 이런 놈들을 닦달하는 맛에 화적질을 했다. 그래서 화적들이 화적질에서 손 떼기는 열녀가 서방 바꾸기보다 어려웠다. 이 세상에는 해 뜨는 세상만 있는 것이 아니라, 이런 어두운 세상도 한 세상이 이렇게 오붓했다. 평소에 떵떵거리던 놈들을 이렇게 한 놈씩 조지고 나면 그 한 번만으로도 전에 억울하게 눌리고 살았던 원한이 반분은 풀리는 것 같았다.

"느그덜한테 새로 하나 묻겠다. 시방 느그들이 우리를 그리 대꼬 가서 정참봉이 없으면, 딴 디로 가분 것 같다고 둘러댈 참이지야?"

들길에 나서자 김확실이 차근한 소리로 물었다. 작자들은 갑작스런 소리라 얼른 대답을 못했다.

"왜 대답이 없냐? 내가 대답 못하는 느그들 속을 빤히 안다. 여그서 미리 한 가지 일러 줄 말이 있다. 일러 줄 말이 멋이냐 하면 말이다잉, 정참봉이 거그 있으면 느그들을 살래주제마는, 혹간에 어디로 가불고 없으면 느그들은 그대로 저승으로 간다. 혹간에다잉, 혹간이여. 혹간에 어디로 가불고 없어도 저승으로 간다는 소리가 먼 소린지 알겠냐? 모르겠으면 찬찬히 생각을 해봐라. 거그까지 갈라면 안직도 시간이 많이 남았은게 잘 생각을 해봄시로 가자. 아까 나는 두 말 않는다고 했다. 그란게 혹간에 어디로 가불고 없어도 저승으로 간다는 소리가 먼 소린가 찬찬히 생각을 해봐라. 생각을 하다가 내

352

말이 먼 말인지 알겠으면 얼릉 말을 해라."

두 사람은 말없이 걸었다. 그들은 자꾸 발을 헛디뎠다.

"허허, 왜 그로코 발을 헛딨냐? 밤길을 웬만치 걸으면 눈이 차근차근 붉아지는 것인디, 으째서 느그덜은 눈이 차근차근 어두워진다냐? 요상스런 일도 다 있다잉."

김확실이 껄껄 웃었다. 내가 네놈들 속을 환히 알고 있다는 가락이었다.

"느그들이 자꾸 발을 헛디뎌싼게 한마디 더 해줄 말이 있다. 멋이냐 하면, 정참봉이 죽어야 느그들이 산다. 이것은 또 먼 소리냐 하면, 오늘 우리한테 잽힌 총잽이는 말이다잉, 한 놈은 죽고 한 놈은 살았는디, 그 산 놈은 아무리 몽댕이로 뚜드래패도 즈그덜을 누가 보냈다는 소리를 안 불드라. 그란디 느그들은 뺨따구 하나도 안 맞았는디 대번에 불어부렀다. 그라면, 내중에 정참봉이 느그들을 가만 두겄냐, 가만 안 두겄냐, 그것도 한번 곰곰이 생각을 해봐라. 내 생각에는 정참봉이 부처님이 아니라면 느그들을 가만 안 둘 것 같다. 그란게 오늘 저녁에 정참봉이 우리 손에 죽어부러사 느그들이 무사하다 이 말이다. 내 말이 시방 먼 말인지 알겠냐?"

김확실은 또 껄껄 웃었다. 일행은 한참 말없이 걸었다.

"실은 드릴 말씀이 있소."

김덕삼이 걸음을 멈추었다.

"드릴 말씀? 어디 한번 디래 봐라."

김확실이 여유만만하게 말했다.

"실은, 정참봉 나리가 금구로 가신 것이 아니고 태인으로 가신 것 같소."

김덕삼이 떠듬떠듬 말했다.

"태인? 태인 어디로?"

"말목서 전주 가는 길에 진농이란 데가 있는디, 거그서 쪼깐 들어가면 장촌이란 동네가 나오요. 거기 즈그 매제집이 있소. 유배걸이란 사람이오."

"허허."

김확실이 무슨 생각에선지 혼자 껄껄 웃었다.

"이놈들아, 내가 왜 웃는 중 아냐? 뱀 잡는 땅꾼한테도 상투꼭지가 있고 도둑놈들한테도 의리가 있다등마는, 너 같은 쥐새끼들한테도 의리 비젓한 것이 있는 것 같아서 웃었다. 하기사, 그것이 지대로 의리겄냐마는 그래도 의리로 쳐주마. 쳐주는디, 김덕삼 너는 한 가지 죄가 더 있어. 멋인 줄 알지야? 말을 해봐라."

잠시 말이 없었다. 일행은 길을 진농 쪽으로 잡아섰다.

"이놈아, 기왕 살래준다고 했는디 멋을 감추고 자빠졌냐? 이 자석아, 조병갑 숨개 준 죄가 있잖냐?"

김확실이 넘겨짚었다.

"죄송합니다."

"그란게 너는 이번 일이 잘 되았더라면 지난 참에 조병갑 숨개 준 공까지 합쳐갖고 시상을 만나도 존 시상을 한번 만날 것인디 안 되았다. 시상살이란 것이 다 이로코 안암팎이 있는 것이다. 조병갑 숨개 준 죄는 이것하고 또 다른 쥔께 그 벌은 따로 받아사 쓰겄다."

"잘 생각했소. 그놈우 새끼는 지한테 맽기시오. 지난 참에 저놈들

354

손에 놀아난 것을 생각하면 자다가도 이가 갈리요."

여태 말없이 가던 시또가 끼어들었다.

"개새끼들."

기얻은복도 한마디 이죽거렸다.

"한 가지 더 물어보자. 오늘 말목서 백산으로 진을 욍긴다는 소리는 어디서 알아냈냐?"

"그것은……."

김덕삼이 말을 하려다 말았다.

"왜 말을 하다가 말어부냐? 말을 하다가 쌧바닥을 씹어묵어 부렀냐? 나는 두 번 말 않는다고 했는디, 니가 아직도 정신이 해롱해롱한 것 같다. 이리 온나. 정신이 나게 해주께."

"아이고, 말씀드리리다. 정석남이라고 고부 마름이 알아갖고 왔습디다."

"정석남? 그라고 본게 마름 놈의 새끼들이 전부 나섰구나. 그라면 느그 시 놈 말고 또 누구누구냐?"

"인저 더는 없고, 고부 군아 형리 김치삼이란 사람도 끼였소."

"김치삼? 응. 그것은 그렇고 아까 정석남인가 그 자석이 오늘 농민군이 백산으로 이전한 것을 어뜨코 알았다고 하디야?"

"정석남이 그저께 장막 형편을 알아볼라고 총잽이들을 데꼬 조문을 갔는디, 거그 가서 마침 누구한테서 그 소리를 들은 성부릅니다."

"그런게, 오늘 일을 정석남인가 고것이 뀀맸구나. 그라고 고부 형리 김 멋이라고 했냐?"

"김치삼이오. 그 사람하고 정석남하고 일을 다 뀀맸제 우리는 갓

다리요."

"김치삼이라? 알겠다. 한 가지만 더 물어보자. 지난 참에 조병갑이 정읍을 빠져나갈 적에 느그들이 우리를 갖고 사정없이 놀아부렀는디, 그 꾀를 낸 놈이 누구냐?"

"조성국이오. 저는 조성국이 시킨 대로만 했소. 이참에도 조성국이 와서 이런 일을 하라고 했소."

김덕삼은 그 사이에 했던 일을 모두 털어놓았다.

"조성국, 응 알았다."

진농에 가까워졌다. 김덕삼한테 장촌 가는 길과 정참봉이 지금 있다는 유배걸의 집을 물었다. 김덕삼은 소상히 말했다.

"우리가 정참봉을 잡아올 때까지 느그덜은 여그서 쪼깐 지달르고 있어사 쓰겄다."

김확실은 시또하고 기얼은복더러 수건을 달래서 북북 찢었다. 길가 산자락 다복솔이 무성한 데로 끌고 갔다. 김덕삼과 이삼곤의 허리끈까지 끌러 그들에게 재갈을 단단히 물린 다음 뒷결박을 지웠다. 다복솔 밑동에다 꽁꽁 묶었다.

"고생스럽겄다마는 정참봉을 잡아올 때까지 여그 이라고 있거라."

김확실이 묶은 자리를 다시 한 번 만져보고 나서 길로 내려섰다. 가던 길로 내달았다.

"어이 춥다. 아따, 재주들도 좋소. 그새 이렇게 막을 쳐부렀그만이라우."

장진호가 너스레를 떨며 쟁우댁 술막으로 들어섰다. 술막에는 나이 먹은 사람들 한패가 술잔을 놓고 있었다. 순심이 이쪽을 힐끔 돌아봤다. 그러나 오늘은 웬 일인지 얼굴이 잔뜩 굳어 있었다. 심상찮은 느낌이었다. 쟁우댁한테 *지청구라도 들은 것이 아닌가 했으나 그런 것 같지도 않았다.

"아이고, 우리 대장님 어서 오셔. 오매 오매. 깐딱했더라면 오늘 큰 숭한 일 날 뻔했습다다잉. 그래도 사람이 크게 안 다치니라고 멋이 돌봤습다."

"죽일 놈들이 쥐새끼들매이로 그런 짓거리나 하고 자빠졌소."

장진호는 한쪽에 댕그라니 놓인 화로를 껴안으며 대거리를 했다.

"하학동 조생원은 크게는 안 다쳤는가?"

저쪽에 앉았던 사람들이 자리에서 일어서며 물었다.

"다행히 뼈는 안 다쳐서 괜찮겠다고 합다."

"폴이 맞았는디 뼈를 안 다쳤다면 사참했그만. 그 집 선산 한번 따뜻한 데 앉았든가 부네."

"그 사람, 총 맞고 나서 그 우환 중에도 넉살을 떨더라네. 깐딱했더라면 조망태는 영영 좃망태 될 뻔했다고 웃더라여."

"시상은 그 사람매이로 살아사 안 늙어."

두 사람은 걸쭉하게 웃으며 나갔다.

"잡혀온 사람은 어떻게 처치를 할 것이라요?"

쟁우댁이 술병과 술잔을 가져오며 물었다. 순심이가 술국을 떠왔다.

"문초를 단단히 해보고 죽이든지 살리든지 하겠지라우. 하여간 간딱하면 이참에 여러 놈 상할 것이오."

장진호는 무슨 이면이 있는 듯 한자락을 깔았다.

"우매, 왜 그래라우? 그 사람 뒤에 뒷이 있으께라?"

쟁우댁이 눈을 크게 뜨고 물었다. 그때 장진호는 얼핏 순심을 건너다봤다. 이쪽을 보고 있던 순심은 눈을 찔끔했다. 장진호는 실없이 가슴이 철렁했다. 장진호는 잠깐 어색해진 분위기를 수습하려고 잔을 입으로 가져갔다.

"뒷이사 감사 놈이겠지라우."

"그라면 먼 사람이 상하께라우?"

"두고 봐사 알겠소. 여그는 술막이 너른게 좋소."

"쪼깨 넓게 막아봤소."

장진호는 실없는 소리를 하며 시간을 끌었으나 웬일인지 오늘 저녁에는 쟁우댁이 자리를 비켜주지 않았다. 순심의 예사롭지 않은 눈짓이 궁금하여 장진호는 끈질기게 기다렸으나 허사였다. 순심은 내내 표정이 굳어 있었다. 쟁우댁은 눈을 그어 자꾸 순심에게 눈길을 보냈다. 그러나 순심은 이쪽으로 눈을 돌리지 않았다.

"아이고, 너무 늦었구나."

장진호는 자리에서 일어섰다. 술값을 계산하면서도 순심을 힐끔거렸다. 순심이 끝내 이쪽으로 눈을 보내지 않았다. 마지막 나올 때도 순심을 힐끔거렸으나 순심은 등을 돌린 채 그대로 서 있었다. 장진호는 속이 확확 달았다. 실없이 술막 근처를 한 바퀴 돌았다. 장진호는 고개를 지리산가리산 갸웃거리며 화호나루 쪽으로 갔다. 오늘 저녁 장진호 부대는 그쪽에 번을 서고 있었다. 장진호는 순심의 그 예사롭지 않은 눈짓이 무엇 때문인지 도무지 짐작을 할 수가 없었다. 바지직바지직 간이 탔다.

12. 별동대 총대장

정묘득은 밤이 이슥해지자 말목 여각에서 자고 있는 장호만 패거리를 깨웠다. 일행은 길을 떠났다. 그믐께라 깜깜했다. 20여 리를 걸어 진농에 이르자 삼태성이 상당히 기울어 있었다. 정묘득은 장일만 일행을 장촌 쪽으로 보내놓고 삼거리에서 잠시 서성거렸다. 저쪽에서 다가오는 사람이 있었다.

"정생원이오?"

"나요."

오기창과 최낙수였다.

"별일 없소?"

"별일 없소. 정가는 그 집에 그대로 백혀 있는 것 같소. 아무 데도 빠져나간 데가 없소. 몬자 가서 일을 보시오."

"그럼 뒤로 오시오."

정묘득이 장촌 쪽으로 길을 재촉했다. 오늘 아침에 정묘득이 이들에게 귀띔을 하자 그들은 패거리를 모아 바로 이리 왔던 것이다. 그 사이 정참봉이 다른 데로 갈지도 모르겠다며 길목마다 지키겠다고 했던 것이다. 그저께 오길수와 최낙수도 정석남이 문상을 왔다가 태인으로 가는 것을 보고 정석남 뒤를 쟀으나 허탕을 치고 코가 쑥 빠져 있는 참인데, 정묘득이 귀띔을 하자 대번에 얼굴에 생기가 돌았다. 그들은 그 동안 정묘득을 빼돌렸던 것이 미안했던지 정참봉이 그 사이 빠져나갈 만한 길목은 자기들이 지키겠다며 지금까지 지키고 있었던 것이다.

장촌까지는 듣던 대로 5리 길이었다. 동네로 들어섰다. 어둠 속이었지만 정참봉 매제 유배걸 집은 물을 것도 없었다. 동네로 들어서자 바로 덩실한 기와집이 나왔다. 문간채도 우람했다. 일행은 대문 앞에서 잠시 속닥였다. 세 사람은 어둠 속으로 몸을 숨겼다. 장호만 혼자 대문 앞으로 갔다. 대문을 두드리며 조용히 소리를 질렀다.

"이리 오시오."

"누구요?"

마치 기다리고나 있었던 것같이 안에 대답을 했다. 늙은이 목소리였다.

"정읍 김덕삼 씨가 보내서 온 사람이오."

낮은 소리로 속삭였다.

"정읍 김덕삼 씨라 했소?"

청지기도 잔뜩 목소리를 낮춰 속삭였다. 그렇다고 하자 잠깐 기다리라며 안으로 달려갔다. 좀 만에 발자국 소리가 났다. 초롱을 들고 오는 것 같았다.

"누구여?"

대문을 열고 내다봤다. 주인 유배걸인 듯했다.

"정참봉 어른한테 급하게 전할 말씀이 있어서 왔그만이라."

"자네는 누군가?"

주인은 장호만의 위아래를 훑어보며 물었다. 나머지 일행은 저쪽에 숨어 있었다.

"참봉 나으리가 보시면 아요."

들어오라고 했다. 장호만 혼자만 들어갔다. 안채로 갔다. 유배걸은 잠깐 기다리라고 장호만을 뜰에 세워둔 채 안방으로 갔다. 좀 만에 부엌문이 열렸다. 안방으로 들어갔던 유배걸이 엉뚱하게 부엌에서 나왔다.

"이리 오게."

장호만을 부엌으로 데리고 들어갔다. 고방에서 불빛이 새어나오고 있었다. 유배걸이 문을 열자 불빛이 쏟아져 나왔다. 정참봉은 혼자 앉아 있었다.

"자네가 누군가?"

정참봉은 눈이 주발만해지며 물었다.

"정읍서 왔소."

장호만이 방안으로 성큼 들어서며 말했다.

"자네가 누구여?"

정참봉은 겁먹은 눈으로 거듭 물었다.

"은밀하게 드릴 말씀이 있소."

장호만은 유배걸을 밖에다 세워놓은 채 문을 닫아버렸다.

"정묘득이란 사람 아시지요?"

"정묘득이라니?"

정참봉은 더욱 눈이 똥그래졌다. 장호만이 정참봉 곁으로 다가갔다. 귀에다 입을 대고 속삭였다.

"당신이 옛날에 논을 빼앗던 그 외짝다리 말이오."

"뭐, 뭣이라고?"

정참봉은 한 걸음 뒤로 물러났다. 눈이 금방 튀어나올 것 같았다.

"놀라기는 왜 그리 놀라시오. 지금 그 사람이 밖에 와 계시오."

장호만은 품속에서 단검을 뽑았다. 칼날이 촛불에 시퍼렇게 번뜩였다. 정참봉은 단검과 장호만을 번갈아 보며 실없이 또 몸뚱이를 뒤로 재꼈다. 이번에는 입까지 대문 열리듯 떡 벌어졌다.

"이런 것을 장난으로 갖고 댕기는 것이 아니요. 내 말 똑똑히 듣고 시킨 대로 하시오. 먼저 한 가지 말해 두요. 섣부른 짓 했다가는 배때기에 바람구멍이 나요."

장호만이 칼을 들어 정참봉 앞에 쑥 디밀며 속삭이듯 이죽거렸다. 정참봉은 얼굴이 백지장이 되며 입술을 파들파들 떨었다.

"정묘득 씨는 대문 밖에 있소. 내가 주인을 불러서 정묘득 씨를 이리 데려오라 하겠소."

장호만은 방문을 밀쳤다. 정참봉 얼굴이 보이지 않도록 빠끔하게 열었다.

"주인장 여기 좀 봅시다."

밖에서 서성거리고 있던 유배걸이 성큼 다가왔다.

"대문 밖에 일행이 있소. 그 사람들도 이리 데리고 오시랍니다."

"밖에 또 사람이 있어?"

유배걸이 놀라 물었다. 장호만은 정참봉에게 칼을 겨누며 어서 대답을 하라고 고갯짓을 했다.

"데, 데리고 오게."

정참봉이 떨리는 소리로 말했다. 유배걸은 예사롭지 못한 정참봉의 목소리에 잠시 어리둥절한 것 같았다. 장호만이 또 정참봉을 노려보며 칼을 겨누었다.

"어서 데려와!"

정참봉은 떨리는 소리로 말했다. 유배걸이 대문 쪽으로 가는 것 같았다.

"이따 정묘득 씨하고 말할 때 조금만 빈 구석이 있으면 이 칼이 나설 것인께 정신 똑바로 차리시오. 다시 말하는디, 섣부른 궁리했다가는 사람이 상해도 여럿 상하요."

좀 만에 마당에서 발짝 소리가 났다. 장호만이 또 빠꼼하게 문을 열고 말했다.

"정씨만 이리 들어오시고, 둘이는 주인장 모시고 이야기나 하고 있어라."

정묘득이 목발을 문밖 벽에 걸어놓고 방 안으로 몸뚱이를 들여놨다. 이천석과 김만복은 유배걸을 꼼짝 못하게 붙잡고 있기로 되어 있었다.

"오랜만이오."

정묘득이 자리를 잡아 앉으며 정참봉을 향해 일그러진 웃음을 흘렸다.

"전에는 미, 미안하게 됐네."

정참봉이 떨리는 목소리로 말했다.

"미안해라우? 하하."

정묘득은 혼자 맥살없이 웃었다.

"미안이 쌀 낯바닥이면 몰라도 당신은 미안 같은 것하고는 담 쌓고 사는 사람인 중 알았둥마는, 당신 입에서 미안하다는 소리를 들어본께 기분이 요상스럽소."

정묘득은 잔뜩 비웃는 표정으로 너스레를 떨었다.

"면, 면목이 없네."

정참봉은 입술을 파들파들 떨고 있었다.

"젠장, 그놈의 미안이나 면목이 진작 있었드라면 내가 이 외짝다리로 지리산으로 어디로 좇이 안 빠져도 됐을 것인디, 그놈의 미안하고 면목이 어디 갔다가 인저사 기어왔다요?"

"내가 시방 할 말이 없네."

정참봉은 숨을 씨근거렸다. 정묘득의 가시 돋친 익살이 더욱 불안한 모양이었다.

"그놈의 미안이나 면목이 칼을 본께서 어디서 기어오는 모냥인디, 두말하면 잔소리고 한마디로 이얘기를 뚝 자릅시다. 내 논을 돌려주겠소, 못 주겠소?"

"돌려 드리다마다."

"돌려줘사제라우. 그란디 나는 당신이 논을 돌려놔도 금방 기어

나왔던 미안이 언제 또 기어들어가 붙지 모른께 고부서는 안 살라
요. 돈으로 주시오."

"졸 대로 하세."

"당장 시방 내노시오."

"그 많은 돈이 당장 어디서 나겄는가?"

"뭣이, 돈이 없어라우?"

장호만이가 끼어들며 빠듯 말꼬리를 치켜 올렸다.

"여그는 난리가 난 고부가 아니고 나졸들이 시퍼렇게 기세를 부
리고 댕기는 태인이오. 당신은 우리보고 낼쯤 오라고 하실 배짱인
것 같은데 그런 알랑수에 넘어갈 우리가 아니오. 돈이 없다면 당신
창시라도 끄집어 내갖고 가는 수백이는 없겄그만이라우."

장호만이가 칼을 다시 꼬나잡았다.

"없는 돈을 으짜란 말이오?"

"이 자석아, 이것 보이냐?"

느닷없이 장호만의 검지 끝에서 단검이 핑그르 돌고 있었다. 칼
자루 끝에 구멍이라도 뚫려 그 구멍에다 손가락을 넣고 돌린 것 같
았다. 그러나 방금 보았지만, 칼자루에는 조그마한 얼터귀가 하나
있을 뿐이었다. 칼은 손가락 끝에서 바람개비처럼 돌고 있었다. 남
사당패 버나재비 접시 돌리는 솜씨 같았다.

"이것 보이냐, 안 보이냐? 바쁘다. 어서 말해, 이 자석아!"

장호만은 손가락 끝에서 돌고 있는 단검을 정참봉 코끝으로 가져
가며 다그쳤다. 정참봉은 상체를 뒤로 젖혔다. 장호만이 칼을 멈췄다.

"이 자석아, 이래도 모르겄냐? 우리가 누군지 알고 숭을 쓰고 자

빠졌냐? 이 멍청한 놈아, 돈이 그렇게 아까우면 니놈 창시를 끄집어
내갖고 가겠다. 니놈 창시를 잘근잘근 씹을 사람이 고부에 수두룩하
더라."

정참봉은 눈만 뒤룩거리고 있었다. 정묘득이 갈마들었다.

"물탄 수 쓰지 마시오. 당신 혼자 목숨이 나가는 것이 아니고 나
가도 여럿 나가요. 나는 사람이 칼 맞아 죽는 것을 이참에 말목서 첨
봤소마는, 속절없는 것이 사람 목숨입디다."

"두 마지기 값은 있네마는."

정참봉이 입술을 떨며 말했다.

"예끼, 더러운 자석. 이 칼을 보고도 정신을 못 차리냐? 다섯 마지
기 값에서 한 푼만 모자라도 니 창시로 벌충을 할 것이다. 나머지는
이자다. 당장 다 내놓겠냐 못 내놓겠냐?"

장호만이 칼을 꼬나들고 정참봉 앞으로 한 걸음 다가앉았다. 정
참봉은 숨만 씨근거리고 있었다.

"이 자석아, 바뻐. 얼른 대답해."

장호만은 코앞에다 칼을 들이댔다. 정참봉이 기겁을 하며 손으로
칼을 막았다.

"참말로 없소. 여그가 누이 집인게 매제한테 돈이 있는가 알아볼
라요."

"이 찢어쥑일 새꺄, 알아보다니? 꼭 그렇게 더럽게 놀래? 내 눈에
는 니 뱃속이 훤히 들여다보인다. 시방 이 집에 돈 있는 줄은 니가
알고 있어. 내 말이 맞냐 안 맞냐, 칵 쑤셔불란게, 얼른 대답해."

장호만이 칼을 목에다 들이댔다. 장호만 얼굴이 벌개졌다. 정말

366

로 금방 쑤셔버릴 것 같았다. 정참봉은 얼굴이 새파래지며 채 맞은 개구리처럼 두 손으로 칼을 막았다. 상체가 반쯤 뒤로 자빠졌다.

"맞소, 맞아."

정참봉은 드디어 실토를 했다.

"개 같은 새끼. 내놔도 그렇게 더럽게 내노면 돈을 받고도 푹 쒸새부러. 어서 돈 갖고 오라고 해서 논값을 푼푼이 치뤄. 또 더럽게 놀면 대번에 쒸새분다. 내가 지금 많이 참았다. 이 찢어쥑일 새꺄."

장호만이 뒤로 물러앉았다. 정참봉은 새파랗게 질려 벌벌 떨고 있었다. 이제야 정말 겁을 먹은 것 같았다. 장호만이 문을 열었다.

"주인장, 여기 좀 봅시다."

유배걸이 다가왔다.

"들어오시오."

유배걸은 썰렁한 얼굴로 들어왔다.

"정참봉 나리께서 이 양반한테 논 닷 마지기 값을 갚을 것이 있소. 우린 그 논값 받으러 온 사람들이오. 다음 말은 당신이 하시오."

장호만이 정참봉한테 턱짓을 했다.

"내가 맽개논 돈하고 또 그만한 돈을 좀 꿔주게."

"나한테 먼 돈이 그렇게 많은 돈이 있겠소?"

작자는 정참봉과 두 사람의 눈치를 살피며 이죽거렸다.

"잘들 논다."

장호만이 픽 웃었다.

"자네한테 돈이 있다고 이 사람들한테 말했네. 여러 소리 말고 갖고 오게."

유배걸은 다시 정참봉과 두 사람을 번갈아 보았다.

"어서 갖고 오게. 자네 돈은 곧 갚아 줌세."

정참봉이 침착하게 말했다. 유배걸은 다시 두 사람을 번갈아 보고 나서 방문을 열고 나갔다. 좀 만에 작자가 보자기 두 개를 가지고 왔다. 보자기를 정참봉 앞으로 밀어 놨다.

"세어보게."

정참봉이 그 보자기를 정묘득 앞으로 밀어 놨다.

"세어보나마나 이런 자리에서 한두 푼 따지겠소. 논값 받았은게 우리는 갈라요. 가는디, 한마디만 하고 갈라요. 나는 어려서부터 놈의 눈에 눈물 내면 내 눈에서는 피가 난다는 소리를 여러 번 들었소. 피가 난다는 소리가, 하늘이 먼 조화를 부려갖고 피를 나게 하는 중 알았등마는, 이번에 고부 와서 대창 든 사람들을 봄시로 생각해 본게, 그것이 아니고 그 눈물난 놈이 눈물 낸 놈 피를 낸다는 소리등만이라우. 그 소리가 먼 소린가 깊이 한번 생각해 보시오. 나는 가요."

정묘득이 보따리를 챙기며 어렵게 몸뚱이를 일으켰다. 장호만이 정묘득을 부축했다.

"잘 계십시오."

정묘득은 목발을 나눠 짚으며 안에다 대고 고개를 꾸벅했다. 정참봉은 겁에 질려 대답도 못했다.

"가자!"

장호만이 문밖에 있는 이천석과 김만복에게 말했다. 이천석은 유배걸한테 초롱을 건넸다.

"앞서시오!"

이천석이 초롱 든 유배걸 등을 밀었다. 넓은 마당을 가로질렀다. 유배걸이 대문을 열었다. 그 순간이었다. 밖에서 쑥 들어오는 사람이 있었다. 복면을 하고 있었다.

"누구여?"

복면을 한 사람들이 계속 들어왔다. 유배걸은 주춤주춤 뒤로 물러서며 튀어나올 것 같은 눈으로 들어오는 사람들을 보고 있었다. 여남은 명이 들어왔다. 그들은 유배걸 앞에다 대창을 들이댔다. 복면에 대창을 든 모습들은 어디 저승에서라도 온 사람들같이 귀기를 풍겼다.

"정참봉 여그 있지? 찍소리 말고 앞서! 찍소리만 하면 배때기에서 등때기꺼장 맞창이 나고 말 것인게."

시퍼런 창날을 유배걸 배에다 들이대며 낮은 소리로 얼렀다. 유배걸은 대창에 등이 밀려 안으로 들어갔다. 장호만 일행은 밖으로 나왔다.

"*쇠뿔도 각각 염불도 몫몫이다. 우리는 우리 볼장 봤은게 어서 가자."

"쪼깐만 있다가 나온 것 보고 갑시다."

이천석이 말했다. 장호만도 뒤가 궁금했던지 그러자며 논 가운데 짚벼늘 뒤로 갔다. 집 안에서는 아무 소리도 나지 않았다. 좀 만에 대문으로 사람들이 몰려나왔다. 그들은 백산 쪽으로 내달았다. 말 한마디 없이 쏠려갔다. 마치 저승에서 온 귀신들이 몰려다니는 것 같았다.

장호만 일행은 급히 진농으로 내달았다. 정묘득의 목발 소리가 유난히 크게 났다. 그들이 진농을 두어 마장쯤 남겨 두었을 때였다. 앞쪽에서 사람들이 오는 것 같았다. 모두 날쎄게 저쪽 논두렁 밑으로 몸을 붙였다. 숨을 죽이고 있었다.

"나는 그 새끼들 뭉꺼논 것이 암만해도 맘이 안 놓이오."

"이 자석아, 내 손이 갈쿠토막인지 아냐?"

"두령님 손이 늘어진 것이 아니라 그놈들이 배비작거리면 끈이 늘어질 것 같아서 하는 소리요."

"허허. 염려 놔라. 잘 묶었다."

그때 장호만이 벌떡 일어섰다.

"두령님 아니오?"

"누구냐?"

김확실은 반사적으로 토시 속 표창으로 손이 가며 걸음을 멈췄다. 시또와 기얻은복도 마찬가지였다.

"나 장호만이오."

"아니, 니가 여그 으짠 일이냐?"

"두령님이야말로 으짠 일이오?"

장호만 일행이 웃으며 길로 나갔다.

"잡아 조질 놈이 하나 있어서 간다."

"혹시 정참봉 잡으러 가시오?"

"그라먼 느그들이 몬자?"

"오늘 저녁 정참봉 임자가 많소. 그놈은 흉년에도 풍청풍청 풍년으로만 사는 놈이라, 뒈질 때는 임자 풍년까지 만나는구만."

장호만이 실없이 웃었다.

"먼 소리냐?"

"우리도 그놈한테 볼일이 있어서 볼일 보고 나오는디, 우리가 이리 보고 막 나온게 이참에는 그놈 작인들도 볼일이 있는가 그 집으로 몰려들어갔다 나옵디다. 그 사람들 대창에 그놈은 시방 저승길을 한 30리쯤 가고 있소. 갑시다. 가다가 주막에서 막걸리나 한잔 걸쭉하게 합시다."

"허, 이것이 먼 일이여. 그래도 그 사람들 온 것이나 보고 가자."

"그 사람들은 풀새 백산으로 가부렀소."

"나는 금년 운수가 어뜨코 생겨묵은 운수간디, 정초부텀 시방 내리 이 꼴이라냐?" 김확실이 혼잣소리로 구시렁거렸다.

"잔챙이제마는 저그 두 놈 안 있소?"

시또가 말했다.

"그래도 그놈들은 살래준다고 했는디?"

기얼은복이 이죽거렸다.

"이 병신아, 아직도 그런 투리를 못했냐? 그런 소리는 강아지를 홀래갖고 올라고 내밀고 온 괴깃덩어리여. 입갑이란 말이다. 그것들이 개제 사람이냐?"

"시또도 절집 몽구리들매이로 산집 물정에 도가 틔는구나."

김확실이 껄껄 웃었다. 두 패는 왔던 길을 되짚었다.

백룡사 아래 주막 봉놋방으로 정익수가 불려왔다. 최경선 혼자 앉아 있었다. 정익수는 겁먹은 눈으로 들어오며 최경선의 표정을 살폈다. 구기자만한 사기 등잔불이 침침한 방안을 밝히고 있었다. 최경선은 정익수를 물끄러미 건너다보고 있었다.

"자네 정참봉 마름 정석남이란 사람 아는가?"

최경선이 이내 입을 열었다. 최경선은 전혀 감정이 없는 얼굴이었다.

"정석남이오?"

"그래."

"예, 쪼깨 아요."

정익수는 대번에 얼굴이 굳어졌다.

"이 근래 만난 적 있는가?"

"예."

정익수는 알아보게 당황하는 표정이었다.

"언제, 어디서 만났는가?"

정익수는 대답하지 않고 눈만 뒤룩거리며 최경선을 빤히 건너다봤다. 최경선이 날카로운 눈으로 정익수를 똑바로 바라보고 있었다.

"왜 그러시오?"

"대답을 해!"

최경선이 말꼬리를 빠듯 올렸다.

"밤중이 지난 것 같은게 그저께가 되겠소. 읍내서 만났소?"

정익수는 떠듬떠듬 대답했다. 최경선은 정익수를 한참 동안 날카롭게 노려보고 있었다. 최경선 눈에는 살기가 돋고 있었다.

"읍내 어디서?"

"중아비 주막이라고 주막에서 만났소."

"무슨 일로?"

"그냥 만나서 술 한잔 했소."

"둘이만?"

"김치삼이라는 형리하고 만났소."

"그 전에는?"

"김치삼 씨 집에서 만났소."

"언제?"

"보, 봉기한 다음날이오."

"그러면 여태 두 번 밖에 안 만났단 말인가?"

"예."

최경선은 말없이 정익수를 노려보고 있었다. 정익수는 튀어나올 것 같은 눈으로 최경선을 건너다보고 있었다. 등잔불이 바지직 불똥 튀기는 소리를 냈다.

"이놈아, 알고 묻는다. 어제 전봉준 접주님을 죽이라고 시킨 것이 누군지 알고 있지?"

최경선이 낮은 소리로 말하며 정익수를 그대로 노려보고 있었다. 그 때 뒷문 밖에서 푸드득 소리가 났다. 정익수는 소스라치게 놀랐다. 꼬끼오 닭이 울었다. 바로 뒷문 곁에 닭장이 매달려 있었던지 날 개로 홰를 치는 푸드득 소리가 닭장이 부서지듯 요란스러웠고, 꼬끼 오 소리도 엄청나게 크게 들렸다. 첫닭 소리였다.

"모, 모르요."

정익수는 떨리는 소리로 말했다. 닭이 거푸 울었다. 두 번째 닭소 리도 엄청나게 컸다. 닭소리에 정익수는 실없이 또 놀랐다.

"닭소리에 왜 그렇게 놀래냐? 지금 니 목숨이 왔다갔다 하고 있다. 느그 형님 믿고? 어림없다. 여그는 전쟁판이다."

최경선은 고개를 절레절레 저었다.

"정석남을 만나기는 더 만났소마는 저는 아무것도 모르요."

"그런데 왜 거짓말을 해?"

최경선이 삿대질을 하며 깡 고함을 질렀다. 술청에는 정길남하고 김승종이 있을 뿐이었다. 안채는 마당을 지나 한참 멀었고 큰방에는 불이 꺼져 있었다. 최경선은 이 두 젊은이만 데리고 극비로 조사를 하고 있었다. 옆방에는 김달식도 잡혀와 혼자 앉아 있었다.

"지대로 말을 헐라요. 지가 정석남이를 만난 것은⋯⋯."

정익수는 옛날 억지 죄목으로 김치삼한테 문초를 받은 데서부터 이야기를 시작했다. 매에 못 이겨 호방과 김치삼 손아귀에 들어간 것, 호방의 정참봉 마름 약속, 전주 등소 때 호방의 영을 받고 다녀온 일, 이번에 봉기한다는 것을 미리 알았으나 호방에게 말하지 않은 일, 그리고 봉기한 다음에는 김치삼 집을 드나들며 이쪽 동정을 말해 준 일과 정참봉이 갇혀 있을 때 그를 만난 일이며 이 근래는 거의 이틀걸이로 정석남을 만났다는 것 등을 모조리 털어놨다.

"지가 마름에 눈이 어두워서, 그 사람들하고 가까이 해오기는 했소마는, 농민군한테 해가 될 만한 일은 한 적이 없소. 그런 사람들하고 한다는 소리도, 아전들을 죽일 것 같냐고 물으면 농민군들은 아전들을 죽이자고 야단이제마는, 그렇게 쉽게는 안 죽일 것 같더라, 이런 소리 정도였소. 어떻게 되았든지 기왕에 서로 내왕을 해왔는디 이런 처지가 되았다고 안면을 바꿀 수도 없습디다."

정익수는 말을 하는 사이 마음이 조금 가라앉았다. 어떤 부분은

374

숨기기도 했으나, 말을 하면서 생각해 보니 자기가 한 말이 농민군 한테 크게 해가 될 만한 말은 없었던 것 같고, 더구나 이번 저격사건에 도움이 될만한 말은 아무것도 없는 것 같았다.

"이 근래는 거의 김치삼 집에서 만났단 말이냐?"

최경선은 여전히 냉랭한 목소리로 물었다. 그러나 처음보다는 태도가 조금 누그러졌다.

"예, 우리 집으로 자러 갈 때마다 그 집에 들러 김치삼한테 들렀소."

"그럼, 말목서 이리 진을 옮겼다는 소리는 언제 했어?"

최경선은 날카롭게 쏘아보며 물었다.

"저는 말목서 이리 진을 욍긴다는 소리는 닭 울었은게 그저께 정석남한티서 들었소. 그 사람이 미리 알고 있습디다."

"뭣이?"

최경선이 눈알을 부라렸다.

"차, 참말이오. 정석남이 그 소리를 함시로 나보고 그것도 모르냐고 머퉁이를 줍디다."

정익수는 다급하게 말했다. 최경선은 정익수를 또 한참 노려보고 있었다.

"그럼, 김달식하고는 언제부터 그렇게 친해졌지?"

최경선이 말소리를 낮추며 말머리를 돌렸다.

"읍내서 말목으로 이진한 며칠 뒤에 정석남이 쟁우댁 술막에 온 적이 있는디, 지가 그 술막에 갔다가 정석남한테 인사하는 것을 보고 그 뒤로 저한테 찰싹 달라붙었소. 정석남은 쟁우댁하고 한 동네 사람인디, 정석남은 지금 김달식 중매를 서고 있소."

그때부터 김달식은 정석남하고 아는 자기 작은아버지를 졸라 정석남을 앞세워 순심에게 혼담을 넣었고, 지난번 장렛날은 두 사람이 쟁우댁 술막에서 만났다는 것이다.

"그럼, 그때부터 김달식이 정석남 손아귀에 들어가부렀겠구만?"

"그런 것 같소마는 김달식도 이리 진을 욍기고 어쩌고 하는 속은 깜깜합디다. 지가 정석남한티서 머퉁이를 맞고 와서 김달식보고 그런 것 아냐고 물은게 모른다고 합디다."

"그럼, 쟁우댁하고 정석남은 한 동네라는데 전부터 가까운 사이던가?"

"김달식 혼담이 있기 전에는 쟁우댁이 그 정석남을 별로 좋게 안 본 것 같습디다. 내가 정석남이 어떤 사람이냐고 물어본게 그 작자 어쩌고 썰렁하게 말을 합디다."

최경선은 눈살을 찌푸리며 잠시 곤혹스런 표정이었다.

"정석남이 누구하고 자주 만나던가?"

"누구하고 만나는지 그런 것은 모르겠소."

"호방은 자네가 찾아가면 멋을 물어보던가?"

"보통 이야기 말고는 특별나게 물어보는 것은 없었소."

"정석남이 우리한테 잽혀오면 모도 들통이 나네. 다시 한 번 말하는디, 숨긴 일이 있거든 지금 털어놓게. 만약 그때 가서 먼 일이 들통이 나는 날에는 자네는 만중 앞에서 목이 달아나."

"한나도 숨긴 것 없소."

정익수는 자신 있게 말했다.

"정석남이 이리 진을 옮긴다는 것을 어떻게 알았겠는가, 짐작 가

376

는 것이 있으면 짐작 가는 대로 말을 해보게."

"저도 아까부터 그 생각인디, 통 짐작이 안 가요."

"그러면, 자네 말고 달리 여기다 줄을 대고 있는 사람이 또 있다는 소린디, 그런 짐작도 안 간단 말인가?"

"그런 짐작도 통 안 가요."

"다시 부를 것인게 옆방에 가 있게."

최경선이 문을 열자 김승종과 정길남이 다가갔다. 정익수를 옆방으로 보내고 김달식을 들여보내라고 했다. 김승종이 옆방 문을 열었다. 김달식은 새파랗게 질려 발발 떨고 있었다. 나오라고 하자 김달식이 두 손을 앞으로 모으고 발발 떨며 나왔다.

다음날, 전봉준은 아침 일찍 동네 임직들 회의를 소집했다.

전봉준이 두령들과 함께 들어왔다. 최경선만 보이지 않았다. 그는 지금도 문초를 하고 있었다. 정익수가 호방과 얽혀 있는 것 등을 모두 파내야 했기 때문에 시간이 걸렸다.

"진을 옮기느라고 고생들 하셨습니다. 이번에는 장막도 더 튼튼하고 여러 가지고 짜임새가 있습니다. 그러나 진을 옮기는 것은 새집 짓고 이사한 것하고 같아서 앞으로 손볼 데가 많을 것입니다. 그런 뒷일까지 잘 마무리를 해주시기 바랍니다. 오늘은 몇 가지 중요한 일을 의논하겠습니다. 먼저 어제 저격사건과 그와 관련된 새로운 사실을 한 가지 말씀드리겠습니다."

모두 숨을 죽였다.

"어제 저격사건은 그 배후 인물이 진선리 정참봉이었습니다. 정참봉은 그 일을 자기 마름들하고 모의를 했습니다. 그 사실은 붙잡힌 저격수와 마름들이 실토를 했습니다. 정참봉과 그 마름들은 어제 저녁 태인에서 살해당했습니다."

회의장이 술렁거렸다. 모두 정참봉 살해사건은 아직 모르고 있었다.

김확실과 장호만은 오늘 새벽에 와서 사건 경위를 전부 전봉준한 테 말했다. 김확실은 김확실대로 자기가 한 일을 전부 이야기했고, 장호만은 장호만대로 자기가 한 일을 전부 이야기했다. 장호만은 소작인들이 정참봉을 죽이러 갔던 것도 이야기했다. 그러나 정참봉을 죽이러 간 소작인들이 누군지 자기는 모른다고 했다. 정묘득은 진농에서 지리산으로 보내버렸으므로 장호만은 그것만은 모른다고 하기로 작정을 했다. 전봉준은 이야기를 다 듣고 나서 가타부타 말을 하지 않았다. 다만, 장호만더러 내일 아침 일직 전주 가서 임군한을 데리고 오라고만 했다. 그래서 지금 장호만 패는 전주로 임군한을 데리러 갔고, 김확실 패는 주막에서 자고 있었다. 오거무가 날마다 전주와 여기를 오가고 있는데도, 전봉준은 오거무를 놔두고 장호만 패를 보내 임군한을 데리고 오라 한 것이다.

"이번 정참봉과 그 마름들 살해사건에 대해서는 길게 말씀드리지 않겠습니다. 다만, 정참봉을 살해한 것은 어제 저격사건 때문에 살해한 것이 아니라, 다른 사람들이 다른 일로 살해를 한 것 같습니다. 그 점에 대해서만 몇 말씀 드리겠습니다. 정참봉이 그 동안 많은 사람들한테 원한을 산 것은 사실입니다. 그러나 여기 농민군에 나온 사람들은 누구든지 도소의 지시 없이는 이런 일을 사사로이 저질러서는 안 됩니다. 앞으로는 이런 일이 없도록 각 농민군들에게 각별히 일러주시기 바랍니다. 싸움이란 한꺼번에 적을 모두 몰살하기는 어려운 법이고, 세상 또한 한꺼번에 다 뜯어고칠 수는 없는 법입니다. 더구나 우리가 지금 벌이고 있는 이 싸움에서 우리가 이길 수 있는 가장 중요한 요체는 싸워야 할 적을 되도록이면 적게 만드는 일입니다. 독불장군이니 중과부적이니 하는 말은 어린애들 싸움에도 들어맞는 만고의 명언입니다. 우리가 이렇게 싸우고 있는 판에 우리 뒤에서 새로운 적이 생기면 어떻게 되겠습니까?"

전봉준은 잠시 말을 멈추고 좌중을 무겁게 한번 둘러봤다. 한참 만에 다시 말을 이었다. 좌중은 숨을 죽이고 있었다.

"지금 벌이고 있는 이 싸움에 우리는 최선을 다할지언정 한꺼번에 세상을 다 뜯어고치려고 너무 욕심을 내서는 안 될 것입니다. 우리가 마지막으로 바라는 세상은 어떤 세상입니까? 빈부의 차이가 없고, 반상의 차별이 없고, 사람들이 서로서로가 하늘같이 귀하게 여기는 세상입니다. 그런 세상을 만들자면 당장 반상의 법도도 없애고, 지주 소작법도 없애고, 그 이외에 모든 법도를 뜯어고쳐야 할 것입니다. 그것이 어디 하루아침에 다 이루어질 수 있는 일입니까? 결코 그렇게 될 수는 없습니다. 다시 말씀드리거니와 일에는 때가 있고 순서가 있습니다. 이 문제는 이쯤으로 말을 그치겠습니다."

전봉준은 말을 맺었다.

"다음으로, 말목에서 대강 이야기를 했습니다마는, 이 계제에 우리가 앞으로 어떻게 할 것인가 그것을 이 자리에서 다시 한 번 추슬러보겠습니다. 어제로 봉기한 지 꼭 보름이 되었습니다. 그런데 감영에서는 지금까지 그냥 버티고만 앉아서 지난번 정석진 사건이나 어제 사건 같은 잔졸한 짓만 벌이고 있습니다. 어제 사건은 정참봉이 일으킨 사건이지만, 그것도 내부적으로는 감영과 상관이 있다고 볼 수가 있습니다. 감영에서는 아직도 이 사건을 조정에 알리지도 않고 있습니다. 그런다고 군사를 동원할 기미도 아직까지는 전혀 보이지 않습니다. 저자들은 앞으로도 어제 같은 기습사건 따위 못난 짓이나 여러 가지 모양으로 저지르면서, 시일을 오래 끌어 우리가 지쳐빠지기만 기다리는 것 같습니다. 우리 내부에서 그런 일이 일어나게 하려고 일을 꾸미고 있을지도 모릅니다. 그러기 위해서는 안에서 내통할 사람을 만들거나 새로운 사람을 농민군 속에 집어넣을 수도 있습니다. 우리는 앞으로 이런 점에 마음을 써야겠습니다. 사람을 너무 의심하는 것도 좋지 않은 일이지만, 형편이 형편이라 그런 점을 각별히 유념해 주시기 바랍니다."

전봉준은 잠깐 말을 멈추었다가 이었다.

"다시 말하면, 그런 기습을 조심하면서 당분간은 이대로 버티고 있을 수밖에 없다는 말씀입니다. 그에 대비하기 위한 몇 가지 방침을 말씀드리겠습니다. 첫 번째는 한뎃잠이 너무 고생스럽고 몸에 무리가 되니 장막에서 자는 사람 수를 줄이겠습니다. 별동대를 제외하고는 하루는 집에서 자고 하루는 여기서 자도록 하겠습니다. 그걸 어떻게 나눌 것인지는 따로 의논을 해주시기 바랍니다. 두 번째는 지금까지는 장막에 오는 사람이면 누구나 같이 밥을 나누어 먹었으나 앞으로는 차츰 그 수를 줄여나가겠습니다. 이 문제는 전부터 여러분께서도 걱정을 하신 일입니다마는, 저자들이 지금 저렇게 밥을 삶아 먹이면 그 식량을 어떻게 감당하랴 하고 바로 그 점을 우리 약점으로 간파한 것 같습니다. 여기서 밥 먹는 수를 어떻게 줄여나갈 것인가 그 점도 따로 의논을 해주십시오. 갑자기 밥을 안 주겠다거나 반으로 줄인다거나 그렇게 무 토막 자르듯 하지 말고 좋은 방도를 생각해 주십시오. 세 번째는 움막과 술막을 치고 있는 사람들은 물론이요, 일반 사람들도 장막 근처에는 가까이 오지 못하도록 해야겠습니다. 그 까닭은 설명할 필요가 없을 것입니다. 그리고 네 번째는 지금 계획대로 진행을 하고 있습니다마는 이삼일 간격으로 강과 함께 즐거운 놀이를 벌이도록 하겠습니다. 어떤 놀이를 했으면 좋겠는가 의견이 있으시면 최경선 씨나 김승종한테 개별적으로 알려주시기 바랍니다. 사람이 모이면 노랫가락도 나오고 떠들썩해야 하는 법입니다. 요 얼마 동안은 장례도 있고 해서 다소 적적하게 지냈으니 앞으로는 장막에 생기가 돌도록 해야겠습니다. 제가 한 말에 하실 말씀 있으시면 말씀해 주십시오."

말이 없었다. 모두 정참봉 살해사건에 대한 의문 때문인지 다른 말에는 별반 관심이 없는 것 같았다. 아까부터 여기저기서 그 이야기를 속삭이고 있었다. 한참 침묵이 흘렀다. 김도삼이 나섰다.

"별동대에 관해 한 말씀 드리겠습니다. 별동대 이야기니 여기 있는 별동대장들은 잠깐 나가주게."

갑작스런 소리에 별동대장들은 잠시 어리둥절했다. 잠시 멍청해 있다가 한 사람씩 일어섰다. 모두 밖으로 나갔다.

"아까 장기전에 대비하서야겠다고 말씀하셨는데, 저는 그 한 가지 방법으로 별동대를 강화하는 것이 어떨까 싶습니다. 어제 별동대가 싸우는 것을 보았습니다마는, 전쟁이 벌어지면 젊은 사람들로 짜인 별동대가 싸움을 제일 본때 있게 할 것 같습니다. 어제 접주님하고 같이 오시던 분들은 모두 보셨습니다마는, 별동대 젊은이들은 총알이 펑펑 날아오는데도 목숨을 내놓고 내달았습니다. 보는 쪽에서 간이 올라붙을 지경이었습니다. 김달주가 별동대를 맡은 뒤로부터 별동대가 더 달라졌습니다. 김달주 부대가 잘 하니까 다른 부대도 그에 따라 잘해 간 것입니다. 차제에 별동대를 두 대쯤 더 늘리고 김달주가 맡은 부대는 다른 젊은이한테 맡긴 다음 김달주를 별동대 총대장으로 올려 별동대 전부를 맡게 하는 것이 어떨까 싶습니다."

두령들은 잠시 어리둥절했다.

"별동대 대장들 가운데는 달주보다 나이가 많은 사람도 있을 것 같은데, 그런 점은 괜찮겠소? 그런 상하 관계는 젊은 사람들일수록 나이를 더 탑니다."

신중리 장특실이었다. 고미륵, 송늘남, 김장식 등은 달주보다 나이가 많았다. 나이 적은 사람을 윗사람으로 앉혀놓으면 제대로 통솔이 되겠느냐는 소리였다.

"그런 점이 있으나, 지난번에 자기들끼리 모여서 별동대 할 일을 의논하는 것을 본 적이 있는데, 거의 김달주가 독장을 치고 있습니다. 김달주는 지금 별동대 전체를 실제로 이렇게 좌지우지하는 입장이라 그 점 별 문제가 없을 것 같습니다. 그는 그만한 능력이 있습니다. 당장 어제 그자들을 잡을 때 보더라도, 대원들 앞에 서서 총알 속을 뚫고 가는 용맹도 용맹이지만, 그 다급한 판에 용병술이랄까 임기응변이 놀라웠습니다."

그때 조만옥이 나섰다.

"저도 동감입니다. 강을 건너가서 그놈들을 쫓을 때 저쪽에서 총을 쏘자 사선으로 피하자며 맨 앞장을 서서 내닫는 지혜나 용맹도 놀라웠지만, 저쪽 둑을 넘어가서 쫓을 때는 세 패로 나누어 쫓았는데 그것은 절묘한 임기응변이었습니다. 바로 그렇게 세 패로 쫓은 것이 총 가진 놈들을 잡았던 요체였습니다. 멍청하게 곧장 뒤로만 쫓아갔더라면 총이 무서워서 쫓을 수도 없었을 것이고, 저자들은 거기다 대고 총을 집중적으로 쏘았을 것이니 피해자가 많이 났을 것입니다. 그러나 그렇게 반원을 그리며 옆으로 펼쳐서 추격을 했기 때문에 피해자가 하나도 나지 않았습니다. 그리고 사거리가 비교가 안 되는 화승총을 가지고 그 총소리만으로 저들의 기세를 제압했습니다. 용병술이 별것이겠습니까? 그런 임기응변이 용병술이라면 그만큼 출중한 용병술도 없을 것입니다. 더구나 촌분을 다투는 다급한 속에서 그런 빈틈없는 지휘를 했습니다. 아까 나이를 말씀하셨는데, 향당에서는 나이가 양반이고 묘당에서는 관작이 양반이라 했습니다. 관작은 그 사람의 능력에 따라 주는 것이니 이런 데서도 바로 그런 능력에 따라 지위가 정해져야 할 것입니다."

조만옥이 조리 있게 이야기를 했다.

"다른 분들 생각은 어떠시오."

"저도 그렇게 하는 것이 좋을 것 같소. 인사깔도 밝고 낯깔이 좋기가 요새 시상에 그런 젊은이도 없을 것이오. 시상이 막되간게 그런 것도 시변겠제마는 요새 젊은 놈들은 얼매나 싸가지가 없소."

말목 집강이었다.

"참말로 말이 나왔은게 말이제마는, 요새 젊은 놈들같이 싸가지 없는 놈들도 없을 것이오. 그런디 그 젊은이는 인사 하나 하는 것을 보더라도 우선 사람이 되아묵었습디다."

산매 동임이었다. 이견이 없었다.

"나도 그 아이가 하는 것을 보고 놀랐소. 총알을 무서워하지 않고 그 속을 앞장서서 뚫고 나가는 담력도 그렇거니와 위급한 속에서도 침착성을 잃지 않고 빈틈없는 임기응변을 했습니다. 그만한 담력과 임기응변이라면 별동대 전부를 거느릴 만한 능력이 있다고 보여집니다. 능력에 따라 일을 맡기는 것이 온당한 일입니다. 그러면 별동대를 두 대 더 늘리고, 김달주를 별동대 총대장으로 임명하여 별동대 전부의 지휘를 맡기겠소."

전봉준이 결론을 내리자 박수가 나왔다. 이런 자리에서 박수가 나오는 일은 여간 드문 일이 아니었다. 이번에 달주가 보인 담력과 임기응변에 모두 그만큼 감탄을 한 탓도 있었고, 달주가 평소 그만큼 신임을 받았던 탓도 있었다. 산매 동임 말마따나 달주는 누구한테나 겸손했으며 진일 마른일 가리지 않는 그의 성실성을 모두 인정한 것 같았다.

회의가 끝났다. 전봉준이 자기 방으로 가자 최경선이 와서 기다리고 있었다.

"이리 진을 옮긴다는 말이 미리 새나간 것은 끝내 밝혀내지 못했습니다. 정익수는 이번 사건에 직접 관련된 흔적은 없고, 정석남이 그런 일을 꾸미고 있는지 눈치도 채지 못한 것 같습니다. 그러나 말씀드렸던 대로 호방과는 상당히 오래 전부터 깊이 얽혀 그 사이 돈도 많이 얻어다 썼습니다. 그자는 철저히 잡도리를 해야 할 것 같습니다. 김달식도 정석남이 자기 사람을 만들려고 한 것은 사실입니다마는, 그도 역시 이번 사건에 직접적인 관련은 없고, 여기 자잘한 사정을 알려준 정도입니다. 장진호가 순심이란 처녀한테 혹한 것 같은데, 정익수와 김달식한테서 장진호에 대한 말은 별로 나오지 않습니다. 쟁우댁이란 여자가 좀 요물스런 여자라 정석남이 손아귀에 넣으려고 한 것 같으나, 역시 이번 일에 관련이 있는 것 같지는 않습니다. 그 여자를 데려다 문초를 하지는 않았지만, 김달식이 혼사 일로 정석남과 가까워진 것 같아 시간상으로 그럴 만한 여유가 없습니다."

최경선은 말을 맺었다. 이것이 두 번째 보고였다.

"정익수는 돈을 얼마나 받아다 썼소?"

"봉기 뒤에 호방 마누라한테서 천 냥을 받았고, 그 전에는 호방한테서 3,4백 냥 정도 받았습니다. 정석남한테서는 한 푼도 받은 적이 없다고 하는데, 그 점은 미심쩍습니다."

"김달식이 무슨 말을 더 물어낸 것 같지는 않소?"

"그놈은 위인이 원체 덜된 자라 무슨 짓이든지 할 놈 같습니다마는, 정석남의 심부름을 제대로 할 만한 시간상의 여유가 없었습니다."

"그럼 그들을 어떻게 처리를 했으면 좋겠소?"

"하필 두 놈 다 두령들 친동생이고 친 처남이라 크게 걱정을 했더니 이번 사건에 직접 관련이 없어 한시름 놓입니다. 두 두령 체면을 보아서 그분들한테 처리를 맡겨도 괜찮을 것 같습니다. 그자들과 그런 관계를 맺게 된 계기가 재물과 여자관계라 쉽게 끊어지지 않을 것 같고, 유독 정익수가 마음이 놓이지 않습니다. 두 두령들한테 그 점을 유념하게 하도록 하신 다음에 그분들한테 처리를 맡기시되, 김달식은 이 일이 끝날 때까지 어디로 멀리 보내서 여기에는 얼씬 못하게 하는 것이 어떨까 싶고, 정익수는 차제에 고부에서 아주 떠나 다른 데 가서 살게 하는 것이 어떨까 싶습니다."

전봉준은 고개를 끄덕였다. 전봉준도 한시름 놓았다. 두 놈이 다 두령들 가까운 친 인척이라 전봉준도 그만큼 충격이 컸다. 더구나 소작인들이 정참봉을 참살해 버린데다, 장호만은 엉뚱한 짓을 했고, 김확실도 멋대로 마름들을 죽여버리는 등 큼직한 일들이 한꺼번에 터져버리자 전봉준은 이만저만 곤혹스럽지가 않았다. 그 가운데서도 가장 난감한 것이 이 두 놈 문제였다. 전봉준은 어제저녁 잠을 설쳤다. 지난번 아전 문제 이후 가장 큰 고비였다. 그런데 다행히 두 사람 다 직접적인 관련이 없었다니, 그것만으로도 무거웠던 어깨가 한결 가벼워졌다.

"최두령 말씀대로 그 두 사람 일을 두 두령들한테 맡깁시다. 본인들을 위해서도 이때 밝혀진 것이 크게 다행스런 일입니다."

전봉준이 결론을 내렸다.

"쟁우댁 술막은 어떻게 할까요? 순심이라는 처자가 너무 이쁜데다가 그 쟁우댁이란 여자가 요물스런 여자라 아무래도 이런 일로 또 무슨 병통이 나지 않을까 걱정입니다. 젊은 놈들이 모두 눈을 밝히고 있고 장진호는 그 처자한테 상당히 깊이 빠져 있는 것 같습니다."

"그렇지마는 이렇다 할 허물이 없는 사람을 쫓아낼 수야 없지요. 예쁜 처녀한테 젊은이들이 눈을 밝히는 것은 인지상정인데, 그런 예쁜 처녀가 갑자기 사라져 버리면 젊은이들이 너무 섭섭하지 않겠습니까? 정석남이 저격사건에 관련이 있다는 소문은 제절로 날 것이니, 그 여자도 앞으로 조심을 할 것입니다. 그런 일보다는 정참봉 죽인 일이나 마름을 죽인 일이 어떻게 파급될 것인가 그것이 더 큰일입니다. 그 점을 깊이 한번 생각해 보시오. 그것은 따로 의논을 합시다."

전봉준이 말을 맺었다.

"오매 오매, 시방 이것이 먼 일이라요, 시방 이것이 먼 일이여?"

조망태 아내 두전객이 숨을 헐떡거리며 정신없이 지산서당으로 뛰어들었다. 얼굴이 새파랗게 질려 있었다. 치마도 한쪽이 내려가고 있었다. 조망태가 문을 열었다.

"오매 오매, 괜찮아요?"

남편을 보고 마루로 오르려는 두전댁 한쪽 발에 신이 붙어 벗겨지지 않았다. 두전댁은 사정없이 뒷발질을 했다. 짚신짝이 공중으로 한참 튀어 올라 마당 한가운데 떨어졌다.

"왔어. 괜찮그만. 글안해도 시방 집으로 갈락 하고 있는디 멀라고 왔어?"

조망태가 태평스럽게 아내를 맞았다. 조망태는 오른쪽 팔에 붕대를 처매고 있었다.

"오매 오매, 으짜요? 총을 맞았는디, 괜찮다니 참말이오?"

두전댁은 숨을 씨근거리며 제정신이 아니었다.

"이렇게 썽썽허잖어?"

"오매 오매."

두전댁은 남편이 무사한 것을 보자 한시름 놓이는 것 같았으나 오매 오매 소리는 여전했다. 두전댁은 총 맞았다는 소리만 듣고 다른 말은 더 챙겨들을 경황도 없이 여기 오는 길 전부를 혼자 다 차지하고 내달았던 것이다.

"총사실이 살짝 스치고만 지내갔어."

조망태는 태평스럽게 비실거렸다.

"오매 오매."

두전댁은 연방 숨을 헐떡거리며 다친 팔을 잡으려다 말았다.

"총알이 슬쩍 스치고 지내갔는디, 그리고 본게로 시방 우리 집 금년 운수가 기가 맥히게 좋은 운수더만, 팔을 이라고 이라고 가는디, 팔이 여그 갔을 적에 횡하고 날라왔거덩."

조망태는 왼쪽 팔을 들어 활개를 치고 가는 시늉을 하다가 팔을 멈추고 그때 총알이 횡하고 날아왔다고 총 맞은 자리를 가리켰다.

"오매 오매, 참말로 일이 나도 큰일이 날 뻔했소. 그런게로 내가 멋이라고 합디어? 말을 하면 들을 말은 쪼깨 들으시오. 존일 합시다. 존일 하잔 말이오. 이만하기 참말로 천만 다행이제, 일이 나도 먼 일이 날 뻔 했소, 먼 일이 날 뻔했어? 생각을 해보시오. 먼 일이 날 뻔했는가 생각을 쪼깨 해보란 말이오."

두전댁은 숨을 헐떡거리며 새삼스럽게 종주먹이었다.

"맞는 말이여. 그 총알이 쪼끔만 뒤로 날아왔다고 생각을 해봐. 그랬더라면 꼴이 멋이 되았겠어? 사실이 여그서 이리 뚫고 나가부렀을 것인디, 그랬더라면 내가 시방 여그 이라고 앉아 있겠어?"

조망태가 오른쪽 옆구리에서 왼쪽 옆구리로 손이 가며 웃었다.

"아이고, 그런 징상스런 소리를 다 하고 기시오?"

388

두전댁은 진저리를 치며 앙칼지게 쏘았다.

"우리 집 운수가 기맥힌 운수라는 소리여. 멋이 돌봐도 크게 돌본 것 같어. 임자랑 장모님이랑 걱정을 해쌌등마는 그런 정성이 반은 된 것 같고."

조망태는 시치미를 떼고 능청을 떨었다.

"인자부텀 참말로 나가지 말고 집이 가서 폴이나 나술 생각하시오. 새립 밖에도 나가지 말고 방 안에 꽉 앉아 기시시오. 꽉 앉아 기셔. 어서 갑시다. 어서 가."

두전댁은 꽉에다 두 번 다 힘을 주었다.

"폴은 낫어사 쓰제마는 인자부텀 나가지 말라니, 농민군에도 나가지 말란 소리여?"

조망태는 그게 무슨 터무니없는 소리냐는 소리로 정색을 했다.

"아니, 그람 그 *영금을 보고도 또 나가실라우?"

좀 풀어졌던 두전댁 얼굴이 대번에 싸늘해졌다.

"내가 더 다칠까 싶어서 걱정인 모냥인디, 그런 걱정은 인자부텀 탁 놔부러. 나는 이렇게 한번 다쳤는디, 내가 또 다치겄어? 여그 나온 사람이 몇천 명이라고 다쳐도 고루고루 다치제, 총알이 나하고 먼 웬수가 졌다고, 조망태가 어디 있다냐 하고 나만 쫓아댕기겄어? 그런게 나는 인자부터 밸간 데를 다 댕개도 더 다칠 염려는 없은게 안심혀."

조망태는 정색을 하고 능청을 떨었다.

"오매 오매, 내가 시방 미치고 환장하겄구만잉. 총알이 웬수가 지고 으째라우? 아이고, 내가 못살아. 나갈라면 나가시오, 나가! 나가기만 나가면, 이참에는 내가 참말로 죽은가 안 죽은가 보시오. 죽은가 안 죽은가 봐."

두전댁은 앙칼지게 쏘아댔다.

"들어본게 양잿물 사다 논 것도 다 녹아서 날라가 불고 없다등만."

조망태가 허튼소리 말라는 표정으로 가볍게 눈을 흘겼다.

"응, 알겠소. 알겠어. 그런게 내가 양잿물 묵기만 지달렸구만이라우. 인저 나도 당신 속을 똑땍히 알았소. 당신 속이 씨언하게 묵으께라우. 묵어. 내가 묵은가 안 묵은가 보시오. 봐."

두전댁은 이를 앙다물며 주먹으로 가슴을 쿵쿵 가슴을 쳤다.

"지다르기는 누가 묵기를 지다려? 인저 안 나갈 것인게, 걱정 말고 집에나 가더라고, 어서 가!"

조망태는 자리에서 훌쩍 일어서며 아내를 끌었다. 잘못 건드렸다 싶은 모양이었다. 두전댁은 씨근거리면서도 따라 일어섰다.

"우새스런게 가기는 가요마는, 두고 보시오, 두고 봐."

두전댁은 숨을 씩씩거리고 토방에 내려서며 짚신을 찾았다. 한 짝이 없었다. 사방을 두리번거렸다.

"저 급살맞을 놈의 강아지 새끼가 그새 신짝을 물어갔그만잉."

저쪽에 놀고 있는 애먼 강아지한테 욕설을 퍼부으며 맨발로 가서 신을 뀄다.

"또 나갈 사람이 멀라고 집이는 갈라고 나서요? 농민군 가서 사시오. 거그 가서 살아."

두전댁은 치맛귀를 잡아 앞으로 홱 여미며 팔랑팔랑 대문을 나섰다. 조망태는 히죽거리며 아내 뒤를 따라가고 있었다.

◉ 녹두장군 6권 어휘풀이

각단   일의 갈피와 실마리.

감장   제힘으로 일을 처리하여 나감.

강미講米   조선 시대에, 서당 선생에게 보수로 주던 곡식.

개려사   가려야.

거미줄로 방위 동이듯   어떤 일에 실속 없이 건성으로 하는 체하는 모양을
이르는 말.

거적문에 은돌쩌귀   지나친 치장을 하여 어울리지 않는 경우를 이르는 말.

골폭사장骨曝沙場   뼈가 모래 위에 하얗게 드러남

곰배팔이   팔이 꼬부라져 붙어 펴지 못하거나 팔뚝이 없는 사람을 낮잡아 이
르는 말.

관격關格   먹은 음식이 갑자기 체하여 가슴 속이 막히고 위로는 계속 토하며
아래로는 대소변이 통하지 않는 위급한 증상.

기화奇貨   뜻밖의 이익을 얻을 수 있는 기회. 핑계.

끼들거리다   참다못해 끝내 터뜨리는 웃음을 입속으로 조금 되게 잇따라 내다.

나락뭇   '볏단'의 사투리.

내전밥   무속에서, 머리가 아플 때 접시에 담아 머리맡에 두는 밥. 자고 일어
나서 내다 버리면 아픈 머리가 낫는다고 한다. 신이나 부처에게 복을 빌
때 차려놓는 밥.

냅뜨다 일에 기운차게 앞질러 나서다.

늙마 '늘그막'의 준말.

능담 능구렁이

동편제東便制 조선 영조 때의 명창 송흥록의 법제法制를 이어받은 판소리의
　　한 유파. 호남의 동쪽인 운봉, 구례, 순창, 흥덕 등지에서 발달하였으며,
　　웅건하고 그윽한 우조羽調를 바탕으로 한다.

땅가시 식물의 뿌리.

마지 마짓밥摩旨-. 부처에게 올리는 밥.

매 먹이에 개암 지르듯 적당한 양을 가늠하느라고 고심하는 경우를 이르는
　　말. '개암'은 매의 먹이 속에 넣는 솜뭉치. 맨고기로만 먹이면 매가 속살이
　　쪄서 사냥을 않으므로 매에게 먹일 고기를 물에 우리어 기름을 빼고 솜을
　　조금씩 뭉쳐 고기 속에 싸서 먹인다.

매끼 곡식 섬이나 곡식 단 따위를 묶을 때 쓰는 새끼나 끈.

머룽이 '꾸지람'의 사투리.

메기 잔등에다 묏등을 썼나 메기 잔등이 아주 미끄러운 것에 빗대어 비위
　　나 염치가 좋은 것을 비꼬아 하는 말.

무담씨 무엇 때문에

뭇갈림 예전에, 베어 놓은 볏단을 지주와 소작인이 절반씩 나누어 가지던 일.

박래품舶來品 다른 나라에서 배로 들어온 물품.

방뼈 결을 따라 얇고 넓게 떠낸 돌.

버나잡이 버나재비. 남사당패에서, 대접돌리기 따위의 재주를 부리는 사람.

버마재비 '사마귀'를 일상적으로 이르는 말.

볏뭇 '볏단'의 잘못.

산멱 산멱통. 살아 있는 동물의 목구멍.

새줄랑이 소견 없이 방정맞고 경솔한 사람.

섭사주蟾蛇酒 두꺼비를 물어 삼키려는 순간의 살무사를 잡아서 공기가 들어
　　가지 아니하도록 흙으로 봉하여 빚은 술. 한방에서 빈혈증 따위를 치료하
　　는 데 쓴다.

쇠뿔도 각각 염불도 몫몫 무슨 일이나 각각 특성이 있으므로 일하는 방식
　　도 서로 다름을 이르는 말.

수원수구誰怨誰咎 누구를 원망하고 누구를 탓하겠냐는 뜻으로, 남을 원망하
　　거나 탓할 것이 없음을 이르는 말.

시시덕이는 재를 넘어도 새침데기는 골로 빠진다 겉으로 떠벌리는 사람
　　보다 얌전한 척하는 사람이 오히려 엉뚱한 마음을 품는 경우가 많다는 것
　　을 이르는 말.

식량 없는 밥은 딸한테 하라 하고 반찬 없는 밥은 며느리 보고 하라 한
　　다 반찬 없는 밥상을 들고 나서기가 몹시 부끄러움을 이르는 말.

쌉쌉하다 '싹싹하다'의 사투리.

어리눅다 일부러 어리석은 체하다.

어이며느리 고부姑婦. 시어머니와 며느리를 아울러 이르는 말.

여름날 징개맹개 들판 같다 멀리까지 훤하게 내다보이다. '징개맹개 들판'
　　은 김제 만경 들판을 이르는 말.

영금 따끔하게 당하는 곤욕.

올벼 제철보다 일찍 여무는 벼.

옹두리 나뭇가지가 부러지거나 상한 자리에 결이 맺혀 혹처럼 불퉁해진 것.

외주물집 마당이 없이 길가에 바싹 붙여지어서 길 밖에서도 안이 들여다보
　　이는 작고 허술한 집.

울가망 근심스럽거나 답답하여 기분이 나지 않음. 또는 그런 상태.

응짜 핀잔하는 투로 대꾸하는 말.

의려지망倚閭之望 자녀나 배우자가 돌아오기를 초조하게 기다리는 마음.

이괄李适 조선 인조 때의 무신, 반란자(1587~1624). 인조반정 때 공을 세웠으나 김류와 반목하여 논공論功에서 우대받지 못하고 평안 병사兵使 겸 부원수로 좌천되자 이에 불만을 품고 난을 일으켰다가, 불과 하루 만에 관군에게 패하여 도망치다가 부하에게 피살되었다.

일검지임一劍之任 칼을 한 번 내둘러서 완수하는 일이란 뜻으로, 자객의 임무를 이르는 말.

저실 '겨울'의 사투리.

졸가리 사물의 군더더기를 다 떼어 버린 나머지의 골자.

중놈 어물집 보듯이 자기와는 상관없는 일이어서 관심이 없음을 이르는 말.

중동무이 하던 일이나 말을 끝내지 못하고 중간에서 흐지부지 그만두거나 끊어 버림.

지리산가리산 이야기나 일이 질서가 없어 갈피를 잡지 못하는 것을 이르는 말.

지청구 꾸지람.

짜발량이 짜그라져서 못 쓰게 된 사람이나 물건.

찬바람에 풀 날까 따뜻하게 굴어야 사람이 따른다는 말.

초抄 필요한 부분만을 뽑아서 적은 기록.

코를 숙이다 고집을 부리다.

콧날개 콧방울.

태산명동에 쥐 한 마리 태산명동 서일필泰山鳴動 鼠一匹. 태산을 울리고 요동하게 하더니, 겨우 쥐 한 마리를 잡았다는 뜻.

턱찌기 '턱찌꺼기'의 준말. 어떤 대상에 빌붙었을 때 받는 혜택이나 이익을 비유적으로 이르는 말.

포로시 '겨우'의 사투리.

푸서리 잡초가 무성하고 거친 땅.

핏장에 땅가시 같다 모두 다소곳한데 혼자만 억세게 어깃장 놓는 경우를 이르는 말.

해토머리　얼었던 땅이 녹아서 풀리기 시작할 때.

홍경래洪景來　조선 순조 때의 혁명가(1771~1812). 1798년에 평양의 향시에 합격하고 사마시에 응하였으나 지방을 차별하는 폐습 때문에 낙방하자 이에 불만을 품고 지방 차별과 조정의 부패에 항거하여 1811년에 평안북도 가산에서 군사를 일으켜 혁명을 꾀하다가 이듬해 관군에게 진압되었다.

화용도華容道　적벽전赤壁戰에서 조조가 패한 후 도망간 장소. 관우가 화용도華容道에서 포위된 조조를 죽이지 않고 길을 내주어 달아나게 하고 돌아오자 제갈량이 관우를 참수하려 하였으나 유비의 간청에 따라 목숨을 살려 주었다.

화제和劑　한약 처방을 이르는 말.